Das Buch

Inspektor Borubaew ist bei seinen Kollegen als kauzig verschrien, als einsamer Wolf. Seit seine Frau an Krebs gestorben ist, wirkt der kettenrauchende Ermittler noch weltabgewandter. Und wenngleich ihm der Anblick der übel zugerichteten jungen Frau im Schnee zu schaffen macht, ist er insgeheim dankbar, seinen eigenen Problemen und Grübeleien vorerst entfliehen zu können. Wer also steckt hinter dem Mord, der an Perversität alles übertrifft, was der erfahrene Inspektor bisher gesehen hat? Seine Ermittlungen führen ihn in Bischkeks Unterwelt, zu mafiösen Clans und skrupellosen Geschäftemachern. Dann tauchen weitere Frauenleichen auf, ähnlich verstümmelt, und die Ermittlungen des Inspektors werden massiv behindert, er erhält Drohungen. Doch Akyl Borubaew lässt sich von niemandem aufhalten. Er weiß, dass er nichts zu verlieren hat ... und er weiß, dass noch mehr Blut auf Schnee fallen wird.

Der Autor

Tom Callaghan stammt aus Nordengland und studierte im englischen York und am Vassar College, New York. Nach seinem Studium arbeitete er einige Jahre als Creative Group Head bei Saatchi & Saatchi in London, New York und Philadelphia. Weitere Stationen waren Singapur und Dubai, wo er bis heute lebt. Als leidenschaftlicher Reisender pendelt er zwischen London, Prag, Dubai und Bischkek. *Blutiger Winter* ist der erste Roman einer Serie um Inspektor Akyl Borubaew.

Tom Callaghan

BLUTIGER WINTER

Thriller

Aus dem Englischen von Kristian Lutze
und Sepp Leeb

WILHELM HEYNE VERLAG
MÜNCHEN

Die Originalausgabe erschien 2015 unter dem Titel A Killing Winter
bei Quercus Editions Ltd., London

MIX
Papier aus verantwortungsvollen Quellen
FSC® C014496
FSC
www.fsc.org

Verlagsgruppe Random House FSC®N001967

Vollständige Taschenbuchausgabe 10/2016

in der Verlagsgruppe Random House GmbH,
Neumarkter Straße 28, 81673 München
Printed in Germany
Umschlaggestaltung: Nele Schütz Design, München,
unter Verwendung eines Motivs von © shutterstock/Mayer George
Druck und Bindung: GGP Media GmbH, Pößneck
ISBN: 978-3-453-43843-9

www.heyne.de

FÜR SARA

Sterben – nun, ich weiß, das hat es schon gegeben;
doch: auch Leben gabs ja schon einmal.

Sergei Jessenin
(übersetzt von Paul Celan)

KAPITEL 1

Frisches Blut hebt sich besonders lebhaft von Schnee ab. Sogar in einer ganz und gar mond- und sternenlosen Nacht wie dieser. Zäh und dunkelrot tropft es wie Öl aus dem rostigen Motor eines Moskowitsch. Aber Öl dampft nicht. Öl spritzt nicht rot auf weiß, zieht keine Spur zu einer halb unter Weißbirken verborgenen Leiche. Und Öl tröpfelt nicht aus einer Wunde, deren Ränder vor Kälte schon blau und steif sind.

Im anbrechenden Morgen hängt weiterer Schnee drohend in der Luft wie Asche. Schon hüllen ein paar vereinzelte Flocken das himmelwärts gerichtete Gesicht der Frau ein, ein Hauch von Spitze über der Stirn wie der Schleier einer Braut. Falls kein Betrunkener auf dem Nachhauseweg von der Kneipe dringend pissen muss und sie entdeckt, wird sie sich in ein paar Stunden in eine Schneeverwehung verwandelt haben, unbemerkt und umgangen, anonym bis zur Schneeschmelze im Frühling. Nur wenn ein einzelner Fuß in einem Stiefel oder eine gefleckte Hand aus dem schmutzigen Schnee ragt und auf sich aufmerksam macht, werden sich die Leute fragen, warum niemand etwas gehört hat …

»*Privjet*, Inspektor Borubaew, wie geht's?«

»Kalt hier. Was meinen Sie?«

Ich lehnte die angebotene Zigarette ab und registrierte den Streifen aus Kippen um die Füße des Uniformierten, den widerlichen Gestank von billigem Tabak in der Nachtluft. Ein typischer Uniformierter, überdimensionierte grüne Paradeschirmmütze und darunter kein Hirn. Ich beobachtete, wie er sich an der Glut seiner Kippe eine neue Classic anzündete, und überlegte, ob ich ihm wegen Verunreinigung des Tatorts den Arsch aufreißen sollte. Aber dies ist Kirgisistan. Das forensische Labor der Polizei des Bezirks Sverdlowsk besteht aus einem Schrank mit einer Sammlung gesprungener Reagenzgläser, ein paar medizinischen Lehrbüchern aus der Zeit vor der Unabhängigkeit und einem Karton Lackmuspapier mit abgelaufenem Verfallsdatum. Auf das Elektronenmikroskop warten wir immer noch.

Ich hatte es lange genug aufgeschoben. Es war an der Zeit, die Handvoll Som zu verdienen, die man mir jeden Monat bezahlt. Früher oder später würde ein ramponierter Krankenwagen kommen, um die Tote ins Leichenschauhaus zu transportieren. Dort würde es ein ganzes Stück wärmer sein als hier draußen. Aber keine Eile.

Wir waren auf der Ibraimowa-Straße, ein Stück hinter der Blonder-Bar, auf dem von Birken gesäumten und unbeleuchteten Weg oberhalb der Fahrbahn, wo im Sommer bei der Fußgängerbrücke die *mursilki*, die billigsten Bahnhofshuren, herumlungerten. Unförmige mürrische kettenrauchende Frauen mit dicken Bäuchen, die Baltika-Bier aus der Dose tranken, in deprimierendem Outfit: formlose T-Shirts und Trainingshosen, die man für den leichten Zugang schnell herunterlassen und für eine hastige Flucht schnell wieder hochziehen konnte. Aber heute waren keine Damen des Gewerbes unterwegs, nicht bei minus zwanzig Grad und angekündigtem weiteren Schneefall.

Kein guter Ort zum Sterben, falls es den überhaupt gibt.

Ich erklärte dem Uniformierten, er solle zurückbleiben, und folgte den Blutspuren zu der Leiche. Sie erinnerten mich an den Sauerkirschsirup, den man im Panfilow-Park auf die Eiswaffeln bekommt, üppig und appetitlich. Ich schlug den Kragen hoch, um mich gegen den Wind zu schützen, doch gegen einen kirgisischen Winter kann man nichts ausrichten. Meine Füße fühlten sich an wie die eines Fremden, doch ich tröstete mich damit, dass die Leiche wenigstens nicht stinken würde. Jedenfalls nicht, bis Jussupow sie auf seinem Tisch aufschlitzte. Oder genauer gesagt noch weiter aufschlitzte.

»Es war ein gewaltsamer Tod, Inspektor, richtig? Es ist ein Mord?«

Der Uniformierte wirkte beinahe eifrig; vielleicht war er deshalb zur Polizei gegangen und nicht, um mit kassierten Bußgeldern für Verkehrsvergehen sein Frühstück zu finanzieren. Ob er nach alldem hier noch frühstücken wollte, war eine andere Frage.

»Könnte auch ein hässlicher Schnitt beim Rasieren gewesen sein. Oder sie ist mit einer Schere gejoggt.«

»Glauben Sie?«

Er nickte, beeindruckt von der Weisheit eines Ermittlers aus der großen Stadt. Ein typischer Bauer aus dem Süden, das, was wir einen *myrki* nennen, den man nie aus seinem Dorf hätte herauslassen dürfen, eine Gefahr für sich selbst.

Ein paar Schritte weiter verbanden sich die Tropfen zu Spritzern und Pfützen und schließlich zu einem gefrorenen Fluss, der einem kleinen weißen Hügel entsprang. Die Leiche.

»Bleiben Sie zurück«, sagte ich unnötigerweise. Er hatte die Leiche bereits gesehen und, dem Geruch nach zu urteilen, den Hammeleintopf vom Vorabend am Tatort hinterlassen.

»Ist das Ihr Erbrochenes?«

Es war besser, nicht vom Naheliegenden auszugehen. Vielleicht hatte der Mörder einen empfindlichem Magen. Vielleicht hatte er sich mit einem Stück Papier den Mund abgewischt, auf dem seine Telefonnummer stand. Vielleicht konnte das Labor eine Blutgruppe bestimmen. Vielleicht.

»*Da*. Tut mir leid.«

»Ihre Erste? Denken Sie sich nichts dabei, das passiert allen beim ersten Mal. Sie werden sich mit der Zeit dran gewöhnen.«

Aber das tut man nicht.

Ich verdrängte die Erinnerung an den alten Mann in der Einzimmerwohnung, die sein Neffe in einem von Wodka befeuerten Streit über weiß Gott was in ein Schlachthaus verwandelt hatte, und konzentrierte mich auf die Gegenwart, auf die eisblauen, von Schnee lasierten Augen, die fragend zum letzten Rätsel hochstarrten.

Ungeachtet der Kälte zog ich die Handschuhe aus und wischte den Schnee beiseite, der Nase und Wangen bedeckte. Sanft, so wie ich Tschinara zum Ende hin das Haar aus dem schlafenden Gesicht gestrichen habe, wenn das Morphium dem Schmerz die Spitze genommen hatte. Zärtlichkeit ist das Mindeste, was wir den Toten schulden; wir geben ihnen vorher so wenig davon.

Kein Mädchen, sondern eine Frau, vielleicht Ende zwanzig, höchstens dreißig. Blond gefärbtes Haar, professionell, nicht zu Hause über dem Waschbecken; nur an den Haarwurzeln war ein schmaler schwarzer Ansatz sichtbar. Hohe slawische Wangenknochen, gute Zähne, keine Goldkronen. Ein langer, elegant geschnittener Wollmantel, ein Kaschmirtuch um die Schultern. Keine Handtasche, doch das überraschte mich nicht. Kirgisistan ist ein armes Land; niemand guckt einem geschenkten Gaul ins Maul. Und sie würde ihr Handy schließlich nicht mehr brauchen.

In ihrem Gesicht gab es keinerlei Spuren, kein Ausdruck der Überraschung oder des Entsetzens, nur dieser eingefrorene Blick zum Himmel. Schnee rieselte zu Boden, als ich ihren Mantel aufschlug.

Eine weiße, hochgeschlossene Bluse, aufgerissen. Ein zierlicher Spitzen-BH, vorne durchgeschnitten, sodass ihre kleinen Brüste mit den vor Kälte geschrumpften, indigoblauen Brustwarzen entblößt waren. Nach wie vor keine Wunde, doch das machte es nur noch schlimmer. Es war, als würde man eine Schaufensterpuppe entkleiden, nur dass die Berührung menschlicher Haut, selbst toter, unverwechselbar ist.

Eine schlanke Taille, Gürtel mit Designerschnalle aus Metall. Der Rock bis zu den Hüften hochgezerrt. Dunkelgrau, soweit ich es nach dem bisschen unbeflecktem Stoff beurteilen konnte, denn ansonsten war es ein Sumpf aus verkrustetem, ins Schwarze changierendem Dunkelrot. Ein zerfetzter Slip, der um ein Bein gewickelt war. Und schließlich die Wunde.

Ich blickte nach unten und fragte mich, mit welcher Lüge und welchem Verrat man sie hergelockt hatte, dann streifte ich meine Handschuhe wieder über und richtete mich auf. In der Kälte knackten meine Knie wie Eis, das auf einem entfernten See splitterte. Meine Welt ist ein hoffnungsloser, grausamer Ort, ein Land, bevölkert von Bedauern und verlorener Liebe. Ich tastete nach meinen Zigaretten, lehnte das angebotene Feuer ab und saugte den Krebs in meine Lungen.

»Sagen Sie dem Sanka, ich treff ihn dann an der Leichenhalle. Und vergessen Sie nicht, zu erwähnen, dass wir es mit einem Doppelmord zu tun haben.«

Der Uniformierte wirkte, wenn das überhaupt möglich war, noch verwirrter als zuvor. Seine Mütze hatte Ohrklappen aus Fell, die ihn aussehen ließen wie die Karikatur eines Kaninchens. Er blickte sich um und schaute sogar hinter die schlanken Birken.

»Aber es gibt nur eine Leiche, Inspektor.«

Ich atmete aus und beobachtete, wie der Rauch und mein beschlagener Atem sich in der Dunkelheit mischten, Leben und Tod, die sich miteinander verwoben. Die erste Flocke des zum Morgengrauen angekündigten Schnees küsste meine Stirn. Ich wollte einen Wodka. Dringend.

»Sie haben nicht in ihre Gebärmutter geguckt.«

KAPITEL 2

Es war später Nachmittag, als mich einer der Uniformierten am Ende seiner Schicht unweit vom Leichenschauhaus absetzte. Direkt neben dem Krankenwagen zu parken, der gerade den Sack Knochen und Eingeweide des Abends entlud, kam mir immer respektlos vor. Außerdem gab es mir Zeit, meine Gedanken zu sammeln und ein bisschen frische Luft in die Lungen zu saugen, bevor ich den säuerlichen Gestank eines frisch geöffneten Magens einatmete.

Das Leichenschauhaus des Bezirks Sverdlowsk ist ein schäbiges, unansehnliches Gebäude in allseits beliebter Dreckiger-Beton-Optik; eine angemessene Unterbringung für die Toten in einem Land, in dem es selbst für die Lebenden schwer ist, eine Behausung zu finden. Nur ein kleines verwittertes Schild weist auf die Funktion hin; es ist kein Ort, den viele Menschen besuchen, und die es tun, kommen meist mit den Füßen zuerst an.

Zu viele Abende habe ich hier verbracht, unter Glühbirnen, die flackern, wenn die Spannung im Stromnetz absackt, zwischen gekachelten Wänden, von denen jeder Laut abprallt, bemüht, die durchdringenden Schlachtergerüche zu ignorieren.

Der Widerschein der Heckleuchten des davonfahrenden *ment* im Schnee erinnerte mich an das Blut, das aus der Kehle des Schafs gespritzt war, das wir zu Tschinaras *toi* geopfert hatten, der Gedenkfeier vierzig Tage nach dem Tod eines Verstorbenen. Der Imam hatte ein paar Gebete gemurmelt, das Schaf hatte sich im Hof vollgeschissen und fand sich fünf Minuten später in Stücke gehackt wieder.

Ich bin ein Junge aus der Stadt, geboren und aufgewachsen in Bischkek: Ich denke, ein Tier zu töten ist eine höllische Art, der Verstorbenen zu gedenken, aber so wurde es in den Dörfern schon immer gemacht.

Ich schob alle Gedanken an Schlachtermesser beiseite und stieß die Schwingtür auf. Die eigentlichen Arbeitsräume der Leichenhalle liegen im Keller, zu dem man über eine mit gebrochenen Kacheln geflieste Treppe gelangt. An einer Wand ist ein großer smaragdgrüner Fleck, wo letzten Winter der Schnee eingedrungen ist, wahrscheinlich auf der Suche nach Wärme. In jeder zweiten Fassung fehlt die Glühbirne, doch es gibt ausreichend Licht, das sich in den Metalltüren am Ende des Flures spiegelt.

Ich trat den gröbsten Schnee von meinen Schuhen, froh, dass keine Babuschka in der Nähe war, die mich für die Sauerei tadeln konnte, die ich auf dem Fußboden hinterließ, und atmete ein letztes Mal tief ein.

»Inspektor«, murmelte Kenesch Jussupow, ohne von der formlosen Masse auf dem Stahltisch vor sich aufzublicken. Das Licht der Neonlampen spiegelte sich blitzend in seiner randlosen Brille. »Ich nehme an, du kommst wegen der Frau? Noch fünf Minuten, ich mach gerade noch diesen *krokodil* fertig.«

Ich verzog das Gesicht und bemerkte den Geruch von Jod, der den üblichen Gestank von Blut, rohem Fleisch und Scheiße überlagerte. Ich habe ein paar furchtbare Dinge gesehen: von Babys, denen die Eltern jeden Knochen im Leib gebrochen hatten, bis hin zu Großmüttern, die vergewaltigt und für ihre zweihundert Som Rente totgeschlagen worden waren. Aber ein *krokodil* ist eine Vision aus der Hölle.

Krokodil ist die neueste Modedroge aus Mütterchen Russland, billiger und viel stärker als Heroin. Man stellt es zu Hause selbst her, aus frei verkäuflichen Arzneimitteln wie Kodein, die mit Jod, rotem Schwefel aus den Zündköpfen von Streichhölzern, einem Spritzer Benzin und was man sonst in die Hände kriegt, aufgekocht werden. Reines Gift.

Krokodil wird es genannt, weil die Haut um die Einstichstelle der Spritze grün und schuppig wird, wenn Entzündungen und Brand schwelen. Das Fleisch beginnt beinahe unmittelbar zu faulen und abzusterben, löst sich und hinterlässt nicht verheilende Wunden, die sich durch Gewebe und Muskeln bis zu den Knochen fressen.

Ich habe Süchtige ohne Fleisch an den Armen gesehen, Elle und Speiche entblößt und grauweiß, Frauen mit Löchern in den Beinen, so groß, dass man seine Faust hineinstecken konnte, Männer, deren Wangen aufgeplatzt waren, nachdem ihr Zahnfleisch zu einem blutigen Brei geworden war. Der Gestank von Jod durchdringt Kleider, Haut, Haare, sogar die Wände der billigen Wohnungen und Fixerstuben, wo die Süchtigen sich die Droge tagelang ununterbrochen aufkochen. Wenn man mit dem Krokodil schwimmt, hat man wahrscheinlich noch sechs Monate zu leben, wenn man es denn so nennen kann.

Weil Kirgisistan so nahe an Afghanistan mit seinem leicht verfügbaren Angebot an billigem Heroin liegt, hat *krokodil* uns noch nicht in dem Maße gefressen, wie es die Süchtigen von Moskau bis Wladiwostok verschlungen hat, aber das ist nur eine Frage der Zeit.

»Ein schlimmer Fall?«, fragte ich und bemühte mich, nicht hinzusehen.

»Im Vergleich mit was?«

»Du weißt, was ich meine. Schlimm?«

»Eigentlich nicht. Der hier ist an einem Herzinfarkt gestorben. Kaum Nekrose, bis auf die Finger. Sie sind alle weg, nur rohe Stümpfe, aus denen die Knöchel ragen. Oh, und sein Penis. Er konnte nicht mehr pissen, selbst wenn er noch Finger gehabt hätte, um seinen Schwanz zu halten. In dem Zustand konnte er natürlich auch keine Spritze mehr bedienen, also muss ihm jemand den Schuss gesetzt und sich mit der Dosis vertan haben.«

»Oder auch nicht. Eine Vene weniger zu füttern, umso mehr Stoff bleibt.«

»Schon möglich, Inspektor, aber schwer zu sagen.«

Das Jod ließ mich würgen. Ich wusste, dass ich faulendes Gewebe in meine Lungen saugte, doch der Spott der Kollegen würde kein Ende nehmen, wenn ich dazu überging, bei Obduktionen einen Mundschutz zu tragen.

»Ich könnte auch wiederkommen. Wenn du hier fertig bist. Wegen der Frau.«

»Keine Sorge, Inspektor, der hier läuft mir nicht weg, der ist in einer Sackgasse gelandet.«

Damit wären wir schon zwei, dachte ich, während Jussupow ein zerschlissenes Laken über die menschlichen Überreste vor sich warf. Ich versuchte zu übersehen, wie der Stoff sich sofort mit irgendeiner grässlichen Flüssigkeit vollsaugte, und folgte Bischkeks leitendem Pathologen zu dem Seziertisch auf der anderen Seite des Raumes.

»Deine Freundin. Sieht viel zu gut aus für dich, die spielt in einer anderen Liga. Oder spielte«, verkündete Jussupow und zog einen der überdimensionierten Aktenschränke auf, in denen er seine frischen und nicht mehr ganz so frischen Toten aufbewahrte. Die Metallschienen quietschten wie eine Rasierklinge, die über Rost kratzt, und ein Schwall kalter Luft wehte heraus. Wie jedes Mal schoss mir der Gedanke durch den Kopf, dass die Leiche gar nicht tot war, sondern gerade ausgeatmet hatte.

Es gibt Nächte, in denen ich nicht schlafen kann und meine Augen sich blasig und rissig anfühlen von den Dingen, die sie gesehen haben, Nächte, in denen die Toten an mir vorbeidefilieren wie Models bei einem makabren Catwalk. Ich drückte gegen die schlimmsten Gerüche meine Zunge an den Gaumen und machte mich daran, die Totenruhe des Mädchens erneut zu stören.

Einer von Jussupows Assistenten hatte sie nackt ausgezogen, um ihre Kleider zur spurentechnischen Untersuchung zu geben oder, wahrscheinlicher, um sie auf dem Basar zu verkaufen. Seit der Erklärung unserer Unabhängigkeit von der Sowjetunion 1991 haben wir die Korruption und Gier diverser Regierungen ertragen, die sich die eigenen Taschen vollgestopft haben. Also sieht jeder, wie er zurechtkommt, und nutzt jede Gelegenheit, ein paar Som zu machen. Und wenn das bedeutet, die Kleider der Toten zu verkaufen – nun, dies ist ein armes Land.

Das Gesicht des Mädchens wurde aufgedeckt, eisweiß und friedlich. Um die Hüften und auf dem Rücken hatten sich bereits blassbläuliche Flecken gebildet, wo sich das im Körper verbliebene Blut, von der Schwerkraft angezogen, unter der Haut ablagerte. Ich konnte an ihrem Körper den Verschleiß durch das alltägliche Leben erkennen; eine Blinddarmnarbe, alte Kerben und Kratzer, eine Schramme aus der Kindheit, die auf einem Knie ein Muster hinterlassen hatte.

Nackt sah sie jünger und verletzlicher aus, eins der natürlichen Opfer des Lebens, geboren, um hier zu enden, ohne etwas von meinen Blicken und Jussupows Instrumenten zu ahnen. Die Sorte Frau, die ständig gegen Türen läuft, bis eines Tages eine zu hart zuschlägt und sie draußen stehenlässt.

Aber sie wirkte mehr im Frieden mit sich als Tschinara, nachdem sie von ihren Schwestern in ein Grabtuch gewickelt und für die letzte Nacht auf Erden auf die rechte Seite der Jurte gelegt worden war – die Seite der Frau –, bevor die Männer sie am Morgen hinunter zu dem Friedhof mit Blick ins Tal trugen.

Ich konnte ihre Eingeweide riechen, den Gestank und Geschmack von Eisen, als hätte ich meinen Kopf zwischen ihren Beinen gehabt und sie während ihrer Periode geleckt. Ich musste hart schlucken, bevor ich die Wunde widerwillig betrachtete.

»Mein Gott«, murmelte ich. Aber falls es einen Gott gab, war er ziemlich sicher nicht im Dienst gewesen, als das passierte.

»Interessant, nicht wahr?«, sagte Jussupow ruhig, als würde er das Bouquet eines edlen Weines genießen oder eine kunstvoll mundgeblasene Vase bewundern. »Ich muss ehrlich gestehen, dass ich noch nie etwas Vergleichbares gesehen habe.«

Die meisten Wunden werden willkürlich zugefügt, zögernd, ein Stoß hier, ein Schnitt da, sodass es mehrerer ängstlicher Anläufe bedarf, bevor der Tod eintritt. Oder der Mörder wird von einer wilden Heftigkeit angetrieben, einem Hass, der aus billigem Wodka hochkocht, Kindern, die nie aufhören zu schreien, einer Frau, der man schon lange egal ist. Die Schnitte sind planlos, zerfetzen und zerschneiden, Klinge, Flasche oder Axt hacken blindlings auf das Opfer ein, das Werk von Laien, die an jenem Morgen beim Aufwachen nie daran gedacht hätten, ihr eigenes Leben zu verändern oder das eines anderen zu rauben. Dieser Mörder war anders vorgegangen. Entschlossen, akkurat, präzise.

Jussupow hat mir einmal erklärt, dass man das Skalpell bei einer Obduktion am besten so führt, als würde man mit einer Rasierklinge durch weiches Balsaholz gleiten. Die Haut öffnet und löst sich ein wenig, und man kann durch Fleisch, Fett- und Muskelgewebe bis zum darunterliegenden Knochen schneiden.

»Du hast natürlich bemerkt, dass man ihr die erste Verletzung mit einem einzigen Schnitt zugefügt hat. Kein Zögern. Da wusste jemand genau, was er tat, kein Rumgestochere, nachdem er mit der Klinge hängengeblieben war.«

»Also kommst du als Verdächtiger in Frage, Kenesch.«

Jussupow wirkte gekränkt. Ich habe nie herausgefunden, ob er dachte, dass man über den Tod keine Witze macht, oder ob er einfach keinen Humor hatte.

»Ich hätte den Uterus sauberer entfernt«, sagte er, und spreizte die beiden Schamlippen, als würde er eine Orange zum Dessert schälen. »Aber es ist nicht übel, verstehst du, für so etwas braucht man Praxis. Ein Medizinstudium, würde ich denken, vielleicht Gynäkologie; die erforderlichen Fertigkeiten zur Durchführung einer Hysterektomie erwirbt man nicht in einem Schlachthaus.«

Ich fragte mich, in was für einer Welt Jussupow lebte, einem Ort, wo es als nützliche Berufserfahrung galt, eine Frau auszuschaben und die Abfälle mit nach Hause zu nehmen.

»Du kannst also nicht sagen, ob sie vergewaltigt wurde?«

»Nun, wenn ja, hat der Täter den Tatort gewissermaßen mitgenommen.«

Jussupow stieß ein eigentümliches Glucksen aus, ein schleimiges Schnauben, das in seiner Brust rasselte.

»Aber das ist nicht das Interessante; jeder Sexualmörder von hier bis zum Ural kann die *pisda* einer Frau zerstückeln. Schau dir den Transversalschnitt über dem Rand der Blase an. Wunderbare Arbeit, er hat sie präzise geöffnet, unter minimaler Beschädigung des Gewebes. Wenn deine Frau ein Baby bekommen würde, wäre das der Mann, den du für einen Kaiserschnitt wolltest.«

Er hielt inne und blickte in die klaffende Wunde wie ein Bräutigam, der seiner Frau beim Ausziehen zusieht.

»Wunderschön, perfekt auf seine Art. Obwohl sie den Blutverlust durch die anderen Wunden natürlich nie überlebt hätte«, fügte er hinzu. »Wie du feststellen wirst, hat er ihre gesamte Gebärmutter zur Einsicht freigelegt, wie mit einem Dosenöffner, sodass er den Deckel hochklappen und hineinschauen konnte.«

Ich versuchte, die Masse aus Knorpel, Venen und Arterien, die einst ein weiblicher Körper gewesen waren, zu ignorieren. Ich konnte erkennen, dass der auf der Seite liegende Fötus der eines Jungen war; er hatte die Knie an die Brust gezogen und seine papierdünnen Finger zu Fäusten geballt.

»Wie lange war sie schon schwanger? Wie alt ist das Kind?«

Jussupow blickte auf, wieder spiegelte sich das Licht in seinen Brillengläsern.

»Ich glaube, du hast nicht verstanden.«

Er winkte mit seiner Latex-behandschuhten Hand auf die Leiche im Schrank. Ich wandte den Blick von der Wunde ab, von dem niedergemetzelten Mädchen, von dem Kind, das ermordet worden war, bevor es geboren wurde.

»Vielleicht war es der Vater des Kindes. Oder ihr Ehemann, weil sie von einem anderen geschwängert wurde. Sobald wir sie identifiziert haben, können wir ihn aufspüren. Eine Klinik wird Unterlagen haben, ein Arzt müsste sie wiedererkennen.«

»Du verschwendest nur deine Zeit.«

»Es ist meine Zeit, die ich verschwende, Jussupow. Noch zahlt das Weiße Haus.«

Jussupow grunzte nur: Jeder wusste, was er von der Regierung hielt. Es war Jussupow gewesen, der die Obduktion der Leichen der Demonstranten durchführen musste, die während der letzten Revolution auf dem Ala-Too-Platz von Bereitschaftspolizisten niedergeschossen worden waren. Die Demonstranten hatten Plakate geschwenkt, den Rücktritt des Präsidenten gefordert und das Parlamentsgebäude gestürmt. Dann hatte die Schießerei von beiden Seiten begonnen.

Ich war damals gerade in Tokmok, wo ich den plötzlichen Tod eines jungen Mannes untersuchte, ein paar Kilometer östlich von Bischkek, als ich von dort abgerufen und zum Leichenschauhaus zitiert wurde. Ich drängte durch die Menge, weinende Mütter und Väter, Töchter und Söhne, die das Gebäude umringten, die Herausgabe ihrer Liebsten sowie die Verhaftung des Präsidenten verlangten, der den Schießbefehl erteilt hatte. In der Halle lagen Dutzende von Toten, gestapelt in der wahllosen Ordnung, die der Tod mit sich bringt, Leichen, von hochkalibrigen Geschossen zerfetzt, der Boden rutschig von Blutlachen. Der Gestank von totem Fleisch und Schießpulver stieg mir in die Nase.

Jussupow stand über die Leiche eines älteren Mannes gebeugt, auf dessen Hemd ein dunkelroter Fleck erblühte, und blickte nicht auf, als ich kam.

»Gehe ich recht in der Annahme, dass du im Zusammenhang mit alldem hier keine Verhaftung vornehmen wirst, Inspektor?«

Ich sagte nichts, und mein Schweigen hing in der Luft wie ein Eingeständnis meines Scheiterns.

»Diese Leute wollten nicht viel«, fügte er hinzu, und seine Stimme war von Trauer belegt, »nur hin und wieder eine anständige Mahlzeit, Schulen für ihre Kinder, Krankenhäuser, ordentliche Straßen. Eine Regierung, die ihnen hilft, statt ihnen ihren letzten Som zu rauben. Aber das ist zu viel verlangt, wenn es Villen im Ausland zu kaufen, Luxusautos zu fahren und Konten bei fremdländischen Banken zu füllen gilt.«

Mittlerweile hatte Jussupow das Hemd des alten Mannes geöffnet und stieß in ein großes Loch in dessen Brust.

»Todesursache?«, fragte er. »Hoffnung auf eine bessere Zukunft, meinst du nicht auch?«

Er blickte nicht auf, als ich den Raum verließ, unfähig, ihm zu widersprechen ...

»Zeitverschwendung«, wiederholte Jussupow und tippte mit dem Finger auf den Rand der Schublade.

Ich war fasziniert. Er war vielleicht kein Mann, mit dem ich einen halben Liter und Sakuski teilen wollte, doch Jussupow wusste, was er tat, und er sagte selten etwas, ohne es wissenschaftlich belegen zu können.

»Wenn du genauer hinsiehst, wirst du bemerken, dass es keine Spur einer Plazenta gibt, keine Erweiterung des Beckens; wo ihre Gebärmutter war, ist nur ein schmaler Kanal. All das fügt sich zu einem höchst ungewöhnlichen Befund.«

Ich schaute genau hin. Doch ich erkannte nur Sumpf und Chaos des Gemetzels und mittendrin das tote Kind. Ich wandte mich ab und sah Jussupow mit einer fragend hochgezogenen Braue an.

»Diese Frau war nie schwanger«, erklärte er. Und wenn Jussupow etwas in diesem Tonfall sagte, gab es keinen Zweifel.

Ich starrte ihn an, als hätte er die Teile eines Puzzles für mich aufgereiht und ich wäre nach wie vor außerstande, sie zusammenzufügen. Jussupow streifte seine Handschuhe ab und polierte mit dem Saum seines Laborkittels pedantisch seine Brille. Neben einer der Taschen war ein Blutspritzer.

»Es ist nicht ihr Kind, Inspektor. Sie war nicht schwanger. Jemand hat sie getötet, aufgeschlitzt, ausgenommen und ihr dann den Fötus einer anderen Frau hineingelegt.«

KAPITEL 3

Das Licht oder genauer gesagt der graue Schlamm, der in Bischkek im Winter als Licht durchgeht, verblasste, und es fing wieder an zu schneien, als ich die Holztür und die dahinterliegende Stahltür zu meiner Wohnung aufschloss. Die meisten Wohnungen sind auf die gleiche Weise gesichert; wenn es nicht viel gibt, was man einem stehlen kann, bewacht man das wenige, was man hat, mit Leidenschaft. Sollten sich die Einbrecher ruhig an dem alten Fernseher mit Dipolantenne oder der chinesischen Mikrowelle bedienen, es könnte mir nicht gleichgültiger sein, solange sie mir den Karton mit den Fotos ließen. Ich legte die Pistole in die kleine verschließbare Kassette neben der Tür, drehte den Schlüssel im Schloss um und ging zur Kochnische.

Ich riss das Fenster auf und vergewisserte mich, dass der halbe Liter, den ich auf dem Fenstersims hatte stehenlassen, noch da war. Ich hätte ihn auch im Gefrierfach des Kühlschranks aufbewahren können, doch der Gedanke, dass der Wodka von den Elementen und nicht mit Strom gekühlt wurde, hatte etwas Befriedigendes. Dabei trank ich seit Tschinaras Tod nicht mehr. Ich fischte ein Glas aus dem Abwasch im Becken, spülte es aus und goss mir einen ordentlichen Schluck ein. Dann starrte ich das Glas lange an, erinnerte mich an die Zeit, als ich noch getrunken hatte, und an die Gründe, weswegen ich getrunken hatte. Eine Art Buße, nehme ich an. Dann kippte ich den Wodka ins Waschbecken, spülte das Glas erneut aus, machte die drei Schritte bis ins Schlafzimmer und legte mich hin.

Die zahllosen Tatorte, an die ich in all den Jahren gekommen war, hatten mich nicht bewogen, die Flasche endgültig zuzuschrauben; sicher, ich hatte hin und wieder mit einem Albtraum zu kämpfen, musste gelegentlich zweimal hinsehen, weil auf dem Tschüi-Prospekt jemand an mir vorbeigegangen war, über dessen erschossenem, erstochenem oder erschlagenem Körper ich eine Woche zuvor gestanden hatte. Und dann gab es die Abende, an denen ich mit Kollegen in irgendeiner Bar Bier getrunken und Kriegsgeschichten erzählt hatte und mich nur verschwommen daran erinnern konnte, wie ich nach Hause gekommen war. Aber ich sagte mir, dass ich das tun musste, um auf der Seite der Engel zu bleiben, einer von den Guten, ein Rächer.

Bis zu dem Tag, als Tschinara aus dem Krankenhaus zurückkam.

Als sie mir ein Glas Wodka in die Hand drückte, bevor ich mich setzen konnte, und mich nicht ansah, sondern aus dem Fenster auf den Spielplatz unten starrte, wusste ich, dass es schlimm war. Die verrostete Rutsche und die Klettergerüste waren im Betonboden verankert, aber alle abmontierbaren Metallteile waren längst verschwunden. Es sah aus wie ein uraltes Skelett, das man halb ausgegraben und dann der Bleiche durch die Elemente überlassen hatte. Trotzdem spielten die Kinder dort Nachlaufen oder Verstecken, lebten im Augenblick, ohne sich über Verbrechen zu sorgen oder darüber, woher ihre nächste Mahlzeit kam.

Als sie schließlich sprach, war es mehr ein Flüstern, sodass ich mich anstrengen musste, sie zu verstehen.

»Sie sagen, ich habe ein Geschwür. In der rechten Brust. Krebs.«

Der Wodka brannte in meiner Kehle; ich war wütend, verwirrt und schließlich panisch. Jahrelang zu den unmöglichsten Zeiten in fremde Wohnungen zu gehen, Nachrichten zu überbringen, die niemand hören wollte, und die Reaktionen anderer auf einen unerwarteten Tod zu beobachten hatte mich nicht auf den Augenblick vorbereitet, da der Tod meine Schlösser knackte und sich auf Zehenspitzen in mein Zuhause schlich.

»Sie müssen sich irren. Wir holen eine zweite Meinung ein. Die Röntgenaufnahmen sind bestimmt falsch beschriftet worden, das passiert dauernd … sie müssen sich irren.«

Tschinara warf ihr langes schwarzes Haar nach hinten, das sich seitlich wie ein gefalteter Krähenflügel an ihren Kopf schmiegte. Sie sah mich noch immer nicht an, sondern starrte weiter auf den geplünderten Spielplatz. Ich wollte sie umarmen, sie schütteln, irgendwas tun, damit all das wegging.

»Aber was, wenn nicht?«

Sie klang resigniert, fast ein wenig besorgt, ich könnte ihr die Schuld dafür geben, dass sie krank war.

»Sie irren sich. Bestimmt. Du hast nie geraucht. Wir sollten Spezialisten in Moskau konsultieren. Ich beantrage morgen Sonderurlaub wegen eines Notfalls.«

»Und womit sollen wir die bezahlen? Mit dem, was du verdienst? Mit dem, was wir gespart haben?«

Ich sagte nichts. Ich bekam kaum Luft, mein Herz zuckte und trat in meiner Brust um sich wie ein verängstigtes Tier. Ich konnte überall in der Stadt ein paar Gefälligkeiten einfordern, von anderen Polizisten, von Politikern, denen ich einmal aus der Klemme geholfen hatte, sogar von Mitgliedern der Mafia, mit denen ich zu tun hatte. Aber mit der dritten Person, die sich gerade zu uns in den Raum gesellt hatte, konnte man nicht verhandeln.

»Ich habe die Röntgenbilder gesehen. Die Tumore. Jede Menge. Der Arzt hat gesagt, er hätte aufgehört zu zählen.«

Das Sonnenlicht im Zimmer war sehr hell, so grell, dass meine Augen tränten. Ich konnte die Kinder auf dem Spielplatz rufen und lachen hören und wollte das Fenster aufreißen und sie anschreien, sie sollten ruhig sein: weil meine Welt gerade zusammenbrach, weil ich Angst hatte, weil es mir ungerecht vorkam, dass irgendjemand glücklich war.

»Sie wollen mich diese Woche operieren. Herausnehmen, was sie können.«

Ich setzte mich neben sie und legte den Arm um ihre Schultern. Ich versuchte, ihren Kopf in meine Richtung zu wenden, doch sie versteifte sich und wandte sich ab.

»Du wirst wieder gesund, das passiert vielen Frauen …«

Ich hörte, wie sich meine Stimme verlor. Irgendwie schaffte ich es nicht, den überzeugend beruhigenden Ton zu finden, den ich, konfrontiert mit ängstlichen, schockierten, verzweifelten Gesichtern, sonst so oft getroffen hatte.

»Er wird schon gesund und munter wieder auftauchen, wenn er Hunger kriegt.«

»Er ist in diesem Moment im OP.«

»Wir werden herausfinden, wer das getan hat.« Und manchmal gelang uns das und manchmal nicht.

Behutsam stellte ich mein Glas ab, als könnte das geringste Geräusch eine schreckliche Explosion auslösen, und umarmte Tschinara von hinten. Sie riss sofort die Hände hoch, um ihre Brüste zu bedecken, als wollte sie sie vor meinem Griff schützen oder verhindern, dass ich mich irgendwie ansteckte. Seltsam, was einem in einem solchen Moment durch den Kopf geht. Ich konnte an nichts anderes denken als daran, dass es in einer Woche dort nichts mehr geben würde, was ich anfassen und liebkosen konnte.

»Es tut mir leid.«

»Ich weiß, es wird gut. Alles wird gut.«

Die Worte, mit denen wir uns versichern, dass es noch nicht an der Zeit ist, sich der langen Prozession anzuschließen, dass wir noch nicht an der Reihe sind, vom Förderband in die Dunkelheit zu fallen. Ich legte meine Hände auf ihre Schultern. An ihrem Zittern erkannte ich, dass sie stumm weinte.

Der Rest des Abends ist verschwommen und dann ein weißer Fleck. Glas auf Glas, Tränen, Selbsthass, leere Versicherungen. Irgendwann umfallen und das halbvolle Glas auf den Teppich kippen. Ein Vorbild an Unterstützung, zur Stelle, als Tschinara mich am meisten brauchte …

Ich schloss die Erinnerungen wieder in ihren Schrank, machte die Augen zu und konzentrierte mich auf die Tote, die unter den Bäumen im Schnee gelegen hatte. Und auf das tote Kind, das in ihr abgelegt worden war. Was Kinder betrifft, bin ich nicht übermäßig sentimental. Kurz nach unserer Hochzeit hatte Tschinara eine Abtreibung; wir lebten damals noch draußen in Alamedin in einem verrottenden Zementklotz, einem Wohnblock wie die, in denen ich für den größten Teil meiner Laufbahn mit gezückter Pistole Türen eingetreten habe. Wir sind noch nicht bereit dafür, hatte sie gesagt, erst die Karriere, dann die Familie, später ist immer noch Zeit. Aber dem war dann doch nicht so.

Ich will nicht auf die Pauke hauen von wegen, ein Fötus habe eine Seele, doch ich glaube auch nicht an Verhütung durch Abtreibung, so wie viele Leute es tun. Wenn es in meinem Job um irgendwas geht, dann darum, die Verwundbaren vor den Jägern zu schützen, die die Herde umkreisen und darauf warten, dass ein Tier von den anderen getrennt wird, damit sie zuschlagen können. Und etwas Verletzlicheres als ein ungeborenes Kind kann ich mir nicht vorstellen.

Vielleicht bin ich ein Idiot, weil ich Verantwortung für Menschen übernehme, die ich nie im Leben gekannt habe und die mir ihr Geheimnis erst im Tod offenbaren: der Kleiderschrank voller gestohlener Kleider, versteckte Pornos, schwul oder hetero, unterm Bett gebunkerte Wodkaflaschen. All das und mehr habe ich gefunden. Manchmal erzähle ich es den Verwandten, häufiger entferne ich die Spuren solch menschlicher Schwächen und vergrabe sie in den Akten, die im Keller der Zentrale verstauben. Natürlich nur, wenn ein Tod nicht verdächtig ist; bei dem geringsten Anzeichen dafür muss man für alle Möglichkeiten offen sein. Die Toten kann man mit ihrer Vergangenheit ohnehin nicht mehr beschämen, doch man kann verdammt noch mal dafür sorgen, dass die Lebenden ihnen nicht zu schnell Gesellschaft leisten.

Ich öffnete die Augen und starrte an die Decke. Die Hoffnung einzuschlafen war aussichtslos, und ich hatte Arbeit zu erledigen. Ich rappelte mich vom Bett hoch und betrachtete mich im Spiegel des Kleiderschranks. Ein Gesicht, so zerknittert und faltig wie meine Klamotten. Eins, das im Laufe der Jahre siegreich aus ein paar Kämpfen hervorgegangen war, jedoch nie einen angefangen hatte. Untersetzte Statur, nicht groß, kurzrasierte schwarze Haare, schwarze Augen, die unter dichten Brauen hervorstarren. An meinen Wangenknochen, die höher und schräger sind als die des durchschnittlichen mondgesichtigen Kirgisen, kann man eine Spur der tatarischen Gene meiner Mutter erkennen. Ihr Vater, mein Großvater, war ein Uigure, von ihm habe ich meinen leeren, ausdruckslosen Blick.

»Zeig nie deinen Charakter«, sagte meine Mutter immer, wenn ich verärgert oder unglücklich aussah. »Zeig kein Gefühl und keine Schwäche, behalte es für dich, schließ alle anderen aus. Was sie nicht wissen, kann dir nicht wehtun.«

Sie hatte ohne die Spur einer Emotion zugesehen, wie erst der Leichnam ihres Vaters und dann Jahre später der meines Vaters aus der Dreizimmerwohnung getragen wurde, die wir unser Zuhause nannten. Keine Träne, keine Anzeichen, dass sie irgendetwas empfand. Nicht einer meiner Kollegen, nicht einmal die, die sich etwas auf ihre Verhörmethoden einbilden, hätte meine Mutter zum Reden gebracht, wenn sie entschlossen war, zu schweigen.

Noch Wochen nach Tschinaras Tod konnte ich ihr Parfüm, ihr Shampoo, ihren Hals auf dem Kissen neben meinem riechen. Ich lag da und redete mir ein, sie sei nur ins Bad gegangen, würde übers Wochenende ihren Bruder besuchen oder eine ihrer ungezählten Tassen Tschai machen. Und manchmal funktionierte es, und ich döste ein, während mein Arm auf der Suche nach einer Wärme, die nicht mehr da war, in die Nacht tastete.

Aber am Morgen traf es mich nach dem Bruchteil einer Sekunde des Glücks wie ein außer Kontrolle geratenes Auto. Tot.

Ich starrte aus dem Fenster. In der Dunkelheit war das verrostete Klettergerüst unsichtbar, doch ich wusste, dass es da war. Genauso wie ich wusste, dass Tschinara unter einem Erdhügel lag, in dem Grab, für das ihre Brüder stundenlang den gefrorenen Boden aufgehackt hatten, um ihr ein Bett zu bereiten.

KAPITEL 4

Da ich sowieso nicht würde einschlafen können, entschied ich, dass alles besser war als eine Nacht voller Erinnerungen und Stille. In meinem Beruf gibt es keine festen Bürozeiten, also schloss ich meine Tür ab und stapfte hinaus in die Dunkelheit.

Das andere Ende des Tschüi-Prospekts lag verlassen da, als ich die Straße überquerte. Es war nach Mitternacht. Kein Mensch war unterwegs, keine Stiefel knirschten auf dem frischgefallenen Schnee. In diesem Teil der Stadt ist der Schnee so ziemlich das einzig Jungfräuliche, was man finden wird. Die Stämme der Bäume am Rand des Panfilow-Parks waren weiß getüncht, sodass es aussah, als würden sie in der Luft schweben oder von einem unsichtbaren Kran an ihren Standort herabgelassen. Ein Riesenrad blitzte durch den Dunst wie die Erinnerung an einen längst vergangenen Frühling.

Ich machte in der Metro-Bar halt und sah einigen tristen Mädchen aus der Nachbarschaft beim Poolbillard zu, ihre Ärsche in die Luft gereckt für den Fall, dass zufällig ein Marineinfanterist von der US-Basis hereinschlenderte, der gerade dienstfrei hatte. Aber das wurde schnell öde, und ich beschloss, auf dem Rückweg zur Ibraimowa-Straße in der Kulturny-Bar vorbeizuschauen. Für die, die es nicht wissen, der Name bedeutet auf Russisch »Kultur«. Aber *kulturny* umfasst sehr viel mehr als Kunst, Musik und Literatur. Es ist eine Art, sich zu geben, eine Haltung zur Welt, eine Großherzigkeit und Wertschätzung der feineren Dinge im Leben. Wenn man Puschkin zitiert, Rachmaninoff summt und seinen Tschai aus zierlichen Porzellantassen trinkt, kann man sich wahrscheinlich als *kulturny* betrachten.

Natürlich lieben die Russen das Paradox, vor allem wenn es eines der kosmischen Art ist, das sie in ihrer Überzeugung bestätigt, sie allein seien Zielscheibe und Opfer eines universellen Scherzes. Wie sonst hätten sie sich selbst achtzig Jahre lang einreden können, dass sie privilegiert und dem Westen überlegen waren, während sie stundenlang anstanden, um Brot, Milch und Schuhe zu kaufen oder was immer es an der Spitze der Schlange gerade gab? Deshalb erkennen – und schätzen – sie auch *antikulturny*, die Halbwelt, in ihrer kompromisslosesten Ausprägung.

Die Kulturny-Bar ist Bischkeks größter Witz und eins seiner am besten gehüteten Geheimnisse. Kein Schild, kein einladendes Neon, nur eine ramponierte Stahltür, angestoßen und verkratzt von jahrelanger Misshandlung durch Stiefel, Spatengriffe und einen bei einer denkwürdigen Gelegenheit geworfenen Molotowcocktail. So etwas Kompliziertes wie eine Überwachungskamera zur Musterung potenzieller Trinker gab es nicht, nur ein Guckloch und die Gewissheit, dass der Rausschmeißer dahinter wahrscheinlich betrunken, gewalttätig und bewaffnet war.

Ich öffnete meine Jacke, tippte an meine Hüfte und spürte das beruhigende Gewicht der Waffe. Nicht die übliche Makarow-Pistole, sondern eine Jarygin, die ich einem Haschischschmuggler in Karakol abgenommen hatte. Sie hatte mehr Durchschlagskraft und siebzehn Schuss im Magazin. *Kulturny.*

Ich starrte die Tür an, trat versuchsweise dagegen und wartete. Nichts: Stille hallte in der verschneiten Straße wider. Ich hob die Hände zu einer stummen Bitte. Nach wie vor nichts. Ich blickte übertrieben auf meine Uhr, zuckte mit den Schultern und strich mit einem Finger über meine Kehle. Als ich gerade zur Wache gehen und mit einem Vorschlaghammer zurückkommen wollte, schwang die Tür auf, und ein unheiliger Gestank von Pisse, frittierten Pelmeni und abgestandenem Bier schlug mir entgegen.

Ein rasierter, mit blau-schwarzen Spinnweben verzierter Schädel tauchte auf, Gefängnistätowierungen. Mit Anabolika gefütterte Muskeln spannten sich an trotz der Kälte nackten Armen. Ein zerfetztes T-Shirt und eine ungewaschene Camouflage-Hose. Knapp zwei stämmige Meter Rausschmeißer: Michail Lubaschow, »von Interesse für die Polizei des Bezirks Sverdlowsk«, wie es vor Gericht immer heißt.

Ich hatte ihn einmal in den Knast gebracht, weil er ein usbekisches Bandenmitglied ins Koma geprügelt hatte, deshalb würde Michail mein Erscheinen wahrscheinlich nicht wohlwollend aufnehmen. Aber er würde auch klug genug sein, mir den Zutritt nicht zu verwehren, wenn er wollte, dass die Bar geöffnet blieb. Ein Rückgang der Einnahmen würde bei seinen Bossen nicht gut ankommen; und selbst im Koma zu landen wäre das Mindeste, worauf er hoffen durfte, wenn ich den Laden für ein oder zwei Wochen dichtmachte.

»Inspektor –«

»Past sachlopni, packun!«

Dass er das Maul halten sollte, gefiel Michail ebenso wenig, wie kleiner Wichser genannt zu werden, doch ich würde seine Enttäuschung darüber schon verwinden. Ich bin ziemlich *antikulturny*, wenn ich will, und hielt es für das Beste, Michail von Anfang an klarzumachen, was Sache war. Dass er mich hasste, machte mir nichts aus, solange er mich fürchtete.

»Die übliche Versammlung von *alkaschi* unten?«

Die nackte Madonna auf Michails Bizeps spannte ihre Titten, als er mit den Schultern zuckte. Michail war kein Typ, der irgendwas preisgab, also setzte er seinen Knasthofblick auf. Er deutete gern an, dass er an der Entführung und Erledigung des tschetschenischen Mafia-Bosses Mowladi Atlangerijew vor ein paar Jahren in Moskau beteiligt gewesen sei, doch das war nur Angeberei, um die Freier zu beeindrucken. Die Spinnweben auf seinem Schädel hätten der Welt verkünden können, dass er ein Mörder war, doch auf dem Bauch hatte Michail ein Tattoo, das verriet, dass er eine verborgene Schwäche für Kinder hatte. Man will nicht, dass jeder weiß, dass man ein Sexualverbrecher ist, vor allem wenn man ein Pädo ist.

Ich blickte die Straße hinauf und hinunter. Menschenleer, niemand, der irgendwelchen Ärger bezeugen könnte, und das passte mir gut. Ich schlug meine Jacke auf, um Michail sehen zu lassen, dass ich in einer offiziellen Angelegenheit und gut gerüstet kam. Ich wusste von dem Baseballschläger hinter der Tür. Und er wusste, dass ich nicht lange zögern würde, nicht mehr.

»Michail, willst du mich verarschen?«

Er sagte nichts, trat jedoch zur Seite. Die Treppe zur Bar hinunter war so einladend wie ein Ausflug in die Kanalisation. Kein Licht; Dunkelheit klaffte wie ein aufgerissener Schlund.

»Wenn mir irgendetwas querkommt, Michail, werde ich ungehalten, kapiert? Vor allem von einem verkümmerten Wichser wie dir. Bei der kleinsten Scheiße reiß ich dir den Arsch auf.«

Michail dachte eine Weile nach, als würde er einen besonders schwierigen Satz über den dialektischen Materialismus studieren, und nickte dann.

Ich drängte an ihm vorbei und machte mich auf den Weg ins Dunkel; es war, als würde ich in einen Albtraum fallen.

Am Fuß der Treppe führte ein nach Pisse und Angst stinkender Flur zu einer weiteren ramponierten Tür, die halb offen stand und so einladend aussah wie der Mund einer alten Nutte.

Ich ging hinein.

Zwei der fünf Deckenleuchten waren durchgebrannt, bei zwei weiteren fehlten nur die Glühbirnen, sodass ich mich an mein Büro erinnert fühlte. In meinem Büro gab es allerdings keine vergleichbare Ansammlung von Schlägern, Säufern und Huren. Jedenfalls nicht jeden Tag.

Ein zerfetztes und halb abgerissenes Poster zeigte die Verwüstung, die Drogen im Gesicht eines jungen Mädchens hinterlassen hatten, ihre Vorderzähne fehlten, über einer Braue hatte sie schwarze Stiche, und ihre Augen wirkten tot. Darüber die Schlagzeile: VOR KROKODIL HATTE ICH EINE TOCHTER.

JETZT HABE ICH EINE PROSTITUIERTE. Darunter hatte jemand mit krakeliger Handschrift gekritzelt: DESHALB KONNTE ICH MEINEN FESTEN JOB AUFGEBEN. Sehr *kulturny*.

Im Raum verteilt sah ich diverse Gesichter, die ich von Verbrecherfotos kannte, sowie ein paar Nutten, die über das Haar eines betrunkenen Zivilisten streichelten. Schließlich entdeckte ich den Mann, den ich suchte. Mit einem Glas schwarzgebranntem Wodka stand Wassili Tjulew an die Bar gelehnt und war selbst in diesem Licht nicht schwer auszumachen. Die Hälfte der jährlichen Förderproduktion der Goldmine von Kumtor hing um seinen dicken, aknevernarbten Hals oder spreizte seine Wurstfinger.

»Wassili, wie geht's, alter Hurensohn?«

Das Komische war, dass Wassili wirklich der Sohn einer Prostituierten war, woran er jedoch ungern erinnert wurde. Deshalb betrachtete ich es als Teil meiner Dienstpflichten, die Öffentlichkeit dadurch zu schützen, dass ich ihn jedes Mal als abschreckendes Beispiel für die Folgen von ungeschütztem Sex anführte.

Wassili führte die Tradition seiner Mutter fort, indem er eine Reihe zweitklassiger Mädchen in einer heruntergekommenen Wohnung an der Jibek Jolu für sich anschaffen ließ, doch bis zur Revolution war er bei Leichtgläubigen auch sehr erfolgreich mit der Masche gefahren, sich als Neffe des Präsidenten auszugeben, als unvergleichlicher Strippenzieher und Mann, der Wunder geschehen und Probleme verschwinden lassen konnte. Das stimmte natürlich nicht, doch ich war immer erstaunt, wie viele Leute ihm einen Packen Som überreichten in der Hoffnung, damit eine Gefälligkeit zu erwerben. Nach der letzten Revolution – als der Präsident mit nur einem Dutzend großer Koffer und den Rücklagen des Staates außer Landes geflohen war – bekam Wassili eine nicht unerhebliche Anzahl Drohungen von Leuten, die ihr Geld zurückverlangten. Deshalb hielt er sich auch Michail Lubaschow als Chefleibwächter und Rausschmeißer.

Wassili war ein ziemlich mieser Mensch, doch er hielt das Ohr am Boden, die Augen offen und den Mund geschlossen, außer wenn ich ein paar Antworten wollte.

Er nahm einen letzten Zug von seiner Papirossa, bevor er die Kippe fallen ließ, mit dem Absatz austrat und auf den Boden spuckte. Eine Augenbraue hochgezogen, blickte er in meine Richtung und wies mit dem Daumen auf meinen Mund. Ich nickte und schnippte mit den Fingern, als der Barkeeper nach einer besonders fragwürdigen Flasche griff.

»*Njet*, das Zeug aus dem obersten Regal, den Vivat.«

Der Barkeeper griff nach einer halbleeren quadratischen Flasche, und ich schüttelte den Kopf.

»Ungeöffnet.«

Der Barkeeper nickte und stellte die volle Flasche vor mir auf den Tresen. Er verlangte kein Geld; es stand nie zur Debatte, dass ich hier irgendwas zahlen musste. In Spelunken wie der Kulturny-Bar besteht der Haus-»Wodka« aus einem Teil Benzin, einem Teil Pisse und zwei Teilen Gift: Bei einer ungeöffneten Flasche hatte man immerhin eine kleine Chance, es noch bis nach Hause zu schaffen, ehe Zirrhose und Blindheit einsetzten.

Bevor der Barkeeper mir einschenken konnte, nahm ich das Glas, wischte es mit meinem Hemdschoß aus und hielt es ins Licht, um es auf Schmierflecken zu untersuchen. Ich ließ mir Zeit und erinnerte jeden daran, wer hier der Chef war. Es läuft hier, wie ich es will, in meinem Tempo, oder wir besuchen alle gemeinsam den gekachelten und schalldichten Raum im Keller der Zentrale.

Ich goss das Glas voll, ließ es jedoch unangerührt; es war schon vorgekommen, dass jemand K.-o.-Tropfen in das wahrscheinliche Getränk eines Freiers gegeben hatte, um ihn anschließend auszurauben. Ich strich mit dem Finger über den kalten Rand des Glases und musterte Wassili. Teure Lederjacke, Versace-Jeans, fleckenlose weiße Nikes. Trotzdem sah er immer noch aus wie ein drittklassiger Gangster, die Steroid-Akne an seinem Hals, die Goldklunker an den Fingern, mit denen er auf den Tresen trommelte, als er das Glas hob und es mit einem raschen routinierten Schluck leerte.

»Und, Inspektor, ein privater Besuch?«

Ich verdrehte die Augen und goss das Glas wieder voll.

»Ich habe das von Ihrer Frau gehört. Wenn Sie jemals, Sie wissen schon, ein wenig körperliche Entspannung brauchen, sagen Sie einfach Bescheid. Das geht aufs Haus.«

Bei dem Gedanken, eine von Wassilis billigen Huren zu ficken, verzog ich das Gesicht und nahm mir vor, ihm die Zunge mit einer Zange herauszureißen, wenn er je wieder meine Frau erwähnte. Wassili missdeutete meinen Blick als einen der Trauer über meinen Verlust und strengte sich an, mitfühlend auszusehen.

»Es geht um ein Mädchen.«

Wassili zuckte die Achseln.

»Darum geht es meistens, wenn Sie zu mir kommen, Inspektor.«

»Ermordet.«

»Würde sie noch sorgenfrei die Sowjetskaja hinunterschlendern, wären Sie wohl kaum hier, oder?«

Ein Anflug von Frechheit, den ich im Keim erstickte.

»Fick dich in den Arsch, Wassili.«

»Das Mädchen von der Ibraimowa-Straße?«

Ich nickte. Was immer Wassili sonst sein mochte, er war gut informiert. Vielleicht hatte er einen Maulwurf auf dem Revier, der für ein paar Informationshäppchen hier und da jede Woche einen Bonus kassierte.

»Hässliche Sache.«

Ich nickte wieder und wartete, dass Wassili unaufgefordert mehr offenbarte, doch er zuckte erneut mit den Schultern.

»Nicht gut für dein Geschäft, so ein Mord.«

»Es hat meine Mädchen verunsichert, das kann ich Ihnen

sagen. Ich gebe Michail ein paar Som zusätzlich, damit er ein Auge auf das Apartment hat.«

»Du bist eine Seele von Mensch, Wassili.«

»Ein Geschäftsmann, das ist alles, Inspektor.«

Er hielt inne und betrachtete mich eingehender.

»Also kein gewöhnlicher Sexualmord? Normalerweise kümmert es die Polizei wenig, wenn ein Irrer eine *mursilka* aufschlitzt.«

»Hat sonst noch jemand gefragt?«

»Nein.«

Aber das Zögern, bevor er antwortete, ließ mich vermuten, dass ich nicht der Einzige auf dieser Fährte war.

»Ich hab gehört, sie wär übel zugerichtet worden, wirklich übel. Und Sie suchen also ihren Mörder?«

»Nein, noch nicht.«

»Wonach suchen Sie dann?«

»Nach dem anderen Opfer, der anderen Frau.«

Wassili sah aus, als wüsste er Bescheid. Dass die Frau kein normales Straßenmädchen gewesen war. Über ihre entfernte Gebärmutter und den abgelegten Fötus. Wassilis Informant hatte sich diesen Monat ein Extrabündel Som verdient.

»Wer hat es dir erzählt?«

Ich hatte Wassilis Schulterzucken allmählich satt. Es war respektlos und, schlimmer noch, verschwendete meine Zeit.

»Gerüchte verbreiten sich schnell, Sie wissen doch, wie die Leute tratschen.«

Ich beschloss, dass es Zeit wurde, Wassilis kleines Plappermaul zum Schweigen zu bringen und ihm in die Zunge zu kneifen. Dann überraschte er mich.

»Haben Sie schon mal überlegt, dass es vielleicht gar kein anderes Opfer gibt? Vielleicht war der Säugling ein Neugeborenes, die unverheiratete Mutter beschließt, die Schande auszusetzen, der Mörder findet das Kind und entscheidet, mit dem Schlitzen anzufangen.«

Ich zündete mir noch eine Zigarette an und ließ mir Zeit, darüber nachzudenken.

»Vielleicht war sie seine Freundin, er wollte Kinder, sie wollte ihm keinen Sohn schenken, er dreht durch, sie streiten, das Ganze gerät außer Kontrolle, und sie endet unter den Birken.«

Nein, ich war inzwischen überzeugt, dass dies kein spontaner Mord gewesen war. Es gab kein panisch weggeworfenes blutiges Messer, keine Reifenspuren oder Fußabdrücke, die uns einen Hinweis liefern könnten. Dort draußen war jemand unterwegs, der die Macht liebte; den Widerstand und das Nachgeben, wenn er mit einem Messer, dessen Klinge man liebevoll geschärft und geschliffen hatte, in den Körper eines anderen Menschen stieß. Doch es gab keinen Grund, Wassili das wissen zu lassen.

»Überlass die Ermittlungsarbeit mir. Hast du irgendwas gehört? Irgendein Perverser, bei dem deine Mädchen ein komisches Gefühl hatten?«

Wassili lachte und entblößte eine Reihe halb grauer, halb goldener Zähne.

»Meine Kunden als Mörder? Einen hochzukriegen ist meistens das Äußerste, was noch geht, so betrunken, wie sie sind. Ich schwöre, wenn sie kommen, ist es kein Saft, sondern *pivo*.«

Er hielt inne, überlegte und begann, in Erinnerungen zu schwelgen.

»Vor ein paar Jahren gab es mal einen Typen, der so ein Ding mit Irina hatte – weißt du, die Usbekin aus Dschalalabat, die nur eine Titte hatte? Er wollte ihren verbliebenen Nippel abbeißen. Total irre. Er bot mir Geld an und zog eine Rolle Scheine aus der Tasche, die groß genug war, um damit ein Kissen zu füllen. Aber ich habe abgelehnt, was nützt mir beschädigte Ware? Das hat ihm nicht gefallen, wollte mir grob kommen.«

»Weißt du, wie dieser Schweinefresser heißt? Und wo er sich aufhält?«

»Erste Frage: keine Ahnung. Und wo er ist? Kennen Sie die Verlängerung der Start- und Landebahn am Flughafen Manas?

Für die Transportflugzeuge von der US-Basis? Ich kann nicht genau sagen, wo, aber er ist irgendwo da drunter. Viel Spaß beim Suchen.«

»Wassili, du bist so nützlich wie ein gerissenes Kondom. Wenn ich erfahre, dass du etwas weißt und es verdammt noch mal für dich behältst, dann *schopu porwu margala wykolju*, kapiert?«

Wassili nickte finster. Wenn ein Inspektor verspricht, einem den Arsch aufzureißen und die Augen auszustechen, schärft das für gewöhnlich die Konzentration. Wassili streifte eine neue Maske über: die von ehrlicher Besorgnis und gemeinschaftlicher Pflicht.

»Es ist schrecklich, schrecklich, dass solche Morde passieren«, sagte er. »Das arme Mädchen.« Er schüttelte den Kopf über die Schändlichkeit der Welt, bevor die Maske verrutschte. »Außerdem ist es schlecht fürs Geschäft.«

»Du bist eine Seele von Mensch, Wassili«, sagte ich noch einmal und kniff ihm in die Wange, aber nicht wie eine Babuschka ihrem Lieblingsenkel, sondern so fest, dass seine Augen tränten und er den Kopf nach vorn schraubte. Einen Moment lang dachte ich, ich wäre zu weit gegangen, und ließ meine Hand zum Griff der Jarygin gleiten. Wassili sah die Bewegung, lehnte sich zurück und rieb seine Wange.

»Immer zu Scherzen aufgelegt, Inspektor, immer nett, Sie zu sehen.«

Ich starrte ihn hart an, bis er den Blick abwandte, und ging dann zur Tür. Zwischen meinen Schultern juckte es, doch er hatte nicht den Mumm, irgendwas zu versuchen. Jedenfalls nicht an dem Tag. Aber behaglich fühlte ich mich erst wieder, als ich die Treppe erklommen hatte und auf der Straße stand. Lubaschow war nirgends zu sehen, was immer gut war, und die eiskalte Luft schmeckte sauber und süß.

Es hatte wieder angefangen zu schneien, und meine Fußabdrücke vom Hinweg waren schon halb zugedeckt; in ein paar Stunden würde es sein, als hätte ich nie existiert. Ich dachte an die junge Frau unter den Bäumen und die weichen weißen Flocken auf ihrem Körper, an Tschinara und die Erde, die ihr Gesicht bedeckte, und meine Wangen wurden feucht vom Schnee oder auch von Tränen. Zum vermutlich tausendsten Mal fragte ich mich, wie ich in einer Welt weiterleben konnte, in der die Liebe immer endet. Und zum tausendsten Mal sagte ich mir, dass niemand wirklich gestorben ist, solange es jemanden gibt, der sich an ihn erinnert. Jeder Einzelne von uns kann nur versuchen, die Stürme abzuwettern und denen, die wir lieben, dabei zu helfen, das Gleiche zu tun.

Ich spuckte aus, um den ranzigen Gestank der Bar aus dem Mund zu bekommen, und stapfte durch den Schnee nach Hause. Aber schon nach ein paar Ecken hörte ich knirschende Schritte hinter mir, die nicht direkt rannten, jedoch rasch näher kamen.

Ich hatte die Jarygin schon in der Hand und entsichert, als ich herumfuhr, um meiner Zukunft ins Auge zu blicken.

KAPITEL 5

Ich war nur noch den Bruchteil einer Sekunde davon entfernt, abzudrücken, als ich erkannte, dass es nicht Lubaschow oder einer seiner *drugs* war, der mir den Gandenstoß geben wollte.

»Verdammt!«

Es war die Sorte einer Piepsstimme, die man zu hören bekommt, wenn eine verbitterte Schlampe mittleren Alters versucht, einen davon zu überzeugen, sie sei trotz überwältigender Gegenbeweise jung und begehrenswert. Diese war immerhin jung, doch man hätte schon eine Menge Wodka an Bord gebraucht, um sie begehrenswert zu finden. Ihr Rock bedeckte ihre Einkommensquelle nur knapp, ihre fetten Beine waren blau vor Kälte, sie trug dick aufgetragenes Make-up und hatte ein Dekolleté wie eine gerupfte Hühnchenbrust. Sie kam auf mich zu und griff in ihre Handtasche.

»Bleib, wo du bist«, sagte ich, während mir bewusst wurde, dass ich um ein Haar eine fast noch minderjährige Prostituierte aus ihren Kunstlederstiefeln gepustet hätte. Ich schob die Jarygin wieder in das Holster und meine Hand in die Tasche, wo man nicht sehen konnte, wie sie zitterte.

»Und die Hand schön langsam rausnehmen«, fügte ich hinzu. Die meisten der Mädchen hatten Rasierklingen bei sich, und noch mehr Narben brauchte ich wirklich nicht. Ihre Miene verriet Verärgerung und Furcht, als sie eine Packung Zigaretten aus der Tasche zog, eine herausfischte und vor meiner Nase schwenkte, damit ich ihr Feuer gab. Als ich sie ignorierte, kramte sie mit einem melodramatischen Seufzer in ihrer Tasche und fand ein Feuerzeug. Der Rauch mischte sich mit ihrem beschlagenen Atem, und ihr Kopf verschwand für einen Moment in dichtem blauem Nebel.

»Sie erinnern sich nicht an mich?«

Während sie heftig an ihrer Zigarette zog und eine Rauchwolke in den Himmel blies, betrachtete ich sie. Sie kam mir irgendwie bekannt vor, doch sie hätte eins von tausend anschaffenden Mädchen sein können, die ich über die Jahre gesehen hatte: trotzig nach außen, gebrochen und verängstigt nach innen. Die immer gleichen glanzlosen Hoffnungen, die von Armut, Drogen und den Fäusten Hunderter Männer aus ihnen herausgeprügelt worden waren.

Sie starrte zurück, in ihrem blassen Gesicht waren ihre Augen schwarz und unergründlich wie Murmeln.

»Schajyrkul? Wissen Sie nicht mehr? Sie haben mir vor ein paar Jahren mal geholfen.«

Ich zuckte die Achseln.

»Vor dem Fire and Ice kurz vor Feierabend? Irgend so eine Schlampe wollte mich abstechen, weil ihr Freier plötzlich meinte, dass ich die bessere Nummer wäre. Ich hab die blöde Kuh k. o. geschlagen, und Sie haben mich daran gehindert, etwas Schlimmeres zu tun.«

Eine Erinnerung tauchte auf. Ein vages Bild, wie ich einem Mädchen ein Messer aus der Hand gewunden, in den Gully geworfen und ihr erklärt hatte, sie solle sich verpissen, bevor ich sie mit aufs Revier nehmen würde. Ich hatte ihr ein paar Som gegeben und einen widerwilligen Taxifahrer mit Drohungen dazu bewegt, sie nach Hause zu fahren. Vielleicht war sie es, vielleicht nicht. »Schajyrkul« bedeutet »freudig«, aber sie machte keinen besonders fröhlichen Eindruck.

»Sie hätten mich verhaften können und haben es nicht getan. Also schulde ich Ihnen was.«

Ich blieb stumm. In der Regel erwartet man von Huren keine Dankbarkeit. Das Leben bewarf sie mit genug Scheiße, auch ohne dass sie bei jeder guten Tat auf die Knie sanken und einem irgendwelche Gefallen taten, wenn sie schon mal knieten. Vielleicht hatte sie wirklich etwas zu erzählen, doch ich ging nicht davon aus, dass sie freiwillig damit herausrückte.

»Ich hab Sie mit Wassili reden sehen. In der Bar.«

Jetzt konnte ich sie unterbringen. Sie war eine der beiden Nutten in der Ecke, die versucht hatten, einen Freier zu ködern.

»Sie haben wegen dem Mord in der Ibraimowa-Straße gefragt, oder?«

»Und wenn?«

»Ich kann Ihnen vielleicht helfen.«

»Weißt du, wer sie war?«

»Nein.«

»Weißt du, wer sie umgebracht hat?«

»Nein.«

Schajyrkul entblößte eine Reihe weit auseinanderstehender goldener Zähne. Irgendwann war ihr Geschäft offenbar gut gelaufen. Sie wusste, dass sie mein Interesse geweckt hatte, und ich wartete, dass sie ihre Bedingungen stellte.

»Ich hab den Saufkopf da drinnen stehenlassen, um mit Ihnen zu reden. Das muss doch irgendwas wert sein.«

Ich nickte, und ihr Lächeln wurde breiter. Ein Fehler, weil einige Zähne fehlten, was den Reiz ihrer Erscheinung nicht erhöhte. Sie machte einen Schritt nach vorn und legte eine Hand auf meinen Ärmel.

»Es ist scheißkalt. Vielleicht können wir irgendwohin gehen.«

Ich schob ihre Hand weg und nickte erneut.

»Ich habe ein freies Bett für dich. In der Zentrale. Kann sein, dass du es mit einer Neunzig-Kilo-Kampflesbe teilen musst, die davon träumt, ein süßes kleines Flittchen wie dich einzureiten, aber hey, es sind schließlich nur Mädels unter sich, oder? Und wenn du morgen das Blut abgewaschen hast, können wir unsere kleine Unterhaltung fortsetzen.«

Ihre Miene wurde hart, und sie wandte sich ab und spuckte aus.

»Sie sind ein Mistkerl, Inspektor, ich wette, Sie müssen dafür zahlen, Ihre Frau zu ficken. Wie alle anderen auch.«

Als sie meinen Gesichtsausdruck sah, machte sie einen Schritt zurück und hob entschuldigend die Hände.

»Okay, tut mir leid, fangen wir noch mal an? Ich kann Ihnen helfen. Bei dem Mord. Vielleicht gibt es eine Belohnung? Für Informationen? Und Wassili braucht nichts davon zu erfahren?«

Ich fühlte mich mit einem Mal alt und erschöpft, als hätte ich mir mein Leben lang die gleichen Lügen und Rechtfertigungen angehört; immer die gleiche Gier. Ich wies mit dem Kopf auf einen Hauseingang, um von der Straße wegzukommen. Sie zog ein letztes Mal an ihrer Zigarette, schnippte sie weg und stolperte mir hinterher.

Als wir vor dem eisigen Wind geschützt standen, brannte mir ihr billiges Parfüm in den Augen. Sie musste das Zeug verschüttet haben.

»Sie war verstümmelt, stimmt's? Ich meine, übel zugerichtet. Und jemand hat ihr ein Baby in den Bauch geschoben.«

»Du hast große Ohren, und irgendwer hat ein loses Mundwerk.«

Sie schürzte schmollend die Lippen. Es lief nicht so, wie sie es geplant hatte; ein dankbarer Bulle gibt ihr eine Handvoll Scheine und eine Du-kommst-aus-dem-Gefängnis-frei-Karte. Sie kramte in ihrer Handtasche nach einer weiteren Zigarette, fand jedoch nur eine leere Packung, die sie zerknüllte und wegwarf. Ich bot ihr eine von meinen an, und sie beugte sich vor, als ich ihr und auch mir selbst Feuer gab. Eine echte Romanze. Ich konnte beinahe die Geigen hören.

»Meine Freundin Gulbara hat mir erzählt, dass ein Mädchen ermordet wurde.«

»Und woher wusste sie es?«

Ich erwartete nicht, dass sie es mir erzählte. Gulbara würde, wenn sie überhaupt existierte, wohl kaum jemandem anvertrauen, wer ihr Informant auf dem Revier war. Aber man muss trotzdem fragen, damit sie nicht denken, sie kämen mit allem durch.

»Ich wusste nicht, ob ich ihr glauben sollte. Aber dann hat Wassili es uns auch erzählt. Er hat gesagt, wir müssten uns keine Sorgen machen und könnten weiterarbeiten, weil sich dieser Typ nicht für Nutten interessiert.«

Typisch Wassili. Solange die Som hereinkamen, konnte man von ihm aus seinen ganzen Stall niedermetzeln. Wo seine Fohlen herkamen, gab es jederzeit reichlich Nachschub.

Als hätte sie meine Gedanken gelesen, machte Schajyrkul einen letzten, lungensprengenden Zug an ihrer Zigarette, warf die Kippe weg und sagte: »Aber was soll er auch sonst sagen, richtig?«

Ich nickte.

»Und was sollen wir machen?«

Ich zuckte wieder die Achseln.

»Was hat Gulbara gesagt?«

Sie machte einen Schritt zurück und musterte mich von neuem.

»Ihnen ist es auch scheißegal, oder?«

»Was willst du von mir? Soll ich dir Geld für den Bus zurück in dein Heimatdorf geben? Oder die Armee alarmieren, damit sie dich rund um die Uhr beschützt? Du weißt, wie es läuft.« Ich warf ihr meinen Harter-aber-ehrlicher-Bulle-Blick zu. »Du erzählst mir, was du weißt, ich finde den Schwachkopf, buche ihm ein Zimmer in einem Null-Sterne-Hotel, und wir kehren alle zu unserer Arbeit zurück.«

Schajyrkul wirkte nicht besonders beruhigt und wies auf meine Zigarettenpackung. Wenn sie so weitermachte, würde sie der Lungenkrebs auf Jussupows Seziertisch bringen, bevor irgendein Irrer sie erwischte.

»Sie war keine von uns, sie ging nicht regelmäßig anschaffen, aber das wissen Sie ja schon, oder?«

»Ich weiß, was ich weiß. Ich will hören, was du weißt.«

Obwohl die Straße menschenleer war, sah Schajyrkul sich über die Schulter, bevor sie weitersprach.

»Ohne Zuhälter hätte sie keine drei Stunden durchgehalten, so wie die Stadt aufgeteilt ist.«

Ich zuckte zusammen, weil ich an den starren Blick auf die mitleidlosen Sterne über den Bäumen denken musste, das aufgewickelte Knäuel von Eingeweiden, die halb geballten Fäuste des Fötus.

»Sie war also eine Amateurin, willst du mir das sagen?«

Schajyrkul lächelte; ihre Information würde einen Preis haben.

»Gibt es eine Belohnung?«

»Für dich?«

Ich machte eine dramatische Pause, griff nach meinen Zigaretten. Schajyrkul grinste, als hätte sie das Geld schon so gut wie in der Tasche.

»Ich will dir mal was erklären. Wir haben die Leiche einer jungen Frau gefunden, die schlimmer verstümmelt war als irgendwas, was ich bisher gesehen habe, und ich habe schon eine Menge gesehen. Eine andere Frau betrauert, falls sie noch lebt, den Tod ihres ungeborenen Kindes. Das heißt, mein Geduldsfaden ist nicht nur dünn, er existiert nicht. Und ich habe es eilig.«

Ich packte Schajyrkul an der Jacke und zog sie so dicht an mich, dass ein Passant denken musste, wir wären ein Liebespaar, das die Kälte gar nicht spürt. Ich senkte meine Stimme zu einem sanften, verführerischen Murmeln, das meiner Erfahrung nach immer wirksamer war als ein Brüllen oder Knurren.

»Wenn du nicht anfängst zu reden, werde ich Wassili erzählen, was für ein Klatschmaul du sein kannst. Und du weißt ja, was Zuhälter von Mädchen halten, die ihren Mund zu etwas anderem benutzen, als ihren Kunden einen zu blasen. Dann sagst du am Ende gar nichts mehr, nicht wahr?«

Ich verzog den Mund zu einem Lächeln, das meine Augen nicht erreichte, und tippte sanft auf ihre Wange.

»Gulbara hat sie gefunden«, platzte Schajyrkul heraus, das Gesicht unter ihrem *prosti*-Make-up blass. »Sie dachte, sie würde auf dem Heimweg von der Blonder-Bar vielleicht einen Betrunkenen für eine schnelle Nummer im Auto aufgabeln.«

»Weiter«, sagte ich und tippte noch einmal auf ihre Wange, um ihrem Gedächtnis auf die Sprünge zu helfen.

»Sie hat die Handtasche des Mädchens gesehen. Gute Qualität, Designerware. Sie dachte, dass vielleicht Geld, ein Handy und womöglich sogar Autoschlüssel drin sind.«

Schajyrkul mochte Angst haben, doch sie lächelte weiter. Wir wussten beide, dass in dieser Stadt niemand irgendwas tut, um der Polizei zu helfen, wenn für ihn nichts dabei herausspringt.

»Also hat Gulbara jetzt eine schicke Handtasche. Was ist damit?«

»Es ist der Inhalt, der wichtig ist.«

»Und jetzt bringst du mich zu Gulbara, solange du deinen Anteil bekommst.«

Schajyrkul nickte.

»Sie wollen die Tasche doch sicher sofort haben, *da*?«

Gegen ihre Logik war nichts einzuwenden.

»Wir gehen zu Gulbara und besprechen alles andere später. Okay? Eine Hand wäscht die andere.«

Ich rief mit meinem Handy einen Streifenwagen. Als wir einstiegen, nannte Schajyrkul eine Adresse auf der anderen Seite des Osch-Basars. Das flackernde Licht des Wagens wurde blitzend von dem festen Schnee zurückgeworfen, in der Farbe von Blut, der Farbe des Todes.

»Halten Sie hier an«, sagte Schajyrkul, »mir wäre es peinlich, wenn die Nachbarn denken, dass ich mit der Polizei unter einer Decke stecke.«

Das brachte auf den Punkt, was die meisten Kirgisen, anständig oder nicht, von uns hielten.

»Du hast nicht erwähnt, dass du mit Gulbara zusammenwohnst.«

Nun war es an Schajyrkul, mit den Schultern zu zucken.

»Sie haben nicht gefragt.«

Ich hatte eine Ahnung, was uns bevorstand, und borgte mir von dem unwilligen Uniformierten eine Taschenlampe. Er brummte irgendwas von Zurückgeben, bevor wir um eine Straßenecke und auf einen verfallenen *chruschtschowka*-Wohnblock zugingen.

Die Stadt ist voll von diesen Überbleibseln unserer sowjetischen Ära: solide, standhaft, hässlich und praktisch, benannt nach dem früheren Regierungschef, der sie in der gesamten Sowjetunion errichten ließ. Man würde sie niemals als elegant oder stilvoll bezeichnen, doch im Vergleich zu den Hütten und Jurten, in denen wir vorher gelebt hatten, sind sie ein Fortschritt, vor allem wenn der Winter hereinbricht und vom Tienschan Schneefall aufzieht.

Die Zementfertigplatten des fünfstöckigen Gebäudes waren rissig und verschmutzt, über den Eingang hatte ein Witzbold HILTON gesprüht. Die Metalltür stand offen, und wir betraten das Dunkel dahinter. Eine *chruschtschowka*, in der die Treppenhausbeleuchtung funktioniert, wird man nicht finden, also schaltete ich die Taschenlampe ein, und wir stiegen die zugemüllten Stufen bis zu dem Fahrstuhl hoch, der sich wundersamerweise tatsächlich keuchend in Bewegung setzte. Schweigend fuhren wir ins oberste Stockwerk.

Vor der Wohnung setzte Schajyrkul an, etwas zu sagen, doch ich gebot ihr mit erhobenem Finger, still zu sein. Ich wollte nicht, dass mich auf der anderen Seite der Tür eine Überraschung erwartete. Wer auch immer sich in der Wohnung aufhielt, durfte nicht gewarnt werden. Sie schloss die schwere Stahltür und die dekorative Holztür dahinter auf, und ich packte meine Jarygin.

Wir gingen hinein.

Irgendjemand hatte *trawka* geraucht, der süßliche Geruch hing schwer in der Luft. Die Wohnung an sich war sauber, ordentlich und billig möbliert. Welche Charakterfehler Schajyrkul und Gulbara sonst auch haben mochten, Schlampigkeit zählte nicht dazu.

Die Tür zum Schlafzimmer war nur angelehnt, und den Geräuschen nach zu urteilen, war Gulbara hart bei der Arbeit. Ich störe das Vergnügen anderer nur ungern, also spähte ich durch die halb offene Tür. Nackte Wände, auf dem Betonboden ein paar abgetretene Teppiche, auf dem Nachttisch halbleere Bierflaschen. Das perfekte Ambiente für erotische Leidenschaft. Das Bett quietschte wie ein altes Schiff im Sturm, und Gulbara stöhnte und kreischte, als drohte sie über Bord zu gehen.

»Da, maloletka, da!«

Gulbara war vielleicht ein kleines Flittchen, doch der Mann, der zwischen ihren Beinen pumpte, war auf jeden Fall ein fettes Schwein. Borstiges schwarzes Haar erstreckte sich wie ein Teppich zwischen seinen Schultern und über seinen Rücken bis zu seinem Arsch. Er gab sich alle Mühe, die falsche Blondine unter ihm durch die dünne Matratze zu nageln, den Kopf in ihrem Haar vergraben, den Mund an ihrem Hals.

Als sie mich sah, riss Gulbara die Augen auf, und ich legte einen Finger auf die Lippen und schlich auf Zehenspitzen zum Bett.

Ich wartete, bis das Grunzen des Freiers sich beschleunigte, und stieß dann mit dem vorderen Visier der Jarygin gegen sein Arschloch.

Ich weiß nicht, ob das einen Orgasmus auslöste oder ob er einfach nur einen Herzinfarkt hatte, jedenfalls quiekte, brüllte und furzte er gleichzeitig. Dann rollte er sich unter beträchtlichen Schmerzen für beide Beteiligten von Gulbara herunter und bedeckte mit beiden Händen seinen rapide erschlaffenden Schwanz. Gulbara gab sich weniger züchtig, wahrscheinlich eine Folge davon, dass sie morgens, mittags und abends Fremde fickte, und griff nur nach ihren Zigaretten auf dem Fußboden.

Ich gab mir alle Mühe, nicht hinzustarren, und wies Schajyrkul mit der Waffe in die grobe Richtung der Matratze. Mein Lächeln weckte nicht unbedingt Vertrauen bei den dreien.

»Machen wir es uns bequem, und dann plaudern wir ein bisschen.«

KAPITEL 6

»Lassen Sie mich meine verdammte Hose anziehen!«

Das kam von dem fetten Schwein; Gulbara war es egal, wer ihre Waren begutachtete, solange der Käufer bar zahlte. Er griff nach seiner Kleidung, doch ich schüttelte den Kopf und schwenkte die Jarygin. Er richtete sich auf. Ich bin kein Bewunderer des nackten männlichen Körpers, vor allem wenn er schwabbelig, stark behaart und dreißig Kilo übergewichtig ist. Aber man weiß nie, was die Leute in den Taschen haben, wie mich eine vier Zentimeter lange Narbe am Unterarm auf die harte Tour gelehrt hat. Außerdem löst es die Zunge, wenn man sich nackt einer Pistole gegenübersieht. Vom Darm ganz zu schweigen.

»Name?«

»Wer sind Sie, verdammt noch mal? Wissen Sie nicht, wer ich bin?«

»Wenn, würde ich nicht fragen, oder?«, sagte ich möglichst vernünftig. Er erholte sich langsam wieder und schien sich zu fragen, was hier gespielt wurde. Ich sah, wie er zu dem Schluss kam, dass er schon tot wäre, wenn das Ganze ein Auftragsmord wäre. Vielleicht hielt er sich für so wichtig, dass er sich nicht vorstellen konnte, von einem gewöhnlichen Straßenräuber überfallen zu werden. Und offensichtlich zog ich mit den Mädchen auch nicht die Wütender-Ehemann-Masche ab. Also wer zum Teufel war ich?

Ich beschloss, ihn noch ein wenig mehr zu verwirren.

»Sie sind ein braver Bürger, stimmt's? Sie helfen dieser unglücklichen jungen Frau nur auf den rechten Weg zurück, richtig?«

Statt zu antworten, lehnte er sich über Gulbara und spuckte auf den Boden.

Ich beugte mich vor und tippte mit der Jarygin gegen sein Knie. Seine Reflexe waren in Ordnung, das musste ich ihm lassen.

»Dummes Arschloch!«

Ich schüttelte enttäuscht den Kopf.

»Ich bin nicht dumm, ich bin der Typ mit der Knarre. Und was Arschlöcher betrifft, haben wir alle Ihres gesehen. Also frage ich Sie noch einmal. Name?«

Er blieb stumm, und meine Geduld schrumpfte schneller als sein Schwanz. Wir hätten beide noch die ganze Nacht den harten Burschen geben können, doch ich hatte Besseres zu tun.

»Entspannen Sie sich, ich bin das Gesetz. Mordkommission. Es ist mir scheißegal, ob Sie die Kleine dazu bringen, Ihnen mitten auf dem Ala-Too-Platz einen zu blasen. Ich möchte mit ihr reden, nicht mit Ihnen. Ihr Name, dann können Sie sich verpissen.«

Sein Stolz gebot ihm, ihn mir nicht zu sagen. Die Jarygin und die Tatsache, dass er splitternackt war, sprachen dafür, dass er es doch tun würde.

»Gasparian. Chatschik.«

Ein Armenier. Das erklärte den pelzigen Rücken. Und seine ganze Haltung. Wir Kirgisen hassen die Armenier nicht so sehr, wie wir die Usbeken, Uiguren, Kasachen, Tataren, die Russen und ehrlich gesagt jeden hassen, der kein Kirgise ist, sowie die meisten, die es sind. Aber es gibt ein paar Banden aus Eriwan, die auf der Heroinroute von Afghanistan zur amerikanischen Militärbasis arbeiten, und unsere einheimischen Schurken sind alles andere als begeistert von der ausländischen Konkurrenz.

»Und was soll das? Wollen Sie Schmiergeld kassieren?«

Er rieb Daumen und Zeigefinger aneinander und griff nach seiner Hose.

»Leeren Sie Ihre Taschen. Langsam. Mit einem Finger und dem

Daumen. Die andere Hand. Und wenn Sie irgendwas Hässliches herausziehen, sind Sie gerade zum letzten Mal gekommen.«

Er nickte. Eine prall mit Som gefüllte Brieftasche. Autoschlüssel: Dem Anhänger nach zu urteilen, fuhr er einen BMW. Ein teures Handy. Und ein Schnappmesser mit hellem Horngriff. Sein Ausweis bestätigte, dass er, zumindest was seinen Namen betraf, die Wahrheit gesagt hatte.

»Schieben Sie das Messer mit einem Fuß rüber.«

Er gehorchte, und ich sah mich nach etwas um, womit ich es aufheben konnte, ohne die Fingerabdrücke zu verschmieren. Das einzige Stoffteil in Reichweite war Gulbaras Slip. Ich bin kein pingeliger Typ, aber manchmal stellt einen der Job vor unmögliche Herausforderungen. Ich steckte das von dem Slip umhüllte Messer in meine Tasche, lächelte und tippte Gasparian noch einmal ans Knie. Diesmal weniger sanft.

Er schrie, ein Brüllen, das ich mittlerweile mit seinem Sexualleben in Verbindung brachte, und hielt sich das Knie. Er versuchte aufzustehen, musste sich jedoch an der Wand abstützen. Gulbara kicherte, ein Kichern, wie man es von einer nackten Frau mit dem Tattoo eines Affen, der in ihr Schamhaar klettert, erwartete.

»Damit müssen Sie ins Krankenhaus«, erklärte ich ihm. »Das sollte Sie für ein paar Stunden aus allem Ärger raushalten.«

»Fotze«, murmelte er, doch ich merkte, dass er nicht mit dem Herzen bei der Sache war.

Ich nahm seine Kleider, ging in den Flur und warf sie durch die offene Wohnungstür. Er begriff den Wink und humpelte mit bereits anschwellendem Knie an mir vorbei. Er warf mir versuchsweise einen tödlichen Blick zu, der mich in etwa so beeindruckte, wie sein Schwanz es getan hatte, und wartete, bis er sicher im Hausflur war, bevor er knurrte: »Das hat ein Nachspiel.«

Ich lächelte höflich, schloss beide Türen und verriegelte die innere. Irgendjemand in der Zentrale hatte bestimmt eine Akte über ihn; es würde nicht schwer sein, ihn zu finden, wenn es sein musste.

Ich wandte mich wieder Gulbara zu, die sich immer noch auf dem zerwühlten Bett fläzte.

»Zieh dich an.«

»Sie haben meinen Slip. Wollen Sie dran schnüffeln, wenn Sie zu Hause sind?« Sie sprach mit einem ländlichen Akzent; Osch oder vielleicht auch Naryn. In die große Stadt gekommen, um ihr Glück zu machen.

»Ich bin sicher, du hast noch einen für sonntags. Zieh dich an, damit wir uns unterhalten können, oder willst du, so wie du bist, mit aufs Revier kommen. Es ist kalt genug, dass einer Hure die Nippel abfrieren. Bei deinem Job würde ich das Risiko nicht eingehen.«

Nachdem sie in ein rotes Kleid geschlüpft war, das kurz genug war, um einen Gynäkologen zu entzücken, gingen wir ins Wohnzimmer. Schajyrkul nahm eine Flasche kirgisischen Schnaps und drei kleine, nicht zueinanderpassende Gläser aus einem Wandschrank. Ich nickte, und sie schenkte ein. Ich wartete, bis die zwei Frauen ihr Glas in einem Schluck geleert hatten, bevor ich an meinem schnupperte. Rau, roh, passend zum Wetter, passend zu einem Fall wie diesem. Ich führte das Glas an die Lippen und tat, als würde ich mittrinken, bevor ich es unangerührt wieder abstellte.

»Ich will nicht lange auf den Busch klopfen«, begann ich, »schon gar nicht bei dem Affen, der dort wohnt. Vielleicht sind seine Bisse giftig.«

Keine der Frauen lächelte. Nach den Einstichmalen in der Beuge von Gulbaras linkem Arm zu urteilen, wäre es nicht das einzige Gift, das in ihrem Körper pulsierte.

»Du hast gestern Abend eine tote Frau gefunden. Und auch ihre Handtasche. Deswegen bin ich hier. Was du sonst noch machst, interessiert mich nicht. Verstanden?«

Gulbara nickte, Schajyrkul füllte die Gläser nach. Sie kippten sie erneut. Geselliges Schweigen.

»Ich habe nichts mit ihrem Tod zu tun, verstehen Sie?«

Ich wartete, dass sie fortfuhr, ohne den Blick von ihrem Gesicht zu wenden.

»Sie war schon tot, als ich vorbeikam. Ich war auf dem Weg zu der Brücke über die Ibraimowa-Straße, auf der Suche nach einem Taxi. Keine Geschäfte, zu kalt. Und dann habe ich sie gesehen.«

Bei der Erinnerung erschauderte Gulbara theatralisch und hielt das Glas zum erneuten Nachfüllen hin. Ich sah Schajyrkul an und schüttelte den Kopf. Ich wollte nicht, dass Gulbara betrunken war, bevor ich Gelegenheit gehabt hatte, ihre Geschichte zu hören.

»Du hast sie gesehen.«

Es war keine Frage.

»Zuerst dachte ich, sie wäre eine Professionelle. Berufsrisiko. Aber nicht so, wie sie angezogen war. Zu schick für ein Flittchen. Und zu hübsch.«

Gulbara wirkte mit einem Mal wie die verängstigte, verletzliche Frau Anfang zwanzig, die sie unter ihrer grellen Schminke und dem billigen Nylonkleid war. Sie wusste, dass im Dunkel dort draußen ein Mörder unterwegs war, der vielleicht auf eine andere Frau wartete, vielleicht auf eine Prostituierte, die er aufschlitzen, verletzen, für immer entstellen, verstümmeln, in einen Haufen auskühlenden Fleisches verwandeln konnte. Der Tod erwischt uns alle, wir können bestenfalls hoffen, dass er schnell und schmerzlos kommt. Allzu oft ist er weder das eine noch das andere.

»Ich habe gesehen, dass ich nichts mehr machen konnte. Und es waren zu viele Bäume drum herum, zu viel Deckung, niemand auf der Straße. Er hätte sich verstecken und auf die Nächste warten können. Fünf Minuten früher, und es hätte vielleicht mich erwischt.«

Wieder schwenkte sie ihr Glas in Schajyrkuls Richtung, und diesmal ließ ich sie trinken, einen tiefen Schluck, der sie atemlos zurückließ.

»Also hast du die Handtasche genommen und bist abgehauen?«

»Was hätten Sie denn gemacht?«

»Du hast die Leiche nicht angerührt?«

»Soll das ein Witz sein? Ich hab nur die Handtasche geschnappt und bin nichts wie weg. Ich hab nicht mal reingeguckt, ehe ich im Taxi saß.«

»War Geld drin?«

Gulbara sah mich an, als wäre ich ein *myrki*-Bauer aus einem Kaff am Arsch der Welt. Ich seufzte.

»Ich muss wissen, ob sie ausgeraubt wurde. Ob es um Geld oder um etwas anderes ging. Deshalb frage ich, okay?«

Gulbara murmelte etwas, was ich nicht verstand.

»Wie viel?«

»Eintausend Dollar. Neue Scheine. Hunderter.«

»Und wo sind die?«

Sie wandte den Blick ab.

»Du hast das Krokodil gefüttert?«

Sie sagte nichts, sondern blickte nur auf die Einstichmale in ihrem Arm. Meine einzige Zeugin war ein Junkie, jeder Hinweis auf ein Motiv steckte in der Gesäßtasche eines Dealers, und es fing wieder an zu schneien. Himmel noch mal.

Ich schnippte mit den Fingern.

»Die Tasche, sofort.«

Schajyrkul griff in den Wandschrank und zog eine elegante Schultertasche heraus, wie eine Frau sie zu einer exklusiven Party, einem Drink in der 191 Bar oder einem Vorstellungsgespräch in einer der ausländischen Botschaften tragen würde. In meinen Augen sah sie teuer aus, aber ich bin ein Mann, also was weiß ich schon?

Tschinara hätte mir mit einem Blick Marke, Herstellungsdatum und Preis nennen können. Ihre Handtasche, ihr Schmuck, sogar ihre Schuhe standen noch im Kleiderschrank und warteten darauf, dass ich den Mut aufbrachte, sie zu entsorgen und Tschinaras Gegenwart auszulöschen. Eine Sekunde lang hätte ich schwören können, dass ich ihr Parfüm riechen konnte, als wäre sie ins Zimmer getreten und hätte sich hinter mich gestellt. Und dann fiel mir wieder ein, dass sie weg war.

Für immer.

Ich nahm Schajyrkul die Tasche ab und stellte sie behutsam auf den roten Teppich, den einzige Belag auf dem Betonboden. Edles, weiches hellbraunes Leder, kunstvolle goldene Schließe. Ein »Prada«-Logo. Wenn es *Prawda* gelautet hätte, wäre ich vielleicht besser informiert gewesen.

»Eine hochwertige Tasche? Teuer?«

Die beiden Mädchen starrten mich an, fassungslos über meine Unwissenheit.

»Ungefähr fünfzehnhundert Dollar. Ein Original. Nicht hier gekauft, sondern im Ausland oder vielleicht im GUM.«

Ich musste unwillkürlich seufzen. Das GUM ist das palastartige Gebäude auf dem Roten Platz direkt gegenüber vom Kreml, wahrscheinlich die teuerste Ansammlung von Edelboutiquen auf der ganzen Welt. Wer dort einkaufen konnte, hatte garantiert Einfluss, jemand, der schnelle Ergebnisse und einen Kopf auf dem Silbertablett verlangen würde. Und ich wusste auch, wessen Kopf es sein würde, wenn ich den Mörder nicht fand.

»Hast du außer dem Geld noch irgendwas rausgenommen?«

Gulbara schüttelte den Kopf und beobachtete, wie ich die Tasche öffnete. BlackBerry, Schlüssel, Lippenstift, ein Paar goldener Ohrreifen und in einem Reißverschlussfach das, was ich zu finden gehofft hatte. Ein Ausweis.

Das Gesicht, das ich unter den Bäumen gefunden hatte, starrte mich an. Dieselbe Ruhe, dieselbe Distanziertheit. Das Gesicht, das in einer Schublade lag und darauf wartete, dass jemand den Leichnam beanspruchte.

Ich las den Namen.

Und mir wurde klar, dass ich fett in der Scheiße saß.

KAPITEL 7

Ich saß in einem Streifenwagen, die Scheibenwischer kämpften mit einem gnadenlosen dumpfen Kreischen gegen den Schnee an. Ungefähr das erwartete mich auch vom Polizeichef. Ich hatte ihn angerufen, noch bevor ich meine Fahrt organisiert hatte. Außer sich vor Freude, geweckt zu werden, hatte er mir befohlen, ihn in der Zentrale zu treffen. Einen Tataren durfte man nie mit einem sonnigen Tag verwechseln, doch mein Chef lebte in einem beinahe dauerhaften Zustand der Wut.

Während der Wagen durch den Schnee schlitterte, fluchte der Polizist am Steuer praktisch unaufhörlich: über das Wetter, über die Behörden, die es nicht schafften, die Straßen zu räumen, und leise auch über mich, weil er meinetwegen quer durch die Stadt fahren musste. Die Blumenspenden an der Gedenkstätte für die Toten der letzten Revolution waren unter den frischen Schneewehen beinahe unsichtbar, genau wie Tschinaras Grab in den Bergen – und das Grab, das irgendjemand für das Mädchen unter den Birken graben würde. Ich überlegte, dem *ment* zu sagen, er solle anhalten, damit ich mir hundert Gramm Wodka besorgen konnte, um mich aufzuwärmen. Aber dann bogen wir auch schon auf den Vorhof der Zentrale, hereingewunken von dem wachhabenden Beamten, der ein Gewehr über der Schulter hängen hatte und von einem Fuß auf den anderen trat, um sich warm zu halten.

Im Gebäude war es nicht wärmer als draußen, noch etwas, was den Chef nicht erfreuen würde. Ich stieg die angestoßenen und rissigen Betonstufen hinauf und ging den Flur entlang bis zu seinem Büro. Ich kam an Urmat Sarijew vorbei, der als der tollpatschigste Polizist von Bischkek berühmt war: Jedenfalls kam es unter seiner Aufsicht zu mehr Unfällen bei den Gefangenen als unter der jedes anderen. Wir waren uns nie offen feindselig begegnet, doch Sarijew wusste, dass ich ihn für einen Arschkriecher hielt. Und wenn er nicht gerade damit beschäftigt war, kübelte er Scheiße auf die Köpfe von allen anderen. Doch so unfähig er als Polizist war, so gerissen war er als politischer Intrigant. Deshalb hatte er bei allem, was lief, immer die Innenbahn.

Er entblößte grinsend seine Goldzähne.

»Der schlaue Wolf ist gekommen, um uns alle zu lehren, wie man die Bösen fängt!«

Das sollte ich erklären: Mein Vorname ist Akyl, was »schlau« bedeutet, und mein Familienname enthält das Wort *boru*, kirgisisch für »Wolf«. Schlauer Wolf ist der Spitzname, den ich seit meinem ersten Jahr auf der Polizeiakademie mit mir herumschleppe. Vermutlich ist es auch eine Art Arbeitsplatzbeschreibung, wenn man in einem Job überleben will, in dem selbst die eigenen Leute Feinde sein können.

Sarijew lächelte noch einmal und strich mit dem Finger über seine Kehle, also wusste ich, dass mich nichts Gutes erwartete. Ich zwinkerte ihm mit einer Vertraulichkeit zu, die ich nicht im Mindesten empfand, und klopfte an die Tür.

Der Rest der Zentrale mochte ein Dreckloch sein, doch niemand hätte meinem Chef einen Mangel an Bürgerstolz vorwerfen können. Er wusste, dass er den makellosen Ruf der Polizei hochzuhalten hatte. Das erklärte den farbenprächtigen Shyrdak aus Filz an der Wand, den polierten Holzboden und den Schreibtisch von der Größe eines Autos, auf dessen Kante ein Steinadler aus Bronze in halber Originalgröße hockte. Natürlich war es hilfreich, dass alles aus dem Budget der Polizei bezahlt wurde, wobei vermutlich noch eine zusätzliche Provision für den Chef übrig blieb.

Als ich das Büro betrat, goss er sich gerade einen Schnaps ein. Er leerte es in einem Zug und schenkte sich nach, ohne mir etwas anzubieten.

»Satknis na hui!«

Erklärt zu bekommen, man solle die Schnauze halten, bevor man den Mund aufgemacht hatte, war kein gutes Zeichen. Der Polizeichef lehnte sich auf seinem Stuhl zurück und sah mich aus rotgeränderten Augen missbilligend an. Er war ein großer Mann, ein ehemaliger Meisterringer, der von zu viel Plow und in Kirgisistan gebrautem *pivo* fett geworden war. Er hatte das runde Mondgesicht eines Tataren und schwarze ausdruckslose Augen, die ungern etwas preisgaben. Aber er war gerissen, ein harter Hund und ein guter Polizist. Außerdem war er nicht durch politische Beförderung an seinen Posten gekommen, sodass er keinem Politiker in den Arsch kriechen musste.

Er hatte beide Revolutionen seit der Unabhängigkeit erlebt und es nach der zweiten sogar geschafft, befördert zu werden. Er wusste, wo die anderen ihre Leichen vergraben hatten, und wahrscheinlich hatte er selbst ein paar im Keller. Er war ein Überlebenskünstler. Ob das auch für mich noch gelten würde, wenn ich ihm erzählt hatte, was ich herausgefunden hatte, war allerdings eine andere Frage.

»Scheiß zwei Uhr früh am Morgen, verdammt, ich hoffe, es ist wichtig. Wenn nicht, am Torugart-Pass suchen sie Verkehrspolizisten.«

Torugart. Viertausend Meter hoch im Tienschan-Gebirge im Süden gelegen, der Grenzpass nach China, im Winter unpassierbar wegen Schnee, Lawinen oder beidem. Der Arsch der Welt, an dem es nicht viel mehr zu tun gab, als zuzusehen, wie mit billigen chinesischen Möbeln beladene Laster vorbeikrochen. Und bei meinem Chef war das keine leere Drohung. Das war es bei ihm nie. Er achtete immer darauf, dass er zuschlug, ehe ihm jemand zuvorkam; deshalb war er eine Macht, mit der man rechnen musste.

»Ilja Sergejewitsch«, begann ich in der Hoffnung, ihn durch die Verwendung des von seinem Vater abgeleiteten Namens zu besänftigen, »im Fall des Mordes in der Ibraimowa-Straße gibt es eine wichtige Entwicklung, und da Sie der ranghöchste und erfahrenste Beamte sind, den wir hier haben, hielt ich es für das Beste, Sie unverzüglich auf den neuesten Stand zu bringen.«

Er grunzte und trank einen Schluck Wodka.

»Ich habe gute Neuigkeiten: Wir konnten eine vorläufige Identifizierung vornehmen; und morgen früh werde ich mich in der Leichenhalle um eine endgültige Bestätigung bemühen.«

Ich goss Wasser in ein Glas und prostete ihm zu.

»Na sdorovje.«

Ich fragte mich, wie es um meine Gesundheit bestellt sein würde, wenn der Chef die ganze Geschichte gehört hatte.

Wir leerten die Gläser und stellten sie ab.

»Und die schlechte Nachricht?«

»Wir konnten, wie gesagt, eine vorläufige Identifizierung vornehmen.«

Er nickte ungeduldig. Aber ich hatte nicht vor, überstürzt etwas Unbedachtes zu sagen, wenn ich riskierte, dafür in den Bergen zu landen. Und sein Büro war womöglich verwanzt, mit seinem Wissen oder ohne.

»Nach ausführlicher Befragung diverser Quellen ist es mir gelungen, die Handtasche der Verstorbenen sicherzustellen.«

Der Chef machte eine ungeduldige Geste, doch ich wählte meine Worte mit Vorsicht, weil ich mir der Gefahr nur allzu bewusst war, dass sie sich später gegen mich kehren und mir in den Hintern treten könnten. Ich wollte jedes Missverständnis und jede Fehlinterpretation vermeiden. Ein Arschkriecher wie Sarijew würde nur zu bereitwillig Gift ins Ohr anderer Leute träufeln, und es gab immer jemanden, der gern zuhörte. Ich berichtete von meinem Treffen mit Wassili, der Begegnung mit Schajyrkul und Gulbara und der Sicherstellung der Handtasche.

»Sollen wir die Schlampe festnehmen? Ein paar Minuten in

einer Zelle mit Sarijew, und sie wird betteln, reden zu dürfen. Vielleicht ein Revierkampf unter Professionellen?«

Der Chef sah mich erwartungsvoll an; der Tod von Gesindel produzierte keine Schlagzeilen oder Wellen.

»Ich glaube, unser Opfer war in einer anderen Liga unterwegs. Und sie war auch keine Nutte – meines Wissens zumindest nicht.«

»Und dass die Tasche im Besitz dieser Gulbara gelandet ist? Lässt das bei Ihnen keine Alarmglocken klingeln?«

Ich wappnete mich innerlich; dies war der Moment, in dem ich meine Karten auf den Tisch legen musste.

»Ich habe Grund zu der Annahme, dass es sich um einen Diebstahl handelt, der nichts mit dem Mord zu tun hat.«

Der Chef blickte auf und zerpflückte meine Worte.

»Sie können ein Motiv benennen? Inspektor?«

Eine kurze Erinnerung daran, wie dünn das Eis war, auf dem ich stand. Ich schüttelte den Kopf und fügte rasch hinzu: »Aber wir wissen, wer sie ist. War.«

»Werden Sie es mir verdammt noch mal sagen?«

»Jekaterina Michailowna Tynalijewa.«

Ich machte eine Pause und wartete, dass die Nachricht sackte.

Der Chef griff nach der Flasche, goss sein Glas wieder randvoll und kippte es ohne Zögern herunter. Seine Miene wirkte ernst und besorgt.

»Die Hure! Warum konnte sich die Schlampe nicht in einem anderen Distrikt aufschlitzen lassen?«, knurrte er.

»Das hätte auch keinen Unterschied gemacht. Wir sind die Mordkommission. Es wäre so oder so auf unserem Schreibtisch gelandet.«

»Auf Ihrem Schreibtisch.«

Ich zuckte die Achseln.

»Lassen Sie sich von einem Uniformierten hinfahren. Und seien Sie diskret. Keine flackernden Lichter, heulenden Sirenen und der ganze Mist.«

Er betrachtete mich, meinen zerknitterten Anzug, das ungebügelte Hemd, die vom Schnee ruinierten Schuhe.

»Es ist wohl kaum möglich, noch weniger wie ein Polizist auszusehen als Sie.«

Ich persönlich fand, dass ich genau so aussah, doch dies war nicht der Zeitpunkt, das festzustellen.

»Soll ich zu Hause vorbeifahren und mich umziehen?«

Den einen guten Anzug, ungetragen, seit ich eine Handvoll Erde auf Tschinaras Leichentuch geworfen hatte. Vielleicht angemessen für eine weitere trauernde Familie, eine weitere vor ihrer Zeit gestorbene Frau.

»Nein. Bringen Sie es lieber hinter sich. Er würde es nicht goutieren, dass Sie eine Krawatte angelegt haben, um ihm diesen Mist zu berichten.«

»Was ist, wenn er Einzelheiten wissen will? Erzähle ich ihm von den Verstümmelungen und dem Fötus?«

»Nutzen Sie jeden Spielraum, den Sie haben. Aber wenn wir ihn verärgern, indem wir ihm etwas verschweigen, kriegen wir noch mehr Scheiße ab. Wenn er nicht fragt, braucht er es nicht zu wissen. *Pisdez!* Wir müssen es nicht noch schlimmer machen, als es schon ist.«

Ich nickte. Der Chef sah ein wenig entspannter aus, nachdem er die Last sicher auf meinen Schultern abgelegt hatte. Ich wusste, dass er schon überlegte, wie er es anstellen konnte, möglichst wenig von dem Schlamassel abzukriegen.

»Er wird nicht bis morgen früh warten wollen. Sagen Sie Jussupow, er soll das Leichenschauhaus aufmachen.«

Er goss sein Glas wieder voll, blickte auf und schien erstaunt, mich noch immer dort stehen zu sehen.

»Und jetzt verpissen Sie sich. Und gehen Sie verdammt noch mal behutsam vor.«

Ich schloss die Tür hinter mir, ging zurück zum Eingang und überlegte, wie genau ich dem Minister für Staatssicherheit beibringen sollte, dass seine Tochter ermordet worden war.

KAPITEL 8

Für das Staatskomitee für Nationale Sicherheit gelten eigene Regeln. Seine Leute werden nie fotografiert, nie in der Zeitung zitiert, nie vor das Parlament geschleift. Man kann sie sich wie Rauch oder Morgennebel über dem Yssykköl-See vorstellen: treibend, ungreifbar, unmöglich festzumachen. Sie sind die Elite, das kirgisische Äquivalent der russischen SpezNas, handverlesen und dafür ausgebildet, jede Bedrohung der Wohlfahrt und Sicherheit des Staates auszuschalten. Das Problem ist, dass die Wohlfahrt des Staates häufig gleichbedeutend ist mit der Wohlfahrt der führenden Männer. Deshalb ist alles, was negativ für sie ist, auch schädlich für das Land. Und Michail Tynalijew war der Typ Mann, der es nicht duldete, dass irgendetwas Böses geschah, während er Wache hielt. Er würde die Nachricht, die ich ihm zu überbringen hatte, sehr schlecht aufnehmen.

Als wir vor seinem Stadthaus parkten, flammten Bewegungsmelder auf. Ein bewaffneter Wachmann in einem gesicherten Torhäuschen hielt die Straße aufmerksam im Blick; das bläuliche Licht, das über sein Gesicht huschte, verriet, dass die Kameras auf dem Gelände keine Attrappen waren. Dies war eine der nobelsten Gegenden von Bischkek, Privathäuser mit großen Grundstücken, alarmgesichert und rund um die Uhr bewacht.

Ich stieg langsam aus, hielt die Hände vom Körper entfernt und meinen Ausweis zwischen den Fingern. Dies war weder die Zeit noch der Ort für hastige Bewegungen. Der Wärter hinter der Panzerglasscheibe winkte mich zu sich. Ich lächelte und gab mir alle Mühe, harmlos auszusehen, als ich mit meinen Schuhen über das feste Eis schlitterte.

»Was macht die Kunst, Genosse?«, fragte ich und hielt meinen Ausweis hoch.

Ohne den Blick von mir zu wenden, schob der Wachmann ein Tablett unter der Scheibe hindurch. Ich warf meinen Ausweis darauf und wartete, während er ihn studierte. Ich war offensichtlich nicht sein Genosse, aber schließlich bestand ich die Musterung.

»Was wollen Sie hier?«, fragte er; durch den in die Scheibe eingelassenen Lautsprecher klang seine Stimme metallisch und heiser.

»Ich möchte den Minister sprechen. In einer offiziellen Polizeiangelegenheit.«

»Erwartet er Sie?«

»*Njet.*«

Das war der Moment, in dem mir die Chose um die Ohren fliegen könnte. Vielleicht ließ der Wachposten mich nicht herein, und Tynalijew würde erst morgen vom Tod seiner Tochter erfahren, was ihm nicht gefallen würde. Aber wenn ich dem Wachmann den Grund meines Kommens erklärte, wüsste es binnen einer Stunde die ganze Stadt.

Er überlegte und machte dann einen Anruf. Nach einer kurzen Unterhaltung, während der er das Gesicht abwandte, damit ich nicht von seinen Lippen lesen konnte, fiel eine Entscheidung.

»Jemand vom Haus kommt Sie abholen.«

»Können Sie das Tor öffnen? Wir parken draußen.«

Der Wachmann schüttelte den Kopf. Obwohl es ein Polizeiwagen war und er meinen Dienstausweis gesehen hatte, war das Risiko eines Selbstmordanschlags zu groß. Ich trat von einem Fuß auf den anderen, um mich warm zu halten, bis eine Seitentür des Haupttors geöffnet wurde. Zwei weitere Wachleute winkten mich zu einem Metalldetektor, doch ich blieb stehen und schlug meine Jacke auf, um ihnen die Jarygin zu zeigen. Ich wollte niemandem einen Vorwand bieten, zu zeigen, wie schnell und entschlusskräftig er beim Schutz seines Bosses reagieren konnte.

Sie nahmen mir die Waffe ab und ließen mich ein paarmal durch den Detektor laufen, bevor der Ältere der beiden mich zum Haus führte.

»Ich hoffe für Sie, es ist wichtig«, sagte er. »Ich kann nicht garantieren, dass er Sie empfangen wird.«

»Mein Chef hat mich persönlich geschickt. Es geht um einen wichtigen Fall.«

Der Wachmann blickte mich neugierig an, doch ich hatte nicht vor, freiwillig mit weiteren Informationen herauszurücken.

»Hoffentlich sieht er das auch so.«

Als ich den Pfad hinunterstapfte, knirschten meine Schuhe im Neuschnee. Bei dem Gedanken, einen weiteren Tod zu verkünden, die Trauer eines weiteren Menschen mitzuerleben, wehte mich eine Welle von Müdigkeit an. Die Haustür schwang von selbst auf, und ich wurde in eine Halle geführt, die von einem dritten Wachmann patrouilliert wurde, der mich noch einmal klinisch gründlich abtastete, bevor er mich in ein Arbeitszimmer führte, in dem ich auf den großen Mann warten sollte. Ich spürte, wie sich Schweißtropfen auf meiner Stirn bildeten, nahm die Pelzmütze ab und stand barhäuptig da. Der Raum war überheizt, doch das war nicht der einzige Grund, warum ich schwitzte. Ich wusste, dass meine Karriere hier und jetzt enden konnte.

»Inspektor.«

Ich drehte mich um und sah Michail Tynalijew in der Tür stehen. Er war kleiner, als ich ihn mir aufgrund von Fotos vorgestellt hatte, jedoch von typisch kirgisischer Statur: breite Schultern, Stiernacken, kräftige Hände. Man konnte sich leicht vorstellen, wie er im Keller seines Hauptquartiers einen Gefangenen verhörte und ihm hin und wieder einen Faustschlag verpasste, dass das Blut spritzte und Zähne herausflogen.

»Herr Minister.«

»Es ist sehr spät für einen unangekündigten Besuch.«

»Ich bitte um Verzeihung. Ich wäre nicht zu dieser Nachtzeit gekommen, wenn es sich nicht um eine Angelegenheit von äußerster Dringlichkeit handeln würde.«

Ich stand stramm, sprach förmlich und versuchte, jedes Zittern in der Stimme zu vermeiden. Dieser Mann hatte die Anzeichen von Angst schon tausendmal gehört und gesehen und kannte sie alle.

»Deswegen suche ich Sie zu dieser Stunde auf.«

Der Minister ging zu einem Ledersofa an der gegenüberliegenden Wand und setzte sich. Er lud mich nicht ein, ebenfalls Platz zu nehmen.

»Ich kann mir nur schwer vorstellen, dass eine Bedrohung des Staates vorliegt, von der die Polizei eher wüsste als meine Leute.«

»Es ist keine politische Angelegenheit, Herr Minister.«

»Nicht.«

Ich sah, dass ich seine Aufmerksamkeit hatte. Kein Terrorismus, kein organisiertes Verbrechen. Was dann? Seine Augen verharrten auf meinem Gesicht, kalt und schwarz wie das Eis draußen.

»Es ist eine persönliche Sache. Eine Familienangelegenheit.«

Als er sprach, war seine Stimme harsch und flach.

»Fahren Sie fort.«

»Am frühen Morgen des gestrigen Tages wurde in der Ibraimowa-Straße die Leiche einer jungen Frau gefunden, die wir zunächst nicht identifizieren konnten, weil wir keine Ausweispapiere bei der Leiche gefunden haben. Im Laufe der letzten Stunden sind wir jedoch in den Besitz weiterer Informationen gelangt.«

Ich hielt inne, doch der Minister starrte mich nur mit unergründlicher Miene an.

»Ich bedaure sehr, Ihnen mitteilen zu müssen, dass unsere

Ermittlungen darauf hindeuten, dass es sich bei der jungen Frau um Ihre Tochter Jekaterina Tynalijewa handelt.«

Der Minister sah mich weiter an.

»Auf welcher Grundlage kommen Sie zu dem Schluss, dass es sich um meine Tochter handelt?«

»Wir haben einen Ausweis mit ihrem Namen sichergestellt, in einer Handtasche, die vom Tatort entwendet wurde.«

»Es handelt sich um ein Verbrechen? Es war kein Unfall?«

»Ich fürchte, nein. Wir ermitteln in einem Mordfall.«

Ich griff in die Tasche und zog den Ausweis der Toten hervor. Er stand auf und nahm ihn mir ab. Er starrte darauf, als könnte er nicht begreifen, was er sah, und ich ermahnte mich, daran zu denken, dass er in diesem Moment nicht einer der mächtigsten und gefährlichsten Männer des Landes, sondern ein Vater war, der sich mit der schrecklichsten Nachricht konfrontiert sah, die man als Vater erhalten kann.

»Das ist sie, das ist meine Katja. Aber es muss sich um einen Irrtum handeln, ihre Handtasche wurde gestohlen, oder …«

Seine Stimme verlor sich. Wortlos zog ich die Aufnahmen des Gesichtes aus der Tasche, die Jussupow vor gefühlt tausend Stunden in der Leichenhalle für mich gemacht hatte. Darauf wirkte sie ruhig, kein Ausdruck von Überraschung oder Angst, nur jene undefinierbare Stille, die die Toten von den Lebenden trennt. Er nahm mir die Bilder aus der Hand, betrachtete sie und nickte.

»Da.«

Ein Foto fiel auf den Boden, keiner von uns machte Anstalten, es aufzuheben. Als er wieder sprach, war seine Stimme gealtert und klang mit einem Mal müde, ein erschöpfter Mann am Ende seiner Kräfte.

»Hat sie …?«

»Soweit wir wissen, ging es sehr schnell.«

Ich wählte meine Worte behutsam. Die üblichen Beileidsbekundungen wirkten unangemessen, beinahe beleidigend.

»Wurde sie …?«

»Wir glauben nicht. Aber der Gerichtsmediziner war nicht in der Lage festzustellen, ob sie vergewaltigt wurde. Es gab postmortale Verletzungen.«

Tynalijew schürzte die Lippen, eine minimale Geste auf dem versteinert wirkenden Gesicht. Dann griff er nach einer Kristallkaraffe auf einem Tisch, goss sich ein Glas voll, stürzte es hinunter, füllte es wieder und schenkte nach kurzem Nachdenken auch mir eins ein. Ich bedankte mich mit einem Nicken und nahm das Glas.

»Berichten Sie.«

»Ich denke, es ist nicht notwendig, in die Details zu gehen, Herr Minister. Mir ist bewusst, dass dies eine furchtbare –«

»Berichten Sie«, wiederholte er mit kalter, flacher Stimme. Ein Befehl.

Also gehorchte ich.

Ich hielt nichts zurück, weder die Zerstückelung der Vulva seiner einzigen Tochter noch die Ausschabung ihres Bauches und ihrer Gebärmutter, die herausquellenden Eingeweide und die finale Erniedrigung durch den in ihr abgelegten Fötus, als wäre sie der Mülleimer eines zwielichtigen Engelmachers.

Das Einzige, was ich ihm nicht erzählte, war, wie sich der Schnee einem Brautschleier gleich über ihr Gesicht gelegt hatte, wie still die Nacht unter den Birken gewesen war, wie ich an meine eigene tote und kürzlich zu Grabe getragene Frau gedacht hatte.

Tynalijew seufzte lange und beinahe resigniert ob der schwierigen, aber notwendigen Aufgabe, die bevorstand.

»Sie werden ihn mir bringen.«

Keine Frage, keine Bitte, sondern eine Aufforderung. Ich stellte meinen Wodka unangerührt ab.

»Bis jetzt gibt es noch keinen Tatverdächtigen –«

»Dies ist kein Fall für die Sicherheitskräfte, Inspektor. Aber ich will auch nicht, dass jeder inkompetente *myrki*-Polizist darin herumstolpert. Ich will, dass Sie die Sache persönlich übernehmen und sonst niemand. Wenn sie den Täter gefasst haben, bringen Sie ihn mir. Keine Sorge, ich kläre das mit Ihrem Chef, ich sage ihm, dass Sie den Fall allein bearbeiten. Ich halte Ihnen den Rücken frei und sorge dafür, dass Sie ein Dach über dem Kopf haben. Und ich werde in Ihrer Schuld stehen.«

Ich verstand, warum der Minister nicht wollte, dass der Sicherheitsapparat eingeschaltet wurde; ein Hauch von Schwäche, und sein Image als harter Mann wäre in Gefahr. In Kirgisistan ein Zeichen von Schwäche zu zeigen heißt, seinen eigenen Sturz heraufzubeschwören, seine Macht aufs Spiel zu setzen, sich aus dem Amt, vielleicht sogar aus dem Leben zu katapultieren. Politischen Schutz von einem Mann wie Tynalijew wies man nicht leichthin ab. Gleichzeitig wusste ich, dass ich, wenn ich ihm einen Verdächtigen übergab, mitverantwortlich wäre für Folter, Schmerzen und einen quälend langsamen Tod. Und dann die Überreste, um die jemand sich kümmern musste: ein paar ausgerissene Fingernägel, zersplitterte Zähne, Blutlachen, die Putzfrauen wegwischen mussten. Tynalijew mochte mir etwas schuldig sein, doch er würde mich besitzen, und ich wusste genug über den Lauf der Dinge, um mir sicher zu sein, dass früher oder später alles zurückgefordert wurde.

»Wir werden Sie natürlich über die Fortschritte der Ermittlungen auf dem Laufenden halten. Aber zunächst würde ich Sie bitten, mit mir zu kommen. Für die offizielle Identifizierung, Sie verstehen.«

»Jetzt?«

»Ich habe die Leichenhalle für Sie öffnen lassen. In einem Augenblick wie diesem haben die Wünsche der Familie oberste Priorität.«

Seine Frau, Jekaterinas Mutter, erwähnte ich nicht. Auf dem Revier wusste jeder, dass sie in einer Datscha in der Nähe von Talas wohnte, während Michail Iwanowitsch sich mit einer Reihe ständig wechselnder, ehrgeiziger junger Frauen ablenkte.

»Sehr gut.«

Er machte eine Pause, legte eine Hand auf meine Schulter und packte sie unbehaglich fest.

»Ich wiederhole, Inspektor, Sie bringen ihn mir.«

Diesmal war es kein Befehl. Es war eine Drohung.

KAPITEL 9

Ausdruckslos starrte Michail Tynalijew auf das Gesicht seiner toten Tochter. Ich hatte Jussupow vorgewarnt, sodass der Leichnam im Untersuchungsraum aufgebahrt war und nicht in einer gekühlten Schublade lag. Ein Laken bedeckte ihren Körper, und obwohl nur das Gesicht zu sehen war, konnte nichts den säuerlichen Gestank von getrocknetem Blut und den strengen Geruch von rohem Fleisch überdecken.

Ich räusperte mich und hüstelte.

»Michail Iwanowitsch Tynalijew, sind Sie in der Lage, die Verstorbene offiziell zu identifizieren?«

»Das ist meine Tochter Jekaterina Michailowna Tynalijewa.«

Seine Stimme war ruhig und fest. Mein Gott, der Mistkerl war stark. Ich hatte in diesem Raum einige der härtesten Typen von Bischkek zusammenbrechen, schreien, brüllen, weinen und der Welt mit Blut und Feuer drohen sehen. Aber nicht dieser Mann.

Er griff nach dem Laken, und ich packte sein Handgelenk.

»Glauben Sie mir, Herr Minister, dadurch ist nichts gewonnen.«

Er sah mich an, seine Augen waren leer und hart wie Steinschlag. Ich musste den Blick abwenden.

»Sie ist meine Tochter.«

»Die Gerichte werden in einem solchen Fall sehr streng sein. Die Höchststrafe.«

Trotz meines Lippenbekenntnisses zu Recht und Ordnung wussten wir beide, dass es dazu nicht kommen würde.

Ich ging hinaus und ließ ihn mit dem Kadaver, mit den Überresten seiner Tochter allein, die er einst in den Armen gewiegt und gebadet, in den Schlaf gesungen und geküsst hatte, die zum traditionellen Abschlussläuten die Schärpe ihrer Klasse getragen und mit der er auf ihrem Abiturball getanzt hatte.

Im Flur strengte ich mich an, Tynalijews schmerz- und wutverzerrtes Geheul zu überhören. Als er zehn Minuten später herauskam, war er wieder ganz geschäftsmäßig, ruhig und effizient. Da die Obduktion abgeschlossen war, sah ich keinen Grund, den Leichnam zurückzuhalten, und wir verabredeten ihre Überführung für den Vormittag.

»Ich möchte Ihnen danken, Inspektor, für das Taktgefühl, das Sie in der Angelegenheit gezeigt haben.«

Ich nickte. Nur der Chef und ich wussten, wer das tote Mädchen war, obwohl Jussupow Verdacht geschöpft haben musste, als er den Minister eintreffen sah.

»Wie gesagt, ich möchte, dass Sie den Fall persönlich übernehmen, ohne offizielle Beteiligung oder inoffizielle Unterstützung durch meine Abteilung.«

Ich nickte erneut. Der Minister hatte nicht zwei Revolutionen überlebt, ohne zu erkennen, wo die Macht im Augenblick lag und wie er dieses Wissen optimal nutzen konnte. Wenn dieser Todesfall politische Implikationen hatte, würde er schweigen, bis der perfekte Moment gekommen war, um zuzuschlagen und seine Tochter zu rächen.

Tynalijew warf sich den Schal um den Hals, streifte die Handschuhe über und blickte zur Tür, wo sein Fahrer und sein Leibwächter warteten. Er ging forschen Schrittes zu ihnen, ohne noch etwas zu sagen. Das war auch nicht nötig. Ich hatte meine Befehle.

Die Schritte ihrer Stiefel hallten noch zwischen den Wänden wider, als Jussupow auftauchte. Er wies mit dem Kopf zur Tür und hob fragend eine Braue. Ich nickte.

»Scheiße«, murmelte er, »du musst äußerst behutsam vorgehen, Inspektor. Du bist jetzt unter Wölfen.«

»Glaubst du?«, fragte ich und tastete nach einer Zigarette, um meine Nerven zu beruhigen.

»Also weißt du jetzt, wer sie war?«

»Nicht war. Ist.«

Er zuckte die Achseln, doch für mich machte das einen gewaltigen Unterschied. Wenn ihr Mörder gefasst, ihr Tod geklärt und sie zur Ruhe gebettet worden wäre, konnte sie in die Vergangenheitsform übergehen. Bis dahin wollte ich mir sie als unsichtbare Präsenz bewahren, die mir zusah und mich anspornte. Tschinara hatte immer gesagt, ich wolle eine Welt, die man erklären und verstehen konnte, einen Ort, an dem die Toten befriedet ruhen konnten. Ich wollte Jekaterinas Tod begreifen, auch wenn ich nicht an den Trost von Erklärungen glaubte. Nicht mehr.

Ich schloss die Augen gegen das grelle Deckenlicht und fragte mich, wann ich zum letzten Mal richtig geschlafen hatte. Vor achtundvierzig Stunden. Doch es war vor allem meine Seele, die erschöpft war, zum Schlafen hatte ich noch genug Zeit, wenn ich mich zu Tschinara, Jekaterina und all den anderen gesellte, die ich begleitet hatte.

»Hallo.«

Jussupow rüttelte sanft an meiner Schulter, und mir wurde bewusst, dass ich im Stehen eingedöst war.

»Warum gehst du nicht nach Hause und schläfst ein bisschen? Nicht einmal Tynalijew kann erwarten, dass du ohne Pause durcharbeitest.«

Ich schüttelte den Kopf.

»Genau das erwartet er«, erwiderte ich und rieb mir das Gesicht, als wollte ich die Müdigkeit herausmassieren. Ich erinnerte mich an den Tablettenvorrat, den ich zu Hause aufbewahrte, pharmazeutisches Speed. Genug, um mich noch ein paar Stunden wach zu halten, um vielleicht den Ansatz einer Spur aufzutun, irgendetwas, was ich dem Chef präsentieren konnte, damit er es dem Staatsminister meldete.

Ich gab Jussupow die Hand, sagte ihm, wann der Bestatter

eintreffen würde, und nahm eine Kopie seines Berichts mit. Ich beschloss, zu Fuß nach Hause zu gehen, ein weiteres Morgengrauen, in dem ich durch den Schnee stapfte, meine Gedanken durchforstete und versuchte, Muster zu erkennen und Zusammenhänge herzustellen.

Jussupow schloss die Tür der Leichenhalle ab, während ich in alle Richtungen blickte, um zu sehen, was der neue Tag bringen würde. Es hatte aufgehört zu schneien, der Wind hatte sich gelegt, und es war brutal kalt, minus zwanzig Grad, schätzte ich. Ich mochte mir gar nicht vorstellen, wie kalt es am Torugart-Pass sein würde. Es war noch früh, doch ich würde unterwegs bestimmt irgendwo ein paar Hühnchen-*samsa* bekommen. Bei dem Gedanken daran merkte ich erst, wie hungrig ich war. Bei einem Fall wie diesem konnte es passieren, dass ich tagelang keine warme Mahlzeit bekam, doch wohin man sich in meinem Land auch wendet, wartet immer die Versuchung einer Flasche Wodka auf einen.

Es wurde schon hell, als ich meinen *chruschtschowka*-Wohnblock erreichte. Der Hauseingang stand wie üblich offen. Entweder die Leute vergessen den Sicherheitscode, oder es ist ihnen zu lästig, ihn einzugeben. Der Fahrstuhl funktionierte auch nicht, also stieg ich vorbei an dem Müll und Geröll, der sich an öffentlich zugänglichen Orten immer sammelt, die Betontreppe hoch. Weniger üblich war, dass die Türen zu meiner Wohnung nur angelehnt waren. Ich blieb stehen, wartete, bis ich wieder zu Atem gekommen war, und lauschte. Der Fernseher lief, was seltsam war, denn ich lebte allein. Ich zog meine Schuhe aus, nahm die Jarygin aus dem Holster und fragte mich, warum ich Räume anscheinend immer mit gezogener Waffe betrat. Ich stieß die Holztür weiter auf und spähte hinein. Die Kochnische war leer, doch der dampfende Kessel verriet mir, dass es sich jemand bei mir richtig gemütlich gemacht hatte.

Ich schlich auf Socken über den Holzboden zum Wohnzimmer und wappnete mich, mit einem Hechtsprung abzutauchen und zu schießen.

»Komm rein, Inspektor, ich bin hier drinnen. Und steck die Waffe weg.«

Die zweite Anweisung ignorierte ich geflissentlich.

»Ich weiß, dass man euch Bullen nur einen Scheißdreck bezahlt, aber das ist keine Entschuldigung dafür, diese Pisse zu trinken, die offenbar Tee sein soll. Bestimmt kannst du dir einen anständigen Samowar leisten, um ihn richtig zuzubereiten.«

»Hallo, Kursan«, begrüßte ich ihn und steckte die Waffe weg. »Seit wann bist du Teetrinker?«

»Seit ich in dieser Bruchbude nichts Vernünftiges zu trinken finden konnte.«

Kursan Alymbajew grinste mich an. Er trug eine weiße Filz-Kolpak, die schräg auf seinem Kopf saß, sein Goldzahn blitzte, und weiße Stoppeln zierten sein Kinn. Sein Gesicht war zerknittert und fleckig wie eine alte Weste. Er war über siebzig, doch immer noch kräftig genug, ein Pferd anzuheben, ein Loch in eine Tür zu boxen oder einer sich sträubenden Babuschka die Kleider vom Leib zu schwatzen. Erst Tynalijew, jetzt Alymbajew: Offenbar war es die Woche der Begegnung mit harten Männern. Aber während der Minister fest auf der Seite von Recht und Ordnung stand, war Kursan schon lange vor der Unabhängigkeit keiner legalen Betätigung mehr nachgegangen. Er schmuggelte Fleisch aus China, Marihuana nach Usbekistan, auf Bestellung gestohlene BMWs aus Almaty und kannte jeden Grenzübergang, jeden Bergpass und jeden korrupten Zöllner. Ich konnte nicht umhin, sein Überlebenstalent zu bewundern. Und weil er der Halbbruder von Tschinaras Vater war, gehörte er auch noch zur Familie.

Kursan wies mit einem schmutzigen Daumen auf seinen Mund und hob fragend eine Augenbraue. Ich machte das Fenster auf und nahm die Flasche vom Sims. Kirgisische Gastfreundschaft behielt gegenüber der Müdigkeit immer die Oberhand. Ich gab ihm die Flasche und ein Glas und beobachtete, wie er einen kräftigen Schluck nahm und sich dann eine übel stinkende, selbstgebastelte Papirossa anzündete.

»Du?«

»Nicht heute Morgen.«

»Du wirst alt, Bruder. Das Zeug hält dich jung und kräftig. Frag die jungen Mädchen.«

Er griff sich in den Schritt, stierte lüstern und goss sich noch einen Schluck ein.

»Nachrichten verbreiten sich schnell. Ich nehme an, du bist nicht hier, um meinen Wodka leer zu trinken.«

»Also, wenn du darauf bestehst. Bist du sicher, dass du keinen willst?«

Ich schüttelte den Kopf. Als er mein Gesicht sah, setzte Kursan eine besorgte Miene auf.

»Natürlich. Verzeih mir. Über einen solchen Tod kommt man nicht so schnell hinweg.«

Die Erinnerung an die tote Frau stieg vor mir auf, das ungeborene Kind, das zusammengerollt in ihr lag wie ein Fragezeichen ohne Antwort.

»Ich weiß, du hast sie geliebt, Bruder. So, wie man nur einmal im Leben liebt.«

Entsetzt begriff ich, dass Kursan von Tschinara sprach, und mir wurde ganz übel davon, dass dieses neue Bild sich in meiner Erinnerung vor ihres geschoben hatte. Kursan ging zum Wandregal und nahm das einzige Foto von Tschinara in die Hand, das ich aufgestellt hatte. Es war im Sommer vor ein paar Jahren aufgenommen, auf dem Riesenrad in Bosteri am Yssykköl. Die Sonne glitzert auf dem See, Tschinaras Haar flattert im Wind, und sie lacht. Froh und sorglos. Lebendig.

Kursan starrte mit undeutbarer Miene auf das Bild und stellte es dann behutsam wieder ins Regal.

»Ich will dir helfen. Wegen der Tochter des Ministers.«

Erst Wassili, jetzt Kursan; sie mussten beide einen Informanten auf dem Revier haben, dessen Klatschmaul kräftig Überstunden machte. Manchmal fragte ich mich, ob ich der einzige Gesetzeshüter war, der nicht nebenbei kassierte.

»Es ist nicht so, wie du denkst. Es ist lange her, dass mir jemand von der Polizei etwas anderes gesagt hat, als dass ich mich verpissen soll.«

Er grinste schräg und goss sich noch einen kleinen Schluck ein.

»Nun, wenn es kein Uniformierter war, der sich das Geld fürs Frühstück verdienen wollte, was weißt du dann, was ich nicht weiß?«

Er stellte sein Glas ab, ohne daran zu nippen, trat vor mich und legte seine Riesenpranken auf meine Schultern. Ich konnte seinen Schweiß riechen, die Süße des Wodkas, den Gestank seiner Papirossa. Ohne zu blinzeln, starrte er mich an, sein Gesicht so ernst wie der Tod. Als er sprach, war es so leise, dass ich ihn kaum verstand.

»Ich kann dir sagen, woher das tote Kind kam.«

KAPITEL 10

Es war später Vormittag, Kursan und ich befanden uns auf dem Weg nach Karakol, das in einem weit entfernten Winkel Kirgisistans lag; eine Fahrt von acht Stunden bei günstigen Bedingungen, aber die herrschten im Winter nicht. Wir kamen nur schleppend voran, und Kursan saß am Steuer, was mir recht war.

»Entspann dich, ich weiß, was ich tue, ich habe mal eine Ladung Pelze von Taschkent nach Osch gebracht. Ohne Papiere, wenn du verstehst. Schnee, so dick und fest wie der Hals eines Usbeken; durch die Windschutzscheibe konnte man nichts sehen, also habe ich den Kopf aus dem Fenster gesteckt. Versuch mal, fünf Stunden so zu fahren!«

Vor etwa einer Stunde waren wir durch Bosteri gekommen, und jetzt fuhren wir am nördlichen Ufer des Yssykköl entlang, auf halber Strecke nach Karakol. Ich hatte ein paar Stunden geschlafen, dann eine kryptische Nachricht auf dem Schreibtisch des Chefs hinterlassen, bevor wir aufgebrochen waren. Ein *ment* hatte uns bis Tokmok gefahren, wo Kursan darauf bestanden hatte, dass wir in einen alten, aber funktionstüchtigen BMW umstiegen.

»Den Wagen kennt jeder, glaub mir. Mach dir keine Sorgen wegen dem Abschaum von der Verkehrspolizei, ich verteile das ganze Jahr so viel Som, dass uns schon niemand wegen zu schnellem Fahren anhalten wird.«

Ich hielt die Wahrscheinlichkeit, dass wir uns schneller als im zügigen Schritttempo fortbewegen würden, für äußerst gering, wollte Kursan jedoch in seinem Elan nicht bremsen.

»Ich habe nichts gegen ein gutes Rätsel, aber vielleicht kannst du mir trotzdem erzählen, warum wir nach Karakol fahren? Nur damit ich, wenn man mich vor eine Disziplinarkommission zerrt, irgendeine bescheuerte Erklärung parat habe. Bevor Tynalijews Leute mich zu ihrem Boss schleifen und ich endgültig am Arsch bin.«

»Bruder, ich gehöre zur Familie, schon vergessen? Würde ich zulassen, dass dir etwas zustößt? Vergiss nicht, ich kenne da ein paar Leute.«

Grinsend zündete er sich eine weitere seiner stinkenden Papirossy an. Ich glaubte nicht, dass es Kursans »Leute« mit der Macht des Ministeriums für staatliche Sicherheit aufnehmen konnten, behielt meine Bedenken jedoch für mich.

»Du weißt ein bisschen was über meine Geschäfte, *da*? Ich besorge Sachen für die richtigen Leute zum richtigen Preis, ohne dass die Wölfe im Weißen Haus ihren Anteil abschöpfen und ehrlichen Menschen so gut wie nichts mehr übrig lassen. Ich fick eure Mutter, sage ich denen!«

Er sah mich ehrlich empört an. Bei der Vorstellung, wie Kursan einer Truppe prüder Bürokraten von seinen Stelldicheins mit ihren Müttern berichtete, musste ich lächeln. Ich wies auf die Windschutzscheibe, ein dezenter Hinweis auf seine Fahrtätigkeit. Er schnaubte abschätzig.

»Keine Sorge, wer an einem Tag wie diesem mit dem Wagen unterwegs ist, muss ein Arschloch sein. Und ich kenne diese Straße wie die Titten meiner alten Dame.«

Als plötzlich ein riesiger Lkw aus dem undurchdringlichen Weiß auftauchte, riss er das Lenkrad herum. Ich wurde gegen die Tür geschleudert, die Räder blockierten und rutschten. Ich sah schon vor meinem geistigen Auge, wie man uns in etwa drei Monaten aus einer Schneewehe graben würde, doch Kursan steuerte den Wagen wieder auf die Straße und hielt an.

»Verdammte Scheiße!«, brüllte er in den Schneesturm und wandte sich grinsend an mich. »Hab doch gesagt, dass ich fahren kann, *njet*?«

Ich grinste unwillkürlich zurück.

»Jedenfalls treibe ich ein wenig Handel, bin mal hier, mal da, spinne meine Netze. Einnahmen aller Art. Ein bisschen Gras, das wächst hier am Straßenrand, und es ist ein natürliches Kraut. Aber du weißt, dass ich nie irgendwelches hartes Zeug anrühren würde. Wer *krokodil* verkauft, ist für mich Abschaum. Genauso wie Zuhälter. Arschlöcher!«

Kursan hatte mir immer versichert, dass er nicht mit Tabletten oder Drogen handelte, die man sich spritzte. Und im Gegensatz zu vielen Schmugglern war er vehement gegen jeden Menschenhandel; das war der Hauptgrund, warum ich, was seine Machenschaften betraf, in all den Jahren ein familiäres Auge zudrücken konnte.

»Es gibt auch noch andere Sachen, mit denen ich nichts zu tun haben will. Organe und so.«

»Was für Organe?«

»Von Tieren, weißt du, den ganzen Mist, den die Schlitzaugen hinter den Bergen nehmen, um ihre kleinen gelben Schwänze hochzukriegen.«

Wenn man das Tienschan-Gebirge in Richtung China überquert und den Markt in Ürümqi ansteuert, wird man alle möglichen sonderbaren Arzneien finden. Jeder kennt den Aberglauben, dass Rhinozeroshörner Impotenz kurieren und Tigerknochen gegen Arthritis helfen sollen. Aber das ist nur der Anfang einer langen Liste von Zutaten der traditionellen chinesischen Heilkunst: Sirup aus der dreimal täglich gesammelten Gallenflüssigkeit eines gefangenen Bären, getrocknete und pulverisierte Seepferdchen, bittere Kräuter zur Zubereitung von Tees und wer weiß was noch.

Ich spürte, dass Kursan etwas andeuten wollte. Aber obwohl ich zur Familie gehörte, war ich immer noch ein *ment*, und es ging ihm gegen den Strich, einem Bullen irgendwas zu erzählen. Ich sagte nichts; ich hatte schon früh kapiert, wie wichtig Geduld sein konnte. Wenn Kursan bereit war, es mir zu sagen, würde er reden. Er hatte mich aus einem bestimmten Grund in die Berge geschleift. Und bis jetzt war das die einzige Spur, die ich hatte. Ich starrte auf den Yssykköl zu meiner Rechten; obwohl er so hoch in den Bergen liegt, friert er nie zu, daher auch sein Name, der »warme See«.

Im Sommer wimmelte es hier von Urlaubern, die das klare Wasser und die saubere Luft genossen. Es gab teure Sanatorien, voll mit zur Kur angereisten Russen; Beamte wohnten in regierungseigenen Datschen. Am Straßenrand verkauften Einheimische eimerweise glänzende Kirschen und Äpfel, die sie frisch in ihren Gärten gepflückt hatten. Frauen mit Kopftüchern schlenderten an den Stränden auf und ab und boten geräucherten Fisch feil. Vielleicht sah man sogar ein zweihöckriges Trampeltier, das mit ein paar kreischenden Kindern auf dem Rücken düster am Ufer entlangtrottete.

Aber im Winter war es eine andere Geschichte. In dem deprimierenden grauen Licht und dem kalten Wind, der von den himmlischen Bergen wehte, wirkten die alten Legenden von heiligen Felsen und Flüssen, uralten Armeen, die durch die Nacht ritten, Dörfer plünderten und ihre Bewohner metzelten, allzu real. Das einzig Vernünftige war, sich mit einer Flasche Wodka in irgendeinem warmen Loch zu verkriechen und zu warten, bis der Frühling vier Monate später zurückgestolpert kam. Die kirgisischen Winter erinnern uns daran, dass die Vergangenheit nie tot ist, sondern nur hinter der nächsten Ecke auf der Lauer liegt.

»Die Sache ist die«, fuhr Kursan fort, »ich kenne einen Uiguren aus Ürümqi. Kein übler Typ, kein Wichser wie die meisten von ihnen. Wir haben in der Vergangenheit ein paar Geschäfte miteinander gemacht. Er hat mich vor einigen Tagen angerufen und gefragt, ob ich etwas von Mädchen gehört hätte, die über die Grenze nach Bischkek transportiert worden sind. In Dubai gibt es eine große Nachfrage, weißt du, weniger in Moskau, aber warum sollte man bei dem Wetter irgendwen über den

Tienschan schleifen? Im Panfilow-Park gibt es jede Menge junger Schlampen, wenn man darauf scharf ist.«

»Und?«

»Nun, er war ein wenig besorgt wegen einer Frau. Sie war schwanger, hat er gesagt, hochschwanger, und die Geburt stand kurz bevor, als sie verschwand.«

Mich beschlich eine üble Ahnung.

»Und als du von dem Mord gehört hast?«

»Und dem Baby im Bauch der Toten, habe ich mich gefragt, ob ein Zusammenhang besteht. Richtig.«

»Sind wir auf dem Weg zu ihm?«

»Genau.«

»Ein Anruf wäre vielleicht einfacher gewesen.«

Kursan lachte über meine Naivität.

»Einen Schmuggler dazu bringen, per Handy mit der Schmiere zu reden? Während die Staatssicherheit und die chinesische Grenzpolizei jedes Gespräch ortet? Klar. Er könnte sich bestimmt nichts Schöneres vorstellen, als fünfzehn Jahre im Bischkeker Gefängnis Nr. 1 zu sitzen und sich bei den Lebenslänglichen mit Tuberkulose anzustecken! Oder sich eine Kugel im Kopf einzufangen, je nachdem, auf welcher Seite der Grenze sie ihn erwischen.«

»Und wo treffen wir ihn?«

»Ich weiß, wo. Also brauchst du es nicht zu wissen.«

Und damit konzentrierte er sich wieder ganz darauf, uns durch den Schneesturm zu chauffieren, und spähte auf die Straße vor uns, während ich auf der Suche nach einem Anhaltspunkt in das trübe Halbdunkel starrte und mich fragte, wohin dieser Fall führte.

KAPITEL 11

Kursan hatte darauf bestanden, mir für die letzte Stunde die Augen zu verbinden. Ich wurde wild hin und her geschüttelt, als der Wagen über einen offensichtlich unasphaltierten Feldweg fuhr. Ich hatte blaue Flecken, mir tat alles weh, und ich war sauer. Meine Pistole war »zur Sicherheit« im Kofferraum verschlossen.

Schließlich kam der Wagen zum Stehen. Draußen brüllte irgendjemand, dann entfernte Kursan die Binde von meinen Augen. Keine Ahnung, wo wir verdammt noch mal waren; bei dem Schneefall war es schwer, irgendwas zu erkennen. Ich hatte den Verdacht, dass ich über den Rand der Erde gerutscht war. Zwei Männer mit einer Makarow-Automatik in der Hand bedeuteten mir, auszusteigen. Sie sahen beide aus, als könnte man sie einen Tag lang mit einer Gerüststange schlagen, ohne etwas aus ihnen herauszubekommen. Ich öffnete langsam die Tür und achtete darauf, dass meine Hände immer zu sehen war. Es war eiskalt, und ich zog meine Pelz-Uschanka fest über die Ohren. In diesem Moment wäre ein Wodka höchst willkommen gewesen. Der Schläger zur Linken, backenbärtig, mürrisch und nach Knoblauch stinkend, tastete mich ab und wies dann auf den in der Nähe geparkten schwarzen Mercedes. Als Kursan und ich darauf zugingen, glitt das hintere Fenster herunter.

»Abdurehim Ötkür«, stellte Kursan den Mann auf der Rückbank vor und gab ihm die Hand. Mir fiel auf, dass niemand meine Hand schütteln wollte. Abdurehim Ötkür war einer der großen Dichter der uigurischen Sprache; offensichtlich sollte ich die wahre Identität des Mannes nicht erfahren, was in gewisser Weise beruhigend war: Wenn er mich hätte umbringen wollen, hätte er sich keine Mühe mit einem falschen Namen gemacht. Ich beobachtete, wie er aus dem Wagen stieg und seinen Mantel zuknöpfte. »›Als wir unsere Reise angetreten haben, waren wir jung‹«, zitierte ich die einzige Zeile von Ötkür, an die ich mich aus der Schule erinnerte.

»›Jetzt können unsere Enkel auf Pferden reiten‹«, vollendete er das Zitat. »Ich bin beeindruckt, Inspektor, einen so kultivierten Mann hatte ich nicht erwartet.«

Ich gab mir alle Mühe, bescheiden zu wirken, während ich Ötkür von oben bis unten musterte. Stämmig und für einen Uiguren überdurchschnittlich groß, dunkle ausdruckslose Augen in einem langen Gesicht, das durch eine Narbe, die sich vom linken Ohr bis zum Mundwinkel erstreckte, noch länger wirkte. Er bemerkte meinen Blick und strich mit dem Zeigefinger über die Narbe.

»Sie werden mein Gesicht nicht in Ihren Akten finden, Inspektor«, sagte er, »und den Hurensohn, der mir die verpasst hat, auch nicht. Jedenfalls nicht heil in einem Stück.«

»Ich hatte nicht vor, nach Ihrem Verbrecherfoto zu suchen, nicht wenn Sie mir weiterhelfen können. Außerdem nehme ich ohnehin an, dass irgendein gehorsamer Informant im Büro des Staatsanwalts es geschafft hat, Kaffee über Ihre Akte zu kleckern.«

»Ein Hüter des Gesetzes, immer argwöhnisch«, sagte Ötkür an seine Lakaien gewandt, die pflichtschuldig grinsten. »Wer kann schon sagen, wie es zu diesen bedauerlichen Unfällen kommt?«

»Der Fall, in dem ich ermittle, war kein Unfall«, sagte ich mit rauer Stimme, um wieder zur Sache kommen. Mir war kalt, ich hatte Hunger, und mein Hintern fühlte sich an, als wäre er nach acht Stunden Fahrt noch versohlt worden. Meine Pistole mochte im Kofferraum von Kursans Wagen eingeschlossen sein, doch ich war immer noch Inspektor der Mordkommission, das sollten die Leute nicht vergessen.

Ötkürs Gesicht wurde ernst. Als Feind wäre er ein grimmiger Gegner, gerissen und undurchschaubar. Aber im Gefängnis Nr. 1 in Bischkek saßen eine Menge Männer, die das Gleiche von mir behaupten könnten.

»Inspektor, Kursan und ich, wir machen nun schon seit vielen Jahren Geschäfte miteinander. Ich mag die Kirgisen nicht, er mag die Uiguren nicht. Aber wir verstehen uns. Keine Drogen außer Gras, keine Mädchen. Es ist ganz klar: Business. Aber manchmal passiert irgendeine Scheiße, die man nicht ignorieren kann. Dann steht man auf und ist ein Mann, sorgt dafür, dass das Gesindel weiß, wo es hingehört, nämlich ganz unten in den Scheißhaufen.«

Er machte eine Pause, und wir zündeten uns eine Zigarette an. Er blies Rauch aus, und ich sah die kleine Wolke durch die Schneeflocken treiben. Ich vermutete, dass wir irgendwo nördlich von Karakol waren, in der Nähe der kasachischen Grenze. Vielleicht hatte ich vor der Rückkehr nach Bischkek Gelegenheit, Tschinaras Grab zu besuchen. Vielleicht sogar dauerhaft.

»Sie kennen die chinesische Medizin.«

Es war keine Frage, sondern eine Feststellung. Ich sah Kursan an, der nickte.

»Nur das, was Kursan mir erzählt hat.«

»Wenn man eine chinesische Muschi fickt, flippt sie völlig aus, weil man einen Schwanz hat, wie sie noch nie einen gespürt hat. Also klagt sie natürlich über ihren eigenen Mann. Und nachdem er der Schlampe die Muskeln gezeigt hat, um sie zum Schweigen zu bringen, fängt der Mann an, über eine Arznei zu grübeln.«

»Rhinozeroshörner, Tigerknochen und solcher Mist?«

Ötkür lachte und ließ seine Zigarette in den Schnee fallen, wo sie zischend erlosch.

»Schanghai? Bejing? Vielleicht kriegen Sie dort die Originalrezeptur. Aber Ürümqi? Am Arsch von China, Inspektor? Also behilft man sich.«

Ich sagte nichts.

»Vergessen Sie nicht, die Leute wollen glauben. Wenn man ihnen erzählt, etwas wäre gut für sie, dann ist das vielleicht sogar wahr, wenn sie nur fest genug daran glauben. Und für etwas, was sie unbedingt wollen, zahlen sie gutes Geld.«

»Und was wollen sie?«, fragte ich, obwohl ich mir die Antwort schon denken konnte.

»Erinnern Sie sich, was Dschingis Khan gesagt hat? ›Es gibt keine größere Freude, als deinen Feind zu besiegen, seine Pferde zu reiten und seine Frauen und Töchter zu nehmen.‹ Nichts ändert sich. Wir wollen alle ein langes Leben, einen steifen Schwanz und viele Söhne.«

Ötkür hielt inne.

»In den Grenzdörfern geht der Glaube, dass nichts so kräftig und männlich ist wie ein ungeborener Junge. Reine, unangezapfte Energie. Frisch geerntet, wenn das Herz noch schlägt und das Blut seiner Mutter noch durch seine Adern fließt.«

Ich dachte an das Leichenschauhaus, das aus dem Leib der Mutter gerissene ungeborene Kind, und schmeckte die Galle in meinem Mund. Als ich sprach, klang ich schwach, ungläubig.

»Sie meinen menschliche Föten? Kinder?«

Er zögerte und spuckte aus. Als er mich wieder ansah, war seine Miene ernst.

»In dieser Gegend verschwinden keine Frauen. Sie entfernen sich nie weit von zu Hause. Unverheiratet könnten sie sonst Opfer eines Brautraubs werden. Und wenn sie erst verheiratet sind, sind sie ein Symbol für die Kraft ihres Mannes und sein Besitz.«

Die Schläger nickten stumm. Kursan fluchte leise. Dann herrschte Schweigen, und man hörte nur den Wind.

»Ein schwangeres Dorfmädchen wird vermisst. Auf der anderen Seite des Landes wird die Tochter eines mächtigen Mitglieds der Nomenklatura ermordet und das Kind einer anderen Frau wie Müll in ihrem Bauch abgelegt. Ich erkenne keinen Zusammenhang.«

Ötkür nickte, als wollte er mir zustimmen. Die Narbe auf seiner Wange trat in der Kälte bläulich hervor. Ich blinzelte gegen die Schneeflocken an und schlug meinen Kragen hoch, doch nichts konnte mich gegen das säuerliche Gefühl in meinen Eingeweiden wärmen.

»Und Sie hätten recht, Inspektor.«

Ötkürs Miene war unergründlich, er hielt seinen Blick fest auf mich gerichtet.

»Aber?«, fragte ich.

»Das Dorfmädchen wird nicht mehr vermisst. Dafür ihr ungeborenes Kind.«

KAPITEL 12

Ötkür erzählte mir die Geschichte, ohne ein Detail auszulassen, seine Stimme war ruhig und gemessen, doch in seinem Blick lag Wut.

Ihr Name war Umida Boronowa. Neunzehn Jahre alt, erst seit zehn Monaten mit Omurbek Boronow verheiratet. Er war mit ihr zur Schule gegangen, hatte sie wiederholt eingeladen, mit ihm auszugehen, war jedes Mal abgewiesen worden und hatte die Hoffnung doch nicht aufgegeben. Also trank er sich eines Abends zusammen mit seinem Freund mit einem Liter Selbstgebranntem Mut an, fuhr in seinem ramponierten Moskowitsch bis zum Rand des Dorfes und wartete zwei Stunden, bis Umida auftauchte.

Obwohl sie sich schreiend und strampelnd wehrte, packten die beiden sie und fuhren sie zu Omurbeks Haus, wo seine Mutter und seine drei Schwestern warteten. Die Frauen halfen Omurbek, das Mädchen aus dem Wagen in das einstöckige Haus mit den weißen Mauern und den hellblauen Fensterrahmen zu zerren. Den ganzen Abend erklärten sie ihr, welch guter Fang Omurbek sei, dass er nach dem Tod seines Vaters den Hof erben würde, wie gütig er zu seinen Schwestern sei, wie respektvoll seiner Mutter und seinen Tanten gegenüber. Omurbek wartete währenddessen im Wagen, leerte eine zweite Flasche Schnaps und fragte sich, ob die Kratzer in seinem Gesicht bleibende Narben hinterlassen würden.

Umida wehrte sich, weinte, flehte die Frauen an, sie nach

Hause gehen zu lassen. Doch die versicherten ihr wieder und wieder, wie glücklich sie sich schätzen könne, und versuchten, ihr als Zeichen ihrer Einwilligung ein weißes Tuch über das Haar zu legen. Sie wiesen auf das feine Porzellan, das weiße Leinen und den kunstvoll verzierten Samowar aus Messing. Mürbe gemacht, verängstigt und sich verzweifelt nach einem Ende der Tortur sehnend, hatte Umida schließlich eingewilligt.

Und ein Jahr später war ihr nun etwas viel Schlimmeres widerfahren. Sie wurde zwei Tage vermisst. Das ganze Dorf suchte nach ihr, weil jeder wusste, dass eine im achten Monat schwangere Frau im kirgisischen Winter keine Chance hatte, die Nacht zu überleben. Man fand sie, schon halb eingeschneit, mit dem Gesicht in einer Schneewehe, Arme und Beine festgefroren. Als man ihren Körper hochhob, knackten ihre Finger wie Zweige, und es gab ein schmatzendes Geräusch wie von einem Stiefel, der aus schwerem Schlamm gezogen wird. Ihr Bauch war aufgeschlitzt, eine klaffende Wunde, die leere Gebärmutter zerrissen, das Fruchtwasser wie in einer grotesken Imitation einer Geburt herausgequollen.

Noch bevor die Polizei alarmiert wurde, erfuhr Ötkür davon. Er war ein wichtiger Mann, ein *tschelowek*, der die Suche organisieren, den Mörder finden und ins Dorf zurückbringen konnte, wo ihn eine Justiz erwartete, die entschlossener und brutaler sein würde als alles, was ihm ein zynischer Uniformierter antun könnte.

»Vielleicht kann man herausfinden, ob sie einen Arzt konsultiert hat? Vielleicht steht ihre Blutgruppe in der Krankenakte«, schlug ich vor, obwohl ich wusste, dass das unwahrscheinlich war. Umida war ein armes Mädchen aus einem armen Dorf, ohne Geld für Ärzte; vermutlich hatten sich während der Schwangerschaft ihre Mutter und die alten Frauen aus dem Dorf um sie gekümmert. Wenn man in diesem Teil der Welt im Kindbett starb, war das halt so.

Ötkür zuckte die Schultern, entfernte sich ein Stück und

machte einen Anruf. Als er zurückkehrte, schüttelte er den Kopf. Es wäre also nicht so einfach, herauszufinden, ob das tote Kind im Leichenschauhaus von Bischkek Umidas Fötus war.

Ich rief Jussupow an und erklärte ihm, er solle sich mit den lokalen Behörden in Verbindung setzen und Tynalijews Namen fallenlassen, um die hiesige Polizei so zu erschrecken, dass sie aktiv wurde. Wir waren zwar weit von Bischkek entfernt, aber noch nicht jenseits von Tynalijews Einflussbereich.

»Wenn Sie den Mann finden, der das getan hat, rufen Sie mich an. Ich garantiere Ihnen, dass es sich für Sie lohnen wird«, sagte Ötkür. Nun waren also der Chef der Staatlichen Sicherheit und der Boss der uigurischen Mafia hinter demselben Mann her. Er hätte mir fast leidgetan, wenn ich nicht genau zwischen den beiden Parteien gestanden hätte, die nach einem passenden Sündenbock suchen würden, falls der Mörder nicht gefunden wurde.

Es hatte keinen Sinn, sich die Leiche der Frau anzusehen. Nach lokaler Sitte werden die Toten so schnell wie möglich beerdigt, und ich wollte nicht unnötig Menschen vor den Kopf stoßen, indem ich eine Exhumierung vorschlug. Die Anstrengung, bei diesem Wetter ein Grab zu graben, musste gewaltig gewesen sein; erst musste man auf dem harten Boden ein Feuer entzünden und dann die Asche wegharken, um ein paar Zentimeter getauter Erde aufzukratzen, bevor die Prozedur von vorn begann. Bis zur Eisschmelze im Frühling würde die Leiche in der Kälte ohnehin konserviert bleiben; Zeit genug, jemand anderen zu schicken, sie auszugraben, wenn es nötig werden sollte.

Ich dachte an Tschinara, die nur wenige Kilometer entfernt lag, und verzog das Gesicht bei der Vorstellung, dass ein achtlos gestoßener Spaten ihre Wangenknochen zertrümmern oder ihre verbliebene Brust abtrennen könnte.

Ötkür ging zu seinem Wagen und nahm wieder auf der Rückbank Platz. Seine Schläger, die Makarows nach wie vor auf uns gerichtet, stiegen vorn ein. Eine schmutzig blaue Wolke kam aus dem Auspuff. Die Nummernschilder waren schlammverschmiert und unlesbar; Ötkür ging kein Risiko ein.

»Was denkst du?«, fragte Kursan, als wir wieder in unseren Wagen stiegen. Er ließ den Motor an und drehte die Heizung auf, was jedoch so gut wie wirkungslos blieb.

»Diese Geschichte, dass Föten zur Herstellung traditioneller Arzneien geerntet werden. Hast du jemals von so was gehört?«

Kursan öffnete seine Tür und spuckte aus.

»Die Schlitzaugen? Es gibt nichts, was diese Scheißer nicht essen. Denen würde ich alles zutrauen.«

»Es ist eine schlaue Theorie, aber ich glaube sie nicht.«

»Nicht?«

Kursan sah mich interessiert an.

»Wir haben ein totes Kind. Und niemand hätte wissen können, ob es ein Junge oder ein Mädchen ist, bis nach der … Ernte. Und mit einem männlichen Säugling baut man kein internationales Drogenimperium auf, oder?«

Kursan murmelte etwas davon, dass sein Schwanz groß genug wäre, um die Manneskraft der gesamten chinesischen Nation zu stärken. Ich ignorierte seine Protzerei und guckte aus meinem Fenster. Der Schneefall war dichter geworden; unsere Fußspuren waren kaum noch zu erkennen. Vielleicht gab es weitere tote Kinder, geerntet und weggeworfen, deren zu einem stummen Schrei geöffneter Mund sich langsam mit Schnee füllte. Ein schrecklicher Gedanke.

»Kursan, lass uns verdammt noch mal hier verschwinden, bevor man uns erst im Frühling findet.«

Der Weg zurück nach Bischkek war zu weit, doch Kursan kannte eine Frau in Karakol, die ihm freudig ein Bett für die Nacht geben würde.

»Hör gut zu, dann lernst du vielleicht noch was«, meinte er grinsend. Die Vorstellung, mir Kursans Sexleben anhören zu müssen, erfüllte mich nicht mit Begeisterung. Aber wenn wir nicht bald aus der Kälte rauskamen, wäre das einzig Steife bald wir selber. Kursan fuhr auf dem von Schlaglöchern übersäten Weg los.

»Ohne Augenbinde?«, fragte ich.

»Bei dem Wetter würdest du den Ort eh nicht wiederfinden. Deshalb habe ich ihn ja ausgesucht. Keine besonderen Kennzeichen.«

Im Gegensatz zu den beiden toten Frauen, dachte ich und schloss die Augen, um sie vor dem grellen Widerschein der Scheinwerfer im Schnee zu schützen.

KAPITEL 13

Die Rückfahrt nach Bischkek am folgenden Tag dauerte ewig, doch es hatte immerhin aufgehört zu schneien, und das Licht, das von den Himmlischen Bergen auf das Ufer des Yssykköl-Sees traf, war strahlend hell. Ich hatte die Nacht dösend auf einem Shyrdak verbracht, während Kursan im Zimmer auf der anderen Seite des Flures eine ältere Dame zu den vokalen Höhen der Wonne getrieben hatte. Das Licht des Morgens mochte klar sein, doch das war in diesem Fall so ziemlich das Einzige, was klar war. Einen Moment lang fragte ich mich, warum ich mir die Scheiße zumutete, eine Welt jenseits von Trost und Erlösung retten zu wollen. Dann erinnerte ich mich an Jekaterina Michailowna, die für immer ohne eigenes Kind bleiben würde, an die Schneeflocken auf ihrem himmelwärts gewandten Gesicht, an ihren Bauch, offen und entblößt für eine gleichgültige Welt. An ihren Vater, der hinter seinem Walnussschreibtisch saß und keine Größe mehr hatte und auch nicht die Macht, seine Tochter zurückzubringen, dem auch noch so viel Cognac nicht half, ihr gefrorenes Gesicht auf dem Seziertisch im Leichenschauhaus verschwimmen zu lassen. Und als Letztes folgte wie ein Herbststurm über dem Tienschan-Gebirge der Gedanke an Tschinara und ihre schrecklichen letzten Tage im Krankenhaus, wo sie das Bettleinen von zu Hause verschmutzte, gegen das ich das fadenscheinige Laken des Krankenhauses ausgetauscht hatte. Ich erinnerte mich an die Suppe und das Fladenbrot, die ich ihr jeden Tag brachte, obwohl sie zu schwach war, etwas zu essen.

Am Ende bat sie mich, ihr das bestickte Kissen aus der Wohnung zu bringen, das ihre Großmutter uns zur Hochzeit geschenkt hatte. Die lebhaften Farben des traditionellen Musters hoben sich krass von den weißen Laken und Tschinaras ebenso blassem Gesicht ab. Sie strich mit den Fingern über die feine Stickerei, als würde sie unsere gemeinsame Geschichte nachverfolgen, zögernd, so wie ein Kind oder ein Blinder ein unvertrautes Gesicht abtastet. Das Kissen schien ihr den Trost zu schenken, den ich ihr nicht geben konnte.

In jener letzten Woche hielt ich jeden Tag ihre Hand und hoffte, sie würde meine drücken, um zu zeigen, dass sie wusste, dass ich bei ihr war.

Dass sie mich liebte, sich an mich erinnerte, auch wenn sie aus ihrem Leben in meine Erinnerung glitt.

Kurz ging mir durch den Kopf, dass ich den Mörder finden und zusehen könnte, wie sein Hirn durch eine Kugel in den Hinterkopf zu einem feinen roten Dunst zerstob, bevor ich die Waffe gegen mich selbst richtete und dem Ganzen ein Ende bereitete. Aber es würde andere Jekaterinas geben, andere Tschinaras, andere namenlose Kinder. Und wer würde seine Stimme für sie erheben und für sie kämpfen, wenn ich tot war?

»Du musst dir eine Frau suchen«, verkündete Kursan nach einer Stunde stummer Fahrt unerwartet. »Es ist nicht gut, zu lange allein zu sein.«

»Was weißt du schon darüber? Wahrscheinlich sind die Hälfte aller Kinder in Tokmok von dir.«

Kursan grinste über dieses Kompliment an seine Männlichkeit und wurde dann wieder ernst.

»Tschinara hätte nicht gewollt, dass du allein bleibst. Ein Mann braucht eine Frau, mehr als eine Frau einen Mann braucht.«

»Es reicht.«

»Ich mein ja nur.«

»Okay, und jetzt hast du es gesagt.«

Die Landschaft, durch die wir fuhren, besserte meine Laune

nicht gerade: Zu unserer Rechten karge Felder bis zur kasachischen Grenze, zu unserer Linken die kalte Stahlplatte des Sees. Alle paar Meilen Friedhöfe von lange verlassenen Dörfern, deren Grabsteine und gemauerte Bögen, der sommerlichen Hitze und winterlichen Kälte ausgesetzt, allmählich verfielen. Unter den Gläsern von Medaillons verblassten sepiastichige Porträts von Babuschki mit Kopftüchern und alten Männern mit weißen Filzkalpaks, schmale Streifen wettergebleichten Stoffs flatterten im Wind. Die meisten Gräber waren von einem Zaun umfriedet mit einem kleinen Halbmond aus Metall an jeder Ecke. An einem Ort wie diesem liegt Tschinara begraben, am Rand ihres Dorfes, auf einem felsigen Vorsprung mit Blick auf den Fluss und das Tal, das sich bis zu den Hängen des Gebirges erstreckt, das Kirgisistan von China trennt.

Ein friedlicher Ort, wenn man so will.

Kursan setzte mich vor der Zentrale ab, allerdings deutlich nach neun Uhr, sodass der Chef wohl kaum noch im Büro sein würde. Ich hatte ihm ohnehin nicht viel zu berichten. Und was ist schon ein totes Bauernmädchen aus dem Gebiet Yssykköl gegen die Tochter eines hohen Mitglieds der Nomenklatura. Der Chef war zu seiner Zeit kein schlechter Polizist gewesen, doch auf seiner Ebene ging es nur noch um Politik.

Ich wollte nichts trinken, aber auch nicht allein sein. Die Metro-Bar war zu weit weg, und in die Kulturny-Bar wollte ich nicht gehen, um zu vermeiden, dass ich Wassili und seiner Truppe über den Weg lief und ihnen ein paar Schläge verpassen musste. Außerdem wurde mir plötzlich bewusst, wie müde ich war, also beschloss ich, dass es Zeit war, nach Hause und ins Bett zu gehen. Eine Sache an den Wintern hier ist, dass alles konserviert wird, nicht nur die Leichen. Ich wusste, dass ich mich am nächsten Morgen aus dem Bett schleppen und darauf hoffen würde, dass es genug warmes Wasser zum Duschen und Rasieren gab, mir widerwillig möglichst viele Schichten Kleidung überziehen und wieder an die Arbeit gehen würde. Jedenfalls würde ich das tun, wenn ich wüsste, wo ich weitermachen sollte.

Ich ging auf der Straße den Tschüi-Prospekt hinunter, als neben mir ein schwarzer BMW hielt. Bei dem Wagen und der Uhrzeit wusste ich, dass es kein *myrki* war, der sich in der großen Stadt verirrt hatte und nach dem Weg fragen wollte. Meine Jarygin war unter zwei Schichten fest zugeknöpfter Kleidung hoffnungslos unerreichbar, also versuchte ich gar nicht erst, danach zu greifen. Stattdessen machte ich zwei rasche Schritte zurück und warf mich über den am Straßenrand aufgetürmten Schneehaufen. Zumindest war das der Plan, doch ich rutschte aus, sodass ich, anstatt zu einem akrobatischen Sprung anzusetzen, stolperte und im Schneematsch auf dem Bürgersteig landete. Der Schnee dämpfte meinen Fall nur unwesentlich, und ein riesiger weißer Blitz zuckte durch meinen Kopf. Für den Bruchteil einer Sekunde fragte ich mich, ob man auf mich geschossen hatte und ich tot war, doch die eisige Feuchte an meiner Wange versicherte mir das Gegenteil.

Weniger beruhigend war das diplomatische Nummernschild etwa einen Meter von meinem Kopf entfernt. Ebenso die Wagentür, die zugeschlagen wurde, und die großen schwarzen Stiefel, die neben mir stehen blieben. Teure Stiefel mit dicken militärischen Sohlen und einer Stahlkappe, mit der man jemandem einen tödlichen Tritt verpassen konnte. Ich schloss die Augen und verzog das Gesicht in Erwartung eines Schlags, der meine Nase und meine Wangenknochen zu einem blutigen Brei zerschmettern würde.

»Kein großer Eiskunstläufer«, sagte eine Stimme irgendwo über mir. »Auch kein großer Inspektor.«

Vorsichtig öffnete ich ein Auge und blickte auf. Die Beine schienen endlos und waren in Tarnkleidung gehüllt. Allerdings im Sommermuster, sodass sie hervorstachen wie Gehirnmasse im Schnee.

Ich stützte mich auf einen Ellbogen, schüttelte die Benommenheit ab und den Schnee aus meinem Haar. Als ich mich halbwegs aufgerappelt hatte, kam der Tarnanzug einen Schritt näher und drückte mich wieder zu Boden.

»Ich hoffe, Sie haben nicht vor, irgendeine Dummheit zu machen, Inspektor? Man erzählt sich, dass Ihre Jarygin leicht losgeht.«

Im Jahr zuvor hatte ich einen unglücklichen Wortwechsel mit einem Mordverdächtigen gehabt, gefolgt von einem unglücklichen Schusswechsel. Glücklich nur insofern, als der Mann mich verfehlte und ich ihn nicht. Er hatte ebenfalls Glück, weil meine Kugel nur seine Wirbelsäule traf. Jetzt verbringt er die nächsten fünfzehn Jahre auf der untersten Pritsche der Gemeinschaftszelle im Bischkeker Gefängnis Nr. 1, als Knasthure, die wartet, dass der Boss seines Zellenblocks sich das Loch für den Abend aussucht.

Ich hob die Hände, als Zeichen, dass meine Absichten rein waren. Eine fleischige Pranke zerrte mich auf die Füße und schleifte mich zum Wagen. Schon zum zweiten Mal in weniger als vierundzwanzig Stunden musste ich mich mit einem Fremden in einem teuren Auto auseinandersetzen, und es fing an, mir zu missfallen.

»Drehen Sie sich um, das Gesicht vom Wagen weg.«

Das tat ich nur widerwillig, doch der Tarnanzug verdrehte mir den Arm hinter dem Rücken, und der Rest von mir folgte unwillkürlich. Das Fenster glitt zischend nach unten, und ich wappnete mich für die Kugel des Henkers.

»Sie wären gut beraten, Sonderurlaub aus familiären Gründen zu nehmen, Inspektor. Wie lange ist es her, dass Ihre Frau gestorben ist? Drei Monate? Und seitdem kein freier Tag. Der Verstand muss sich ausruhen, den alltäglichen Stress der Arbeit vergessen und sich auf Heilung, Regeneration und Genesung konzentrieren.«

Ich hatte Drohungen, Schmiergelder oder Schmerzen erwartet, nicht Trost und Rat. Auch nicht eine Stimme wie Honig über Eiscreme.

Die Stimme einer Frau.

KAPITEL 14

»Nein, drehen Sie sich nicht um«, fuhr die Stimme fort. »Ich würde nur ungern sehen, dass Ihnen etwas zustößt.«

»Also, wenn Sie mir weder wehtun noch Ihr Gesicht zeigen wollen, was wollen Sie dann?«

»Dass Sie den Rat befolgen, den ich Ihnen gerade gegeben habe.«

Der Tarnanzug packte meinen Arm fester. Es war ein sehr überzeugendes Argument.

»Um diese Jahreszeit kriegt jeder Depressionen. Die Kälte, der Schnee, die Dunkelheit. Und in Ihrem Fall natürlich noch der unerträgliche Verlust. Sie sollten für eine Weile in die Sonne.«

Ich war durchaus in der Lage, eine Andeutung zu erkennen, doch das hieß nicht, dass ich sie auch befolgen würde.

»Es macht keinen Spaß, allein zu verreisen. Außerdem kann ich es mir nicht leisten.«

»Sie sollten darüber nachdenken. Fliegen Sie in den Süden. Bangkok ist um diese Jahreszeit sehr angenehm.«

»Ich habe empfindliche Haut. Zehn Minuten in der Sonne, und sie ist verbrannt. In Thailand wäre ich im Nu gebraten.«

Die Stimme nahm einen stählernen Unterton an.

»Es gibt schlimmere Arten zu sterben. Wie Sie wissen.«

Ich beschloss, dass es an der Zeit war, mich zu erinnern, dass ich ein Inspektor der Mordkommission war.

»Ich weiß nicht, warum Sie so daran interessiert sind, aber Sie wissen genau, dass ich diesen Fall nicht einfach so hinschmeißen kann. Und vielleicht sollte ich es zu meiner Angelegenheit machen, herauszufinden, warum jemand in einem Wagen der usbekischen Botschaft sich solche Sorgen um mein Wohlbefinden macht.«

»Inspektor«, sagte die Stimme, diesmal mit einem Unterton überdrüssiger Ungeduld, als müsste sie einem Kleinkind zum zehnten Mal erklären, warum es keinen Keks haben durfte, »Sie sind ein beschissener kleiner Bulle, der beschissene kleine Morde aufklärt, von armen Schweinen, die sich wegen einer halben Flasche selbstgebranntem Wodka umbringen oder darüber, wer wen gefickt hat. Dieser Fall geht weit über Ihren Horizont. Sie wollen ihn nicht lösen, glauben Sie mir.«

Die Stimme machte eine Pause, und ich erstarrte, weil ich dachte, dass das Klicken eines Abzugs vielleicht das letzte Geräusch wäre, das ich hören würde. Der Tarnanzug packte meinen Arm noch ein wenig fester und trat meine Beine auseinander. Er schob eine Hand tief in meine Tasche, zog meine Wohnungsschlüssel heraus und warf sie in den Schnee.

»Denken Sie darüber nach, Inspektor. Wie viele Feinde brauchen Sie noch?«

Der Tarnanzug kickte mir das rechte Bein weg und stieß mich, während ich noch versuchte, das Gleichgewicht zu halten, wieder in den Schneematsch. Das Wagenfenster glitt flüsternd zu, der Motor wurde angelassen – ein gleichmäßiges Schnurren, das nach Geld klang, viel Geld –, gefolgt vom Knirschen der Reifen im Schnee. Erst als der Wagen weg war, machte ich mich daran, meine Schlüssel zu suchen.

In meiner Wohnung fischte ich das, was Kursan von meinem Wodka übrig gelassen hatte, vom Fenstersims und betrachte die Flasche lange. Grelles elektrisches Licht spiegelte sich in ihren Kanten und erinnerte mich an meinen Entschluss, nicht zu trinken, eine Prüfung, die ich bestehen musste wie alles andere in meinem Leben.

Zwischen Kirgisen und Usbeken herrscht keine große Liebe; dafür gab es in den letzten hundert Jahren zu viele Aufstände und zu viele Morde. Aber hier im Norden sind wir weit entfernt vom Fergana-Tal und Osch, wo die meisten kirgisischen Usbeken leben. Schuld an dem ganzen Schlamassel war Stalin; er wollte einen Zustand herstellen, in dem sich alle ständig gegenseitig an die Gurgel gingen, teile und herrsche, also hat er Zentralasien aufgeteilt wie ein Blinder, der ein Schaf zerlegt. Jeder hat das Stück bekommen, das er nicht wollte. Bis zur Unabhängigkeit hatten die Russen sowieso das Sagen, also spielte es keine Rolle, was wir ethnischen Minderheiten dachten. Aber nach der Unabhängigkeit war dann plötzlich alles für jeden zu haben, und man kämpfte sich mit allen verfügbaren Mitteln an die Spitze seines jeweiligen Haufens. Und wie bei allen Kriegen waren die Schlachten dort, wo es nicht besonders viel gab, wofür sich zu kämpfen lohnte, am blutigsten.

Bei mir zu Hause war es nicht nur warm, sondern heiß; im Winter werden alle Wohnungen durch ein verzweigtes System riesiger Heißwasserrohre von einem Meter Durchmesser beheizt, die im Zickzack durch die Stadt verlaufen. Manchmal funktioniert es, manchmal nicht, und wenn man es sich mit der Babuschka verscherzt hat, die für den Wohnblock zuständig ist, stellt man womöglich fest, dass einem die Heizung abgedreht wird, obwohl man seine Rechnung bezahlt hat.

Ich schob die Hände in meine Manteltaschen und stieß auf einen unvertrauten Gegenstand, schmal und zylindrisch. Offenbar hatte der Tarnanzug ihn hineingesteckt. Ich zog eine in Papier eingewickelte Makarow-Patrone heraus. Subtil waren diese Leute nicht. Ich las die mit Bleistift geschriebene Nachricht.

> Sie haben einen Schmerz im Kopf, weil Sie zu viel denken. Hier ist eine kräftige Medizin, die Ihnen das Hirn durchpusten wird. Vergessen Sie nicht, dass wir Sie im Fadenkreuz haben. Also überlegen Sie es sich gut.

Wenigstens war er nicht mit »ein Freund« unterzeichnet.

Ich warf die Nachricht auf den Tisch und wog die Patrone in meiner Hand. Die Makarow ist in unserem Teil der Welt der bevorzugte Terminator; leicht, zuverlässig und praktisch nicht zurückzuverfolgen. Ich hatte schon mehr Glück bei der Jagd nach Schneeflocken gehabt.

Genauso sinnlos war es, die Patrone auf Fingerabdrücke untersuchen zu lassen; bei den hiesigen Wetterbedingungen tragen alle ständig Handschuhe; und die Leute, mit denen ich es zu tun hatte, waren keine Amateure.

Als ich zum Wandschrank ging, um die Patrone in einer Schublade verschwinden zu lassen, stutzte ich. Irgendwas war verkehrt, irgendwas fehlte. Ein paar Sekunden lang wusste ich nicht, was, doch dann bemerkte ich die Lücke auf dem Regal, die schmale staubfreie Stelle. Das auf dem Riesenrad aufgenommene Foto von Tschinara, auf dem sie lachte, sorglos, den Wind im Haar.

Weg.

Jemand hatte es offensichtlich geschafft, beide Schlösser zu knacken, ohne dass mir etwas Ungewöhnliches aufgefallen war. Wie gesagt, keine Amateure.

Ich stellte die Patrone an den Platz, wo das Foto gestanden hatte, und starrte auf das Licht, das sich in dem Messing spiegelte. Was immer hier gerade vor sich ging, eins war sonnenklar.

Jemand, irgendjemand, würde am Ende dafür bezahlen.

KAPITEL 15

Als ich aufwachte, hatte ich zwei Nachrichten auf meinem Handy. Die eine war von meinem Chef, die andere von Tynalijew. Beide fragten das Gleiche: Wo verdammt noch mal war ich gewesen, und was verdammt noch mal hatte ich herausgefunden? Schwer zu entscheiden, wen ich als Ersten zurückrufen sollte, also beschloss ich, mich bei keinem zu melden. Stattdessen grub ich einen alten Kontakt bei der Zulassungsstelle aus, der für das Versprechen von ein paar Flaschen gutem Schnaps einwilligte, den BMW zu überprüfen. Als er hörte, dass der Wagen ein diplomatisches Kennzeichen hatte, wurde er ein wenig nervös, erklärte sich jedoch schließlich bereit, mich in ein paar Stunden zurückzurufen. Ich beschloss, mir die Zeit mit einem Spaziergang zur usbekischen Botschaft in der Tynystanow-Straße zu vertreiben, direkt um die Ecke vom Fatboys. Dort würde ich wenigstens anständig frühstücken können, nachdem ich vor dem Botschaftsgebäude herumlungert hatte, um zu sehen, was passierte.

Eine Stunde später stampfte ich vor der Botschaft von einem Fuß auf den anderen, dachte daran, mich irgendwo durchfüttern zu lassen. Ich hatte eine nicht direkt diskrete Unterhaltung mit den Uniformierten, die wir dort postiert hatten, und achtete darauf, dass die am Tor installierte Sicherheitskamera mich klar im Blick hatte. Zu guter Letzt spähte ich noch ein paarmal durch den Zaun. Etwa eine halbe Stunde später wurde ich zum Polizeiwagen gerufen; es hatte eine offizielle Beschwerde der

Botschaft gegeben. Für den Fall, dass ich noch nicht genug Aufmerksamkeit erregt hatte, wedelte ich ein wenig mit den Armen, bevor ich zum Tschüi-Prospekt zurückging. Ich wusste nicht, ob der BMW wieder vorbeikommen würde, doch diesmal hielt ich die Jarygin in meiner Manteltasche fest gepackt. Ich versuchte, einen lockeren Eindruck zu machen, während ich angestrengt auf ein Motorengeräusch hinter mir lauschte.

Auf dem Tschüi-Prospekt setzte ich mich vor dem Fatboys an einen Tisch. Es war zu kalt, um lange draußen zu sitzen, doch ich war neugierig, wer auf meiner Fährte um die Ecke kommen würde. Ich zog die aktuelle Ausgabe der *Achyk Sajasat* aus der Tasche und tat so, als wäre ich in den Leitartikel vertieft. Ein genauer Beobachter hätte vielleicht bemerkt, dass die Zeitung nicht ganz plan auf der Tischplatte lag, und womöglich darüber spekuliert, welches sperrige Objekt sich darunter verbarg und warum meine Hand nicht zu sehen war.

Der Kaffee und ein kräftiges Frühstück mit Pferdewurst und Ei wurden gebracht, zusammen mit einem Hundert-Milliliter-Glas Wodka – Empfehlung des Hauses –, das ich beiseiteschob. Während ich an meinem Kaffee nippte, hielt ich die Straßenecke links von mir im Blick, sodass mich die vertraute und unwillkommene Stimme hinter mir komplett überraschte.

»Inspektor. Der Wodka geht auf mich. Ich bestehe darauf.«

Seufzend drehte ich mich um.

»Wassili, sag mir, dass das ein Zufall ist. Um deinetwillen. Warum muss ausgerechnet mir der schlimmste aller Hurensöhne begegnen?«

Wassili Tjulew quittierte meine Beleidigung mit einem gleichgültigen Lächeln. Alles, was ihn nicht entweder Geld kostete oder ihm körperliche Schmerzen bereitete, war bloß geschmolzener Schnee in einem reißenden Bergbach.

»Inspektor, es gibt keine Zufälle. Weder in Ihrem Geschäft noch in meinem.«

»Wassili, unsere Pfade kreuzen sich nur, wenn du irgendeine

beschissene kleine Masche abziehen oder eine minderjährige Muschi verkaufen willst. Wenn du mich verarschen willst, gehen wir für ein kleines Tänzchen in den Keller der Zentrale. Und falls du mir Kummer machst, tanzen wir den ganzen Abend, du kleiner Scheißkerl.«

»Vielleicht bin ich Ihr kleiner Scheißkerl, Inspektor, aber das heißt nicht, dass ich nicht auch nützlich sein kann.«

»Sprich.«

»Über Geld? Sicher, ich helfe Ihnen, Sie helfen mir, ein paar Som wechseln die Hand, oder eine Akte wird verlegt. Es gibt viele Arten, sich gegenseitig zu helfen, richtig?«

Ich seufzte. Wassilis Tanz um den heißen Brei dauerte jedes Mal, doch in der Vergangenheit hatte er am Ende immer geliefert. Ich musste nur dafür sorgen, dass er nicht vergaß, wer der Boss war, und dass er immer zuerst mit mir redete.

»Keine verlegten Akten, Wassili. So arbeite ich nicht, das weißt du.«

Er hob kapitulierend die Hände.

»Bargeld tut's auch.«

Die Kellnerin schaute aus der Tür, um zu sehen, ob die beiden Irren, die draußen in der Kälte saßen, noch etwas brauchten. Wassili wies mit dem Daumen auf seinen Mund, sie nickte und verschwand wieder im Lokal.

Nachdem die Gläser vor uns standen, nahm Wassili seins, prostete mir zu und kippte den Schnaps in einem Schluck herunter. Meins blieb stehen, wo es war.

»Ich werde zur Sache kommen, Inspektor. Ich regele in der Stadt Dinge für eine Menge Leute, als eine Art Mittelsmann sozusagen. Ich tue ihnen einen Gefallen, sie tun mir einen Gefallen, eine Hand wäscht die andere, richtig? Heute Morgen hat mich jemand angerufen und gebeten, ein stilles Wörtchen mit Ihnen zu reden.«

»Und wer ist dieser Jemand?«

»Nun, das ist im Augenblick noch vertraulich«, sagte er lächelnd und rieb Daumen und Zeigefinger aneinander, »doch das muss nicht so bleiben.«

»Ohne Namen keine Asche.«

»Hören Sie mich an«, sagte Wassili und starrte auf sein leeres Glas. Ich schob ihm meinen unangerührten Drink rüber und blickte demonstrativ auf die Uhr.

»Ich habe einen Freund, der für ein Nachbarland arbeitet –«

»Ein Usbeke«, unterbrach ich ihn, um zu zeigen, dass er nicht der Einzige war, der etwas wusste.

»Schwer zu sagen«, erwiderte Wassili und trank einen Schluck Wodka, »aber man hat registriert, dass Sie ein starkes Interesse am Fall von Tynalijews Tochter haben. Man ist der Ansicht, es könnte internationale Komplikationen geben, die man besser im Blick haben sollte, um unnötige Spannungen zu vermeiden.«

Ich bedachte Wassili mit meinem brutalsten Blick, den ich mir sonst für den Keller der Zentrale aufsparte.

»Du sagst, ein Usbeke hätte zwei kirgisische Frauen ermordet und den Fötus aus einer herausgeschnitten, um ihn im Bauch der Tochter unseres Ministers für Staatssicherheit abzulegen? Und du willst, dass ich darüber Stillschweigen bewahre?«

Wassili wurde blass; das lief nicht nach Plan.

»Ganz und gar nicht, Inspektor. Niemand weiß, wer dieses furchtbare Verbrechen begangen hat, richtig? Sie sollten bloß keine voreiligen Schlüsse ziehen, die unter den Bürgern Unruhen auslösen könnten. Das ist alles, was mein Freund sagt, *da*?«

Die nächste Frage war leicht.

»Und was ist dabei für mich drin?«

Wassili hatte sich wieder gefasst und berührte die dickste der Goldketten um seinen Hals.

»Mein Freund glaubt, dass gute … nein, großartige Polizeiarbeit immer belohnt werden sollte. Wo stünden wir ehrlichen Bürger ohne Ihre edlen Anstrengungen? Tief in der Scheiße, jawohl.«

»Wassili, weißt du, was ich will? Mehr als alles andere?«

Er lächelte; er dachte, er hätte mich am Haken.

»Ich bin sicher, jede Summe innerhalb eines vernünftigen Rahmens –«

Er grunzte, als ich ihm einen Schlag in den Magen verpasste, ohne viel Punch, weil ich saß, aber kräftig genug, dass ihm die Luft wegblieb.

»Ich sag dir, was ich will, du Hurensohn, ich will wissen, wie der Typ heißt, der dich geschickt hat. Und wie der Typ heißt, der seiner Ansicht nach diese beiden Frauen getötet hat. Und ich will wissen, warum.«

Wassili machte den Mund auf, zunächst um wieder zu Atem zu kommen, dann um etwas zu sagen. Doch er schaffte weder das eine noch das andere, weil seine rechte Wange sich in einem Sprühregen dunkelroter Klumpen auflöste, die über den Tisch spritzten. Er stieß ein dünnes, schrilles Quieken aus, als Fragmente seiner Zähne klappernd durch die Luft tanzten und der Druck des Geschosses seinen linken Augapfel platzen ließ. Roter Dunst hing über seinem Kopf.

Als sein Körper an die Wand hinter ihm geschleudert wurde und Blut in den schmutzigen Schnee spritzte, hatte ich die Jarygin unter der Zeitung schon mit beiden Händen gepackt und blickte auf den Tschüi-Prospekt.

Wassilis Leibwächter Michail Lubaschow stand vier Meter entfernt bei der Bushaltestelle und hielt seine Makarow in dem bescheuerten seitlichen Griff, den Möchtegern-Gangster sich aus amerikanischen Filmen abgucken. Der Rückstoß kann einem die Knochen des Handgelenks brechen, und man kann nur unbeholfen zielen.

Eine der sichersten Methoden, Munition zu verschwenden, ist, aus der Bewegung heraus zu schießen, deshalb machte ich auch keinen Hechtsprung und feuerte rückwärts über meine Schulter, sondern presste die Knie zusammen, ging leicht in die Hocke, straffte die Schultern und visierte über den Lauf Lubaschows Brust an, genauer gesagt den Punkt, wo sich die imaginären Linien von den Schultern zu den gegenüberliegenden Ellbogen kreuzen würden.

Sein nächster Schuss schlug ein paar Splitter aus der Backsteinmauer rechts von mir, und ich beobachtete, wie der Rückstoß seinen Arm zur Seite riss. Bevor er das Gleichgewicht wiedergefunden hatte, drückte ich ab, zielte neu und drückte ein zweites und ein drittes Mal ab. Jeder Schuss traf Lubaschows Brustbein und trieb speerförmige Splitter aus Knochengewebe in beide Lungen. Man sollte nie auf den Kopf zielen oder Kunststücke à la »Schieß ihm ins Bein und sieh zu, wie er zu Boden geht« ausprobieren.

In die Mitte der Brust, drei Schuss, schnell hintereinander.

Lubaschows Mund klappte auf, und sein Blick wurde zögernd, als hätte man ihm eine Frage gestellt, auf die er die Antwort nicht wusste. Jeder Treffer drängte ihn einen halben Schritt zurück, bis er gegen den niedrigen Zaun stieß, der den Bürgersteig von der Fahrbahn trennte, und einfach nach hinten kippte, sodass seine Beine in die Luft ragten wie die einer weggeworfenen Schaufensterpuppe.

Ich sah mich rasch um und erkannte keine weitere Bedrohung. Dann ließen mich plötzlich meine Knie im Stich, und ich plumpste schwerfällig wieder auf meinen Stuhl. Mit dem ausgeschütteten Adrenalin war meine Sicht glasklar, ich registrierte, dass Wassilis Blut in einem dreieckigen Muster auf den Tisch gespritzt war und dass die Schultern meines Mantels mit Schuppen bedeckt waren. Als ich sie wegwischen wollte, merkte ich, dass es Fragmente von Wassilis Kiefer und Zähnen waren.

Das war der Moment, in dem ich mein Frühstück auskotzte, ein dicker blasser Schwall halbverdauter Nahrung, den Kopf zwischen meinen Knien, während das Kreischen und Heulen der Sirenen immer näher kam.

KAPITEL 16

Eine meiner Patronen hatte Lubaschows Körper durchschlagen und war in der Schulter eines tadschikischen Teppichhändlers stecken geblieben, der seinen Cousin in der Stadt besuchte, sodass ein großes Geschrei und Geschimpfe im Gange war, als der Chef eintraf. Die Kellnerin des Fatboys hatte mit bewundernswerter Kaltblütigkeit den Cocktail aus Wodka und Zähnen abgeräumt, den ich erfunden hatte, und mir hundert Milliliter auf Kosten des Hauses angeboten.

Lubaschows Beine ragten immer noch in den Himmel, doch über die Reste von Wassilis Kopf hatte ich mein Exemplar der *Achyk Sayasat* gebreitet. Sein Blut sickerte durch einen Artikel über den Mord an einem Polizisten in Zivil in Osch. Eine Art poetischer Gerechtigkeit, nehme ich an.

Der Chef war natürlich höchst erfreut. Zwei Scheißhaufen vom Bürgersteig gefegt. Besser als sein Geburtstag.

»Ich werde sofort den Minister kontaktieren und ihm die gute Nachricht überbringen.«

Ich war ehrlich verwirrt.

»Sie haben die Mörder seiner Tochter gefunden und im Schnellverfahren ihrer gerechten Strafe zugeführt«, sagte der Chef und sah mich herausfordernd an. »Natürlich wird Tynalijew nicht erfreut sein, dass er sie nicht selber … befragen konnte. Aber Sie haben offensichtlich in Notwehr gehandelt. Dieser Pisser hat eine Waffe gegen Sie gezogen«, sagte er und trat gegen Wassilis mit der Zeitung bedeckten Kopf, »und der Scheißer da wollte

Sie abknallen, hat danebengeschossen und seinen Boss getroffen, und dann haben Sie ihn erledigt. Ganz einfach.«

»Wassili hatte keine Waffe«, widersprach ich.

Der Chef sah sich um, griff in seine Manteltasche und ließ eine Automatik neben der Leiche fallen.

»Und was ist das, ein Bleistiftanspitzer?«, fragte er und lachte.

»Motiv?«, fragte ich.

»Vielleicht dachte Wassili, die Staatssicherheit wäre ihm auf der Spur, und wollte sich schon im Vorwege rächen.«

»Chef, Wassili Tjulew war ein zweitklassiger, nein, ein drittklassiger Zuhälter, für den sich die Staatssicherheit nicht mal interessiert hätte, wenn er sich nackt ans Tor des Weißen Hauses gekettet und behauptet hätte, er wäre der wiedergeborene Stalin.«

»Stille Wasser«, sagte der Chef und tippte sich an die Nase. »Staatsgeheimnisse. Nichts, worin ein Inspektor der Mordkommission eingeweiht wäre.«

Er sah sich um und fing den Blick der Kellnerin auf.

»Mein liebes Mädchen!«, rief er sie zu sich. Sie gehorchte, allerdings äußerst argwöhnisch, ein weiteres Zeugnis für die gesunde Beziehung der Kirgisen zu ihrer Polizei.

»Man wird Sie natürlich als Zeugin vorladen, doch das ist nur eine Formalität. Sie haben einen Helden der Republik in Aktion gesehen und können jedem berichten, dass die Polizei Tag und Nacht zur Stelle ist, um die gesetzestreuen Bürger zu schützen.«

Die Kellnerin sah mich an; als Held hätte sie mich in diesem Moment wohl kaum beschrieben, so blutbespritzt, schwitzend und nach meinem Erbrochenen stinkend, wie ich vor ihr stand. Der Chef schüttelte mir noch einmal die Hand und ging die Stufen hinunter zu seinem wartenden Wagen.

»Er ist ein Held, denken Sie an meine Worte«, rief er, »bringen Sie ihm noch ein Glas Wodka, ach Scheiße, bringen Sie ihm eine

Flasche!« Und dann war er verschwunden. Sein Wagen wendete mit quietschenden Reifen und raste zurück zur Zentrale.

Ich sah die Kellnerin kopfschüttelnd an und lehnte mich zurück, um auf den Aufräumtrupp zu warten. Die Theorie des Chefs war durchaus reizvoll. Fall abgeschlossen, kein zorniger Boss oder Minister, der mir das Leben schwer machte. Eine saubere Lösung. Das wäre es zumindest gewesen, wenn es gepasst hätte. Aber warum diese beiden Frauen, die durch ihre Klasse und ein ganzes Land voneinander getrennt waren? Warum die Verstümmelungen? Und was sollte die Geschichte mit dem Fötus, vorausgesetzt, es war ein und dasselbe Kind, das von einer Leiche zur anderen transferiert worden war? Zu gern hätte ich gesagt: »Fall gelöst«, und wäre nach Hause gegangen. Aber ich sah immer wieder Jekaterinas Augen vor mir und das tote Kind in ihrem Bauch. Und eine verängstigte Frau in der Nähe der Grenze, die ihre Mörder anflehte, ihr Baby zu verschonen, nachdem man sie mit Schlachtermessern in die Enge getrieben hatte. Und so fest ich die Augen auch zukniff, diese Bilder gingen nicht weg.

»Inspektor?«

Widerwillig schlug ich die Augen auf. Die Kellnerin stand mit einem Zettel vor mir. Einen albernen Augenblick lang dachte ich, sie wollte mich um ein Autogramm bitten.

»Die *stschot*?«

Sie hatte natürlich recht; es gibt immer eine Rechnung, und irgendjemand muss zahlen. Ich zog ein paar Som aus der Tasche, gab sie ihr und winkte ab, als sie mir das Wechselgeld herausgeben wollte.

»Danke«, sagte ich und stieg behutsam über Wassili.

Dann fing ich an zu lachen und lachte immer noch, als der Leichenwagen eintraf, um die beiden nächsten Gäste Jussupows abzutransportieren.

Ein paar Stunden später war ich frisch geduscht und umgezogen und überlegte gerade, mich in der Zentrale blicken zu lassen, als

Kursan anrief. Der Buschfunk hatte auf Hochtouren gearbeitet, und Kursan wollte wissen, ob die Geschichte stimmte, die er gehört hatte. Ich erklärte ihm, in puncto Schießerei sei es nichts gewesen, womit man zu Hause prahlt; insgesamt fünf abgegebene Schüsse, keine acht Toten oder neunzig Verletzten, von denen die Gerüchte wissen wollten.

»Die vermisst garantiert keiner, Gesindel, alle beide«, versicherte er mir und fügte noch hinzu, dass ein anderer unverzüglich ihren Platz einnehmen würde.

»Mit einer Sache werden die Menschen immer Handel treiben: Muschis«, sagte er. »Das ist der Lauf der Welt. Männer wollen sie kaufen, Frauen wollen sie verkaufen. Was kann man machen?«

»Dafür sorgen, dass niemand gezwungen wird, sie zu verkaufen, für den Anfang.«

»Kinder ernähren, kein Ehemann, kein Geld – was, wenn es das Einzige ist, was du verkaufen kannst?«

Ich fühlte mich mit einem Mal sehr müde. Die Nachwirkung des Schocks natürlich, doch ich war auch erschöpft bis ins Mark, ich hatte den ganzen Dreck satt, die Politik, den gnadenlosen Schmutz und die Menschen, von denen ich immer die schlimmste Seite zu sehen bekam.

»Kursan, mir ist gerade nicht nach einer Moraldebatte über Prostitution.«

»Wollen wir uns treffen, ein paar Bier zusammen trinken? Du solltest an diesem Abend nicht allein sein.«

Einsamkeit war genau das, was ich wollte, doch zu versuchen, Kursan die Idee auszureden, war zwecklos, also verabredeten wir uns für später in der Kulturny-Bar. So konnte ich den Stammgästen gleich zeigen, wer der härteste Hund im Viertel war und dass jeder, der mir krumm kam, so enden würde wie Tjulew und Lubaschow. Ich vermutete, Kursan hoffte außerdem, dass der verängstigte Barkeeper den ganzen Abend lang Drinks auf Kosten des Hauses ausschenken würde.

Das Telefon klingelte erneut, eine Nummer, die ich nicht erkannte. Die Stimme hingegen schon. Über Eiscreme geträufelter Honig.

»Wie ich sehe, haben wir Sie unterschätzt«, sagte sie, und ihr Ton ließ mich schaudern. Die Art Schauder, die einen überläuft, wenn eine schöne Frau einen bei der Hand fasst, mit einem schlanken Finger über das Handgelenk streicht und mit einem dunkelroten Nagel über die Handfläche kratzt.

»Ihr Chef muss sehr zufrieden mit Ihnen sein. Ein brutales Sexualverbrechen gelöst und gleich dafür gesorgt, dass die Schurken es nicht wieder tun können. Wahrscheinlich werden Sie befördert. Oder ins Ministerium für Staatssicherheit versetzt.«

Ihre Stimme klang spöttisch, sie spielte mit mir. Die Vorstellung war nicht komplett unangenehm.

»Ich wäre ebenfalls entzückt. Wenn ich den Fall gelöst hätte, meine ich. Aber wir wissen beide, dass es nicht so ist.«

Sie zögerte. Als sie weitersprach, hatte ihre Stimme einen argwöhnischen Unterton angenommen.

»Tun wir das?«

»Diese beiden waren nicht fähig, etwas Komplizierteres zu organisieren als den Verkauf von drittklassigen Huren und den einen oder anderen Schuss *krokodil*. Eine schwangere Frau auf der anderen Seite des Landes niederzumetzeln und den Fötus im tiefsten Winter nach Bischkek zu bringen, die Tochter eines führenden Ministers irgendwohin zu locken, wo sie sie töten konnten, und den Fötus in ihr abzulegen? Niemals. Und selbst wenn sie all das hätten bewerkstelligen können, wo ist das Motiv?«

Ich lauschte angestrengt, um einen akustischen Hinweis auf ihren Aufenthaltsort zu bekommen. Aber woher auch immer sie anrief, es war still wie ein Grab.

»Wenn Ihr Boss glücklich ist, dass der Fall gelöst ist, und Tynalijew zufrieden, dass die Mörder seiner Tochter neben ihr in einer Schublade liegen, sollten Sie auch froh sein.«

»Ich kann mich nicht darüber freuen, dass ich heute einen Menschen getötet habe. Auch wenn er versucht hat, mich zu töten.«

»Sind Sie sicher, dass er auf Sie gezielt hat?«

Ich stutzte. Der Gedanke, dass nicht ich, sondern Tjulew das Ziel gewesen sein könnte, war mir gar nicht gekommen. Aber in gewisser Weise war er durchaus logisch. Wassili war berüchtigt dafür, bereitwillig in jedes Ohr zu flüstern, wenn die Bezahlung stimmte. Und wozu sonst hätte er einen Inspektor der Mordkommission wegen eines Falls treffen sollen, den irgendjemand beerdigt wissen wollte, wenn nicht dazu, ihm Informationen zu verkaufen?

»Sie haben Lubaschow angewiesen, Wassili zu erledigen?«

Statt zu antworten, lachte sie, heiser und verführerisch.

»Wenn Sie zu viel über solche Sachen nachdenken, bekommen Sie Kopfschmerzen.«

Mir fiel die Patrone auf der anderen Seite des Zimmers wieder ein. Das letzte Tageslicht spiegelte sich schimmernd in ihrer Messinghülse.

»Und die Arznei dagegen haben Sie mir ja schon geschickt.«

Sie schwieg einen Moment. Schließlich ließ sie eine schlichte, kalte Warnung folgen.

»Es wird Zeit, dass Sie das hinter sich lassen, Inspektor.«

Damit beendete sie die Verbindung, und es war still.

KAPITEL 17

Es war ein Uhr nachts in der Kulturny-Bar. Lubaschow war als Türsteher von irgendeinem tätowierten Replikat ersetzt worden, genauso hässlich, genauso stämmig und genauso dumm. Der einzige Unterschied war, dass dieser noch einen Pulsschlag und vier Liter *krow* in den Adern hatte. Kursan war bereit, ihm den bösen Samstagabendblick zuzuwerfen, doch mein neuer Ruf musste mir vorausgeeilt sein, denn der *salupa* ließ uns wortlos herein.

Der Barkeeper kniff die Augen zusammen, als er mich sah, stellte jedoch sofort eine ungeöffnete Flasche Vivat auf den Tresen. Mit einem solchen Gedächtnis sollte er im Hyatt überteuerte Cocktails ausschenken und ausländische Geschäftsmänner mit dem Wechselgeld abzocken. Ich wies auf eine Flasche Mineralwasser, die ebenso prompt serviert wurde.

Wassilis üblicher Platz war leer, vielleicht als ein Zeichen der Trauer, also setzte ich mich auf seinen Stuhl. Rundherum die gewohnten Gesichter; einige hatten sich seit meinem letzten Besuch wahrscheinlich gar nicht bewegt. Aber keine Schajyrkul; vielleicht hatte sie Glück gehabt und wurde von einem Betrunkenen mit wenig Geld und noch weniger Hygiene auf ihrer Matratze genagelt. Ich nahm mir vor, sie am Morgen zu besuchen, und widmete mich der Beobachtung von Kursan, der sich ganz darauf konzentrierte, die Flasche zu leeren. Ich wedelte mit ein paar Som in Richtung Barkeeper, doch er schüttelte den Kopf. Also doch aufs Haus. Ich fragte mich, ob er in etwa einer Viertelstunde auch noch eine zweite Flasche rausrücken würde, so wie Kursan das Zeug wegkippte.

»Spar dir ein bisschen was für später auf«, sagte ich, als er sich zum vierten oder fünften Mal in ebenso vielen Minuten nachschenkte.

Er wies grinsend mit dem Kopf in den Raum.

»Die Leute hier haben den beiden Arschgesichtern wahrscheinlich seit Jahren Schutzgeld bezahlt. Wenn du willst, sammeln sie und kaufen uns Sekt.«

Mich schauderte. Russischer Sekt ist etwas, was man lieber nicht probieren sollte. Als ich mein zweites Glas Wasser geleert hatte, sah ich aus dem Augenwinkel, dass einer der Stammkunden sich in meiner Nähe herumdrückte. Kursan machte Anstalten aufzustehen, doch ich hielt ihn zurück, drehte mich auf dem Hocker um und blickte den Neuankömmling an.

Er hatte eine Hand in der Tasche, was mir nicht gefiel. Ich wies auf seinen Arm, und er zog die Hand langsam heraus. Nachdem ich erkannt hatte, dass er nichts Tödlicheres mit sich führte als schmutzige Fingernägel, erteilte ich ihm mit einem Nicken die Erlaubnis zu sprechen.

»Wir haben das von heute Morgen gehört«, stotterte er, und sein Blick zuckte zwischen mir und dem äußerst streitlustig aussehenden Kursan hin und her. »Die beiden waren Wichser, kein Mensch wird sie vermissen.«

»Du verwechselst mich mit jemandem, den es womöglich interessiert, was ihr Loser denkt.«

Er nickte zustimmend; ein Mann von Bedeutung hatte sein Urteil gesprochen. In seiner kleinen wodkagetränkten Welt war ich wichtig, während mein Chef oder Tynalijew hereinspazieren könnten, ohne dass jemand eine Ahnung hätte, was für eine Hölle sie lostreten konnten.

»Natürlich, Inspektor. Aber Sie sollten wissen«, er beugte sich vor und senkte die Stimme, »dass eine Person hier ganz besonders froh über die Nachricht war.«

Er machte eine dramatische Pause und sah, dass ich nicht beeindruckt war.

»Kennen Sie die Nutte, die immer herkommt? Die Schöne?«

Ich schüttelte ehrlich verwirrt den Kopf. Er beschrieb mit den Händen die Form einer Sanduhr und hielt sich für den Fall, dass ich die Andeutung nicht kapiert hatte, die hohlen Hände vor die Brust.

»Schajyrkul. Kennen Sie Schajyrkul?«

Ich fragte mich, wie viel Wodka man im Laufe eines Lebens trinken musste, um in Schajyrkul eine kirgisische Venus zu sehen.

»Was ist mit ihr?«

»Sie hat sich gar nicht mehr eingekriegt vor lauter Freude.«

»Das überrascht dich? Wassili hat wahrscheinlich neunzig Prozent von dem behalten, was sie mit ihrer Muschi verdient hat.«

»Nein, sie sagte, sie würde eine Menge Geld mit dem verdienen, was sie weiß.«

Nun war ich interessiert.

»Hat sie gesagt, was?«

Der Mann wirkte verlegen.

»Sie wollte es mir erzählen, sie hat gesagt, Sie würden ihr eine Menge dafür bezahlen, doch dann war die Flasche leer, und ich hatte kein Geld für noch eine, also hat sie sich zu einem anderen gesetzt.«

Verschmähte wahre Liebe; ich wunderte mich, dass wir nicht beide in Tränen ausbrachen. Er blickte sehnsüchtig auf die paar Zentimeter, die noch in unserer Flasche waren, also nahm ich sie Kursan aus der Hand.

»Wann ist sie gegangen?«

Er griff nach der Flasche, doch ich hielt sie knapp außerhalb seiner Reichweite.

»Vor etwa zwei Stunden.«

Er sah so melancholisch aus, dass ich annahm, sie war in

Gesellschaft gegangen. Ich gab ihm die Flasche, er lächelte und schlurfte erbärmlich dankbar davon.

»Die war noch nicht leer«, beschwerte sich Kursan.

Er wollte eine neue bestellen, doch ich schüttelte den Kopf, packte seinen Arm und zerrte ihn die Treppe hoch.

»Willst du in eine andere Bar gehen? Was ist verkehrt mit der hier?«

»Was ist richtig daran?«, wollte ich zurückfragen, steuerte jedoch einfach wortlos auf den Ausgang zu.

»Wohin gehen wir?«

Ich stieß ihn die Stufen hoch, vorbei an dem Türsteher und hinaus in die Nacht.

»Wir besuchen eine Nutte.«

Er drehte sich grinsend um und sah mit seinem blitzenden Goldzahn aus wie ein Bandit aus dem 19. Jahrhundert.

»*Da!* Endlich mal ein vernünftiger Vorschlag.«

Und damit torkelte er über den Bürgersteig, um ein Taxi zu nötigen, für uns anzuhalten.

KAPITEL 18

Das Taxi hielt auf der anderen Seite des Osch-Basars vor Schajyrkuls Wohnblock, und Kursan diskutierte lautstark über den Fahrpreis, die Eltern des Fahrers und die Preise, die seine Mutter von ihren Kunden verlangen würde. Dass alle Welt von unserer Ankunft erfuhr, war das Letzte, was ich brauchen konnte, also reichte ich ein paar Scheine durchs Fenster und erklärte Kursan, er solle seine beschissene Klappe halten, was er erstaunlicherweise auch widerspruchslos tat. Ohne Taschenlampe ging der Aufstieg durch das Treppenhaus nur langsam vonstatten, doch wir schafften es, ohne allzu viel Lärm zu machen.

Im obersten Stock war es hell genug, um zu erkennen, dass sowohl die Holztür zur Verzierung als auch die schwere Metalltür der Wohnung offen standen. Mich beschlich das unangenehme Gefühl, dass ich im Begriff war, auf etwas sehr Übles zu stoßen, und ich machte Kursan ein Zeichen, zum nächsten Treppenabsatz hinunterzugehen. Mit gezückter Pistole lauschte ich an der Tür. Kein Mucks. Doch während ich dastand, stieg mir ein süßer metallischer Geruch in die Nase.

Jussupow und ich haben einmal darüber diskutiert. Er behauptete, Blut sei Blut, und es spiele keine Rolle, ob es das eines Schafs oder Jaks, eines Pferdes oder einer Hure sei. Ich hingegen glaube, dass der Geruch von menschlichem Blut etwas Unverwechselbares und Einzigartiges hat, das einem im Hals kratzt und elektrisch ist wie Silberfolie auf Amalganfüllungen. Aber da ich in einer Wohnung im fünften Stock noch nie ein totes Jak vorgefunden hatte, fehlte mir natürlich der wissenschaftliche Vergleich.

Doch ich hatte schon genug Tote gefunden, um eine ziemlich gute Ahnung zu haben, was mich drinnen erwartete.

Schajyrkul lag mit gespreizten Beinen auf dem Wohnzimmerfußboden, die Knie angehoben, als erwartete sie ihren nächsten Kunden oder wäre von ihrem letzten so zurückgelassen worden. Der rote Teppich unter ihr hatte seine Form verändert, die Ränder waren unregelmäßig, als wäre die Farbe ausgelaufen und hätte den nackten Beton verschmiert. Doch es war keine Farbe.

Wie Jekaterina zuvor starrte auch Schajyrkul blind nach oben. Aber ihr Gesicht war nicht friedlich und schicksalsergeben. Ihre Lippen waren zu einem Schrei geöffnet, fast ein Knurren, und ihre Goldzähne blitzten unter dem grellen elektrischen Licht.

Für den Moment ignorierte ich die Leiche und durchsuchte die Wohnung. Ich kannte einen *ment*, der es versäumt hatte, den Tatort eines Mordes zu kontrollieren; er wurde jetzt durch einen Schlauch ernährt, und seine Kinder besuchten ihn schon lange nicht mehr. Also überprüfte ich das Schlafzimmer, in dem ich Gulbara bei der Arbeit gesehen hatte, die Küche und das Bad. Ich zog den Duschvorhang zurück und erwartete, in der Badewanne Gulbaras blutige Leiche zu entdecken, doch die Wohnung war leer. Ich entschied, dass es hinreichend sicher war, meine Waffe wieder ins Holster zu stecken und ins Wohnzimmer zurückzukehren. Gleich würde ich die Spurensicherung alarmieren, doch zunächst wollte ich einen eigenen Eindruck von dem Gemetzel gewinnen.

Schajyrkul hatte sich gegen ihren Tod gewehrt, ihre Fingernägel waren abgebrochen oder eingerissen. Ihr Kiefer war von einem Schlag zertrümmert. Ihre Hände waren von Schnittwunden übersät, die darauf hindeuteten, dass sie sich verteidigt oder vielleicht sogar zurückgeschlagen hatte. In der Luft hing ein schwerer Gestank von Blut, Schweiß, Scheiße und Angst. Ich wollte ein

Fenster aufmachen, ließ es jedoch; damit würde ich warten, bis ich das Okay von Jussupows Leuten bekommen hatte.

Ich hörte ein Geräusch hinter mir, griff nach meiner Waffe und hielt sie schussbereit gezückt, als ich mich umdrehte. Ein wenig mehr Druck auf dem Abzug, und ich hätte Kursan dorthin geschickt, wo Schmuggler hinkommen, wenn sie sterben, wo immer das sein mag.

»Ahujet?«, fragte er, als er Schajyrkuls übel zugerichtete Leiche sah.

»›Was hier verdammt noch mal los ist‹, interessiert nicht – du hättest fast neben ihr auf dem Boden gelegen«, sagte ich und schmeckte Adrenalin und bittere Galle im Hals. »Verpiss dich, aber schnell. Wie soll ich deine Anwesenheit hier erklären? Und wenn die Uniformierten dich verhaften, werde nicht ich es sein, der dich im Keller der Zentrale zu einem Tänzchen bittet.«

Kursan kapierte die Andeutung sofort; er hatte schon den einen oder anderen Walzer mit Urmat Sarijew hinter sich und war nicht erpicht darauf, die Erfahrung zu wiederholen.

»Ruf mich an«, rief er mir über die Schulter zu, schon einen Treppenabsatz tiefer.

»Und kein Wort zu niemandem«, rief ich in den Treppenschacht.

Doch er war wahrscheinlich schon auf halbem Weg zur Kulturny-Bar, um die Neuigkeit zu verbreiten, und ich hatte wichtigere Sorgen als Kursans Tratschmaul. Ich hatte eine zweite – oder sollte ich sagen eine dritte? – tote Frau unter den Händen.

Ich machte ein paar Handyfotos. Die Kriminaltechniker würden später vernünftige Aufnahmen machen, doch ich konnte nicht die gute Woche warten, die es dauern würde, bis ich einen Satz Abzüge bekam. Ich hätte eine Zigarette vertragen können, erinnerte mich jedoch an den Baby-Uniformierten in der Ibraimowa-Straße, der den Tatort mit Kippen vollgemüllt hatte, und beschloss zu warten, bis ich draußen war.

Ich vermied es bewusst, ihren Bauch anzusehen. Dort wären

die tödlichen Verletzungen. Das ist bei Messerattacken fast immer so. All die fingerfertigen Kunststücke kann man vergessen. Wenn man weiß, was man tut, kann man jemanden mit einem Stoß, einer Drehung des Handgelenks und einem kräftigen Ruck schneller erledigen als mit einer Pistole. Also fotografierte ich zuerst ihre Hände, die verbliebenen Nägel waren von billigem Lack dunkelrot, genau wie die anderen Finger, wo die Nägel herausgerissen waren.

Dann fotografierte ich ihr Gesicht und versuchte dem schrecklichen Vorwurf in ihrem Blick auszuweichen. Wie jedes Mal fragte ich mich, ob an der alten Geschichte, dass sich das Gesicht eines Mörders in den Augen seines Opfers spiegelt, etwas Wahres dran war. Hätte ich in diesem Moment in einen Spiegel geblickt, dann hätte *ich* wahrscheinlich ausgesehen wie ihr Mörder. Oder wie der Mann, der es nicht hatte verhindern können.

Die meisten Opfer, die ich sehe, sind für mich Fremde, doch die paar Minuten, die ich zusammen mit Schajyrkul verbracht hatte, machten ihren Tod persönlicher. Ich erinnerte mich an die Drohungen, mit denen ich sie zum Reden gebracht hatte, und schämte mich.

Doch dann war es an der Zeit, dass ich mich dem Moment stellte, der mir bevorstand. Schajyrkuls Mantel war aufgeknöpft, aber so, dass er ihren Bauch bedeckte. Der Stoff war zerfetzt und zerrissen, die Ränder der Löcher waren blutig. Wegen der Blutlache auf dem Fußboden hatte ich eine ziemlich gute Ahnung, was sich darunter verbarg. Mit dem Lauf der Pistole schlug ich den Mantel auf.

Der Gestank des Todes stieg mir in die Nase, als ich auf das graue Knäuel ihrer Eingeweide blickte, den diagonalen Schnitt durch ihren Bauch und die Organe, die, wie um dem Messer zu entkommen, herausgequollen waren.

Und nun sah ich auch, warum Schajyrkul mit gespreizten Beinen und leicht angehobenen Knien dalag. Es war nicht die Position, in der sie ihre Kunden begrüßte, wie ich zunächst gedacht hatte. Stattdessen war sie sorgfältig so arrangiert worden, dass sie grob einer gebärenden Frau ähnelte.

Das erklärte vielleicht auch, dass ein Fötus zwischen ihre blutigen Beine gebettet dalag.

KAPITEL 19

Ich ging die Stufen mit den gesprungenen Fliesen und den schwach beleuchteten Flur hinunter zu den Schränken mit den wartenden Toten. Hinter den Metalltüren hing der Gestank von Chemikalien und rohem Fleisch in der Luft. Kein Mensch war zu sehen, die Neonröhren an der Decke über dem Seziertisch flackerten mit einem periodischen schrillen Summen wie vom Bohrer eines Zahnarztes.

Ich suchte an der Wand mit den Schubladen nach Schajyrkuls Namen, doch sämtliche Etikettenträger waren leer. Ich zog die nächstbeste Schublade auf, wie üblich begleitet vom kreischenden Protest der Rollen auf ihren Schienen. Die Leiche darin war der *krokodil*-Junkie, bei dessen Obduktion ich Jussupow vor gefühlten Monaten zugesehen hatte. Der Jodgeruch ließ meine Augen tränen, und ich knallte die Lade wieder zu. Die beiden nächsten Schubladen waren leer, doch die vierte war belegt.

Der Form des Lakens nach zu urteilen, das den Körper bedeckte, eine Frau. Ich schlug den groben Stoff zurück und erwartete, Schajyrkul zu sehen. Aber es war nicht Schajyrkuls Leichnam.

Es war Tschinaras.

Ich starrte sie fassungslos an, außerstande, mir zu erklären, wie die Leiche meiner toten Frau aus ihrem Grab in den Bergen hierhergekommen war. Eine Locke ihres Haars war ihr ins Gesicht gefallen, und ich strich sie ihr hinters Ohr. Ihre Haut war glatt und makellos; wenn ich nicht selbst mitgeholfen hätte, sie zu dem wartenden Loch in der Erde zu tragen, hätte ich geglaubt, dass sie nur schlief. Ich legte den Zeigefinger auf ihre Wange und strich ihr unendlich sanft übers Gesicht.

Die letzten Tage im Krankenhaus war Tschinara kaum bei Bewusstsein gewesen, weil ihre Schmerzen mit immer stärkeren Dosen Morphium gedämpft wurden. Ich hatte auf einem Stuhl neben ihrem Bett geschlafen, in einem Zimmer, das wir für uns allein hatten, weil der Chef ein paar Strippen gezogen hatte. Manchmal hat es auch seine Vorteile, für einen mächtigen Mann zu arbeiten. Ich döste ein oder zwei Stunden, bis mich ihr Wimmern weckte: Schmerzen von der Operation, Schmerzen von den Tumoren. Und während ich dasaß und sie beobachtete, öffnete sie nach acht Tagen schließlich kurz die Augen, lächelte vage und sank in den letzten Schlaf. Zu viele Erinnerungen, und all die guten darunter, waren überlagert von dem Kummer über das, was danach kam.

Als ich so auf meine tote Frau hinabblickte, schlug sie die Augen auf.

Sie starrte zu mir hoch, ohne zu blinzeln, so wie sie mich immer angesehen hatte. Einen Moment lang erkannte ich mit vollkommener Klarheit, dass ihre Krankheit, ihr Tod, all das nur ein Traum, ein Schwindel gewesen war. Und ebenso deutlich begriff ich, dass ich jetzt träumte. Selbst die, die wir lieben, kehren nie von dem Ort zurück, an dem wir sie begraben haben. Außer in unseren Träumen.

Doch ich konnte mich nicht selber wecken und in eine Welt zurückkehren, in der ich allein lebte, umzingelt von Gaunern und Huren, Verkümmerten und Verzweifelten. Dort, wo Tschinara war, wollte ich sein. Selbst wenn es das Grab war.

Sie sah mich an, und ich trat zur Seite der Schublade, um sie richtig anzuschauen. In ihren Augen lag eine Frage, so kam es mir vor, oder vielleicht eine Warnung. Ich fragte mich, was sie dachte, während mir bewusst wurde, wie absurd die Phantasie war, dass sie überhaupt etwas dachte. Tot, verwesend, begraben unter einem rauen Winterhimmel, das war meine Frau.

Früher hatte sie mich bei jedem neuen Fall befragt und gezwungen, Fakten, Lügen und Täuschungen logisch zu durchdenken. Nichts am Wesen der Menschen überraschte sie, aber nichts davon hatte sie befleckt.

Ich blickte auf Tschinara hinab und hörte ihre Stimme klar in meinem Kopf: Mach dich daran, die vermisste Frau zu finden, mach dich daran, jeden Stein umzudrehen. Fang wieder an, ein Ermittler zu sein; ich bin tot, und das wird sich nicht ändern. Sei wieder der Mann, den ich geliebt habe.

Mit den Fingerspitzen schloss ich ihre Augen und schob die Schublade vorsichtig wieder zu, um sie nicht zu wecken. Dann verließ ich den Raum und ging den Flur hinunter, dem Morgenlicht und dem Ende meines Traums entgegen.

Ich wurde von grellem Licht geweckt, das durchs Fenster hereinfiel und mir in den Augen brannte. Es musste über Nacht geschneit haben, weil die Luft jene kristalline Klarheit hatte, die wie Daumen auf die Augenlider drückt. Ich konnte die Idee nicht abschütteln, dass Tschinara irgendwie wieder zum Leben erweckt worden war, obwohl mein gesunder Menschenverstand mir sagte, dass es sich bloß um Wunschdenken handelte. In den Wochen nach ihrem Tod hatte ich sie immer wieder aus dem Nebenzimmer rufen hören, nie irgendetwas Verständliches, nur Klänge und Töne, die an ihre Stimme erinnerten, heraufbeschworen aus dem Dunkel ihres Grabes. Doch der Rat, den sie mir gab, oder genauer gesagt der Rat, den mein Unterbewusstsein ihr in den Mund legte, hatte Bestand.

Ich machte mir Kaffee, zündete eine Zigarette an und drückte sie wieder aus, nahm mir zum hundertsten Mal vor, aufzuhören, starrte aus dem Fenster und überlegte meine nächsten Schritte.

Ich hätte zur Leichenhalle gehen können, um zu sehen, was Jussupow über Schajyrkuls grausame letzte Momente herausgefunden hatte. Aber in meinem Hinterkopf hielt sich hartnäckig eine leise nagende Angst, dass mein Traum doch real gewesen sein könnte, was die Vorstellung eines Besuchs im Leichenschauhaus wenig reizvoll erscheinen ließ. Ich beschloss, dass ich Jussupow später immer noch anrufen konnte und mich nicht erneut dem Gestank von Antiseptika aussetzen musste.

Als Erstes musste ich Gulbara finden. Entweder war sie tot oder als Mörderin auf der Flucht, oder sie versteckte sich vor dem Mörder ihrer Mitbewohnerin. Bei einem reichen Freier hatte sie sich bestimmt nicht verkrochen: Sie arbeitete strikt nach der Devise: Fick mich und verpiss dich.

Es erschien mir sinnvoll, Chatschik Gasparian, den Armenier, zu finden, den ich zuletzt dabei beobachtet hatte, wie er Gulbaras Affen mit seinem Stock malträtierte. Für keinen der beiden war der jeweils andere ein Traum-Date, aber Liebe kann blind machen, zumindest wenn man sich mit Geldscheinen die Augen verbinden lässt.

Ich rief in der Zentrale an, damit das Archiv seine Akte zog, falls es eine gab; bei der letzten Revolution waren die Büros der Staatsanwaltschaft ausgebrannt, und mit ihnen die meisten Akten über Schwer- und Berufsverbrecher. Wenn Gasparian in seinem Leben nicht mehr angestellt hatte, als einem *ment* Frühstücksgeld zuzustecken, damit der übersah, dass er zu schnell gefahren war, interessierte mich das nicht. Aber höchstwahrscheinlich war er noch in andere Machenschaften verwickelt. Es gibt in diesem Land keine große armenische Gemeinde und somit auch keinen Grund für seine Anwesenheit in Kirgisistan. Möglicherweise arbeitete er als Gulbaras Zuhälter, damit sie ihm seine Zigarren und sein Handy verdiente, während er im Gegenzug den Freiern mit einer Tracht Prügel drohte, damit sie fügsam blieben. Es gab nur eine Möglichkeit, es herauszufinden.

Ich war schon halb die Treppe hinunter und hatte eine neue Zigarette zwischen den Fingern, als mir einfiel, dass ich beschlossen hatte aufzuhören. Morgen, versprach ich mir, stieß die schwere Haustür aus Stahl auf und trat blinzelnd ins unbarmherzige Sonnenlicht.

KAPITEL 20

»Sie quatschen mich ja ganz schwindlig mit all Ihren Fragen!«

»Warum versuchst du nicht, sie zu beantworten, Gasparian? Sonst wird einer von uns beiden dieses Tanzes überdrüssig, und du solltest lieber hoffen, dass nicht ich es bin. Sonst müsste ich vielleicht rausgehen, einen kleinen Wodka trinken, eine Zigarette rauchen, etwas essen. Ich darf dich natürlich nicht allein lassen; du giltst als selbstmordgefährdet. Das heißt, einer meiner Kollegen wird übernehmen und dir Gesellschaft leisten. Urmat Sarijew, vielleicht kennst du ihn?«

Wir waren im Keller der Zentrale. Einen Morgen lang herumzufragen hatte viele Antworten über Chatschik Gasparian zutage gefördert, und mir gefiel keine einzige davon.

Vor ein paar Jahren war er überstürzt aus der armenischen Hauptstadt Eriwan geflohen, hatte ein paar tote Kleinkriminelle hinterlassen und sich auf den Weg nach Dubai gemacht, wo er in Immobilienbetrügereien eingestiegen war und Wohnungen verkauft hatte, die ihm gar nicht gehörten. Als ihm der Boden in den Emiraten zu heiß geworden war, hatte er sich gen Norden aufgemacht und war in Almaty gelandet. Durch die Heirat mit einem kirgisischen Mädchen hatte er das Aufenthaltsrecht in Bischkek erworben. Sie ließ sich von ihm scheiden, nachdem sie sich geweigert hatte, für ihn auf den Strich zu gehen, und dafür Prügel kassierte, die sie für zwei Monate ins Krankenhaus gebracht hatte. Eine Anzeige wollte sie nicht erstatten, stattdessen schwor sie, sie sei gegen eine Tür gelaufen. Etwa dreiundfünfzig Mal, den Fotos nach zu urteilen.

Er hatte eine Menge Geld auf der Bank, dank leichtgläubiger Inder, die in Dubai auf der Leiter der Immobilienbesitzer nach oben kommen wollten, brauchte also offenbar keinen festen Job. Vielleicht hier und da ein bisschen Zuhälterei, ein bisschen Drogenhandel oder Transport von Waffen, die wahlweise aus russischen oder amerikanischen Militärbasen in die Hände unserer islamistischen Freunde im Süden gelangten. Doch es gab keine belastbaren Beweise, außerdem war er ein kleiner Fisch, zu unbedeutend, um das Interesse von Tynalijews Leuten zu wecken.

Im Moment war ich bei dem Versuch, ihn zu knacken, in etwa so erfolgreich, wie ich es bei einer Besteigung des Pik Lenin gewesen wäre.

Gasparian zog seine Zigaretten aus der Tasche, die ich sofort konfiszierte.

»Brandgefahr. Wir wollen doch nicht, dass Sie versehentlich das ganze Gebäude abfackeln.« Lächelnd zündete ich mir selbst eine an.

»*Pisda!*«

»Vielleicht bin ich eine Fotze«, sagte ich, »aber ich bin auch derjenige, der die Zigarette genießt. Wenn dich der Rauch stört«, sagte ich fürsorglich, »kann ich natürlich jederzeit hinausgehen.« Ich schob meinen Stuhl zurück und stand auf. »Ich hole einfach Sarijew«, sagte ich, »und er kann dir zeigen, was eine richtige *pisda* ist.«

Gasparian grunzte bloß, doch ich konnte den Geruch der Angst an ihm riechen wie Knoblauch im Atem eines Usbeken.

Ich schob die Zigaretten auf seine Seite des Tisches. Mit Handschellen an eine im Boden verankerte Kette gefesselt, fiel es ihm nicht leicht, sich eine anzuzünden, doch er schaffte es.

»Fangen wir noch mal von vorn an. Wie hast du Schajyrkul umgebracht?«

Er seufzte. Wir wussten beide, dass er es nicht getan hatte.

»Warum hätte ich sie umbringen sollen?«

»Vielleicht hast du keinen hochgekriegt? Vielleicht hat sie dich ausgelacht? Vielleicht hast du die Beherrschung verloren?«

Er sah mich an, als wäre ich ein Bauer aus irgendeinem Dorf.

»Haben Sie Geld auf der Bank, Inspektor?«

»Ich hoffe, das ist kein Versuch, einen Staatsbeamten zu bestechen, Gasparian.«

Er hob alarmiert die Hände.

»Nein, nein. Ich will nur sagen, Sie bewahren Ihr Geld doch dort auf, damit es sicher ist und Ihnen noch mehr Geld verdient, richtig?«

»Und weiter?«

»Schajyrkul hat für mich Geld verdient. Warum sollte ich mein Konto leeren?«

Ich zuckte die Achseln.

»Ich sag Ihnen, wie es war. Ich war mit Gulbara unterwegs. Sie hat einem amerikanischen Soldaten auf der Rückseite des Panfilow-Park einen geblasen, in der Nähe des Lenin-Denkmals. Sie kriegt einen Anruf auf ihrem Handy und geht ran, worüber der Yankee sauer ist, weil er sie nicht dafür bezahlt hat, ihren Mund zum Quatschen zu benutzen. Sie erhebt sich von den Knien, kommt zu mir und sagt, Schajyrkul hätte Ärger, wir müssten sofort zu ihr. Wir lassen den Ami stehen, der fluchend seine Hose hochzieht, und ich fahre sie hin.«

Er hielt inne und schürzte bei der Erinnerung an die Szenerie in der Wohnung die Lippen.

»Na, Sie haben sie ja gesehen. Sie wissen, in welchem Zustand sie war. Wir haben nichts angerührt, ich schwöre. Ich habe Gulbara nicht mal die Leiche sehen lassen. So etwas kann einem Mädchen die Arbeit für immer verleiden.«

»Du bist wirklich ein Samariter, Gasparian«, sagte ich, nahm ihm die Zigarette aus dem Mund und trat sie auf dem Boden aus.

Er hatte die Wut in meiner Stimme nicht gehört und nickte eifrig.

»Irgendjemand muss ja auf diese Mädchen aufpassen«, sagte er mit einem defensiven Unterton.

»Na, das hast du bei Schajyrkul wohl gründlich vermasselt, was?«

»Sie sind das Gesetz, Sie sollen die Irren von der Straße halten.«

Darauf hatte ich keine Antwort, also zerrte ich an der Kette und zog seinen Kopf auf die Tischplatte.

»Und wo ist Gulbara?«

»Ich habe keine beschissene Ahnung. Das Flittchen war schneller die Treppe runter als Pisse am Bein eines Besoffenen.«

»Was hast du eben über dein Geld auf der Bank gesagt?«

»Und?«

»Gulbara und ihr dressierter Affe sorgen dafür, dass du ein gutes Leben hast. Und da lässt du sie einfach verschwinden?«

Er zuckte mit den Schultern, die zeitlose levantinische Antwort auf jede schwierige Frage.

»Ist sie zurück nach Osch? Oder hast du sie irgendwo versteckt, damit sie wieder auf die Knie gehen kann, sobald ein bisschen Gras über die Sache gewachsen ist?«

Keine Antwort, nur ein trotziges Starren. Beides bestärkte mich in dem Entschluss, dass es Zeit war, zu härteren Maßnahmen zu greifen.

»Ich denke, du könntest ein wenig kooperativer sein, Gasparian«, sagte ich und zerrte noch einmal an der Kette.

»Ich hab Ihnen alles gesagt, was ich weiß. Ich bin bloß ein gewöhnlicher Bürger.«

Ich tat einen tiefen Seufzer, um Gasparian anzudeuten, wie enttäuscht ich war.

»Und der Polizist, den du geschlagen hast, als wir versucht haben, dich festzunehmen?«

»Er war in Zivil. Woher sollte ich wissen, dass er einer von Ihren Leuten war? Notwehr, schlicht und einfach.«

»Nun, du hast seinen Kopf gegen eine Wand geschlagen, und jetzt liegt er im Krankenhaus, im Koma.«

»Und das soll meine Schuld sein?«

»Zumindest glaubt das sein Onkel.«

Gasparian grinste höhnisch.

»Dann soll sein Onkel mich doch verklagen.«

Ich lächelte freudlos, stand auf, steckte meine Zigaretten ein und zerdrückte seine Packung in meiner Faust.

»Möglicherweise möchte er den direkteren Weg nehmen. Ich bin oben, falls dir wieder einfällt, wo Gulbara sich versteckt. In der Zwischenzeit kannst du die Sache mit seinem Onkel besprechen.«

Die Hand auf der Klinke, blieb ich stehen und drehte mich zu Gasparian um.

»Der Beamte, den du geschlagen hast, heißt Kairat Sarijew.«

Ich öffnete die Tür. Davor stand Urmat Sarijew und lächelte bei der Aussicht auf eine kurze Begegnung mit dem Mann, der seinen Neffen krankenhausreif geschlagen hatte. Für gewöhnlich benutzte er einen Beutel mit Äpfeln – hinterlässt eine Menge spektakulärer Blutergüsse, und man kann mit einem Schlag eine Milz zum Reißen bringen. Und niemanden würde es kümmern, wenn Gasparian ein oder zwei Blutergüsse abbekam. Nicht bei einem Vertreter seiner Branche.

Als ich nach oben trottete, hörte ich das dumpfe Klatschen des ersten Schlags.

Meistens reichte das.

KAPITEL 21

Der Gebirgspass zwischen Bischkek und Dschalalabad windet sich auf über viertausend Meter Höhe. Ich habe die Fahrt zahllose Male gemacht; ich traue den Flügen zwischen beiden Städten nicht, und das Fahren entspannt mich; mein Verstand kann dabei nach Antworten suchen. Die sich vor mir entrollende Straße wirkt wie eine Art Hypnose, die meine Konzentration absorbiert, während mein Kopf eigene Muster bildet. Aber diese Tour mitten im Winter auf sich zu nehmen wäre Selbstmord, ein schneller oder ein langsamer, je nachdem ob man schon aus der ersten Kurve flog oder die nächsten drei Monate unbeweglich in einer Schneewehe feststeckte und mit jedem neuen Schneefall tiefer begraben wurde.

Also flog ich und konzentrierte mich mit all meiner Energie darauf, das Flugzeug in der Luft zu halten, womit ich mehr Einsatz erbrachte, als es der Flugingenieur meinem Verdacht nach getan hatte.

Endlich hatte ich das Gefühl, in dem Fall weiterzukommen, dank Urmat Sarijew und seinem überzeugenden Obstbeutel. Ich hatte noch nicht mal die erste Zigarette fertig geraucht, als er mich zurück in den Keller rief. Gasparian hockte am Boden, die gefesselten Hände wie einen Schild über den Kopf gehoben, den Rücken zum Schutz der Nieren an die Wand gedrückt. Er hatte geweint, und aus einem Nasenloch tropfte ein dünnes Rinnsal Blut. Sarijew atmete noch nicht einmal schwer.

»Ich geb dem Mistkerl keine fünf Minuten, bis im Gefängnis

Nummer eins irgendein Zellenboss ihm mit einer großen *jelda* den Arsch aufreißt«, sagte Sarijew und unterstrich die Beleidigung mit einem Tritt.

Gasparian fing an, irgendwas zu murmeln, doch Sarijew hat sich von jeher nur dafür interessiert, jemanden zum Reden zu bringen, nicht dafür, ihm auch zuzuhören.

»Sakroi swoi pjossowaty rot, suka!«, brüllte er, und seine Spucke landete auf Gasparians Kopf.

»Nein, lass den Mistkerl das beschissene Maul aufmachen«, sagte ich. »Er weiß, was ich von ihm will. Oder nicht?« Ich stupste Gasparian mit der Fußspitze in die Rippen. Es war ein Böser-Bulle-noch-böserer-Bulle-Spiel.

Sarijew zuckte die Achseln, griff in den Beutel, wählte einen Apfel aus und biss herzhaft hinein. Dann, als wäre es ihm nachträglich eingefallen oder vielleicht als Dank für die Gelegenheit zu einem Tänzchen im Keller, bot er mir auch einen an. Ich schüttelte den Kopf und ging neben dem Gefangenen in die Hocke.

»Gasparian«, sagte ich in meinem sanftesten Tonfall, »das alles hätten wir uns sparen können. Wollen wir es sofort beenden, oder soll der Polizeimeister dir noch ein bisschen mehr Obst servieren? Ich muss nur wissen, wo du Gulbara versteckt hast. Bloß eine Adresse, mehr nicht. Es ist zu ihrem Besten, weißt du. Wir können sie schützen.«

Gasparian murmelte etwas Halbverständliches von wegen, Schajyrkul hätten wir auch nicht geholfen, worauf Sarijew ihm einen weiteren Apfel im Beutel verpasste.

Gasparian spuckte einen Zahn aus und blickte zu mir hoch.

»Sie wissen doch, dass Sie einen Maulwurf in der Zentrale haben, oder? Scheiße, es gibt wahrscheinlich ein Dutzend kleiner Vöglein, die alle süß singen, bei der Bezahlung, die Sie hier kriegen.«

»Und?«

»Also sage ich nichts, solange noch jemand außer Ihnen im

Raum ist. Wenn es sich rumspricht, dass ich gesungen habe, lande ich in der Schublade neben Schajyrkul.«

Ich dachte darüber nach und schickte Sarijew mit einem Kopfnicken hinaus. Er war nicht begeistert, doch er ging zur Tür. Ein letztes Mal schwang er den Beutel in Gasparians Richtung, riss ihn aber im letzten Moment zurück, sodass die Äpfel ein paar Zentimeter vor Gasparians Gesicht vorbeizischten, und grinste, als dieser zusammenzuckte.

»Ich bin kurz drüben auf dem Basar, Inspektor, ein paar Äpfel kaufen. Es geht doch nichts über gesunde Ernährung, was?«, sagte er noch und war verschwunden.

Ich half Gasparian auf die Beine und führte ihn zum Stuhl. Er setzte sich und schnäuzte einen langen Strom blutigen Schnodders auf den Boden. Seine Handgelenke waren wund und blutig, wo die Handschellen in die Haut geschnitten hatten. Ich war nicht stolz auf das, was ich getan hatte, doch es gab drei tote Frauen, die Antworten verdient hatten, selbst wenn sie nicht mehr da waren, um sie zu hören.

»Du weißt, dass das noch gar nichts war, oder, Gasparian?«, fragte ich tröstend. »Wenn ich ihn von der Leine lasse, bringt er dich garantiert auf die Intensivstation, Milzriss, zerquetschte Hoden, geplatzte Trommelfelle, nur für den Anfang. Oder er lädt dich neben deinem Konto auf zwei Beinen in der Leichenhalle ab. Du hast einem von unseren Leuten wehgetan; meinst du, irgendjemanden würde es einen Scheißdreck kümmern, was mit dir passiert?«

Nickend stellte er sich der Realität. In einem Keller mit getrockneten Blutspritzern an den gekachelten Wänden musste man ein größerer Mann sein als Gasparian, um durchzuhalten. Ich bot ihm einen Packen Papiertücher an, damit er sich das Gesicht abwischen konnte.

»Und wenn ich Ihnen erzähle, wo Gulbara ist, gehe ich als freier Mann hier raus?«

Ich schüttelte den Kopf.

»Inzwischen haben wir den Einsatz erhöht, mein Freund. Wenn du gesungen hättest, bevor er runtergekommen ist, wärst du schon wieder zu Hause, würdest ein Häppchen essen und dich fragen, wen aus deinem Stall du heute ficken sollst. Aber, nun ja, inzwischen habe ich noch ein paar mehr Fragen, und ich will Antworten. Und falls du daran zweifeln solltest, ich bin kein Tier wie mein Polizeimeister. Ich habe keinen Spaß daran, blind zuzutreten, zu schlagen und Knochen zu brechen.«

Ich packte Gasparians Kinn und drehte sein Gesicht zu mir. Er schlug die Augen zu Boden und wich meinem Blick aus.

»Sieh mich an. Nein, sieh mich an.«

Er starrte mich an, Panik auf dem Grund seiner Augen. Ich kniff meine zusammen und setzte eine teilnahmslose brutale Miene auf.

»Ich mag keine unnötigen Schmerzen«, sagte ich. »Man beachte das Wort ›unnötig‹. Denn ich verspreche dir, dass jeder Schmerz, den ich für nötig halte, ein heftiger sein wird.«

Ich drückte ihn wieder nach unten, setzte mich, zündete mir eine Zigarette an und betrachtete die Glut, als würde ich ein Werkzeug begutachten. Was ich in gewisser Weise auch tat. Ich blies gegen die Spitze und sah die Glut aufflammen. Ich konnte seinen Schweiß riechen, seine Angst.

»Wahrscheinlich hast du dich schon mal aus Versehen mit einer Zigarette verbrannt. Es ist schmerzhaft, verheilt jedoch wieder. Allerdings nicht da, wo ich sie ausdrücke.«

Ich blies noch einmal gegen die Zigarette und bedachte ihn mit meinem überzeugendsten freudlosen Lächeln.

»Links oder rechts, Gasparian?«

Er schüttelte unsicher und verwirrt den Kopf.

Ich erklärte es ihm.

»Links oder rechts? Welches Auge willst du verlieren?«

Beim Landeanflug auf Osch fragte ich mich, ob ich Gasparian wirklich auf einem Auge blind gemacht hätte, ob ich die brennende Spitze gegen sein Lid gedrückt, mir das Zischen seines Augapfels angehört und die Ohren gegen seine Schreie verschlossen hätte. Natürlich kam es dazu nicht. Ich habe schon vor langer Zeit gelernt, dass nicht das, was man macht, entscheidend ist, sondern das, was einem die Leute zutrauen. Sarijew kennt nur Brutalität; Gott hilf mir, ich weiß etwas über Psychologie.

Wie erwartet, gab Gasparian die Adresse des Mädchens sofort preis. Er hatte nichts zu gewinnen außer Schmerzen, wenn er weiter den Mund hielt. Also redete er. Und hörte gar nicht wieder auf.

Zu meiner nicht allzu großen Überraschung war er ein Leichtgewicht auf der untersten Ebene der Bruderschaft, ein entbehrlicher Fußsoldat. Er hatte schreckliche Angst vor dem Kreis. Aber nicht die Bruderschaft war im Keller der Zentrale, sondern ich, und Sarijew, der mit einem Beutel frischer Äpfel vor der Tür lauerte.

Ich wusste, dass ich Tynalijew vor meinem Aufbruch nach Osch das *malenkoe slowo* über den Kreis der Brüder hätte sagen sollen, ein Wörtchen über deren mögliche Verwicklung in die Ermordung seiner Tochter. Für diejenigen, die es nicht wissen: Die Bruderschaft ist unsere ureigene, hausgemachte eurasische Abteilung des organisierten Verbrechens. Nach dem Zusammenbruch der Sowjetunion haben sich viele kriminelle Banden in den ›-stan‹-Staaten zu einem losen Kollektiv namens Bruderschaft zusammengetan. Jedes der Länder hat seinen eigenen Verbrecherboss, der mit seinen ausländischen Pendants Territorien aufteilt, Allianzen bildet und gemeinsame Operationen zur Nachrichtenbeschaffung durchführt. Und das nicht nur in Zentralasien, sondern auch in Europa, Afrika, Lateinamerika und dem Nahen Osten, vor allem in den Vereinigten Arabischen Emiraten.

Das Hauptgeschäft sind erwartungsgemäß Drogen, doch die Brüder sagen auch zu Raub, Prostitution, Fälschung, Schmuggel oder dergleichen nicht nein, solange es einträglich und illegal ist. Und was ihre Skrupellosigkeit betrifft, räumen sogar die russischen Banden ein, dass sie im Vergleich mit der Bruderschaft Leichtgewichte sind. Es gilt absolute, bedingungslose und unwiderrufliche Loyalität; wenn man eine der Regeln bricht, stellt sich nicht die Frage, was einem geschieht, sondern nur, wie langsam und schmerzvoll. Mit der Macht, die sie ausübt, den Ressourcen, auf die sie zurückgreifen kann, und ihrem Einfluss auf die Stabilität und Wirtschaft ganzer Regionen ist die Bruderschaft ein ernstes Problem, das Tynalijew bestimmt im Auge hatte.

Deshalb war es auch nicht direkt klug gewesen, ihm die Neuigkeit vorzuenthalten.

Aber ich wollte diesen Fall für mich. Wenn ich zu den Sicherheitskräften ging, würden sich die Ermittlungen allein auf Jekaterina als Opfer konzentrieren. Niemand würde sich einen Dreck um ein totes Bauernmädchen und eine abgestochene Prostituierte kümmern.

Niemand außer mir.

Nicht dass ich ein Heiliger wäre. Ich habe mir wie alle meinen Anteil an Frühstücken von Verkehrssündern finanzieren lassen, und es ist auch schon vorgekommen, dass ich für eine Gefälligkeit ein, zwei Flaschen guten Schnaps angenommen habe. Aber ich war es den toten Frauen schuldig, und Tschinara. Und, wenn ich sentimental werden wollte, natürlich auch mir selber.

Ich hatte meine Ankunft in Osch nicht avisiert. Wenn es eine Verbindung zur Bruderschaft gab, hätte ich mir durch eine Benachrichtigung der lokalen Polizei entweder eine Tracht Prügel oder nichts als leere Blicke und Achselzucken eingehandelt. Ich kletterte aus dem Flieger, setzte meine Uschanka fest auf den Kopf und schlug den Kragen meines Mantels hoch. Die Jarygin drückte kalt und schwer an meine Hüfte; mit einem Dienstausweis der Polizei musste man sie nicht einschließen lassen. Erstaunlicherweise kommt einem das System auch manchmal zugute.

Bis zum Terminal waren es nur ein paar hundert Meter, doch

es war immer noch so kalt, dass mir der Atem stockte und ich ein wenig schneller über den festen Schnee stapfte.

So etwas wie Autovermietungen gibt es in Kirgisistan nicht, also hatte Kursan mir ein Transportmittel organisiert. Ich ging auf den Platz vor dem Terminal und hielt Ausschau nach dem ältesten und schrottreifsten Wagen, den ich entdecken konnte. Ein stämmiger Usbeke stand neben einem Moskowitsch, dessen bunte Karosserie mir verriet, dass es sich tatsächlich um mehrere ausgeschlachtete Wagen handelte, die nur von Bindfäden und schlechter Laune zusammengehalten wurden.

Nach einer Serie von Grunzern war geklärt, dass sein Name Alischer war und Kursan ihm aufgetragen hatte, mich in Osch herumzuchauffieren, wohin ich wollte, und mir außerdem eine Unterkunft zu besorgen. Ich stieg vorn ein und schnallte mich an, worauf prompt der Gurt riss. Kein besonders vielversprechender Auftakt.

Ich nannte Alischer die Adresse von Gulbara, die ich Gasparian entlockt hatte; irgendeine Seitenstraße der Lenin-Allee unweit des Suleiman-Bergs. Der Moskowitsch setzte sich hustend in Bewegung, der Motor kam auf Touren, und wir fuhren in Richtung Stadtmitte los.

Ich war zum ersten Mal seit den Unruhen in Osch; die Straßen waren von ausgebrannten Gebäuden gesäumt, von denen nur noch die rauchschwarzen Außenmauern standen, was meine Laune nicht verbesserte. Menschen hasteten über die Bürgersteige, soweit vorhanden, dick eingepackt und jeden Blickkontakt meidend. Alle trugen dicke Wintermäntel und Schals, sodass ich nicht erkennen konnte, wer bewaffnet war und wer nicht. Besser, man ging davon aus, dass alle eine Waffe trugen.

Während Alischer uns am Fuß des heiligen Bergs entlangfuhr, wurde es langsam dunkel. Jeder in Osch wird einem erzählen, dass Suleiman in der Nähe der Moschee auf dem Gipfel begraben liegt; das ist gut für den Tourismus, nehme ich an. Ich hatte den Berg vor langer Zeit einmal bei einem Besuch mit Tschinara bestiegen. Für einen Moment kamen die Erinnerungen zurück: ihr langes Haar, das vom Wind zerzaust wurde, demselben Wind, der ihr die Worte »Ich liebe dich« von den Lippen gestohlen und über das Tal verstreut hatte.

Alischer bog von der Lenin-Allee in eine stille, von Bäumen gesäumte Straße mit einstöckigen Häusern im russischen Stil: weißgetünchte Mauern und himmelblaue Fensterrahmen. Nur wenige der Häuser hatten Nummern, doch schließlich fanden wir die Adresse, die Gasparian mir genannt hatte. Genauer gesagt fanden wir einen Haufen verbrannten Schutts, auf den die Reste eines eingestürzten Daches drückten. Ein Schornstein ragte an einer Ecke in die Höhe wie ein gestreckter Finger, der den Himmel beleidigte.

Ich fluchte leise und sah Alischer an, der bloß mit den Schultern zuckte, die Tür öffnete und einen Brocken Schleim in den Schnee spuckte. Eine kalte Böe blies durch die offene Tür, ein beißender Gestank von verkohltem Holz und Benzin wehte herein. Ich stieg aus, bahnte mir über eingestürztes Holz und gewellten Stahl einen Weg zum Schornstein und legte eine Hand auf das Mauerwerk; es war noch warm. Als ich die schwarzen Reste eines Fensterrahmens anhob, zerbröselten Holzkohle und Ruß unter meinen Fingern. Wann immer dieses Haus niedergebrannt war, es war nicht während der Unruhen passiert, sondern vor kurzem, nicht mehr als ein oder zwei Tage vor meiner Ankunft.

Die neue Frage lautete also: Wo war Gulbara? Auf der Flucht, im Krankenhaus oder zu Knochen und geschmolzenem Fett reduziert unter meinen Füßen?

Ich fragte mich, was ich als Nächstes tun sollte, da störte ein unverkennbares Geräusch meine Gedanken: das Tippen eines Pistolenlaufs gegen die Karosserie des Wagens hinter mir.

KAPITEL 22

Ich hob die Hände und drehte mich unter Vermeidung hastiger und möglicherweise missverständlicher Bewegungen langsam um. Alischer war schon aus dem Wagen gestiegen, hatte die Hände auf das Dach gelegt und das Gesicht abgewandt. Er sollte später niemanden identifizieren können. Das auf mich gerichtete schwarze Auge der Makarow fesselte meine ganze Aufmerksamkeit. Die Luft schmeckte mit einem Mal besonders klar, der Verkehrslärm dröhnte in meinem Kopf. Ich war im Begriff zu sterben, und mir fehlte die Einbildungskraft, mir etwas anderes vorzustellen. Ich fragte mich, ob man mich neben Tschinara begraben würde, und dann, ob es überhaupt einen Leichnam zum Beerdigen geben oder ob ich namenlos und unbetrauert als abgenagtes Skelett in einem Graben, Fluss oder Wald enden würde.

Das schwarze Auge bewegte sich nicht. Wer immer es auf mich richtete, wusste, was er tat. Die Hand zitterte nicht und wurde am Handgelenk durch die andere abgestützt – klassische militärische Ausbildung. Oder vielleicht auch polizeiliche. Eine kleine Hand, schlanke Finger, leuchtend rote Nägel, das gleiche Rot, das aus meiner Brust spritzen würde, wenn sie von den Patronen der Makarow zerfetzt wurde. Die Hand einer Frau.

»Falten Sie die Hände hinter dem Kopf, Inspektor.«

Eine Stimme wie Honig auf Eiscreme, dennoch unpersönlich und unterkühlt. Einen Trost gab es: Ich hatte zu lange gelebt, um jung zu sterben.

»Es ist mein Aftershave, richtig? So unwiderstehlich, dass Sie mir den weiten Weg bis hierher gefolgt sind?«

»Immer zu Scherzen aufgelegt.« Ihre Stimme klang leicht amüsiert.

Trotzdem hielt ich die Hände fest im Nacken verschränkt.

»Nicht immer«, gab ich zu, »nur wenn jemand vorhat, meine Brust als Zielscheibe zu benutzen.«

»Ziehen Sie mit Daumen und Zeigefinger Ihrer linken Hand Ihre Pistole heraus und legen Sie sie – langsam – auf den Boden vor sich.«

Ich gehorchte, das Metall fühlte sich kalt an.

»Jetzt machen Sie drei Schritte nach rechts.«

Schlau gedacht. Selbst wenn ich so töricht gewesen wäre, eine dieser gesprungenen Hechtrollen zu wagen, wie man sie aus dem Kino kennt, läge die Waffe auf meiner falschen Seite, womit ihr alle Zeit der Welt bliebe, abzudrücken.

In einem der Häuser in der Nähe kochte jemand Pelmeni, und der süße Geruch der Teigtaschen ließ mir das Wasser im Mund zusammenlaufen. Zum ersten Mal, seit ich Erde auf Tschinaras Grab geschippt hatte, spürte ich, dass das Leben süß war, dass ich nicht sterben wollte.

Das Auge der Makarow blinzelte und wandte seinen gnadenlosen Blick von mir ab.

»Nur eine Vorsichtsmaßnahme, Inspektor, ich bitte um Verzeihung. Sie haben gute Reflexe und zielen genau. Ich habe gesehen, was mit Lubaschow passiert ist. Wenn man einmal abgedrückt hat, kann man es nicht zurücknehmen, und ich bin lieber zweimal zu vorsichtig als einmal tot.«

Ich musterte die Frau hinter der Waffe. Schlank, groß, schulterlanges, glattes schwarzes Haar. Die Augen hinter einer Wraparound-Sonnenbrille verborgen, tiefroter Lippenstift passend zu den Fingernägeln. Hohe Wangenknochen und Lippen, die in Zeitschriften immer als üppig und einladend beschrieben werden, obwohl sie meiner Erfahrung nach nur freigebig sind, wenn sie etwas von einem wollen. Ein langer schwarzer Ledermantel und Jeans, die in hohe geschnürte Springerstiefel gestopft waren. An einem anderen Ort und zu einer anderen Zeit der Typ Frau, den man sehr leicht begehrenswert finden könnte.

»Darf ich die Hände wieder runternehmen, nachdem wir nun festgestellt haben, dass wir uns nicht gegenseitig erschießen wollen?«

Ich versuchte, einen angemessenen Hauch von Nonchalance in meine Stimme zu legen, war jedoch auch nicht überrascht, als sie zitterte. Ihrem Lächeln nach zu urteilen, war sie es auch nicht. Die Frau nickte, und ich ließ die Arme sinken. Ich blickte auf meine Waffe und zog eine Augenbraue hoch.

»Für den Augenblick lassen wir sie am besten dort liegen«, sagte sie. »Nennen Sie es eine Vorsichtsmaßnahme fürs erste Date.«

Ich zuckte mit den Schultern und blickte zu ihrem schwarzen BMW mit dem usbekischen Diplomatenkennzeichen. Tarnanzug stand mit verschränkten Armen, seiner traditionellen Camouflage-Hose und den Stiefeln mit den Stahlkappen an den Kotflügel gelehnt.

»Bei unserer letzten Begegnung haben Sie mir erklärt, ich wäre ein beschissener kleiner Uniformierter. Das klingt auch nicht besonders gut für ein erstes Date, oder?«

Sie starrte mich an und schob ihre Sonnenbrille in die Stirn. Ihre Augen waren so schwarz wie ihre Kleidung und ebenso wenig offenherzig. Eine dünne weiße Narbe schnitt durch ihre linke Augenbraue. Sie wäre mit Make-up leicht zu verdecken gewesen, und die Tatsache, dass sie sich die Mühe nicht gemacht hatte, ließ sie noch einschüchternder erscheinen.

»Ich habe Sie unterschätzt, Inspektor. Aber ich versichere Ihnen, dass wir auf derselben Seite stehen. Grundsätzlich.«

Darüber grübelte ich eine Weile nach und schüttelte dann den Kopf.

»Sie haben mir gedroht. Sie wollten, dass ich den Fall aufgebe.

Der ganze Mist von wegen Urlaub im Ausland. Als würde mir das helfen, den Mörder zu finden.«

»Ich wollte nicht, dass Sie mir in die Quere kommen und meine Ermittlungen versauen«, sagte sie, hob vage entschuldigend die Hand und machte ein paar Schritte auf mich zu. »Ich habe eine Menge Zeit und Energie investiert.«

Ein neuer Geruch lag in der Luft. Parfüm. Berauschend. Erotisch. Vielleicht hatte Kursan recht, und ich war zu lange nicht mehr in der Nähe einer Frau gewesen.

»Wenn Sie das usbekische Gesetz vertreten, und da bin ich mir noch nicht sicher, haben Sie in Kirgisistan keine Amtsgewalt. Nicht einmal hier in Osch. Und warum sollten Sie sich überhaupt für diese Morde interessieren? Die Opfer sind keine Usbeken.«

Sie wies mit dem Kopf auf die Limousine.

»Lassen Sie uns nicht länger in der Kälte rumstehen. Wir können da drinnen reden.«

Ich zögerte; nichts ist leichter, als jemanden in den Hinterkopf zu schießen, wenn er in ein Auto steigt. Die Makarow-Neun-Millimeter-Patrone rattert im Schädel hin und her und hinterlässt auf ihrem Weg ein einziges Mus. Wenn man Pech hat, verbringt man ein paar Jahrzehnte mit einer ungeduldigen Krankenschwester, die einen mit genauso einem Mus füttert.

Sie spürte meine Zurückhaltung und wies auf meine Pistole.

»Heben Sie sie auf, stecken Sie sie ein, und ich mache das Gleiche. Ilja, setz du dich zum Fahrer des Inspektors, beruhige ihn und sorg dafür, dass er still bleibt.«

Ich ließ mir Zeit und benutzte wie zuvor nur Daumen und Zeigefinger. Doch ich fühlte mich deutlich besser, als die Pistole sich wieder an meinen Körper schmiegte. Denn das Wissen, dass der Tarnanzug Ilja hieß, machte ihn nicht weniger bedrohlich.

»Wenn es Sie beruhigt, Inspektor, steige ich zuerst ein. Keine Überraschungen.«

Nachdem wir es uns auf dem Rücksitz bequem gemacht hatten, bot sie mir ihre Hand an. Dieselbe Hand, die mich hätte töten können. Ich registrierte ihre eckig geschnittenen Nägel, die schlanken Finger, die fehlenden Ringe und ihren kräftigen Händedruck, der nicht zu dem dunkelroten Nagellack passen wollte. Ihr Parfüm war jetzt noch intensiver, süßlich, aber mit einer strengen Note, Limone vielleicht. Womöglich war das ein Hinweis oder eine Warnung.

»Sie fragen sich, auf wessen Seite ich stehe, Inspektor«, sagte sie, ohne ihre Augen von mir abzuwenden.

»Solange Sie eine Waffe auf mich richten, bin ich mir ziemlich sicher, dass es nicht meine ist.«

Sie zog eine Braue hoch, und ich sah, wie ihre Narbe sich kräuselte.

»Die Fakten: Sie sind der Topspezialist für Mordfälle in Bischkek und untersuchen den Tod von drei Frauen und zwei ungeborenen männlichen Föten. Es gibt nichts, was die drei Frauen gemeinsam haben; sie kannten sich nicht, sie verkehrten nicht in denselben gesellschaftlichen Kreisen, stammten nicht mal aus derselben Stadt. Die Tochter eines Politikers, ein Bauernmädchen und eine Prostituierte. Und Sie wollen wissen, was die drei miteinander verbindet.«

Alles, was sie sagte, war zutreffend, doch das bedeutete nicht, dass ich mein Wissen mit ihr teilen musste; den Spielplatz hatten wir schon lange verlassen.

»Ich frage mich, warum Sie das interessiert. Sie sind Usbekin, was kümmert Sie ein toter Kirgise? Es ist schließlich nicht so, als wären unsere beiden Länder einander herzlich zugetan.«

Während sie überlegte, was sie mir anvertrauen sollte, versuchte ich, meinen Vorteil auszunutzen.

»Und was haben Sie mit den beiden Möchtegern-Gangstern zu tun, die vor dem Fatboys erschossen wurden?«

Sie griff in ihre Jackentasche, lächelte, als sie meine Anspannung spürte, und zog eine Packung Zigaretten heraus, die billigste und widerwärtigste Marke, die man in Zentralasien bekommen konnte, nur geringfügig besser als selbstgedrehte Papirossy aus am Straßenrand gezogenem Tabak.

»Karten auf den Tisch?«

»Klar«, sagte ich, »lassen Sie sehen.«

»Sie sind auf der Suche nach dieser Prostituierten hergekommen? Gulbara?«

»Sie ist eine Zeugin in meinem Fall.«

»Nun, es gibt ein Problem.«

Sie zündete die Zigarette an, öffnete das Fenster einen Spalt und blies eine Rauchwolke hinaus. Rücksichtsvoll. Sie musterte mich mit einem harten Blick.

»Wollen Sie sie ficken?«

Die Frage erwischte mich ebenso unvorbereitet wie ihre derbe Wortwahl.

»Warum sollte ich?«

Achselzuckend sog sie eine weitere Dosis Nikotin ein.

»Viele Männer wollen das.«

»Viele Männer würden alles ficken, was einen Pulsschlag hat, ich gehöre nicht dazu.«

»Wie lange ist es her, dass Ihre Frau gestorben ist?«

Ich wusste nicht, woher sie von Tschinara gehört hatte, doch die Tatsache, dass sie ihren Tod so beiläufig in die Unterhaltung einstreute, weckte eine langsam glimmende Wut.

»Bloß weil ich Witwer bin, will ich noch lange keine *krokodil* spritzende Nutte ficken.«

Ich gab mir keine Mühe, meinen Zorn zu unterdrücken, und sie nickte langsam.

»Sie hat Angst, dass es, wenn Sie sie nicht ficken wollen, nur eine andere Sache gibt, die Sie wollen.«

»Und die wäre?«

Sie starrte mich aus ihren schwarzen unergründlichen Augen an.

»Sie töten.«

KAPITEL 23

»Sehen Sie es mal von meinem Standpunkt, Inspektor.«

Gulbara saß mir gegenüber und klammerte sich an einen Becher Tee, als ob er das Einzige wäre, was sie vorm Erfrieren bewahren könnte. Dabei war es in dem Café behaglich warm und ihr Zittern nur eine Entzugserscheinung. Ihr Haar war nach hinten gebürstet und zu einem losen Pferdeschwanz gebunden; sie sah viel jünger aus, aber das lag vielleicht daran, dass sie nicht nackt war und man die Einstiche an ihren Armen und Schenkeln nicht sah. Dennoch hatte ich den Affen, der in ihre *pisda* kletterte, noch gut vor Augen.

»Ich bin in die Wohnung und habe Schajyrkul gefunden … Sie haben ja selbst gesehen, was mit ihr passiert ist. Die Handtasche hat ein paar sehr böse Leute zu uns geführt. Und Sie waren derjenige, der mir die Tasche abgenommen und sie an jemanden weitergegeben hat. Wer sollte denn sonst noch von uns wissen, wir waren doch bloß zwei Professionelle! Die Tasche gehörte jemandem, der reich und wichtig ist. Jemand will die tausend Dollar zurückhaben.«

»Und wieso macht mich das zu Schajyrkuls Mörder?«

Gulbara sah mich beklommen an und schlürfte an ihrem Tee.

»Vielleicht nicht Sie, aber jemand, der dafür sorgen kann, dass die Polizei wegguckt. Ein Politiker vielleicht, jemand von den Oberen. Was kümmert die eine tote Nutte?«

Ich seufzte und trank einen Schluck von meinem Tee. Ohne

zu fragen, goss Gulbara meine halbleere Tasse wieder voll, die perfekte Gastgeberin.

»Du hast eine Leiche gefunden, verstümmelt und mit einem toten Fötus im Leib. Dann findest du deine Mitbewohnerin und Arbeitskollegin in demselben Zustand vor. Glaubst du, ich würde einen Vorrat an toten männlichen Babys bereithalten, nur um einen Mord bei Bedarf interessanter aussehen zu lassen?«

Ich griff über den Tisch und rollte ihren Ärmel hoch, die schwärenden *krokodil*-Stellen zeichneten sich grünbraun auf ihrer blassen Haut ab.

»Wie viel von dem Dreckzeug spritzt du dir?«

Ich war lauter geworden und erntete neugierige Blicke vom Nebentisch. Gulbara starrte in ihre Tasse, und ich bemerkte, dass ihre Nägel bis auf das Bett abgekaut waren.

»Saltanat hat gesagt, Sie wären in Ordnung.«

Ich blickte zu der anderen Frau am Tisch. Wenigstens kannte ich jetzt ihren Namen.

Sie nickte.

»Sie sind einer von den Guten, Inspektor. Oder …«, Saltanat zögerte nachdenklich, »… zumindest haben Sie nichts dagegen, die Bösen zu töten.«

»Ich möchte niemanden töten«, sagte ich und trank noch einen Schluck Tee.

»Das hindert Sie aber nicht daran, ziemlich gut darin zu sein.«

Ihr Ton war spöttisch, als wäre ich ein Witz, dessen Pointe nur sie kannte.

Ich blickte zu Gulbara. Das Geflachse unter Polizeikollegen trug bestimmt nicht zu ihrer Beruhigung bei. Und dann fiel mir ein, dass ich gar nicht wusste, ob Saltanat wirklich auf der Seite des Gesetzes stand; ich wusste nichts über sie, außer dass sie mir eine Höllenangst machte.

»Bringen Sie mich zurück nach Bischkek?«

Ich sah Gulbara an und versuchte sie mit ruhiger Stimme und verständnisvollem Blick zu beruhigen.

»Du bist keiner Straftat verdächtig, es gibt keinen Haftbefehl. Ich brauche bloß eine eidliche Aussage. Wenn du mir ein paar Antworten gibst, sorge ich dafür, dass dein Name nicht mal in den Akten auftaucht, obwohl du vom Tatort geflohen bist.«

Saltanat überraschte mich mit einem zustimmenden Nicken. Ich schenkte Gulbara mein gewinnendstes Lächeln.

»Wenn du mir erzählst, was du weißt, ist die Sache für dich hier erledigt. Du musst nicht zurück nach Bischkek.«

»Ich habe sowieso keinen Aufpasser mehr, oder?«, fragte Gulbara, die richtig vermutete, dass ich mir Gasparian vorgeknöpft hatte.

Sobald sie in die Kulturny-Bar zurückkehrte, würde sie im Handumdrehen einen neuen Beschützer haben, ob sie wollte oder nicht, doch ich beschloss, diesen aufmunternden Gedanken für mich zu behalten.

»Vielleicht solltest du in Osch bleiben«, schlug ich vor. »Vom *krokodil* loskommen.«

Sie sah mich abwehrend an und zerrte die Ärmel ihrer Jacke über die Handgelenke.

»Ich mach es nur hin und wieder, um mich zu entspannen, für die Nerven.«

Wir wussten beide, dass sie log; wenn das Krokodil weiter zubiss, hatte sie noch ein Jahr zu leben, vielleicht zwei, wenn sie großes Pech hatte. Doch das war ihr Los, und ich war Mordermittler und kein Drogenberater, keine Vaterfigur und kein Ritter in glänzender Rüstung, der gekommen war, sie zu retten. Das wusste Gulbara auch; sie wusste, was vor ihr lag, so sicher, als hätte ich ihr ein Foto von einem Haufen frisch umgegrabener Erde und einen Grabstein mit ihrem Namen und Bild gezeigt.

Ich gab die billigen Ratschläge auf und begann, ihre Aussage aufzunehmen. Saltanat hörte aufmerksam zu, ohne etwas zu sagen, die Augen wegen des Zigarettenqualms zusammengekniffen. Was Gulbara uns erzählte, war mehr oder weniger das, was ich erwartet hatte: Nein, sie wusste nicht, wen Schajyrkul getroffen hatte, sie wusste nichts über Wassili oder was er getan haben könnte, um Lubaschow zu verärgern. Sie verriet mir allerdings, dass Schajyrkul nebenbei schwarzgearbeitet und Freier ihrer eigenen Wahl bedient hatte. Das bedeutete, dass sie das Geld zwar behalten durfte, jedoch auch Prügel von Gasparian in Kauf nahm, falls er es herausfand. Aber dass Schajyrkuls Zuhälter nicht auch ihr Mörder war, wusste ich schon.

»Die tote Frau, war sie jemand Wichtiges?«, fragte Gulbara. Sie wollte wissen, ob sie weiter Angst haben musste.

Ich überlegte zu erklären, dass jedes Mordopfer wichtig sei, und sei es nur für seine Verwandten und Freunde, doch ich wusste, dass beide Frauen es für die schlimmste Lüge halten würden. Jekaterinas Vater war in der Lage, auf der Suche nach dem brutalen Mörder seiner Tochter ganz Bischkek auf den Kopf zu stellen, während ich mich glücklich schätzen konnte, wenn es mir gelänge, Schajyrkul etwas Erinnernswerteres als ein Leichentuch aus billiger Baumwolle und ein staatliches Armengrab zu besorgen.

»Ihr Vater ist ein mächtiger Mann«, sagte ich und ließ den Rest unausgesprochen. »Weißt du irgendwas über Schajyrkuls Familie?«

Mir war klar, dass ich sie leicht aufspüren konnte, aber wenn man einen Mörder jagt, kann es nie schaden, Zeit zu sparen.

»Sie ist … war … aus Tokmok«, sagte Gulbara mit verkniffenem Gesicht, als würde ihr das helfen, sich zu konzentrieren, »aber ich weiß nichts über ihre Familie. Sie hat gesagt, sie hätte sich nicht gut mit ihnen verstanden.«

Das überraschte mich ehrlich gesagt nicht; Eltern sind selten begeistert, wenn ihre Tochter beschließt, ihren Körper unter den Bäumen des Panfilow-Parks zu verkaufen. Es wurde Zeit, Gulbara ein wenig härter anzufassen.

»Wieso ist dein Haus abgebrannt?«, fragte ich, als ob die Antwort eigentlich belanglos wäre.

Gulbara fummelte an ihrer Tasse, und ich spürte eine neue Anspannung.

»Das Haus gehörte meiner Mutter, nicht mir. Und nach dem Ausbruch der letzten Unruhen ... nun, wir sind Usbeken, und dies ist ein kirgisisches Viertel. Mama hat die Hetzjagd vor zwanzig Jahren überlebt; als es wieder losging, hat sie zusammengerafft, was sie tragen konnte, und sich auf den Weg nach Doslik gemacht.«

Wir Kirgisen nennen die usbekische Grenzstadt Doslik, während die Usbeken darauf beharren, dass sie Dostuk heißt. Unsere Nachbarn und wir können uns nicht einmal auf einen gemeinsamen Namen einigen. Laut Gulbara hatte Mama die Grenze nach Usbekistan überschritten und sich auf der Flucht vor den Behörden beider Seiten auf den Weg zu Verwandten in Taschkent gemacht. Was sollte sie tun, nachdem ihr lebenslanges Zuhause plötzlich auf feindlichem Gebiet lag? Wieder einmal empfand ich überdrüssige Verzweiflung angesichts der nicht endenden Akte von Hass, Dummheit und Gewalt in meinem Land.

»Aber das ist schon eine Weile her«, sagte ich, »und die Ruinen des Hauses waren vorhin noch warm. Also noch mal, was ist passiert?«

Gulbara blickte zu Saltanat, doch aus der Richtung war keine Hilfe zu erwarten.

»Ich hab dort gewohnt, nachdem ich aus Bischkek weg bin. Ein paar Abende bin ich ausgegangen. Arbeiten.« Sie sah mich trotzig an, als wollte sie mich zu einer Kritik provozieren. »Ich muss schließlich essen, oder?«

Ich nickte. Auch Huren haben Hunger.

»Als ich gegen Mitternacht zurückkam, brannte das Haus lichterloh. Hier hilft einem eh keiner. Was die Leute angeht, bin ich nur ein usbekisches Flittchen. Wahrscheinlich waren es meine beschissenen Nachbarn. Irgendein fanatischer Idiot, der meint, Osch würde den Kirgisen gehören.«

Ich fragte nicht nach einer Versicherung; sie sind hierzulande so selten wie Diamanten auf der Straße.

»Du glaubst nicht, dass es etwas damit zu tun haben könnte,

was mit Schajyrkul passiert ist?«, fragte ich, so sanft es mir möglich war.

Saltanat warf mir einen warnenden Blick zu, doch Gulbara war zu beschäftigt damit, über ihre elende Zukunft zu grübeln, um ihn zu bemerken. Sie hätte jetzt sicher gut einen *kosiak* gebrauchen können, selbstgezogen und handgedreht, nur um die Kanten ihrer Welt ein wenig zu glätten, doch ich hatte den weiten Weg nicht gemacht, um mir bekifftes Gebrabbel anzuhören. Sie auf den Gedanken zu bringen, dass der Brand vielleicht kein rassistischer Akt, sondern ein gezielter Mordanschlag gewesen sein könnte, war wahrscheinlich nicht das Klügste, doch besser, als sie blindlings ins Visier einer Makarow laufen zu lassen.

»Aber ich weiß nichts«, jammerte sie, und Tränen flossen über ihr verzerrtes Gesicht. »Ich schwöre, ich weiß nichts.«

»Kannst du irgendwo bleiben?«

»Bei meinem Onkel und seiner Familie in Gulcha.«

Ich kritzelte meine Handynummer auf die Rückseite meiner Visitenkarte und gab sie Gulbara.

»Wenn dir noch etwas einfällt, ruf mich an.«

Aber das würde sie wahrscheinlich nicht tun. Und ich war mir ziemlich sicher, dass ich sie nie wiedersehen würde, es sei denn auf der dunklen Seite des Panfilow-Parks in der Nähe des Lenin-Denkmals oder auch auf Jussupows Seziertisch.

Saltanat überraschte mich, indem sie Gulbara auf beide Wangen küsste und umarmte; ich hatte gedacht, sie wäre eine Eisprinzessin durch und durch. Wir sahen Gulbara nach, die, dicht gefolgt von Ilja, die Straße hinunterging. Als wir allein waren, wandte ich mich Saltanat zu. Sie hatte ihre Sonnenbrille wieder aufgesetzt, obwohl es draußen inzwischen dunkel war. Ich streckte die Hand aus und nahm sie ihr ab. Sie starrte mich ausdruckslos an. Ich würde offensichtlich keine Informationen bekommen, die sie nicht preisgeben wollte.

»Ich habe noch ein paar Fragen«, sagte ich.

»Das dachte ich mir schon.«

»Zum Beispiel: Was haben Sie mit der ganzen Sache zu tun? Für wen arbeiten Sie?«

Ich goss den restlichen Tee in unsere beiden Tassen, gab Zucker hinzu, trank einen Schluck und genoss den Geschmack und die Wärme.

»Ich werde Ihre Fragen beantworten. Vielleicht. Aber zuerst will ich einen vernünftigen Drink.«

KAPITEL 24

Es war noch dunkel, als ich aufwachte. Aber dunkel kann es in einem kirgisischen Winter zu jeder Zeit vor zwölf Uhr mittags und nach drei Uhr nachmittags sein. Aus Gewohnheit griff ich neben mich, um zu überprüfen, ob die Jarygin noch auf dem Nachttisch lag. Ich hatte einen Stuhl unter die Türklinke geklemmt; den klapprigen Vorhängeschlössern aus Läden, die ich mir leisten konnte, traute ich nicht. Das Gasthaus befand sich in der Nähe der Innenstadt, in einer Seitenstraße der Ak-Burinska-Straße. Ich hatte schon mal hier übernachtet, der Preis war okay, wenn man Gesetzeshüter war: umsonst. Gut, vielleicht musste ich gelegentlich einen randalierenden *alkasch* etwas gröber in die Schranken weisen, doch das war bis jetzt kein Problem gewesen.

Meine Pisse roch sauer, und ich konnte die eingelegten Gemüse schmecken, die ich zu meinem Tee gegessen hatte, während Saltanat sich an Wodka gehalten hatte. Ich erinnerte mich, ein paar konkrete Antworten von ihr bekommen zu haben, was eine erfrischende Abwechslung gewesen war, doch schließlich hatte mich die Müdigkeit überwältigt und meinen Kopf auf die Tischplatte schlagen lassen. Ich wusste nicht mehr, wie ich aus der Bar in mein Zimmer gekommen war, die Erschöpfung hatte mein Gedächtnis so wirksam gelöscht wie eine Flasche guter Schnaps.

Ebenso wenig erinnerte ich mich daran, wie Saltanat in meinem Bett gelandet war.

Ich trug noch Socken und Unterwäsche, hatte mich also möglicherweise geziert. Neben dem Bett keine Spur einer Kondomverpackung, und sie wirkte nicht wie der Typ Frau, der unnötige Risiken eingehen würde. Ich schnupperte an meinen Fingern, aber die stanken nur nach Waffenöl und Nikotin. Ich beschloss, die sexuelle Obduktion auf später zu verschieben, wenn ich mich hoffentlich wieder besser fühlte, und machte es mir mit einer Tasse Tee gemütlich. Draußen gab eine desillusionierte Sonne ihr Bestes, sich durch den Winterkater zu kämpfen. Meine Uhr sagte, dass es erst kurz nach zehn Uhr morgens war; Zeit, einen Plan für den Tag zu machen, Zeit, die zurückliegende Nacht Revue passieren zu lassen.

»Willst du mir nicht auch einen anbieten?«

Ich drehte mich um. Saltanat hatte sich ohne BH und kein bisschen sittsam auf dem Bett aufgerichtet. Kleine perfekte Brüste, sehr dunkle Brustwarzen. Sie schlug das Laken zurück und schwang die Beine aus dem Bett. Sie trug einen schwarzen G-String, weshalb ich vermutete, dass wir uns in der Nacht tatsächlich sehr geschwisterlich betragen hatten. Ich wusste nicht, ob ich einfältig dankbar oder echt sauer sein sollte.

»Tschai oder …?« Ich hielt die Wodkaflasche hoch.

Sie seufzte dramatisch und fuhr sich mit beiden Händen durchs Haar. Egal ob sie mir damit zeigen wollte, wie sich ihre Brüste hoben, oder nicht, der Effekt war unübersehbar.

»Tschai. Ich gehöre nicht zu den Polizisten, die die Hälfte der Zeit halb und den Rest der Zeit ganz betrunken sind.«

Ich bemühte mich um lässige Nonchalance, als sie sich umdrehte und mit lockerer Routine ihren BH zuhakte, als wäre sie allein zu Hause. Ich tat so, als würde ich nicht hingucken, und sie tat so, als würde sie meine Blicke nicht bemerken.

»Ich bin also die Erste, mit der du nach dem Tod deiner Frau geschlafen hast.«

Es war keine Frage. Ich stocherte im Nebel der vergangenen Nacht und fragte mich, was genau ich gesagt, wie sehr ich mich zum Narren gemacht hatte.

»Nein, keine Sorge, du hast sie mit keinem Wort erwähnt, keine tränenreichen Erinnerungen. Ich habe es in deiner Akte gelesen. Es ist schließlich kein Staatsgeheimnis, oder?«

Ich fragte mich, was für eine Akte von mir sie gesehen hatte. Meine Personalakte aus der Zentrale? Ein von Tynalijew in Auftrag gegebenes Dossier der Staatssicherheit? Irgendetwas, was die usbekische Polizei zusammengestellt hatte? Mit einer russischen und einer US-amerikanischen Militärbasis im Land wussten wahrscheinlich Hinz und Kunz, wie viele Löffel Marmelade ich in meinen Tee rührte. Ich dachte an Spionagesatelliten, die mich verfolgten, an Leute, die viel mächtiger waren als ich, die etwas zu verbergen und kein Problem damit hatten, mich dafür aus dem Weg zu räumen. Und wie viel von dem, was Saltanat mir erzählt hatte, konnte ich wirklich glauben?

»Falls es dir Kopfzerbrechen bereitet ... du hast mich gefragt, ob ich mit dir ficken will. Sehr höflich und gentlemanlike. Und während ich noch darüber nachgedacht habe, bist du eingeschlafen.«

Darauf gab es nicht viel zu sagen, also trank ich meinen Tschai aus und ging unter die Dusche. Kein heißes Wasser und nur ein Span grober Seife, doch in Häusern wie diesem nimmt man, was man kriegt. Ich zog mich an, während Saltanat duschte. Der Blick, den sie mir zuwarf, als sie aus dem Bad kam, sagte mir, dass sie nicht oft kalt duschen musste.

Zurück im Café, zündeten wir uns beide eine Zigarette an und studierten die Speisekarte. Hammel mit Reis. Eier. Pferdewurst. Wer könnte da widerstehen? Ich schob gerade die fettige Wurst beiseite, als die Kellnerin ungefragt einen großen Wodka servierte. Das Glas starrte mich an und erklärte mir, dass es, wenn ich wirklich so ein harter Bulle war, zu meinem Verzehr bereitstand. Polizisten der Mordkommission haben den Ruf, abgehärtete Trinker zu sein – eine Begleiterscheinung ihres Arbeitsumfelds, nehme ich an.

»Ein paar Details von gestern Nacht ...«, setzte ich an und

zögerte dann, unsicher, was ich sagen sollte, »vielleicht kannst du noch mal rekapitulieren?«

»Die Botschaft hat mir berichtet, dass du der beste Mann des Bischkeker Morddezernats bist, derjenige, der die Leichen findet. Wir haben das von Tynalijews Tochter flüstern hören; so etwas kann man unmöglich geheim halten. Und Ötkür liefert uns schon seit Jahren Informationen dafür, dass wir im Gegenzug an der Grenze hin und wieder ein Auge zudrücken. Deshalb wussten wir auch von dem Bauernmädchen.«

Ich betrachtete die Glut meiner Zigarette und schob den Wodka zur Seite.

»Du hast also gute Quellen, und die braucht man bei einem Psychopathen wie deinem Chef auch.«

Falls meine Beleidigung des usbekischen Präsidenten sie verärgert hatte, ließ sie es sich nicht anmerken. Aber ein Mann, der seine politischen Gegner bei lebendigem Leibe abkocht, sieht zu, dass er seine Feinde in der Nähe weiß, weil sie das Einzige sind, was er hat. Kinder verraten ihre Eltern, Ehemänner verraten ihre Frauen, und die Geheimpolizei lauscht an jeder Tür. Wer Islam Karimow querkam, musste sich um seine Altersvorsorge jedenfalls keine Sorgen machen.

»Was ich nicht verstehe, ist, warum die usbekischen Sicherheitskräfte sich einmischen. Du bist doch von der Staatssicherheit, oder? Alle drei Opfer waren Kirgisen.«

Saltanat starrte mich an, ohne mit der Wimper zu zucken. Bei diesem Verhör befand ich mich ausnahmsweise einmal auf der verkehrten Seite, und es gefiel mir kein bisschen.

»Du hast recht, sie waren Kirgisen. Hatten nichts mit uns zu tun, außerhalb unseres Territoriums. Aber die Opfer auf unserer Seite der Grenze machen uns Sorgen.«

Einen Moment lang dachte ich, ich hätte mich verhört.

»Wie viele?«

»Bis jetzt? Acht. Alle mit männlichen Föten, bei manchen der eigene, bei anderen nicht.«

Das Licht glitt blitzend über die Oberfläche des Wodkas und flüsterte von den Tröstungen, die er bereithielt. Es macht mir nichts aus, nicht zu trinken, aber ich hasse es, in Versuchung geführt zu werden.

»Also irgendein Serientäter? Ein Irrer?«

»Das glauben wir nicht.«

»Was denn sonst? Irgendjemand, der grenzüberschreitend in beiden Ländern mordet. Vielleicht auch noch in Kasachstan und Tadschikistan.«

»Wir glauben, dass es politisch ist. Jemand ist darauf aus, Unruhe zu verbreiten, die Wut des usbekischen Volkes über den mangelnden Schutz und das Versagen der Polizei zu schüren, vielleicht unsere Version eurer Tulpenrevolution anzustiften.«

Ich nickte; ich konnte mir vorstellen, dass Präsident Karimow nicht allzu erpicht auf Demonstrationen in den Straßen von Taschkent war. Aber Saltanats Theorie hatte einen dicken Haken, den ich ihr sogleich erläuterte.

»Wenn jemand mit den Morden die Destabilisierung eurer Regierung bezweckt, warum gibt es dann bei uns die gleichen Morde und Verstümmelungen? Und wer hat die Macht, so etwas zu tun?«

Saltanat schwieg einen Moment und blickte in ihre halbleere Teetasse.

»Wir glauben nicht, dass ein Verrückter durch Zentralasien streift und wahllos Frauen niedermetzelt. Wir glauben, es ist eure Regierung, die versucht, eine Revolution zu schüren, Vergeltung für die Ereignisse in Osch. Vielleicht wurden deine Frauen bloß ermordet, um den Verdacht von deiner Regierung abzulenken.«

Ich sagte nichts; dieser Gedanke schien einfach zu weit hergeholt. Aber dann dachte ich an die Welle der Morde und Verstümmelungen, der Brandstiftungen und Plünderungen, die Osch während der letzten Revolution überrollt hatte, und ich war mir auf einmal nicht mehr so sicher. Das Ferghanatal ist das reichste und fruchtbarste Land in der Gegend; das ist es schon immer gewesen, seit den Tagen der Seidenstraße. Wer das Tal kontrolliert, kontrolliert die Wirtschaft. Und das bedeutete, zahllose Möglichkeiten abzusahnen, die schon ein wenig Streit und Aufruhr wert waren, vor allem wenn es andere traf.

»Wenn ich denn so gut bin und das Ganze ein ausgefuchster Plan ist, warum betraut man ausgerechnet mich mit der Aufklärung der Fälle?«

»Ganz einfach. Du findest einen Sündenbock, dem du alles anhängen kannst, die Morde in Usbekistan gehen weiter, die Leute werden wütend, weil die Kirgisen ihren Mörder finden konnten und wir nicht.«

Sie zuckte die Achseln.

»Und warum vertraust du mir das alles an?«, fragte ich.

»Damit ich zu einer Entscheidung kommen kann, ob ich meinen Auftrag ausführen soll oder nicht.«

Sie lächelte, doch ihr Blick blieb kalt. Ich bemerkte, dass ihre Hand in ihre Handtasche gewandert war, und ich hatte den Verdacht, dass sie nicht nach ihrem Lippenstift suchte.

»Ich bin nicht hier, um deinen Fall zu lösen. Ich bin hier, um dich zu töten.«

KAPITEL 25

Ich trug meine Jarygin an der Hüfte, konnte mir also ausrechnen, wie viele Projektile Saltanat in meinen Körper pumpen würde, bevor ich auch nur meinen Holster geöffnet hatte. Ungefähr sechs zu viel, um es lohnenswert erscheinen zu lassen, zumal ich vermutete, dass sie nur eins brauchen würde. Ich hielt meinen Arm ein Stück vom Körper entfernt und ließ ihn langsam sinken. Wenn sie wirklich von der usbekischen Staatssicherheit war, würde sie nicht zögern, zu schießen, sobald ich eine bedrohliche Bewegung machte. Und wenn sie hier war, um mich zu töten, würde sie sowieso nicht zögern.

So war das Ende nicht geplant. Stattdessen Tschinara, das lange Haar mittlerweile ergraut, die unter meinen wohlwollenden Blicken mit einem Enkelkind spielte. Lange Spaziergänge durch die Hügel oberhalb von Karakol, sobald der letzte Schnee des Winters geschmolzen war und die Frühlingsschmelze durch die Schluchten rauschte. Leise Sommernächte, in denen ich lauschte, wie sie neben mir schlief, und beobachtete, wie vor dem Fenster das Morgenlicht aufzog.

»Das würdest du mir nicht erzählen, wenn ich keinen Aufschub bekommen hätte.«

»Als wir erfahren haben, dass man dir den Tynalijewa-Fall übertragen hat, wussten wir schon von dir und deinem Ruf. Über Wassili.«

Sie nickte, als ich eine Augenbraue hochzog.

»Das kann dich doch nicht überraschen. Er hat für uns gearbeitet, für die Tadschiken, die Kasachen, für jeden, der ihm ein paar tausend Som zugesteckt hat. Er hat gesagt, du wärst hartgesotten, verlässlich und gut darin, Befehle auszuführen. Also waren wir sicher, dass du an Bord bist, um das Ganze als ein Verbrechen aus Rassenhass hinzustellen: Wahnsinniger Usbeke metzelt unschuldige Kirgisen nieder oder so ähnlich. Derweil ließ deine Regierung auch Usbeken töten, um das Feuer jenseits der Grenze zu schüren.«

»Wozu der Aufwand? Man bräuchte bloß ein paar Häuser anzuzünden, und alle wären bereit, loszuschlagen, das weißt du.«

Saltanat schüttelte ihr Haar mit einer Kopfbewegung nach hinten, und wieder wurde der Krähenflügel sichtbar.

»Verantwortlichkeit. Ein Aufstand ist eine Sache, ein von einer ausländischen Regierung organisierter Staatsstreich eine ganz andere. Es braucht mehr als Hass, um zu einem solchem Terrorakt aufzurufen.«

»Deshalb die Verstümmelungen? Und die toten Babys?«

»Selbstverständlich.«

Ich zündete mir eine weitere Zigarette an. Das Ganze hatte eine verrückte Logik, doch irgendwie konnte ich mir nicht vorstellen, dass meine Regierung so etwas organisiert hatte. Nicht, solange wir alle Hände voll zu tun hatten, dass der Strom funktionierte. Und dann kam mir ein anderer Gedanke: Könnte das Ganze eine Desinformation sein? Was, wenn die usbekische Regierung die Sache inszenierte, um Osch zurückzufordern?

Ich fragte mich, ob Aspirin helfen oder meine Kopfschmerzen nur noch schlimmer machen würde, als Saltanats Handy klingelte. Sie drückte ihre Zigarette aus und ging zur Tür. Es war zu kalt, um hinauszugehen, doch ich sollte offensichtlich nicht mithören. Also vertrieb ich mir die Zeit mit der Erinnerung an die Wölbung ihrer Brüste und fragte mich, ob ich sie noch einmal zu sehen bekommen würde. Wenn die Frau, mit der man aufgewacht war, einem erklärte, dass sie den Befehl hatte, einen zu töten, ist das kein toller Start in den Tag. Immerhin lag ich nicht schon mit erstauntem Gesichtsausdruck auf dem Schlafzimmerfußboden.

Saltanat kehrte grimmig an unseren Tisch zurück.

»Das war mein Kontakt in Bischkek.«

»Und?«

Ich suchte nach Anhaltspunken in ihrem Gesicht, doch ihre Miene blieb ausdruckslos.

»Dein Kumpel Gasparian. Deine Kollegen haben ihn entlassen und zum Tatort in der Ibraimowa-Straße gebracht.«

Ich zuckte die Achseln; das war nicht allzu ungewöhnlich.

»Ich persönlich glaube nicht, dass er es war. Dafür fehlen ihm die Eier. Ich glaube auch nicht, dass er Schajyrkul ermordet hat. Klar, er ist ein Lügner und ein Zuhälter, aber kein Mörder.«

Saltanat beobachtete, wie der Qualm ihrer Zigarette zu der fleckigen, nikotingelben Decke hochstieg.

»Nun, falls er einer war, ist er es jetzt jedenfalls nicht mehr.«

Mein Mut sank. Ich hätte ihn nicht der liebevollen Obhut von Sarijew überlassen dürfen. Ein beschissener Tag schickte sich an, noch beschissener zu werden.

»Was ist passiert?«

»Irgendein ganz Schlauer meinte, wenn man Gasparian an den ›Ort seines brutalen Verbrechens‹ bringt, würde das bei ihm vielleicht Reue wecken, ihn sogar zu einem Geständnis und der Bitte um Gnade verleiten. Also hat man ihn auf die Rückbank eines Polizeiwagens gesteckt und hat ihn zur Ibraimowa-Straße gefahren. Offenbar war er tatsächlich der Täter, denn er hat seinen Begleiter mit einem Kopfstoß zu Boden gestreckt und versucht zu fliehen.«

Sie machte eine Pause und bedachte mich mit einem ihrer typischen harten Blicke.

Ich schluckte; ich hatte eine ziemlich genaue Vorstellung, was nun kommen würde.

»Das Ausmaß seiner Verbrechen muss ihn wahnsinnig gemacht haben, denn er rannte bis zur Brücke über die Fahrbahn, die mit dem zwei Meter hohen Zaun auf jeder Seite, du weißt schon. Und beschloss dort, seinem Leben ein Ende zu setzen.«

Ich verzog das Gesicht. Von dort ist es ein tiefer Sturz, und kaum ein Autofahrer hält sich an die Geschwindigkeitsbegrenzung.

»Auf die Fahrbahn runter?«

»Sie kratzen ihn immer noch von allen möglichen Reifen zwischen hier und Taschkent. Er muss wirklich sehr entschlossen gewesen sein, sich umzubringen. Oder kennst du viele Menschen, die einen zwei Meter hohen Zaun hochklettern können, obwohl man ihnen die Hände mit Handschellen hinter dem Rücken gefesselt hat?«

Ich verzog erneut das Gesicht und drückte meine Zigarette aus, bevor ich der Kellnerin winkte und auf meine Tasse wies. Mir war nach etwas Stärkerem zumute, doch ich fühlte mich auch so schon hinreichend im Nachteil.

»Sarijew?«

Saltanat zuckte die Schultern.

»Oder vielleicht Tynalijews Leute«, sagte sie. »Ich kann mir nicht vorstellen, dass er besonders glücklich darüber wäre, wenn der Mörder seiner Tochter die nächsten fünfzehn Jahre drei freie Mahlzeiten am Tag bekäme.«

Saltanat hatte offensichtlich noch nie ein kirgisisches Gefängnis von innen gesehen; vor ein paar Monaten hatten sich sämtliche Gefängnisinsassen Kirgisistans aus Protest gegen ihre Haftbedingungen mit Draht die Lippen zugenäht. Wenn einen die Banden nicht erwischten, dann waren es die Schläge oder die Tuberkulose. Im Zweifel immer noch besser als eine finale Nurejew-Pirouette durch die kalte Winterluft, nach der man sein Leben als Verkehrsopfer beendete.

Ich konnte verstehen, warum es für die Behörden insgesamt vorteilhafter wäre, Gasparian des Mordes zu beschuldigen, auch ohne dass sie einen Beweis hatten, der ihn mit einem der Verbrechen in Verbindung brachte, ganz zu schweigen von denen in

Usbekistan. Mein Chef wäre glücklich, verkünden zu können, dass der Schuldige bestraft worden war, und alle konnte sich weiter in Ruhe die Taschen vollstopfen. Es sei denn, die Morde würden weitergehen, dann würden Köpfe rollen – und ich hatte auch schon eine ziemlich kluge Ahnung, wessen.

Ich schaltete mein Handy wieder ein und scrollte mich treffenderweise durch eine Reihe verpasster Anrufe und Nachrichten meines Chefs. Ich brauchte sie nicht zu lesen, um zu wissen, was drinstand. Zum Glück ist der Empfang auf dieser Seite der Berge ziemlich schlecht, und ich klickte mit dem Finger versehentlich auf »Alle löschen«.

»Was ist dein Plan?«, fragte Saltanat, während sie zusah, wie ich meine Karriere ausradierte.

»Ich denke, es ist an der Zeit, professionelle Hilfe zu rufen«, erwiderte ich und lehnte mich zurück, während die Kellnerin mir Tee nachschenkte.

KAPITEL 26

»Wenn du diese Scheiße nicht bald aufklärst, wird einem das letzte Massaker in der Gegend wie ein Besuch des verdammten Bolschoi-Balletts vorkommen«, erklärte mir Kursan und sah Saltanat um Zustimmung heischend an.

Sie erwiderte seinen Blick gewohnt unverbindlich und blies Rauch in die Luft. Wir saßen in unserer Stamm-*tschaikana* und schlürften Tee, genauer gesagt tranken Saltanat und ich Tee; Kursan glaubte nicht an alkoholfreie Erfrischungen.

Er war auf meine Bitte eingeflogen. Niemand hatte das Ohr dichter am Boden oder pflegte bessere Kontakte in die Unterwelt als er. Ich wusste, dass ich mit den üblichen Ermittlungsmethoden nicht weit kommen würde, deshalb musste ich nach jedem Faden greifen, aus dem ein Seil werden könnte. Vielleicht war es am Ende der Strick um meinen Hals, doch ich war bereit, dieses Risiko einzugehen.

Kursan sah sich angewidert in der *tschaikana* um.

»Osch. Ich hasse das Scheißkaff. Nichts als blöde Bauerntrampel, hässliche Frauen und beschissenes Essen. Dafür, dass du mich hierhergeschleift hast, schuldest du mir einen.«

Ich zuckte die Achseln; ich hatte noch nie erlebt, dass Kursan nicht über alles und jeden meckerte, und wenn es keinen Grund zur Beschwerde gab, beklagte er diesen Mangel.

»Gestern Abend hat es einen Aufstand in Talas gegeben«, berichtete er zwischen mehreren Schlucken Wodka, Happen von Plow und Zügen an seiner Zigaretten, »die Menschen haben vor der Polizeistation demonstriert und verlangt, dass die ›Baby-Mörder‹ ihrer gerechten Strafe zugeführt werden. Keine Schüsse, viel Geschrei, aber es ist nur eine Frage der Zeit. Wir geben den Usbeken die Schuld, und die umgekehrt wahrscheinlich uns. Noch ein paar Morde, und das ganze Land explodiert.«

Das war beunruhigend. In Talas war die letzte Revolution ausgebrochen, und Naryn liegt am anderen Ende des Landes. Wenn Saltanat recht hatte und das Ganze ein koordinierter Versuch war, Unruhe zu schüren, mussten die Hintermänner finanziell üppig ausgestattet und gut organisiert sein. Handys oder das Internet waren nicht nötig; zwischen den Dörfern breiteten sich Gerüchte binnen Minuten aus und schwollen auf ihrem Weg zu immer imposanterer Größe an. Was in Tokmok noch Klatsch und Tratsch war, wurde am nächsten Tag in Tasch Rabat zum Augenzeugenbericht.

»Und was sagen die Leute?«, fragte ich.

»In den Zeitungen und im Fernsehen gibt es natürlich nichts. Das Weiße Hause möchte bestimmt keine Panik auslösen. Und die armen Würstchen in Taschkent hören nur von den neuesten Großtaten ihres Präsidenten. Für sie gibt es nichts Beunruhigenderes als echte Neuigkeiten.«

Saltanat nickte. In ganz Zentralasien erfuhr man nur das, was die Mächtigen einen wissen lassen wollten. Kirgisistan war ein bisschen liberaler, trotzdem erwartete ich nicht, in nächster Zeit einen Artikel über ermordete ausländische Babys zu lesen.

»Hast du von dem Mist über die Baby-Pillen aus China gehört, die in Südkorea aufgetaucht sind?«

Ich nickte. Gerüchten zufolge wurden Tausende von Kapseln aus China, die pulverisierte Föten enthielten, im gesamten Fernen Osten als Allheilmittel verkauft. Chinas strikte Ein-Kind-Politik verlieh der Geschichte besondere Glaubwürdigkeit. Bei der Untersuchung der Kapseln hatte man angeblich sogar das Geschlecht des Fötus feststellen können – meistens weiblich, da alle chinesischen Familie lieber Söhne als Töchter hatten.

Und natürlich waren wir Kirgisen immer bereit, alles Schlechte über unsere Nachbarn zu glauben. Stimmte es? Wer konnte das wissen? Entscheidend war, was die Leute glaubten und was sie deswegen zu unternehmen bereit waren.

»Angeblich sind männliche kirgisische Babys die beste Medizin. Das hab ich schon erzählt, oder?«, fragte Kursan.

Ich nickte noch einmal. Vermutlich behaupteten die Usbeken das Gleiche von ihren Söhnen.

»Das Ganze ist also eine chinesische Verschwörung?«, fragte ich.

Kursan sah mich an, als ob ich beschränkt wäre.

»Es sind die Usbeken, die den Chinesen die Schuld in die Schuhe schieben wollen«, sagte er. »Sie quirlen die Scheiße, bis sie reif ist, wie immer. Damit es, wenn die Unruhen losgehen und die Usbeken anfangen zu schießen, wie Notwehr aussieht.«

»Oder die Kirgisen begehen die Morde und behaupten, wir wären es gewesen, um damit die Chinesen zu diskreditieren«, sagte Saltanat, offensichtlich nicht glücklich über Kursans Verschwörungstheorie.

»Ich behaupte ja gar nicht, dass die Morde bei euch belanglos sind«, erwiderte ich, »genauso wenig wie die bei uns. Aber reicht das wirklich, um einen Krieg zu entfachen?«

»Sobald das Gerücht die Runde gemacht hat, werden es Waisenhäuser und Entbindungsstationen sein, die attackiert worden sind, das weißt du«, antwortete Saltanat. Kursan schob seinen Teller zur Seite, rülpste und stand auf.

»Was habt ihr mit der anderen Nutte gemacht?«, fragte er.

»Gulbara? Saltanat hat sie sicher im Süden untergebracht.«

»Meinst du nicht, du solltest sie zurück nach Bischkek bringen? Als Zeugin des letzten Mordes? Jedenfalls des letzten, von dem du weißt.«

Da war etwas dran, doch ich vermutete, es könnte schwer werden, Gulbara davon zu überzeugen, dass eine Rückkehr an den Tatort von Schajyrkuls Ermordung dem öffentlichen Wohl dienen würde – oder ihrem. Deshalb schien es sinnvoll, eine ausführlichere Aussage von ihr aufzunehmen.

Kursan leerte sein Wodkaglas, drückte die Zigarette in den Resten seines Hammeleintopfs aus, und wir machten uns auf den Weg nach Gulcha.

Zwei Stunden später bremste Ilja vor einem weißgestrichenen Bauernhaus am Rand des Dorfes. Nichtssagend wie all die anderen Dörfer, durch die wir gekommen waren, eine Anhäufung einstöckiger Gebäude mit hellblauen Tür- und Fensterrahmen sowie Netzgardinen zum Schutz vor neugierigen Blicken. Hin und wieder zog eine formlose Babuschka in schlammigen Walenki und einem gemusterten Kopftuch einen kleinen Karren mit Milchkannen von der lokalen Quelle hinter sich her; streunende Hunde bellten uns an und liefen dem Wagen nach, bevor sie das Interesse verloren und zurück nach Hause trotteten. Das waren die einzigen Anzeichen von Leben, die wir sahen.

»Ist es das Haus?«, fragte ich.

Ilja nickte bloß. Ein Mann weniger Worte.

Wir stiegen aus dem Wagen, und ich ging auf dem Weg zur Haustür voran. Das Haus war ziemlich heruntergekommen und wahrscheinlich zum letzten Mal gestrichen worden, als Stalin das Land aufgeteilt hatte. Die Fensterscheiben waren gesprungen. Neben der Haustür lag ein schlafender Köter, offenbar nicht der beste Wachhund der Stadt.

Als wir näher kamen, wunderten wir uns, dass der Hund nicht aufsprang und bellte, bis wir die graurote Pfütze unter seiner Schnauze sahen, die sich dunkel auf dem Schlamm abzeichnete.

Wenn hier irgendwann Vögel gesungen hatten, schwiegen sie jetzt.

Ich hob eine Hand, um die anderen zurückzuhalten, und zog mit der anderen meine Pistole. Auch ohne mich umzudrehen, wusste ich, dass Saltanat das Gleiche tat.

Die schlichte Holztür war unten durch jahrzehntelange Tritte von schlammigen Stiefeln verkratzt, aber das war nicht der Grund, warum sie aus einer Angel hing.

Die üblichen landwirtschaftlichen Gerüche von feuchter Erde, Schafswolle und Gülle wurden von einem eigenartigen Aroma überlagert, ein säuerlicher, widerlicher Gestank, der mir die Nase verstopfte. Ich stieß die Tür mit dem Fuß auf und ging langsam ins Haus.

Der Geruch wurde intensiver, war allzu vertraut. Ich dachte an meinen ersten Mordfall, den alten Mann, der von seinem Neffen in einem Ein-Zimmer-Dreckloch ermordet worden war, an die mit Blut verschmierten Wände, die Eingeweide, die auf den nackten Betonboden gequollen waren.

Ich konnte Blut in der Luft schmecken.

In Kirgisistan gibt es ein Spiel namens *kok boru*. Es ist eine Art Polo, bei dem Männer auf Pferden versuchen, ein Tor zu erzielen, indem sie den kopflosen Kadaver eines Schafes oder einer Ziege in einen Kreis aus Autoreifen schleudern. Nachdem die Ziege eine Stunde lang hochgerissen, im Schlamm herumgeschleift und zigfach getreten worden ist, erinnert sie an nichts mehr, was jemals lebendig war, zerfetzt, blutig und von Hufabdrücken im rohen Fleisch gezeichnet.

Das war in etwa das Bild, das mich erwartete, als ich das Wohnzimmer betrat.

Gulbara hatte die Naturgesetze überwunden und war an zwei Orten gleichzeitig. Genauer gesagt lag Gulbaras untere Hälfte in der Tür zum Schlafzimmer, während Kopf und Torso mich von einem Stuhl gegenüber dem Fenster anstarrten. Der Holzboden war ein See von Blut, der in der kalten Luft allmählich schwarz verkrustete. Ich machte einen Schritt auf die Leiche zu. Gulbaras Bauch war von einem Muster aus Rasierklingenschnitten übersät, keiner tief, keiner tödlich, aber ausreichend, um ihr zu verraten, dass es kein Entkommen geben würde. Ich hoffte, dass sie bereits tot war, als man ihren Körper in zwei Hälften zerhackte, dass ihr Mörder Profi genug gewesen war, dies lediglich als nächsten Schritt zur Eskalation der Unruhen zu begreifen und nicht als Mord zum Genießen, an dem er sich später immer wieder würde weiden können.

Gulbara war grausam gestorben, verängstigt und allein. Und wenn ich irgendetwas dazu tun könnte, erginge es ihrem Mörder ebenso.

Ein Schatten fiel auf den Boden. Ich fuhr mit gezückter Pistole herum. Vor mir standen Kursan und Saltanat, die Gesichter starr wegen des Gestanks und des Bilds, das sich ihnen bot. Ich habe schon so viele gewaltsame Tode gesehen, dass ich manchmal vergesse, wie groß der Schock für gewöhnliche Menschen sein muss, und darauf bin ich nicht stolz.

»Nichts anfassen«, sagte ich, als ich mich daran erinnerte, dass ich vom Morddezernat war.

Kursan sah mich an, als wäre ich verrückt. Wenn wir die lokalen *menti* riefen, würden wir tagelang hier festgehalten. Und wenn sie dann noch feststellten, dass wir in Begleitung von usbekischen Sicherheitskräften waren, konnte unser Zellenschlüssel auch für Wochen verlorengehen.

»Wir müssen sie hier liegenlassen«, sagte Saltanat.

»Wir können es von unterwegs melden«, sagte ich.

»Was ist mit ihren Verwandten? Sie könnten jeden Moment zurückkommen«, sagte Kursan und sah sich zu der eingetretenen Tür um.

»Wie haben sie sie nur gefunden?«, fragte Saltanat und betrat, die schlimmsten Blutlachen meidend, das Zimmer. »Sie wusste doch gar nichts. Warum also ein Risiko eingehen?«

»Wenn man eine Frau einschüchtert, hat man nicht viel erreicht«, sagte ich, »aber wenn man ein ganzes Dorf in Angst und Schrecken versetzt, wird sich das schnell verbreiten. Es ist eine Demonstration, eine Botschaft, dass niemand sicher ist. Nach dem Motto: Tut, was man euch sagt.«

»Das beantwortet meine Frage nicht«, sagte Saltanat, und dann lauter: »Ilja. Hier rein.«

Der Fahrer kam den Pfad hinunter ins Haus und riss beim Anblick des Blutbads die Augen auf.

»Ist dir jemand gefolgt, als du sie aus Osch hierhergebracht hast?«

Ilja schüttelte den Kopf.

»Außer uns war niemand auf der Straße; das wäre mir aufgefallen.«

»Und wem hast du es erzählt?«

Er zögerte eine halbe Sekunde zu lang.

»Niemandem.«

»Bist du sicher?«

»Ich schwöre.«

Doch ich hörte die Furcht in seiner Stimme, spürte den Schweiß auf seinen Handflächen. Saltanat starrte ihn ausdruckslos an. Sie war eine einschüchternde Inquisitorin.

»Ich frage dich zum letzten Mal, Ilja.«

Ich sah, dass er überlegte, welches die am wenigsten unangenehme Option war. Schließlich blickte er auf die Stahlkappen seiner Stiefel und murmelte etwas.

»Ich hab gestern Abend noch ein oder zwei *pivo* getrunken. Mit meinem Vetter. Er hat über die Morde geredet, über die verschwundenen Kinder. Vielleicht ist mir da was rausgerutscht.«

Er wirkte besorgt. Saltanat machte einen Schritt auf ihn zu.

»Aber ich hab nichts davon gesagt, dass ich sie hierhergebracht habe, ehrlich. Ich bin ja nicht blöd.«

»Vielleicht hast du ihren Namen erwähnt. Habt ihr von der Nutte gehört, die mit dem toten Mädchen zusammengewohnt hat? Tolle Titten. Kommt hier aus der Gegend. Hat einen Affen auf die Möse tätowiert. Gulbara heißt die Schlampe. War es so, Ilja?«

»Nein, ich meine, vielleicht habe ich ihren Namen erwähnt.«

»Und vielleicht hat es dein Vetter einem Kumpel erzählt, der es seinem besten Freund erzählt hat, sag es keinem weiter, behalte es für dich? Und das kommt dann am Ende dabei heraus, Ilja.«

Ilja sagte nichts. Saltanats Verachtung hing schwer in der Luft. Sie sah ihn an und seufzte. Als sie weitersprach, klang sie resigniert.

»Okay, Ilja. Befragung beendet. Wir sind hier fertig. Zeit, zu verschwinden.«

Als Ilja nickte, machte Saltanat noch einen Schritt auf ihn zu, zog ihre Pistole und schoss ihm zweimal in den Kopf, direkt hinters Ohr.

KAPITEL 27

Es floss erstaunlich wenig Blut – nicht dass es noch mehr gebraucht hätte. Saltanat hatte ein Neun-Millimeter-Projektil benutzt, und die beiden Geschosse waren wie hyperaktive kleine Hündchen durch Iljas Kopf gerast, hatten keinen Ausgang gefunden und sich schließlich schlafen gelegt. Es gab ein paar Spritzer auf Iljas Stiefel und seiner Camouflage-Hose; schwer zu sagen, ob es sein oder Gulbaras Blut war.

Ich war zu überrascht, um zu reagieren, doch Kursan entwand Saltanat mit einer flinken Bewegung die Waffe.

»Was soll das, verdammt noch mal?«, fragte er und schob die Pistole in seine Tasche. Saltanat wirkte ungerührt wie eh und je. Sie mochte eine verrückte Hexe sein, doch ich fragte mich unwillkürlich, ob sie jemals Gefühle hatte oder ob sie immer die Eisprinzessin war.

»Habt ihr den Mist über ein paar Bier und einen Plausch mit Verwandten etwa geglaubt? Er hat es mit Sicherheit für ein Schmiergeld an irgendwen verraten«, sagte sie. »Ilja hat irgendjemandem erzählt, wo Gulbara ist, und das ist das Ergebnis. Wenn wir nicht sofort verschwinden, wird man die Schuld an ihrem und jetzt auch seinem Tod uns anhängen. Glaubt ihr etwa, die Mörder würden nicht zurückkommen?«

Nervös lauschte ich auf verräterische Geräusche, den Motor eines nahenden Autos oder Schritte vor dem Haus. Nichts außer Stille, die mit dem Gestank von frischem Blut in der Nase unheilvoll wirkte.

»In Usbekistan gibt es einen Witz«, sagte Saltanat. »Wir schicken die Sicherheitskräfte immer zu dritt los: einer, der lesen kann, einer, der schreiben kann, und einer, der die gefährlichen Intellektuellen überwacht. Wir vertrauen nicht mal uns selbst, von anderen ganz zu schweigen. Ilja hat mir zwar alles berichtet, aber was weiß ich, wem er sonst noch etwas geflüstert hat.«

Damit stieg sie über Iljas Leiche hinweg und ging zur Tür. Kursan und ich sahen uns an. Er zuckte die Achseln, und ich folgte ihr. Kursan machte mir ein Zeichen weiterzugehen und verschwand in der Küche. Saltanat setzte sich ans Steuer, ich rutschte auf die Rückbank. Kursan kam aus dem Haus und stieg auf den Beifahrersitz. Wir fuhren zurück über die von Schlaglöchern übersäte Straße, das Dorf wirkte genauso verlassen wie bei unserer Ankunft.

»Ob keiner die Schüsse gehört hat?«, fragte ich.

»Keiner, der deswegen etwas unternehmen wird«, sagte Saltanat, deren Miene nicht zu weiteren dummen Fragen einlud.

»Wohin jetzt?«

»Zurück nach Osch, zum Flughafen«, antwortete sie. »Wir sollten von hier verschwinden, bevor man die Leichen findet.«

»Darum habe ich mich schon gekümmert«, erklärte Kursan und zuckte nicht mal mit der Wimper, als hinter uns das dumpfe Krachen eines explodierenden Gastanks ertönte. »Schwer, irgendwas zu unterscheiden, wenn alles knusprig gebraten ist.«

Eine dünne Rauchsäule stieg himmelwärts. Ich sagte mir, dass es nur Einbildung war, doch ich fragte mich, ob der Geruch von angebranntem Fleisch in der Luft von den beiden zurückgelassenen Leichen stammte. Ich kam mir vor wie ein Amateur in Gesellschaft zweier abgehärteter Berufsverbrecher. Aber dann versuchte ich, mich wieder auf das Wesentliche zu konzentrieren. Die toten Frauen, die toten Kinder, Schneeflocken, die auf kalte Gesichter fielen, blindlings aufgeschlitzte Bäuche. Sollte Saltanat sich um Politik, Intrige und Korruption kümmern.

Zur beschissenen Abwechslung fing es an zu schneien; leicht

zunächst, doch ich hatte schon zu viele Schneestürme erlebt, um zu hoffen, dass es dabei bleiben würde. Und tatsächlich wurde das Wetter immer schlechter, bis man, als wir den Stadtrand von Osch erreichten, kaum weiter als bis zum Ende der Kühlerhaube sehen konnten. Heute würden keine Flüge mehr gehen.

Saltanats Handy klingelte, und sie hielt neben der nächsten Schneewehe. Ich sah sie mit grimmiger Miene nicken und zuhören, ohne zu antworten. Sie beendete das Gespräch und legte einen Gang ein.

»Probleme?«, fragte ich, ohne eine Antwort zu erwarten, und betrachtete ihr Profil, während sie in das Schneetreiben starrte.

Ich tröstete mich mit dem Gedanken, dass ein möglicher Verfolger mit demselben Whiteout zu kämpfen hatte wie wir, und die Jungs von der Verkehrspolizei saßen garantiert gemütlich auf der Wache und zählten ihr Frühstücksgeld. Ich nahm an, wir würden zurück zu dem Gasthaus abseits der Ak-Burinska-Straße fahren, und war überrascht, als Saltanat die Straße zum Flughafen nahm. Der Wagen rutschte und schlitterte über das Eis, was sie jedoch nicht davon abhielt, das Gaspedal durchzutreten.

»Bei dem Wetter geht bestimmt kein Flug mehr«, sagte ich, doch sie ignorierte mich und folgte einem Zubringer, der vom Terminal wegführte.

»Du hast den Abzweig verpasst. Das Terminal ist dort hinten«, fügte ich hinzu, unsicher, ob ich helfen oder nerven wollte. Ihrem Gesichtsausdruck nach zu urteilen, hatte sie die Frage für sich schon entschieden.

Sie seufzte, als hätte sie es mit einem begriffsstutzigen Kind zu tun.

»Wir nehmen keinen kommerziellen Flug«, sagte sie, riss das Lenkrad nach rechts und steuerte den Windschatten eines flachen Gebäudes mit einem Wellblechdach an.

Mein Mut sank; wenn es etwas gibt, was noch schlimmer ist, als sich mit Leib und Seele dem Piloten einer Fluggesellschaft anzuvertrauen, dann ist es die Aussicht, im heftigsten Schneesturm des Winters von einem Veteranen der kasachischen Luftwaffe in einem rostenden Schrotthaufen über einige der höchsten Berge Zentralasiens geflogen zu werden.

Auf der Suche nach moralischer Unterstützung blickte ich zu Kursan, doch der saß mit geschlossenen Augen zusammengesunken auf seinem Sitz.

Als ich aus dem Wagen stieg und den anderen zu dem Hangar folgte, wehte mir der Schnee peitschend ins Gesicht. Was ich in dem Schuppen sah, machte mich nicht glücklicher.

»Damit wollen wir fliegen?«, brüllte ich gegen das Geheul des Windes an.

Vor mir stand, Pilot einsatzbereit, ein *krokodil*. Kein toter Junkie, sondern ein Mil Mi-24, ein alter russischer Kampfhubschrauber, wegen seines Tarnanstrichs als *krokodil* bekannt. Die Sowjets nannten ihn »fliegender Panzer«, nicht wegen des Schutzes, den er bot, sondern wegen seiner mangelnden Manövrierfähigkeit. Als wir an Bord kletterten, fiel mir sofort auf, dass die ramponierte Metalltür offenbar von kleinkalibriger Munition vernarbt und durchlöchert war. Vielleicht war das Ungetüm ein Oldtimer aus Afghanistan, ausrangiert und billig an uns weitergegeben. Nachdem das notwendige *wzjatka* in die entsprechenden Taschen geflossen war, womöglich nicht mehr ganz so billig.

Wir ließen uns an den nackten Metallwänden des Kampfhubschraubers nieder und klammerten uns an verhedderte Gurte, während der Pilot den Helikopter behutsam aus dem Hangar in den Sturm manövrierte. Der Wind erfasste den Hubschrauber und übertönte fast das Gurgeln und Knurren des Motors; wir wurden hin und her geschleudert. Bei den Wetterbedingungen würde der Flug bis Bischkek mindestens vier Stunden dauern, und ich brauchte eine glaubwürdige Geschichte, die ich meinem Chef präsentieren konnte. Nicht genehmigter Urlaub oder unerlaubtes Verlassen des Arbeitsplatzes waren vermutlich noch die geringsten meiner Vergehen, und der Torugart-Pass wurde als zukünftige Dienststelle immer wahrscheinlicher.

Das Wetter und das Kreischen des Motors machten jedes Gespräch unmöglich, selbst in der von Kursan bevorzugten Lautstärke, also konzentrierten wir uns darauf, uns den Aufenthalt in diesem fliegenden Kühlschrank so warm und bequem wie möglich zu gestalten. Kursan rappelte sich hoch, fand ein paar Segeltuchlaken und warf jedem von uns eines zu. Den Geruch von Schweiß und Öl verdrängend, wickelte ich mich darin ein, schloss die Augen und schaffte es trotz des Lärms und Gerüttels, einzudösen.

Und zu träumen.

Tschinaras letzte Tage waren eine Flut von Verzweiflung auf meiner Seite und eine Flut von Schmerzen auf ihrer. Dank des Morphiums schlief sie die meiste Zeit, und wenn sie wach war, erkannte sie mich oft gar nicht. Ihre ganze Energie war darauf konzentriert, zu atmen, die letzten paar Kubikzentimeter Luft einzusaugen; ein finales Fuchteln, um die Flamme am Brennen zu halten. Manchmal warf sie in ihrem Kampf das bestickte Kissen zu Boden und tastete dann mit panischem Blick danach, bis sie den vertrauten Stoff wieder unter den Fingerspitzen spürte.

Unsere Krankenhäuser sind, gelinde gesagt, nicht optimal ausgestattet. Ungeputzte Böden, zerbrochene Fensterscheiben, dreckige Bäder, sogar schmutzige OP-Säle. Die meisten Familien bringen eine bequemere Matratze, Lieblingsessen und Heilmittel von zu Hause mit, um die häufig abgelaufenen und manchmal gefälschten Medikamente zu ergänzen, die die Krankenhausverwaltung in China kaufte. Es handelt sich gar nicht immer um Vernachlässigung oder Korruption, viel häufiger liegt es einfach am fehlenden Geld.

Ich nahm einen Monat unbezahlten Urlaub, obwohl ich wusste, dass ich so lange nicht brauchen würde. Oder genauer gesagt, Tschinara nicht. Ich verbrachte die ganze Zeit an ihrem Bett, schlief, wenn überhaupt, auf dem Stuhl, den ich der Stationsvorsteherin durch das Zeigen meines Dienstausweises abgerungen hatte, und ging nur nach Hause, um zu duschen, mich zu rasieren und umzuziehen, wenn ich anfing zu stinken.

Die Tage vergingen wie im Flug; kaum war es hell draußen, sank die Sonne auch schon wieder vom Himmel. Die Nächte dagegen kamen mir endlos vor, als ob dieselbe nicht zu besänftigende Macht, die die Tumore tief in ihrer Brust gesät hatte, entschlossen war, die Agonie so lange hinauszuzögern, wie Tschinara noch keuchen und schreien konnte, wenn die Wirkung des Morphiums nachließ.

Als Zeichen einer beschissenen Parodie auf ihre Genesung wuchsen ihr die Haare nach, doch das Fleisch auf den Knochen in ihrem Gesicht war auf dem Rückzug, bis nur ein geschrumpfter Schädel zurückblieb und glänzende Augen in einem vor Erschöpfung fahlen Antlitz.

Ich dachte an den Strand des Yssykköl-Sees, jenseits der Urlaubsorte wie Bosteri, wo wir an einer felsigen Stelle zum Ufer hinuntergeklettert und in dem glasklaren Wasser schwimmen gegangen waren. In den dunkelsten Stunden der Nacht erinnerte ich mich daran, wie sie aus meiner Umarmung geglitten war, tief unter der Oberfläche, mit wehendem Haar und erstaunten Augen, die an meinen klebten, als sie außer Sichtweite sank.

In einem ihrer seltenen klaren Momente wenige Tage vor ihrem Tod wiederholte sie etwas, was sie mir immer wieder gesagt hatte, nachdem wir die erste Diagnose verdaut hatten, die Operationen, die Therapie, stets in der Hoffnung auf Heilung.

»Wichtig sind nur zwei Sachen: wie man sein Leben lebt und wie man es verlässt.«

Ich führte mir immer vor Augen, wie tapfer sie war, wie stoisch; nie klagte sie, nicht einmal wenn sie starke Schmerzen litt oder die Narbe sah, wo ihre Brust gewesen war. Und das erinnerte mich an mein eigenes Selbstmitleid, meine Sorgen um die Zukunft. Sie hatte ihr Leben gut gelebt, wenn auch zu kurz. Und nun stand der Tod in der Ecke des Zimmers und wartete darauf, sie zu verschlingen.

Sie starb kurz nach Sonnenaufgang, zehn Tage nachdem sie zum dritten Mal ins Krankenhaus gekommen war. Es gab keine letzten Worte, keinen Abschiedsblick, nur eine Maschine, die irreparabel verschlissen war und ihren Dienst quittierte. Ich glaube nicht, dass sie wusste, dass ich da war.

Ich zog das Laken über ihr Gesicht und verständigte die diensthabende Krankenschwester, bevor ich im grellen Sonnenlicht, das sich glitzernd im Schnee spiegelte, nach Hause ging und mich endgültig dem Grauen stellte, allein zu sein.

KAPITEL 28

Ich wurde davon wach, dass sich eine Zehe schmerzhaft in meine Rippen bohrte. Irgendwie hatte ich es geschafft, fast den ganzen Flug über zu schlafen, und Kursans Miene nach zu schließen, hatte ich nichts versäumt. Ich knurrte, als mich ein weiterer Fußtritt traf. Mein Traum von Tschinara war noch sehr gegenwärtig, und ich sträubte mich, etwas loszulassen, was mir meine Frau, wie flüchtig auch immer, zurückbrachte.

»Noch fünfzehn Minuten bis Bischkek, zum russischen Militärflughafen«, sagte Saltanat.

»Warum landen wir dort?« Ich setzte mich mühsam auf.

Ihrem Blick nach zu schließen, war das eine weitere dumme Frage.

»Wer weiß, welches Empfangskomitee uns am internationalen Flughafen erwartet«, sagte sie. »Und wen sie dort verhaften wollen.«

Ich nickte, auch wenn ich immer noch keine Ahnung hatte, wer Gulbara oder irgendeine der anderen Frauen umgebracht hatte. Genau genommen beugte sich meine einzige Mordverdächtige gerade über mich und überprüfte ihren Schnelllader.

»Es gibt noch einen zweiten Grund«, fügte sie hinzu. Sie steckte die Pistole ins Holster zurück und knöpfte ihren Mantel zu.

Meine Ohren standen kurz davor, vor Kälte abzufallen, und ich griff nach meiner Uschanka.

»Es gab einen weiteren Mord, einen richtig üblen, drüben

in Kant. Deshalb ist es das Vernünftigste, wir landen auf dem dortigen Luftwaffenstützpunkt.«

Ich dachte kurz nach. Das erklärte den Anruf auf der Fahrt zum Flughafen. Saltanats Beziehungen reichten eindeutig bis in höchste Regierungskreise. Ein Grund mehr, auf der Hut vor ihr zu sein.

»Wir sind noch in Kirgisistan«, sagte ich. »Das fällt nicht unter deine Zuständigkeit. Verdammt, ich weiß nicht mal, ob es noch unter meine fällt. Am besten, du setzt mich am Tatort ab und verschwindest dann mit Kursan.«

»Das ist nicht nötig. Wir werden nicht in Kirgisistan ermitteln.«

Verdutzt sah ich zuerst sie an, dann Kursan, der bloß mit den Achseln zuckte.

»Das Opfer ist eine Russin. Und sie wurde auf dem Stützpunkt ermordet. Der unterliegt der Zuständigkeit der Russen. Deshalb bist du dort ebenso wenig befugt, in einem Mordfall zu ermitteln, wie ich.«

Das *krokodil* taumelte noch einmal kurz und setzte dann federnd auf. Ich zog meinen Mantel zu, vergewisserte mich, dass die Jarygin sicher an meiner Hüfte saß, und fragte mich – wieder einmal –, in was für ein Schlamassel ich da hineingeraten war. Dann wurden die Türen aufgerissen, und der kirgisische Winter brach mit voller Wucht über uns herein.

Es schneite zwar nicht, aber der Wind, der von den Bergen herab über die Weite des Rollfelds pfiff, drang einem bis in die Knochen. Wir wurden von einem offenen Militärjeep erwartet, der sich scherenschnittartig gegen die Landescheinwerfer abzeichnete. Als wir aus dem Kampfhubschrauber kletterten, leuchteten die Frontscheinwerfer des Jeeps auf, und er fuhr mit hoher Geschwindigkeit auf uns zu. Am Steuer saß mit versteinerter Miene ein uniformierter Soldat, auf dem Beifahrersitz ein ganz in Schwarz gekleideter SpezNas-Mann mit einer wollenen Sturmhaube über dem Gesicht und einer schussbereiten Kalaschnikow AK-74 im Schoß. Sobald wir eingestiegen waren, fuhr der Jeep im Zickzack über das Rollfeld und hielt mit quietschenden Reifen vor einem tristen fensterlosen Flachbau. Als wir ausstiegen, sahen wir aus wie streng bewachte Gefangene. Was wir vielleicht auch waren.

Der SpezNas-Mann deutete mit seinem Sturmgewehr auf ein Metalltor, und um dem pfeifenden Wind zu entkommen, gingen wir drei rasch darauf zu. Im Innern schwächte sich der Lärm zu einem geringfügig erträglicheren Heulen ab. Wir befanden uns in einem Hangar, in dem ein halbes Dutzend Kampfhubschrauber aufgereiht standen. In der Luft hing der Gestank von Kerosin und Maschinenöl, ein durchdringender Geruch, der mir das Wasser in die Augen trieb und in der Kehle brannte. Als sich ein vertrauter intensiverer Geruch wie ein aufdringliches Parfüm daruntermischte, war ich nicht überrascht. Meine alten Bekannten: Blut, rohes Fleisch und Scheiße.

Der Körper der toten Frau lag mit dem Gesicht nach unten am Schiebetor des Hangars, als hätte sie versucht, sich darunter hindurchzugraben. Die Leiche war offenbar sorgfältig hindrapiert worden; so viel konnte ich bereits erkennen, als wir auf sie zugingen. Die Knie waren so unter ihren Bauch geschoben worden, dass ihr Gesäß in die Höhe stand. Sie war von der Hüfte abwärts nackt, und ich konnte sehen, dass sie von der Vagina bis zum Anus aufgeschlitzt worden war; als hätte ihr Mörder mit demselben Schwung, mit dem man Holz spaltet, auf sie eingeschlagen. Ein rascher Hieb von jemandem, der weiß, wie so etwas gemacht wird. Unter ihr sickerte eine mit dem Zementstaub des Betonbodens vermischte Blutlache hervor, die bis zu ihren Füßen reichte.

Ich griff nach einer Zigarette, doch dann fiel mir ein, wie viel hochentzündliches Zeug um mich herum war, und ich steckte sie wieder in meine Tasche zurück. Mir schoss die Erinnerung an das Schaf durch den Kopf, das wir bei Tschinaras Gedenkfeier geschlachtet hatten.

Wie Medizinstudenten, die bei einer schwierigen Geburt zusehen, standen wir um die Leiche herum, bis scheppernd das Tor aufging und ein russischer Offizier hereinmarschiert kam. An den drei Sternen auf jeder seiner Schultern konnte ich erkennen, dass er ein Oberst war, und sein Gesichtsausdruck verriet mir, dass er außerdem ein fieser Scheißkerl war. Kirgisistan ist vielleicht ein besserer Standort als Tschetschenien, aber die Russen wissen, dass wir weit zurückreichende Erinnerungen an Jahrzehnte der Erniedrigung haben und dass es jede Menge Kirgisen gibt, die sich keine Gelegenheit entgehen lassen würden, in einer dunklen Seitenstraße kurz gemeinsame Rückschau zu halten.

Seine blankgeputzten Stiefel hallten auf dem Betonboden, als er auf uns zukam.

»Barabanow«, stellte er sich vor. »Wer von Ihnen ist der kirgisische Ermittler?«

Seinem Akzent nach zu schließen, war er aus dem Ural, aus Ufa vielleicht, weit genug weg von Moskau, um zu wissen, dass wir die Dinge hier anders handhaben. Saltanat deutete mit dem Kopf auf mich. Barabanow streckte mir die Hand entgegen. Nach kurzem Zögern ergriff ich sie.

»Man hat mir gesagt, dass Sie auf diese Sorte Straftaten spezialisiert sind.«

»So würde ich es nicht unbedingt ausdrücken, Oberst, aber ich bin bei der Mordkommission und ermittle zurzeit in einer Reihe von Mordfällen ...« Ich machte eine Pause, bevor ich hinzufügte, »die möglicherweise mit dem Tod dieser Frau in Zusammenhang stehen«.

Meine kompetente Antwort stellte Barabanow nicht zufrieden, und er musterte mich mit zusammengekniffenen Augen – einschüchternd, wäre ich ein neunzehnjähriger Rekrut gewesen. War ich aber nicht, weshalb ich genauso durchdringend zurückstarrte.

»Und was verbindet sie ›möglicherweise‹ damit, Inspektor?«

»Ich bin nicht befugt, über eine die kirgisische Staatssicherheit betreffende Angelegenheit zu sprechen.«

Barabanow sagte nichts. Stattdessen fasste er unter seine tadellos gebügelte, mit einer Reihe Dienstauszeichnungen behängte Uniformjacke, zog ein Blatt Papier heraus und reichte es mir.

Ich las das Fax:

Sie kooperieren in allen Detailfragen uneingeschränkt mit Oberst Barabanow, beantworten jede Frage, die er zu den Ermittlungen hat, und enthalten ihm keinerlei Informationen vor.

Tynalijew
Minister für Staatssicherheit

Ich fand, es war an der Zeit, auch meinerseits mit etwas Eigenbeschuss zu kontern.

»Oberst, was wichtig ist und was nicht, finden wir am schnellsten heraus, wenn wir zunächst alle Fakten sammeln.«

Ich konnte sehen, dass er sich sträubte, Informationen herauszurücken. Deshalb beschloss ich, sie ihm aus der Nase zu ziehen.

»Das Opfer, wer war sie?«

»Marina Gurtschenko, vom medizinischen Personal des Stützpunkts. Vor einem Jahr hierher versetzt.«

»Ein eifersüchtiger Freund? Wissen Sie, ob Sie Feinde hatte?«

»Im Kollegenkreis war sie sehr beliebt. Mir ist kein Grund bekannt, weshalb ihr jemand … so etwas angetan haben könnte.«

Barabanow blickte zu der Masse Fleisch am Tor hinüber, aber sein Gesicht zeigte keine Regung. Niemand, dem man an einem Schachbrett gegenübersitzen wollte.

»Eine Frage. War sie schwanger?«

Zum ersten Mal zeigte Barabanow so etwas wie Emotionen. Er sah mich vorsichtig an, als ob ich gerade ein Stilett gezückt hätte und noch nicht wüsste, was ich damit anfangen sollte. Als er antwortete, konnte ich die Wachsamkeit in seiner Stimme spüren.

»Warum fragen Sie? Ist das wichtig?«

»Es ist das, was alle Morde, in denen ich ermittle, verbindet«, erklärte ich. »Ich möchte nicht, dass sich irgendwer an der Leiche zu schaffen macht, bevor jemand von der Spurensicherung hier ist.«

»Das ist ein russischer Luftwaffenstützpunkt. Er gilt als russisches Hoheitsgebiet. Um diese Sache kümmern wir uns selbst. Dass Sie hier sind, haben Sie nur dem Einfluss Ihrer Vorgesetzten zu verdanken.«

Zur Unterstreichung seines Standpunkts tippte er auf das Fax. Aber ich konnte noch etwas anderes riechen als das Bouquet des Todes.

»Ich frage noch einmal: War sie schwanger?«

Barabanow zögerte, bevor er antwortete.

»Ja.«

»Das könnte sehr wohl ein Motiv sein, Oberst. Ein verheirateter Kollege, der sich zu einem Seitensprung hinreißen lässt? Und sich dann Sorgen macht, wie das zu Hause bei Frau und Kindern ankommt?«

»Das würde wohl kaum eine solche Brutalität rechtfertigen.«

Jetzt befanden wir uns auf meinem Terrain, und ich spürte, wie seine Autorität ins Wanken geriet.

»Oberst, ich habe schon Leute gesehen, die wegen einer Flasche *samogon* in Stücke gehackt wurden, denen Schwänze und Brüste abgeschnitten und das Hirn zu beiden Ohren herausgeblasen wurde, alles nur wegen tausend Som Schulden. Es gibt nichts, was Menschen einander nicht antun, glauben Sie mir.«

Er nickte. Wahrscheinlich war er in Tschetschenien gewesen, fast sicher in Afghanistan. Er wusste, wozu Menschen in der Lage sind.

»Sie war schwanger«, sagte er, »aber ich bin sicher, dass es nicht die Tat eines verheirateten Liebhabers war, der Angst vor den Konsequenzen hatte.«

An dieser Stelle meldete sich zum ersten Mal Saltanat zu Wort, und plötzlich fragte ich mich, warum der Oberst sich nicht erkundigt hatte, wer sie war oder was sie hier zu suchen hatte.

»Und was macht Sie da so sicher, Oberst?«

»Weil ich der Vater bin … war.«

KAPITEL 29

Als Inspektor der Mordkommission lernt man ziemlich schnell, welche Fälle vorrangig bearbeitet werden müssen. Mit einem Mord an einer schwangeren Angehörigen der russischen Armee hatte ich jedoch noch nie etwas zu tun gehabt; mein erster und wahrscheinlich vernünftigster Gedanke war, mich auf den Weg zur kasachischen Grenze zu machen und für ein paar Jahrzehnte unterzutauchen.

Durch den Mord an Marina Gurtschenko stand ich zwischen zwei der mächtigsten Männer des Landes: dem Minister für Staatssicherheit und einem russischen Oberst, der über genug Feuerkraft verfügte, um uns wieder ins Nomadendasein zurückzuwerfen.

Beide Männer wollten Vergeltung für ihr jeweiliges Opfer. Michail Tynalijew erwartete Schlagzeilen über einsatzfreudige Sicherheitskräfte, die einen brutalen Mörder zur Strecke brachten; Barabanow wollte, dass die ganze Schweinerei in aller Stille nach Mütterchen Russland zurückverfrachtet und die Akte versehentlich geschreddert wurde. Beide Männer erwarteten, dass ich den Fall löste. Versagen kam nicht in Frage.

Flüchtig fragte ich mich, ob der Oberst das Ganze inszeniert haben könnte: ein paar entbehrliche Frauen abschlachten, damit es, wenn Gurtschenko dran glauben musste, so aussähe, als hätten wir es mit einem Serienkiller zu tun, der das Land mit seinen Fleischermessern unsicher machte. Wesentlich einfacher wäre es für Barabanow allerdings gewesen, einen simplen Unfall zu inszenieren; ein Lkw-Fahrer, der beim Zurücksetzen nicht aufpasst, oder eine Überdosis und die schockierende Feststellung, dass jemand vom medizinischen Personal Drogen nimmt.

Ich ging zu der Toten und kniete neben ihr nieder. Manchmal vergisst man schnell, dass man jemand vor sich hat, der noch vor wenigen Stunden gelacht, Pläne geschmiedet und überlegt hat, wie er sein Kind nennen soll. Das alles war ihr geraubt worden, und neben ihren Hoffnungen und ihrer Schönheit war ihr auch die Würde genommen worden. Mord ist der ultimative Raub; er hinterlässt nichts als ein geplündertes Haus, das für Menschen nicht mehr bewohnbar ist und nur noch darauf wartet, dem Erdboden gleichgemacht zu werden.

Ich streckte die Hand aus, um die Leiche umzudrehen, aber Barabanow zog meinen Arm zurück.

»Darum kümmern wir uns«, erklärte er bestimmt.

»Wenn ich die Leiche nicht untersuchen darf, kann ich schwerlich etwas zur Aufklärung dieses Mordfalls beitragen«, sagte ich.

Es war ein Machtkampf, und wäre ich in seinem Regiment gewesen, hätte ich wahrscheinlich bereits strafexerzieren müssen. Das war ich aber nicht, und er brauchte mein Wissen mehr als ich seines. Er nickte widerstrebend, und ich drehte die Tote um.

Marina Gurtschenko sackte auf die andere Seite. Das dunkle getrocknete Blut auf ihrer Haut blätterte ab, und die ersten Leichenflecken zeigten sich, aber die Totenstarre war noch nicht eingetreten. Ich bin kein Jussupow, aber ich nahm an, dass sie noch keine drei Stunden tot war.

»Wie oft wird dieser Hangar benutzt?«

Die Frage schien Barabanow aus dem Konzept zu bringen.

»Wenn die Maschinen im Einsatz sind oder gewartet werden. Ein Anlass, sich hier aufzuhalten, hat zum letzten Mal bestanden, als der Hubschrauber, mit dem Sie hergekommen sind, von hier gestartet ist. Vor fünf Stunden.«

»Und der Hangar wird nicht bewacht?«

»Das ist ein Militärstützpunkt. Niemand kommt am Stacheldrahtzaun – oder an den Wachen – vorbei.«

»Ihre Sicherheitsmaßnahmen wurden also umgangen?«

Barabanow schüttelte den Kopf.

»Ich habe unmittelbar nach Entdeckung der Leiche eine umfassende Durchsuchung des Stützpunkts angeordnet. Nichts, keine Löcher im Zaun, keine Spuren im Schnee, keine ankommenden oder wegfahrenden Fahrzeuge.«

Es war an der Zeit, ein paar heikle Fragen zu stellen, die man normalerweise mit einer Waffe in der Hand stellt.

»Wenn Sie die Tote erst entdeckt haben, nachdem der Hubschrauber nach Osch gestartet ist, aus welchem Grund hat er uns dann überhaupt geholt?«

»Ich hatte Anweisungen.«

Ich wartete. Warten kann ich gut. Manchmal braucht es nicht mehr als das. Und er zögerte.

»Ich wurde aufgefordert, einem Angehörigen der Staatssicherheit einer befreundeten Nation jede erdenkliche Unterstützung zukommen zu lassen.«

Das musste Saltanat sein. Kursan und ich waren nur Trittbrettfahrer gewesen. Mir war immer noch nicht klar, welche Rolle Saltanat bei dem Ganzen spielte. War sie von der usbekischen Staatssicherheit? Eine Doppelagentin der Russen? Auf der Seite der Opfer oder unter einer Decke mit den Mördern? Seit ihrer gnadenlosen Exekution Iljas wusste ich nur eines: Sie war entschlossen, effizient und skrupellos.

Ich wandte mich wieder der Toten zu. Die Ähnlichkeiten mit Jekaterina Tynalijewas Leiche waren unübersehbar: eine massive Schädigung von Gewebe und Organen. Aber es gab auch unerklärliche Unterschiede. Während Jekaterinas Unterleib mit geradezu chirurgischer Präzision geöffnet und ihre Haut fein säuberlich zurückgeklappt worden war, schien Marinas Becken mit wuchtigen Axthieben brutal gespalten worden zu sein. Marina war nackt und in einem Gebäude umgebracht worden; Jekaterina war vollständig bekleidet und im Freien gestorben. Mit hoher Wahrscheinlichkeit jagte ich mehr als einen Mörder.

Es gab keine Anzeichen von Drogenmissbrauch, keine Einstichspuren, keine blauen Flecken. Ich spürte, dass Barabanow es kaum erwarten konnte, mich loszuwerden, damit er seine ehemalige Geliebte wie Bratenstücke auf dem Hacktisch eines Metzgers einpacken und ohne Obduktion zur Bestattung nach Mütterchen Russland zurückschicken konnte. Erst im letzten Moment, als ich das Tor des Hangars aufgleiten hörte und die Rechtsmediziner eintrafen, entdeckte ich etwas, was vielleicht ein Anhaltspunkt war.

Der auf ihre Schulter tätowierte griechische Buchstabe Alpha war so klein, dass er kaum zu erkennen war. Ich machte die anderen nicht darauf aufmerksam, sondern speicherte die Information nur in meinem Kopf ab und trat zurück, als die Rechtsmediziner die Leiche in einen schwarzen Sack packten, auf eine Bahre legten und zum Ausgang schoben.

Das Tor schloss sich scheppernd, und alles, was von einem Menschenleben blieb, war eine Blutlache. Barabanow gab einem der Mechaniker mit einer ruckartigen Kopfbewegung ein Zeichen, worauf dieser einen Schlauch holte. Zehn Minuten später war Marina Gurtschenko zusammen mit jeglichen forensischen Spuren in den Abfluss gespült.

Barabanow deutete in Richtung Ausgang.

»Mein Adjutant wird Sie zum Ausgang des Stützpunkts begleiten. Eines Ihrer Polizeiautos wartet dort, um Sie nach Bischkek zu bringen.«

Aber ich war noch nicht ganz fertig.

»Heute Nachmittag ist Ihnen also rein gar nichts Ungewöhnliches aufgefallen, nichts außer der Reihe?«

Mein Gefühl sagte mir, dass er etwas wusste, womit er nicht herausrücken wollte. Deshalb hielt ich die Stellung, bereit, ihn niederzustarren und so lange zu warten wie eben nötig.

»Die Wachposten haben am Rand des Stützpunkts ein Auto angehalten. Ein Polizeiauto. Der Fahrer hat seinen Dienstausweis gezeigt und gesagt, es handle sich um eine Routineinspektion. Dann ist er weggefahren.«

»Und?«

Barabanow starrte unverwandt zurück. Seine kalten blauen Augen gaben nichts preis.

»Obwohl Sie den Ruf eines Menschenjägers haben, Inspektor, hat es mich überrascht, Ihren Namen auf der Passagierliste des Kampfhubschraubers zu lesen.«

Er legte eine Kunstpause ein.

»Wissen Sie, Inspektor, der Dienstausweis des Mannes, den meine Wachleute kontrolliert haben, war echt, ohne jede Frage. Das Komische ist nur, dass Ihr Name daraufstand.«

KAPITEL 30

Wie vom Oberst angekündigt, erwartete uns am Ausgang ein Streifenpolizist. Als stünde es ihm zu, stieg Kursan vorn ein. Er hatte bestimmt schon einmal in einem Polizeiauto gesessen, aber es war sicher das erste Mal, dass er nicht in Handschellen und an den Fahrzeugboden gekettet war. Saltanat und ich setzten uns auf den Rücksitz. Der Fahrer drehte die Heizung auf stickig herunter und fuhr in Richtung Bischkek los.

Den Rest der Fahrt überlegte ich, wie ein Dienstausweis mit meinem Namen in die Hände eines anderen geraten sein könnte. Für ein paar tausend Som ist es überhaupt kein Problem, unter der Hand falsche Dokumente, Geburts- und sogar Totenscheine zu bekommen, aber gefälschte Polizeipapiere vorzulegen, riskierte niemand, der nicht viel Geld oder Einfluss hinter sich wusste. Und selbstverständlich war es jetzt sehr einfach, mir etwas anzuhängen, wenn ich jemandem, den ich nicht verdächtigen sollte, zu dicht auf die Pelle rückte. Mein Ausweis könnte sich unter der nächsten Leiche wiederfinden – im Taumel der Lust versehentlich verloren.

Mir blieb nichts anderes übrig, als es zu melden, und ich machte zum ersten Mal seit Stunden mein Handy wieder an. In den nächsten zehn Minuten ließ ich eine Kette von Nachrichten des Chefs über mich ergehen, eine cholerischer als die andere. Sie begannen vergleichsweise harmlos mit »Vollidiot« und steigerten sich im Lauf weniger Minuten zu »mieser Wichser«. Es hörte sich zwar nicht gerade nach einer Beförderung an, aber zumindest zeigte es, dass ich ihm nicht gleichgültig war. Ich machte das Handy aus und beschloss, ihn zu überraschen. So war die Wahrscheinlichkeit geringer, dass uns ein Empfangskomitee erwartete.

Wir waren nur zwanzig Kilometer von Bischkek entfernt, weshalb ich gar nicht erst versuchte zu schlafen. Wegen der zahlreichen Schlaglöcher und des Eises auf dem bisschen Asphalt wurden wir kräftig durchgeschüttelt. Ich sorgte dafür, dass dabei einige Zusammenstöße mit Saltanat heraussprangen. Würde sie das Experiment, mit mir zu schlafen, noch einmal wiederholen? Sie schickte mir allerdings keine aufmunternden Signale. Dann kam mir die zerhackte und verstümmelte Frau auf dem Luftwaffenstützpunkt in den Sinn, und ich schämte mich. Ich hatte mir immer geschworen, gegenüber dem Tod nicht abzustumpfen, und ich wusste, der Schmerz über den Verlust Tschinaras würde nie vergehen. Aber die anderen? Es wäre zu einfach, sie als Beweise für ein Verbrechen, als Teil eines zu lösenden Rätsels zu betrachten und nicht als normale Menschen, die gegen ihren Willen zu Opfern geworden waren. Keiner von uns möchte sterben.

Mir wurde bewusst, dass ich keine Ahnung hatte, wo Saltanat wohnte. Ich wusste nicht einmal ihr Patronym oder ihren Familiennamen.

»Wo sollen wir dich absetzen?«, fragte ich sie, vielleicht etwas zu beiläufig.

»Wenn ihr irgendwo ein Taxi seht«, kam ihre Antwort, gewohnt frostig.

»Wir können dich gern nach Hause bringen«, bot ich ihr an.

Sie bedachte mich mit einem finsteren Blick, und ich gab auf. Ich beschloss, sie nach unserem nächsten Treffen von einem Kollegen in Zivil beschatten zu lassen.

Obwohl die heftigen Schneefälle aufgehört hatten und sich nur noch gelegentlich ein paar verspätete Flocken blicken ließen, war der Tschüi-Prospekt wie ausgestorben. In der Metro-Bar brannte noch Licht, und davor lauerten zwei unverdrossene Taxis darauf, vielleicht einen Ausländer übers Ohr hauen zu können. Saltanat tippte unserem Fahrer auf die Schulter, und wir hielten an.

»Ich ruf dich an«, sagte sie. »Spar dir die Mühe, mir nachzuspionieren.«

Also folgten wir ihrem Taxi nur den Tschüi hinunter bis zur Tynystanow-Straße, wo es abrupt rechts abbog, in Richtung usbekische Botschaft. Als die Rücklichter verschwanden, fragte ich mich, ob ich sie jemals wiedersehen würde.

»Nicht übel, die Frau«, bemerkte Kursan. »Wenn ich zwanzig Jahre jünger wäre ...«

»Und dich mehr als einmal im Jahr waschen und nicht mit jedem Ganoven in Bischkek rumhängen würdest, würde sie sich garantiert unsterblich in dich verlieben«, sagte ich.

»Es muss ja nicht immer gleich die große Liebe sein. Das ist keineswegs das Einzige, wovon eine *pisda* feucht wird.« Er spuckte ein kehliges Lachen hinterher.

»Willst du zum Chef mitkommen?«, fragte ich, um das Thema zu wechseln. Natürlich wusste ich, dass die Zentrale der letzte Ort auf Erden war, an dem sich Kursan aufhalten wollte.

»Lass mich an der Ibraimowa raus«, sagte er. »Ich schlafe bei dir.«

Ich wollte ihm gerade sagen, dass ich keinen Zweitschlüssel hatte, als mir einfiel, dass Kursan ein Meister im Schlösserknacken war. Ich seufzte und nickte.

Als wir vor meinem Wohnblock hielten, bedeutete mir Kursan mit einer knappen seitlichen Kopfbewegung, mit ihm auszusteigen.

»Ich wollte dich nicht fragen, solange sie dabei war«, erklärte er, und seine Miene war ernst, seine Stimme fast ein Flüstern. »Aber dir ist doch an der Leiche irgendwas aufgefallen, oder?«

Ich überlegte, ob ich es ihm sagen sollte, und fand, er wusste schon so vieles, dass ein bisschen mehr nicht schaden konnte. Wir gingen ein paar Schritte weiter vom Auto weg, damit uns der Uniformierte nicht hören konnte.

»Ein Tattoo, sehr klein, professionell gemacht. Der griechische Buchstabe Alpha.«

Kursan sog Luft zwischen den Zähnen ein.

»SpezNas, die russische Spezialeinheit.«

Ich nickte. SpezNas waren die härtesten Typen des gesamten russischen Militärs. Wenn Marina eine von ihnen gewesen war, musste ihr Mörder eiskalt sein. Wie ich es auch drehte und wendete, dieser Fall wurde immer undurchsichtiger und brisanter. Wenn ich weiter in diesem Tempo vorankäme, würde ich schon bald oben in den Bergen neben Tschinara liegen. Im Moment schien mir das gar keine so schlechte Option.

Ich stieg wieder ins Auto und schloss rasch die Tür gegen die Kälte.

»Bis nachher.«

»Falls du zurückkommst«, sagte Kursan und lachte, diesmal ohne Wärme in der Stimme.

»Für wen arbeiten Sie eigentlich, verdammte Scheiße noch mal? Etwa für diese Usbekenschlampe? Hat sie Ihnen schöne Augen gemacht und ein bisschen die Titten raushängen lassen? Haben Sie eigentlich noch was anderes im Kopf als Weiber!«

Der Chef kam der Wahrheit näher, als er ahnte, aber das machte ihn mir nicht sympathischer. Ich stand vor seinem protzigen landebahngroßen Schreibtisch und fragte mich, wie viel die Adlerfigur darauf gekostet hatte. Er war sauer auf mich, weil ich ihm nicht die Aufklärung von Jekaterinas Tod präsentierte, weil ich die Russen in alles hineinzog, weil ich durchs ganze Land einer Todesspur gefolgt war. Ganz besonders sauer schien er jedoch wegen des Ärgers, den ihm die Nomenklatura machte, die seine Karriere in ihren Händen hielt.

Ich wartete, bis sein Zorn sich so weit gelegt hatte, dass er sich einen kräftigen Schluck Wodka einschenkte und mich mit einem Nicken aufforderte, Platz zu nehmen.

»Haben Sie eigentlich überhaupt was herausgefunden in Ihrem

Winterurlaub? Ich weiß zwar, dass Sie ein Idiot sind, aber von der Aussicht, an einer *pisda* schnuppern zu dürfen, haben Sie sich bisher noch nie aufhalten lassen.«

Ich hatte keine Ahnung, wie er darauf kam, ich wäre ein Weiberheld, aber vermutlich sollte ich mich geschmeichelt fühlen.

»Interessant ist, was ich nicht weiß, Chef.«

Er nahm die Flasche und bedeutete mir, fortzufahren.

»Ich weiß, dass es kein Serienkiller ist. Zu viele Morde, zu viele Orte, zu wenig Zeit, um von A nach B zu kommen, vor allem um diese Jahreszeit. Zwischen den Morden besteht ein Zusammenhang, aber das Schema ändert sich. Diese Frauen haben nichts gemeinsam, keine sozialen Kontakte, keine Freundschaften, nicht einmal dieselbe Nationalität. Jussupow meint, Jekaterina Tynalijewas Mörder muss chirurgische Kenntnisse gehabt haben. Dagegen sieht Marina Gurtschenkos Leiche aus, als hätte ein Betrunkener im Dunkeln mit einer Axt um sich geschlagen. Deshalb nicht derselbe Mörder, nicht derselbe psychologisch bedingte Modus operandi.«

»›Modus operandi‹«, wiederholte der Chef, scheinbar beeindruckt. »Sie sind Inspektor der Mordkommission, kein Universitätsprofessor. Verschonen Sie mich mit diesem hochtrabenden Geschwafel.«

Ohne ihm Beachtung zu schenken, fuhr ich fort.

»Es gilt auch noch die anderen Morde zu berücksichtigen. Gulbara, das Mädchen in Osch; sie war schwanger. Oder Tjulew und Lubaschow bei der Schießerei vor dem Fatboys; wie ist es dazu gekommen? Und was hat Gasparian dazu veranlasst, einen Köpfer auf eine stark befahrene Straße machen?«

Insgeheim war ich sicher, dass bei Gasparian jemand nachgeholfen hatte, aber diesen Gedanken behielt ich für mich.

»Alles ein großes Rätsel? Findet man ein Motiv, findet man in der Regel auch den Mörder, aber niemand hat sich zu den Taten bekannt, niemand ist aufgestanden und hat die Übel der modernen Gesellschaft oder die Russen oder den Vollmond dafür verantwortlich gemacht, was er getan hat. Deshalb neige ich immer stärker zu der Annahme, dass das Ganze geschäftliche Gründe hat; jemand will Angst und Schrecken verbreiten, die Leute einschüchtern, zeigen, dass er sich alles erlauben kann, dass man ihm lieber nicht in die Quere kommen sollte.«

Der Chef nickte. Darauf war er vielleicht auch schon gekommen, aber er war schlau genug, um zu wissen, wann ihn ein anerkennendes Schulterklopfen weiterbrachte als ein Tritt in den Arsch.

»Die Bruderschaft?«

Jetzt war ich an der Reihe, zu nicken.

»Ich wüsste nicht, wer sonst. Die Frage ist nur: Warum ausgerechnet auf diesem Weg eine Botschaft übermitteln?«

»Drogen?«

»Damit wird jedenfalls das große Geld gemacht.«

Ein Beamter der Abteilung zur Bekämpfung des Drogenhandels hatte mir erzählt, dass es in Kirgisistan zwei Dutzend Drogenkartelle gibt, die sich meistens nach ihrer ethnischen Herkunft zusammensetzen: kirgisische, usbekische, kurdische, ziganische, tschetschenische, türkische, armenische, uigurische und tadschikische. Jeder will einen Anteil an unserer einzigen Wachstumsbranche.

»Aber sie haben sich doch längst auf ihre Einflussbereiche geeinigt und alles untereinander aufgeteilt«, sagte der Chef. »Warum also jetzt plötzlich so ein Aufstand?«

Ich setzte mich zurück und sah zu, wie er seinen Wodka trank.

»Die usbekische Staatssicherheit ist der Ansicht, dass das Ganze politische Hintergründe hat. Jemand, der unsere zwei Länder gegeneinander aufhetzen will. Wie Sie wissen, sind die Usbeken der Meinung, Osch würde eigentlich ihnen gehören.«

Der Chef verzog das Gesicht, als wäre sein Wodka zu warm, und spitzte die Lippen. Osch ist eine Enklave, die in einem schmalen Gebietsstreifen liegt, der wie die *jelda* eines Bräutigams in usbekisches Gebiet ragt. Die Hälfte der Bevölkerung sind ethnische Usbeken, die es stört, Kirgisen zu sein; die andere Hälfte sind Kirgisen, die es stört, dass sich die Usbeken so aufspielen.

»Ihre Freundin sagt also, dass auch usbekische Frauen auf die gleiche Art umgebracht worden sind?«

»Sie ist nicht meine Freundin, aber das sagt sie.«

»Gezielte Fehlinformation, wenn Sie mich fragen.« Der Chef stolperte beim Sprechen ein wenig über die Wörter.

Vermutlich hatte er schon mehr als genug intus, aber er goss träge auch noch den letzten Rest Wodka in sein Glas.

»Aber wozu?«

»Wenn sich diese Usbekenärsche mit uns anlegen wollen, sollen sie das ganz offen tun.«

»Sie glauben also, es geht um Gebietsansprüche, nicht um Drogen.«

»Damit Sie das herausfinden, bezahle ich Sie Idiot.«

Ich stand auf. Der Chef blieb zusammengesunken sitzen und stierte vor sich hin.

»Ich werde mich nach neuen Allianzen und den aktuellen Verwerfungen im Drogenhandel umhören. Vielleicht bringt uns das weiter. Aber Krieg mit einem anderen Land? Ich glaube, darüber sollten Sie lieber mit dem Minister für Staatssicherheit reden.«

Genauso gut hätte ich mit dem Adler auf dem Schreibtisch sprechen können. Die Augen des Chefs waren jetzt geschlossen, und er begann, durch die Nase zu pfeifen.

Ich setzte meine Uschanka auf, knöpfte meinen Mantel zu und ging aus dem Gebäude und zurück zur Ibraimowa-Straße, ohne einen Plan, was ich als Nächstes tun sollte.

KAPITEL 31

Ich bin kein Fan von Verschwörungstheorien. Ich glaube, dass die Amerikaner auf dem Mond waren, dass Kennedy nicht vom Grassy Knoll aus erschossen wurde und dass die Schüsse, die vor dem Kreml auf Breschnews Konvoi abgegeben wurden, von einem Deserteur der Roten Armee kamen und nicht von einem CIA-Agenten. Aber dieser Fall war eine Aneinanderreihung von Zerrspiegeln, von denen jeder die Wahrheit von mir weg reflektierte. Für die Morde gab es einen Grund; ich musste nur herausfinden, welchen.

Die nächsten zwei Tage verbrachte ich damit, kreuz und quer durch die Stadt zu streifen, Pharmadrogenschmugglern im Osch-Basar auf die Zehen zu steigen, zwei usbekischen Zuhältern, die in den Parks ihren Geschäften nachgingen, die Leviten zu lesen, Alamedins größten Heroindealer einen Blick auf meine Jarygin werfen zu lassen.

Über Kursan setzte ich mich wieder mit Abdurehim Ötkür in Verbindung und sagte ihm, was ich brauchte und mit wem ich mich treffen wollte. Zuerst sträubte er sich, mir zu helfen, aber ich wies ihn auf die Vorteile hin, die Ruhe und Frieden auf beiden Seiten der Grenze für alle mit sich brachten. Dann machte ich ihm klar, dass Tynalijew ein Bataillon Soldaten schicken konnte, um ihm das Leben schwer zu machen; es bedurfte nur eines Wortes von mir in des Ministers Ohr. Manchmal ist nicht mehr nötig als ein paar Tipps hier, ein Flüstern im Ohr des Richtigen da.

Und so verschlug es mich wieder in die Kulturny-Bar, auf

denselben Stuhl wie zuvor, unter die unvermeidlichen *alkaschi*, die so besoffen waren, dass nicht einmal die *mursilki* sie aus ihrem Tran reißen konnten. Auch ich hätte nichts gegen einen ordentlichen Schluck gehabt, aber für das bevorstehende Treffen brauchte ich einen klaren Verstand.

Ich sah auf die Uhr. Elf. Schon neunzig Minuten über der Zeit. Vielleicht hätte ich in der Nähe ein paar Zivilbeamte postieren sollen, aber diesmal hatte ich es nicht mit einem Idioten wie Gasparian zu tun, dem niemand nachweinte. Meine Jarygin hatte ich, sicher weggeschlossen, zu Hause gelassen; zu einem Treffen wie diesem bewaffnet zu erscheinen wäre ein untrügliches Zeichen dafür gewesen, dass ich nicht nur gekommen war, um mich zu unterhalten.

Im Gegensatz zu dem, was viele Leute über die Bruderschaft denken, wollen die meisten ihrer Mitglieder nur in Ruhe ihren Geschäften nachgehen und ungehindert plündern, brandschatzen, bestechen und stehlen. Sich gegenseitig umzubringen mag kurzfristig gut sein fürs Geschäft, aber auf lange Sicht schadet es den Profitinteressen und erregt unerwünschte Aufmerksamkeit. Und das Letzte, was sie wollen, ist Zivilisten umlegen. Schließlich sind das ihre Kunden. Das heißt zwar nicht, dass die Brüder Leute sind, mit denen man gern Geschäfte macht, aber ohne Grund bringen sie keinen um.

Der Gorilla, der sich durch die Tür schob, sah aus, als wären seine bloßen Hände die Waffen seiner Wahl. Über seine Finger schlängelten sich blaue Knast-Tattoos, seine Handflächen sahen aus wie in Tinte getaucht. Auf dem rechten Handrücken hatte er eine Kirche mit drei Türmen tätowiert, von denen jeder für einen Gefängnisaufenthalt stand; wie eine Kirche das Haus Gottes ist, so ist das Gefängnis das Zuhause des Diebs. Seine über den Schultern spannende Lederjacke ließ darauf schließen, dass er, wenn er sich nicht gerade tätowieren ließ, selbstgebaute Gewichte stemmte.

Er war vielleicht kräftig gebaut, aber unbeweglich war er nicht.

Er ließ den Blick über die benebelte Klientel gleiten, entdeckte mich und deutete mit dem Daumen zur Tür. In ein Dreckloch wie die Kulturny-Bar, mit nur einem Ausgang, käme sein Boss nicht herunter, deshalb folgte ich dem Kraftpaket nach oben in die Nachtluft hinaus.

Ausnahmsweise kein frischer Schnee, aber der bereits gefallene knirschte unter meinen Sohlen, als wir auf den SUV zugingen, der im Dunkeln unter den Bäumen auf der anderen Straßenseite stand. Beleuchtete Straßen sind in ganz Bischkek ein Luxus. Außerdem gibt kein Bodyguard gern ein deutlich erkennbares Ziel für einen Kontrahenten ab.

Wir blieben stehen, er tastete mich nach einer Knarre oder einem Aufnahmegerät ab, und das hintere Fenster fuhr runter. Der Mann auf dem Rücksitz war nicht zu erkennen, aber anhand eines Dutzends Karteifotos aus den vergangenen Jahren konnte ich ihn mir vorstellen. Alt, glatzköpfig, Kopf und Hände von Leberflecken überzogen wie von Brandnarben. Augen, aus denen nur eiskalte Berechnung sprach. Über seine linke Wange zog sich eine lange Narbe, eine weiße Furche, von einem Rasiermesser in faltige Haut gekerbt. Dazu eine Stimme wie Eis an Fels gekrallt, die Folge einer Mundspülung mit Bleiche, verabreicht von einem Rivalen, der längst tot und auf dem Grund des Yssykköl-Sees lag.

Der *pachan*, der Boss.

»Einsteigen«, befahl die Stimme.

Ich schüttelte den Kopf.

»Ich bin Ermittler bei der Mordkommission, nicht irgendein uniformierter Wicht, den Sie schmieren können, und auch keine Knastschwuchtel, die vor Ihnen auf den Knien rutscht.«

»Alles nur Sprüche, Inspektor. Ich habe mich umgehört. Was man über Sie sagt? Um Luschen wie Tjulew und Lubaschow auszuschalten, reicht's vielleicht gerade. Aber mit den beiden wäre selbst meine Mutter fertiggeworden. Wenn Sie mich fragen: Reden, das ist alles, was Sie können. Aber was, wenn Sie es mit richtigen Männern zu tun bekommen? Sollten Sie mir mit Ihrer Schnüffelei Ärger machen, liegen Sie schneller, als Sie denken können, neben Ihrer Frau.«

Mit dieser Art Drohungen hatte ich gerechnet; alles nur Gerede, um sich aufzuplustern, zu zeigen, dass keiner von uns eingeschüchtert war. Außer dass ich es war. Ich durfte es mir bloß nicht anmerken lassen.

»Wissen Sie, wessen Tod ich aufzuklären versuche? Den der einzigen Tochter des Mannes, der Ihnen auf den Kopf scheißen und Sie das Klo runterspülen kann. Es ist nur in Ihrem Interesse, erst mal zuzuhören. Dann können Sie meinetwegen Ihre Klappe wieder aufreißen.«

Dem Gorilla neben mir gefiel nicht, wie ich mit seinem Boss redete. Er machte einen Schritt auf mich zu, und ich merkte, dass mir gleich eine dreitürmige Kirche das Kinn zertrümmern würde. Ich bedachte ihn mit einem eisigen Blick und winkte ihn heran.

»Du Arschloch glaubst, du kannst es mit mir aufnehmen? Fick deine Mutter!«

Das gefiel ihm noch weniger, aber er hatte gerade genügend Disziplin, um ohne Befehl nichts zu tun.

»Für wie blöd hältst du mich eigentlich? Glaubst du, ich komme hier nur mit dem Schwanz in der Hand an? Sieh mal zu dem Dach da oben; siehst du das Nachtsichtgerät meines Scharfschützen?«

Die Augen des Gorillas zuckten und folgten der Richtung, in die ich gedeutet hatte. Muskeln sind schön und gut, aber gegen eine Kugel kommen sie nicht an. Er entdeckte meinen Scharfschützen nicht, was nicht weiter verwunderte, weil es keinen gab.

Die Stimme, die aus dem Fond des Autos kam, war erstaunlich geduldig. Sie gehörte allerdings auch einem Mann, der clever und rücksichtslos genug war, um alle seine Feinde und die meisten seiner Freunde überlebt zu haben.

»Schluss jetzt mit diesem Scheiß. Ich werde Sie nicht in Ihr Ehebett zurückbefördern, Inspektor. Noch nicht jedenfalls. Wenn Sie da draußen in der Kälte stehen bleiben wollen, meinetwegen. Wir können auch so reden. Also, ich höre.«

Ich erzählte ihm von den Morden in beiden Ländern, von den Verstümmelungen.

»Damit haben wir nichts zu tun«, sagte er. »Absolut nichts. Wir sind Geschäftsleute. Niemand von uns will so was vor seiner Tür haben.«

»Es hat einen weiteren Mord gegeben, von dem Sie vielleicht noch nichts wissen, und der wird über uns hereinbrechen wie eine Naturgewalt.«

Ich erzählte ihm von der toten SpezNas-Angehörigen. Mehr musste ich ihm dazu nicht sagen. Moskau konnte jederzeit anrücken und uns durch den Fleischwolf drehen, wenn es sich einen Vorteil davon erhoffte. Das ist keine Übertreibung. Die Tschetschenen oder die Georgier können ein Lied davon singen. Der Kreml war schon wegen des amerikanischen Luftstützpunkts stinksauer; hätten wir irgendetwas, was sich zu stehlen lohnte, wären sie längst über uns hergefallen wie Winterwölfe über die Schafherden bei Naryn.

Die Stille hing im Auto wie der Geruch von verdorbenem Fleisch. Als er schließlich zu sprechen begann, tat er es mit einem Anflug von Resignation.

»Abgesehen von ein bisschen Pisse ist die Welt voller Scheiße.«

Insgeheim gab ich ihm recht, aber ich wusste auch, wer dazu beitrug, dass es so war.

»Dank Ihres Lebenswerks«, antwortete ich und spannte jede Faser meines Körpers an für den Fall, dass die dreitürmige Kirche mir zu zeigen beschloss, was einem Respektlosigkeit eintragen kann.

»Ich mache, was ich mache, Sie tun, was Sie tun. Uns haftet der üble Geruch des Grabes an, uns beiden.«

Ich hörte ihn husten, ein raues, brutales Rasseln, wie mit Fleischerhaken aus seiner Lunge gezerrt. Vielleicht bekam ihm die kalte Luft nicht. Vielleicht hatte sich ein Krebs, noch bösartiger als er, in ihm eingenistet.

»Soll ich Ihnen sagen, was ich glaube?«

Aus dem SUV kam keine Antwort, deshalb fuhr ich fort.

»Tynalijews Tochter? Vielleicht ein Sexualverbrechen, nur dass es nicht diesen Beigeschmack von Testosteron und Geilheit hatte. Wie ihr der Unterleib aufgeschlitzt wurde, das hatte nichts Rauschhaftes. Deshalb tippe ich auf einen von Papis politischen Gegnern. Oder einen Rachemord. Es gibt weiß Gott genügend Leute, die liebend gern auf sein Grab pissen würden. Sie eingeschlossen.«

»*Da*, ich eingeschlossen.« Und ich konnte die von dem Bleichmittel herrührenden Narben in seinen Worten hören. Der *wor* sagte nichts, ließ aber seine Knöchel genauso genüsslich knacken, als würde er meinen Kopf mit ihnen bearbeiten.

»Das Mädchen in Karakol, Umida Boronowa. Ihre Leiche haben wir gefunden, ihr Kind nicht. Das legt den Schluss nahe, dass sie wegen ihres Babys umgebracht wurde. Es wird gemunkelt, dass chinesische Medizin im Spiel sein könnte: Leute, die sich einen größeren Schwanz einiges kosten lassen.

Dann die Prostituierte, Schajyrkul, aufgeschlitzt und zerstückelt. Auch hier ein fremder Fötus. Ich kann mir nicht vorstellen, dass die Morde etwas mit chinesischer Medizin zu tun haben. Warum sollte man Frauen umbringen, die nicht schwanger sind, wenn es genug Schwangere gibt, denen man die Föten herausnehmen kann? Eine Warnung?«

Um anzudeuten, dass mir das alles ein Rätsel war, zuckte ich mit den Achseln.

»Und dann warnt mich eine usbekische Agentin, die Finger von der Sache zu lassen. Und zwar bevor mich jemand in einen Hinterhalt lockt und Tjulew und Lubaschow auf einem Metalltisch landen. Überall Friede, Freude, Eierkuchen; Jekaterinas

Mörder wird von einem tüchtigen Polizisten unschädlich gemacht, Fall erledigt. Allseits große Erleichterung. Nur hören die Morde nicht auf. Andere Orte, keine Verbindung zwischen den Opfern. Es geht nicht um Sex, es geht nicht um Rache, es ist kein durchgeknallter Einzeltäter, und es sollen nicht irgendwelche traditionellen Wundermittel verhökert werden.«

Schweigen.

Dann: »Und was weiter?«

»Die Usbekin erzählt mir, dass ihre Regierung glaubt, wir wollen unten in Osch Unruhe stiften, und mein Boss glaubt, es ist genau andersherum. Weitere tote Frauen, einschließlich einer, die sich in den Süden abgesetzt hat, um sich in Sicherheit zu bringen. Und jetzt ist auch noch das russische Militär hineingezogen worden. Deshalb frage ich mich: Wenn die Bruderschaft nicht möchte, dass der Kreml auf Rache sinnt und den Knüppel auspackt und das Ganze als Wiederherstellung von Recht und Ordnung verkauft, wieso sollte sie sich dann etwas versauen, womit alle jahrelang bestens gelebt haben?«

Ein paar Schneeflocken schwebten herab, zaghaft, als hätten sie Angst, sich auf dem Auto niederzulassen und den Zorn des Gangsterbosses zu wecken. Bis zum Morgengrauen war es noch lang, und ich fragte mich, ob ich es erleben würde.

Dann krakeelte die Stimme ein paar Anweisungen in die Luft, und aus dem offenen Fenster plusterte weißer Atem in das Dunkel.

»Tu ihm weh.«

KAPITEL 32

Die fallenden Schneeflocken, die fernen Scheinwerfer, der Wind, der sich durch die kahlen Zweige mogelte, alles verdichtete sich zu einem einzigen Augenblick, zur Zeitlupe, die schließlich zu völligem Stillstand kam.

Noch bevor sich der weiße Atem des Befehls seines *pachan* in Luft aufgelöst hatte, wirbelte ich zu dem Gorilla herum und trat ihm mit Wucht seitlich gegen das Knie. Sein Bein knickte in einem Winkel nach innen, wie ihn die Natur nie vorgesehen hatte, und ich hörte seine Kniescheibe knacken wie zum Feuermachen gebrochenes Reisig. Gleichzeitig zertrümmerte meine Faust seine Nase, nicht so heftig, ihm Knochensplitter ins Gehirn zu treiben, aber heftig genug, um ihn abrupt zu stoppen. Weil sein Bein sein Gewicht nicht mehr tragen konnte, fiel er zur Seite. Und als er die Hand ausstreckte, um seinen Sturz zu bremsen, schlug ich sie ihm weg.

Er stieß einen erstaunlich schrillen Schrei aus. Ich riss ihn hoch, um ihn als Schutzschild gegen das zu benutzen, was vielleicht aus dem Wagen kam, und zog sein Kinn nach hinten, um ihm das Genick zu brechen, falls er sich weiter zur Wehr setzte.

Aus den Resten seiner Nase schoss ein langer Blutschwall und spritzte über den Schnee, und dem Geruch nach zu schließen, hatte er sich vollgepinkelt. Ich angelte mit meiner freien Hand die Pistole aus seiner Jackentasche und richtete sie auf das offene Autofenster.

»Das reicht, Inspektor«, sagte die Stimme, ungerührt von der plötzlichen Gewalt. »Juri mag Ihnen vielleicht nicht gewachsen sein, aber Sie wissen, was ich tun muss, wenn Sie ihn umbringen.«

»Steig aus, du Wichser«, sagte ich.

Mir war scheißegal, wie alt er war, meinetwegen hätte er auch gerade brüllend vor Schmerzen an Krebs verrecken können. Er wusste etwas, und notfalls würde ich es aus ihm herausprügeln, bis er aus allen Löchern blutete.

Die Türverriegelung klickte, und der Boss stieg langsam aus.

»Und jetzt die Knarre auf den Boden«, ordnete ich an. Gleichzeitig nahm ich die Pistole vom Ohr des Gorillas und richtete sie auf den *pachan*. Um zu zeigen, dass er unbewaffnet war, hielt er die Hände hoch.

»Halten Sie das wirklich für eine gute Idee?«, sagte er. »Sie können von Glück reden, dass Sie keine lebenden Angehörigen mehr haben.«

»Jetzt ist Schluss mit diesem ganzen Scheiß.« Ich widerstand dem Drang, ihm seine schiefen fleckigen Zähne einzuschlagen.

Der *pachan* blickte sich verwundert um. Er begriff nicht, wo der Rest seiner Leute blieb. Ich ließ Juri zu Boden sinken, und um ihn eine Weile ruhigzustellen, gab ich ihm einen leichten Stahlkappenkuss. Dann konzentrierte ich mich wieder auf den *pachan*.

Maksat Aidaralijew. Siebzig Jahre alt, tödlich wie destilliertes Schlangengift. Er kontrollierte den Heroinhandel in der Provinz Tschüi schon seit der Zeit vor der Unabhängigkeit. Er hatte den KGB, die Staatspolizei, die Antikorruptionspolizei, die Spezialeinheit zur Drogenbekämpfung, zwei Revolutionen und jeden in der Unterwelt überlebt, der dumm genug gewesen war, sich mit ihm anzulegen. Auf seinem Handy waren die Privatnummern von allen, die im Weißen Haus etwas zu sagen hatten. Ihm gehörten Sanatorien für russische Oligarchen an den Ufern des Yssykköl-Sees sowie ein Dutzend Restaurants und Clubs in und um Bischkek. Er war machtbewusst und skrupellos. Ich wusste aus erster Hand, dass er zwei Undercover-Polizisten enthauptet und seine Trophäen ihren Ehefrauen geschickt hatte. Er war jemand, der nicht lange fackelte.

Und dabei war er trotz seines maßgeschneiderten Anzugs ein mickriges Männlein, das es auf Zehenspitzen gerade mal auf einen Meter sechzig brachte und aussah, als würde ihn der erste stärkere Windstoß bis zum Pamir-Gebirge blasen.

Er starrte mich an, dann spuckte er aus.

»Sie haben mich unterschätzt, *pachan*«, sagte ich und gab Juri einen weiteren Tritt, diesmal irgendwo zwischen Nabel und Eier, und mehr Pisse verfärbte den Schnee.

»Haben Sie deshalb keinen von Ihren anderen Brüdern mitgebracht? Weil Sie dachten, mit mir hätten Sie leichtes Spiel? Oder weil Ihnen klar ist, dass Tynalijew Sie vom Arsch bis zur Achselhöhle aufschlitzt, wenn ich sterbe, bevor ich den Mörder seiner Tochter gefunden habe?«

Aidaralijew fasste in seine Tasche, und jede Faser meines Körpers spannte sich an. Er zog sein Handy heraus und reichte es mir mit hochgezogenen Brauen.

»Wollen Sie ihn anrufen und fragen?«

Es konnte ein Bluff sein – Maksat Aidaralijew war alles zuzutrauen –, aber im Moment wollte ich dem Minister lieber nicht erzählen, dass ich bei der Aufklärung des Mordes an seiner Tochter noch keinen Schritt weitergekommen war.

Maksats Grinsen war so brutal wie das eines kirgisischen Bergwolfs, als er das Telefon wieder einsteckte. Dann blickte er nach rechts und winkte jemanden zu sich, der nicht zu sehen war. Ich hielt es für unwahrscheinlich, dass Maksat in sein eigenes Territorium scheißen würde, indem er jemand von der Mordkommission umlegte, aber ich machte mich schon mal auf einen schmerzhaften Schlag gefasst.

Wir warteten eine Weile, und er gestikulierte noch einmal in die Dunkelheit, diesmal ungeduldig.

»Spurt das Personal nicht?«, fragte ich. Wenn mir schon Prügel drohten, wollte ich vorher noch ein paar blöde Sprüche loswerden.

Er blickte sich mit einem Anflug von Verunsicherung um. Offenbar war er es nicht gewohnt, dass etwas nicht nach seinen äußerst präzisen und unmissverständlichen Vorstellungen lief.

»Keine Angst, sie sind da«, sagte er. »Und wenn nicht, werden Köpfe rollen.«

Da ich wusste, wie er mit den zwei verdeckten Ermittlern umgesprungen war, hatte ich keinen Grund, daran zu zweifeln. Als er lachte, kroch das leise Rasseln durch die Nachtluft, als schliche der Tod auf Zehenspitzen heran.

»Und wie soll's jetzt weitergehen, Herr Inspektor? Ein gemeinsames Tänzchen im Keller der Zentrale? In der Hoffnung, dass ich mir vor Angst in die Hosen mache? Oder um mir weiszumachen, dass ich in einen Käfig mit weniger engen Gitterstäben komme, wenn ich singe wie ein Vogel?«

Plötzlich war er ganz dicht vor meinem Gesicht, und Speichelfetzen landeten auf meinen Wangen.

»Hören Sie mal gut zu, Genosse Arsch, Sie wahnsinnig wichtiger Genosse Scheißinspektor. Als ich dreiundzwanzig war, sind sie in mein Dorf gekommen und haben mich mitgenommen. Ich war bloß ein Grünschnabel, noch weit davon entfernt, der Mann an der Spitze zu werden, *bratski krug*. Ich hatte keine Rückendeckung, niemand, der seine schützende Hand über mich gehalten hätte, niemand, der mich für ein kleines Schmiergeld unbehelligt den Tschüi rauf und runter hätte spazieren und nach den hübschen Mädchen in ihren Sommerkleidern sehen lassen.«

Er hielt inne und fuhr sich mit der Hand über den Mund.

»Wissen Sie, was passiert ist, Genosse? Als die mich in Ihrem Keller zum Tanz aufgefordert haben?«

Er fuchtelte mit der Hand vor meinem Gesicht herum, und ich sah die verkrümmten Finger, die fehlenden Nägel, die uralten Narben, die wie weiße Würmer über seine Handfläche krochen.

»Ich habe nicht nur getanzt, ich habe auch Xylophonspielen beigebracht bekommen. Nicht mit einem Klöppel, mit einem Kugelhammer. Immer nur ein Knöchel, ein Knochen, ein Gelenk. Und am nächsten Tag der nächste Finger. Ohne zu wissen, welcher dran ist. Und sobald sie zu heilen anfingen, total schief und gesplittert, verkrümmt wie Adlerklauen, ja, dann ging das Ganze wieder von vorn los. Neun Monate, bis sie mich endlich aus diesem Keller gelassen haben. Und soll ich Ihnen was sagen? Ich habe nicht einen Ton gesungen.«

Dasselbe bittere Lachen.

»Diese Wichser, sie haben meine rechte Hand an achtundzwanzig Stellen gebrochen. Aber ich kann ja auch mit der linken schreiben, Genosse, nicht wahr? Und das war nicht alles, was ich damit getan habe, sobald ich wieder draußen war.«

Er verformte seine Hand zur Parodie einer Pistole.

»Keine der Uniformen, die damals mit mir Walzer getanzt haben, werden Sie heute noch rumlaufen sehen. Alle in Ausübung ihrer Pflicht zu Tode gekommen, versteht sich. Zumindest hat man das den trauernden Witwen und Kindern erzählt. Kein leichter Beruf, aber einer von kurzer Dauer, hm?«

Er blickte zu mir hoch und grinste, nichts als Bosheit und Tod in seinen Augen.

»Was könnte ein Hurensohn wie Sie mir antun, was die wahren Experten nicht draufgehabt haben?«

Ich hörte das Knirschen von Schnee hinter mir, wandte den Blick jedoch nicht von Maksat ab. Mein Finger drückte den Abzug bis zum Auslösepunkt durch; wenn es mich traf, war auch er dran.

»Kann sein, dass der Inspektor kein Profi auf diesem Gebiet ist, Aidaralijew. Aber keine Sorge, ich schon.«

Eine Stimme, die mir bekannt vorkam. Eine Stimme wie Honig auf Eiscreme.

KAPITEL 33

Saltanat trat mit einer Kalaschnikow in die Lichtkreise des SUV.

Ein paar Sekunden lang machte Maksat ein verdutztes Gesicht, aber dann erkannte er sie und nickte.

»Wahrscheinlich muss ich mich bei Ötkür bedanken, dass du hier bist«, sagte ich. »Vor dir kann man wohl wirklich nichts geheim halten, hm?«

»Nicht unbedingt zu deinem Schaden«, sagte Saltanat zu mir, ohne Maksat aus den Augen zu lassen. »Unser Freund hier ist nie ohne Personenschutz unterwegs.«

Maksat deutete mit dem Kopf in das Dunkel, aus dem sie gerade gekommen war. Dann zog er eine Augenbraue hoch. Saltanat nickte.

»Einer wird morgen mit einem Gefühl aufwachen, als wäre der Pik Lenin auf ihn gefallen. Der andere?« Sie hob die Schultern. »Wird gar nicht mehr aufwachen.«

»Nicht schade um die beiden, wenn sie nicht den Mumm hatten, mit einer Nutte wie dir fertigzuwerden.«

In Saltanats Miene fand die Beleidigung des *pachan* keinen Niederschlag, aber sie machte einen raschen Schritt nach vorn und rammte ihm den Lauf der Kalaschnikow in die Hüfte. Er ächzte vor Schmerzen und stützte sich mit einer Hand an der Seite des SUV ab.

»Du bist die Usbekenschlampe?« Jedes seiner Worte troff vor Verachtung. Verachtung, die der Feindin, der Polizistin und der Frau galt, allen dreien.

»Betrachten Sie es als Aufwärmübung, als kleine Vorspeise, bevor wir zum Hauptgang kommen.« Ihr Lächeln war ohne jede Wärme.

»Hier ist es arschkalt. Können wir das nicht irgendwo besprechen, wo es warm ist, und so tun, als ob wir Freunde wären, bei einer Flasche?«

»Klar«, sagte Saltanat. »Seien Sie mein Gast.«

Ohne ihren Blick und die Kalaschnikow vom *pachan* abzuwenden, bückte sie sich und klopfte Juris Taschen ab. Sie fand den Autoschlüssel und warf ihn mir zu.

»Du fährst«, sagte sie, »und ich mache es mir mit meiner wahren Liebe auf dem Rücksitz bequem.«

Um keine Missverständnisse aufkommen zu lassen, streichelte sie den Lauf ihrer Kalaschnikow.

»Und was ist mit ihm?« Ich blickte auf Juri hinab.

»Sag bloß, das interessiert dich.« Sie bedeutete unserem Gefangenen, einzusteigen.

Das tat es keineswegs, aber dass er erfror, wollte ich auch nicht, Gorilla hin oder her. Ich rief anonym in der Zentrale an und veranlasste, dass ihn ein Streifenwagen abholen kam und in einer warmen Zelle unterbrachte. Dann setzte ich mich ans Steuer, ließ den Motor an, und wir fuhren in die Nacht.

Sie dirigierte mich am Kraftwerk mit seinen Rauchschleiern vorbei auf den Tschüi-Prospekt nach Osten. Ich sah immer wieder in den Rückspiegel, aber es herrschte kaum Verkehr, und ich war ziemlich sicher, dass uns niemand folgte. Saltanat lotste mich an den Stadtrand von Bischkek, wo jede Menge neue Häuser aus dem Boden sprossen. Die von Schlaglöchern übersäte Straße ging in einen unbefestigten Weg über, und wir holperten und schaukelten weiter. Das war der Moment, in dem Maksat einen Fluchtversuch hätte wagen können, aber Saltanat hielt ihm die Kalaschnikow fest in den Bauch gedrückt, um ihn auf der Stelle zu durchlöchern, wenn er irgendwelche Dummheiten machte.

Wir kamen zu einem großen dreistöckigen Haus, das von einer

zwei Meter hohen Mauer umgeben war. Jemand musste nach uns Ausschau gehalten haben, denn das verzierte blaue Tor öffnete sich, als wir darauf zufuhren. Ich steuerte den Wagen auf das Grundstück, und das Tor ging sofort wieder hinter uns zu. Vor der Eingangstür brachte ich den Wagen zum Stehen und stieg aus.

Eine Wache begann sofort damit, mich zu filzen, eine zweite hielt ihre Kalaschnikow auf mich gerichtet. Dann zogen sie Maksat aus dem Auto und durchsuchten ihn – wesentlich gründlicher. Nachdem sie zufriedengestellt waren, führten sie uns beide nach drinnen. Eine Treppe schlängelte sich in den ersten Stock hinauf und eine in den Keller hinab. Ansonsten war die Diele vollkommen leer. Wir wurden in eins der Zimmer an ihrem hinteren Ende geschoben und aufgefordert, uns auf den Boden zu setzen. Für eine konspirative Wohnung machte das Haus einen recht spartanischen Eindruck. Es gab keine Heizung, und unser Atem hing wie Dampf in der abgestandenen Luft.

Saltanat kam herein und lehnte sich an die Wand. Sie hatte ihre Kalaschnikow im Auto gelassen, aber die zwei Wachen, die sie begleiteten, verfügten über reichlich Feuerkraft. Mir kam der Gedanke, dass der *pachan* nicht ihr einziger Gefangener war und Saltanat keinen Grund hatte, mir wohlgesinnter zu sein als dem alten Mann. Mir fiel ein, dass ihr ursprünglicher Auftrag gelautet hatte, mich umzubringen, und mir drehte sich der Magen um.

»Es hat keinen Zweck, dir einzuprägen, wie du hierhergekommen bist, Inspektor.«

Meinte sie damit, dass ich nicht mehr von hier wegkäme oder dass uns das Haus nur vorübergehend als Unterschlupf diente? Ich hatte den Verdacht, dass zumindest der *pachan* diese vier Wände nicht mehr verlassen würde. Falls dem so war, ließ er sich nicht anmerken, dass ihn das beunruhigte. Er war ein fieses Schwein, aber Mumm hatte er, das musste man ihm lassen.

Er stemmte sich vom Boden hoch und ging auf Saltanat zu. Die Wachen wurden unruhig, und ich machte mich darauf gefasst, in dem Geschosshagel eine Kugel abzubekommen. Aber Maksat breitete die Arme aus und blieb vor ihr stehen.

»Ich weiß, dass du ein *torpedo* bist, du weißt, dass ich der oberste Boss bin, ein *wor w sakone*. Machen wir uns also nichts vor. Ich erwarte nicht, dass du mich hier mit dem Schwanz in der Hand rausmarschieren lässt. Es ist nicht meine Art, Informationen rauszurücken. Wenn du mir eine Kugel in den Kopf jagst, werden dich meine Leute schnell erledigen. Derselbe Schuss, hinters Ohr, garantiert.«

Er hielt inne und sah Saltanat unverwandt an. Seine Gesichtszüge waren wie aus Granit gemeißelt.

»Oder du kommst mir auf die harte Tour. Zange. Hammer. Das Übliche. Ich kenne das. Habe es selbst gemacht. Sollte es dazu kommen, finden sie meine Leiche, und dich trifft es noch härter. Abgeschnittene Nippel. Ein Film, wie dich meine Jungs von vorn und hinten nehmen, und hinterher schicken sie ihn an deine Familie.«

Das sagte er ihr, als erklärte er ihr gerade, wie man zu Hause extrastarken Wodka brennt. Dann machte er eine resignierte Handbewegung; das alles lag nicht mehr in seiner Hand.

»Oder eine letzte Option. Vielleicht sollte ich dir dankbar sein. Du hast mir gezeigt, dass ich die Dinge habe schleifen lassen, im Alter ein bisschen nachlässig geworden bin. Unfähige Trottel für mich habe arbeiten lassen wie Juri und diese zwei Versager, die du überrumpelt hast. Wenn du mich laufenlässt, ist alles vergeben und vergessen.«

Er blickte sich in dem kahlen Zimmer um und wog ab, ob die körperlichen Angriffe und die Morde, die Drogen und die Schmiergelder, die Datscha und das Geld – ob das alles darauf hinauslief, dass er an der fleckigen, blätternden Tapete in einem bitterkalten Haus starb.

»Du fährst mich in die Stadt zurück, und wir ziehen einen Schlussstrich unter die Geschichte. Aber eine kleine Entschädigung brauche ich für den ganzen Aufwand, das wirst du sicher verstehen. Sonst wird noch hinter meinem Rücken getuschelt: ›Was ist bloß mit Maksat los? Lässt sich von einer billigen Fotze vorführen.‹ Das geht auf gar keinen Fall.«

»Was willst du?«

Um die Lippen des *pachan* spielte wieder dieses wölfische Grinsen, und seine Augen wogen die Chancen ab, dieses Haus doch noch lebend zu verlassen. Er blickte in meine Richtung.

»Seinen Kopf.«

KAPITEL 34

Saltanat sah aus, als dächte sie über den Vorschlag nach. Ich überlegte, wie groß meine Chance war, einer der Wachen die Kalaschnikow zu entreißen, das Zimmer mit seinen Leuten unter massiven Beschuss zu nehmen und dann lebend rauszukommen. Ich versuchte gar nicht erst, sie mir auszurechnen. Auch Saltanats langes Schweigen missfiel mir. Ich bin nicht so naiv, zu glauben, eine im Halbkoma neben einer Frau verbrachte Nacht wäre der Anfang einer Liebesbeziehung, aber zumindest hätten sie und ich auf der Seite derer mit den weißen Hüten stehen sollen.

»So funktioniert das nicht, Maksat«, sagte sie. »Es hilft mir nicht, herauszubekommen, was ich wissen will. Wer bringt diese Leute um und warum? Du glaubst doch selbst nicht, dass du hier rausgehst und den Mund hältst. Du denkst, deine beschissene kleine Gang kommt an mich ran? Ich hatte keine Mühe, an dich ranzukommen, oder?«

Sie knackte mit den Knöcheln, und mir wurde klar, dass ich es mit einer äußerst gefährlichen Frau zu tun hatte.

»Gib mir deine Hand.«

Er streckte den rechten Arm aus, und sie nahm seine Hand, fast zärtlich, in ihre.

»Weißt du, wir Usbeken, wir sind ein bodenständiges Volk, nicht wie ihr Kirgisen mit euren Schamanen. Für uns ist ein Gewitter einfach ein Gewitter, ein Berg nur ein zu groß geratener Hügel. Aber das heißt nicht, dass wir nicht in die Zukunft blicken können.«

Sie drehte seine Hand um und fuhr mit dem Zeigefinger über die Narben auf seiner Handfläche, untersuchte das geschundene, verwachsene Gewebe, wo einmal seine Fingernägel gewesen waren. Als sie wieder zu sprechen begann, schwang Traurigkeit in ihrer Stimme mit.

»Du hast viel gelitten unter den Vorgängern des Inspektors. Das sieht man an deinen Händen. Aber ich kann mehr in ihnen lesen als deine Vergangenheit. Ich kann deine Zukunft sehen und wie du mir dein Herz ausschüttest. Denn jetzt bist du endlich an dem Ort angekommen, an dem wir Fremde begraben. Du bist von den Stimmen der Toten hierhergebracht worden.«

Sie nickte den zwei Wachen zu, worauf diese den *pachan* an den Armen packten. Sein Gesicht war eine Maske resignierten Trotzes, als ob er immer schon gewusst hätte, dass es so enden würde. Kurz fühlte ich mich an meine Mutter erinnert, dieselbe totale Weigerung, sich zu unterwerfen, dasselbe Widerstreben, hinzunehmen, dass es etwas geben kann, was stärker ist als die eigene Willenskraft.

»Ich hatte siebzig Jahre. Wesentlich mehr, als du haben wirst.«

Saltanat blieb ungerührt. Dann zuckte ein Mundwinkel nach oben, und ich merkte, dass ich sie nie hatte lächeln sehen.

»Vielleicht möchtest du dich ja im Haus umsehen. Architektonisch nicht besonders interessant, auch die Einrichtung lässt einiges zu wünschen übrig.«

Sie griff nach einer Ecke der sich lösenden Tapete und zog daran. Sie war feucht und ging sofort ab. Darunter kamen Flecken und Schimmelblasen zum Vorschein, durch den Putz sickerte Feuchtigkeit. Ich musste an die aus den Fingern des *pachan* gerissenen Nägel denken, und mir wurde übel.

»Am besten, wir fangen im Keller an.«

Wir waren am oberen Ende der Treppe, als Maksat es versuchte. Die Stufen wanden sich um einen Mittelträger, und auf der

Innenseite befand sich kein Geländer. Deshalb war es nicht schwer für den alten Mann, einen der Wachmänner mit dem Ellbogen aus dem Gleichgewicht zu bringen und ihm die Faust in den erschrocken aufgerissenen Mund zu rammen. Die Kalaschnikow purzelte scheppernd die Treppe hinunter und kam auf dem Zwischenpodest zu liegen. Der *pachan* war flink und fasste nach ihrem Lauf. Aber der andere Wachmann war genauso schnell und trat Maksat mit voller Wucht gegen das Fußgelenk. Stöhnend vor Schmerzen taumelte der alte Mann gegen die Wand. In der Zwischenzeit hatte sich die erste Wache wieder gefangen und bückte sich, um das Sturmgewehr an sich zu nehmen.

»Willst du etwa schon gehen, Maksat? Die Führung fängt doch erst an.«

Und dann waren wir am Fuß der Treppe und gingen durch eine Tür in einen schmalen, nicht verputzten Gang, der zum Heizungsraum führte. Auf dem Boden überall Kohleflecken, die Wände schwarz von Kohlenstaub. Der Ofen war aus Gusseisen und hatte ein kleines Fenster, hinter dem normalerweise Kohle glühte. Aber an diesem Abend war der Ofen so kalt und leer wie das Haus.

An der Wand lehnten ein Kohlenhammer, eine Zange zum Befüllen des Ofens und eine schwere Schaufel. Maksat Aidaralijew bekam große Augen, als er sie sah. Er war schon in Kellern wie diesem gewesen und hatte Werkzeug für Dinge benutzt, für die es nicht gedacht war.

Es braucht nicht viel, um einem Menschen solche Schmerzen zuzufügen, dass er redet, dass er nichts anderes mehr will, als die Worte zu sagen, die der Tortur ein Ende machen. Kleine, harmlose Dinge: ein Holzsplitter, eine Nagelschere, eine Nadel. Mehr ist nicht nötig, um einen Mann zum Weinen und Schreien zu bringen, dazu, sich vollzupinkeln.

Kleine Dinge wie die bösartigen Zellen, die sich an Tschinaras Brust gütlich getan hatten, sie wie ein zum Kannibalen gewordenes Kind aufgefressen und in die Erde hinabgezogen hatten.

Bei dem Gedanken daran, was jetzt kommen würde, konnte ich rohes Fleisch in meinem Mund schmecken.

»Hätte ich gewusst, dass wir Besuch bekommen, hätte ich den Ofen eingeheizt, Maksat. Damit dir schön warm ist; in deinem Alter friert man nicht gern.«

Dass sie ihn duzte, entwürdigte ihn, beraubte ihn seines Prestiges und Ansehens, von dem er so lange geglaubt hatte, es stünde ihm zu. Sie sprach langsam und geduldig wie mit einem zurückgebliebenen Kind.

»Saltanat, das führt doch zu nichts.«

Sie wandte sich mir zu. Aus dem Augenwinkel sah ich, wie Maksat die Zähne zusammenbiss.

»Meinst du?«, sagte sie.

»Sieh ihn dir doch an. Den kriegst du nicht so schnell klein, der redet nicht. Aber er ist alt. Hat wahrscheinlich ein schwaches Herz, Wodka, seit sechzig Jahren ständig eine Papirossa zwischen den Lippen.«

Über ihr Gesicht legte sich ein amüsierter Ausdruck.

»Sag bloß, der Star der Mordkommission sorgt sich um die Bürgerrechte. Es wundert mich, dass du nicht auf dem ersten Schlag bestehst. Oder hast du die geköpften Polizisten schon vergessen?«

»Ich sage bloß, wenn wir ihn umlegen, sitzen wir noch tiefer in der Scheiße. Wie viele Feinde müssen wir uns noch machen, um diesen Fall endlich zu lösen?«

Sie zog die Augenbraue hoch, und die Narbe, die sie durchschnitt, schimmerte knochenweiß.

»Wir, Inspektor? Seit wann sind wir Partner?«

Sie blickte zu Maksat hinüber, dann wieder zu mir.

»Wie kommst du überhaupt darauf, dass dir nicht das Gleiche blüht? Hast du schon vergessen, dass ich dich eigentlich aus dem Verkehr ziehen sollte?«

Hatte ich nicht, aber ich hatte gehofft, sie hätte es vielleicht vergessen.

Sie nahm die Zange von der Wand und ließ probeweise die Backen zusammenschnappen. Das Klicken, mit dem sie aufeinandertrafen, war leise, harmlos. Von einem Schrei oder Fluch mühelos zu übertönen.

Sie strich mit dem Daumen über eine der Kanten.

»Das Problem mit diesen Dingern ist, dass sie so schnell stumpf werden. Das macht es viel schwerer, etwas damit zu durchtrennen, und es dauert auch länger.«

»Nur zu«, knurrte Maksat. »Wenn du mir Angst einjagen willst, musst du dich schon etwas mehr anstrengen.«

Saltanat setzte ein strahlendes Lächeln auf, und ich hätte schwören können, dass ihre Augen leuchteten.

»Ich würde nie unnütz meine Energie verschwenden, *pachan*. Jeder in den ›-stan‹-Ländern weiß, was für eine harte Nuss du bist. Deshalb dachte ich, wir plaudern einfach ein bisschen, und dann kann ich dich überreden, das Richtige zu tun.«

Mit einem kurzen bellenden Lachen spuckte Maksat auf den Boden. Sein Schleim wurde vom Kohlenstaub sofort absorbiert.

Saltanats Lächeln verzog sich kein einziges Mal, als sie in ihre Tasche fasste und ihr Handy herausholte.

»Ich bin weit fort von zu Hause, *pachan*, du weißt ja, wie das ist, man vermisst seine Familie und seine Freunde. Aber diese neuen Handys, auf denen kann man jetzt sogar Echtzeit-Videos verschicken.«

Sie hielt das Handy so vor sein Gesicht, dass auch ich auf das Display sehen konnte.

»Natürlich bin ich noch nicht alt genug, um schon ein Enkelkind zu haben. Du aber sehr wohl.«

Von da, wo ich stand, war es schwer zu erkennen, aber ich konnte sehen, dass das Bild eines jungen Mädchens das Display ausfüllte. Maksat sagte nichts, aber seine Lippen wurden schmäler.

»Ajana, stimmt's? Ein hübscher Name. Und so ein süßes kleines Ding. Fast zwölf, bald wird sie eine Frau.«

Das Mädchen auf dem Display winkte und wurde plötzlich aus dem Bildausschnitt gezerrt. An ihrer Stelle erschien ein vierschrötiger Mann auf dem Display, dessen Grinsen eine Reihe Goldzähne bloßlegte. Er war unrasiert, ein richtig widerwärtiger Typ, und weder ich noch Ajanas Großvater hatten irgendwelche Zweifel bezüglich der angedeuteten Drohung, was passieren würde, wenn er nicht redete.

Saltanat machte das Handy aus und stellte sich vor den *pachan*. Seine Augen waren schwarz vor Hass, als er sie anstarrte, aber ein Mundwinkel zitterte. Sie nahm den Hammer von der Wand; ein Ende war flach und stumpf, das andere lief spitz zu.

»Es ist wirklich deine eigene Schuld, Maksat. Ich weiß, wir könnten an deiner Wirbelsäule die Xylophonbehandlung vornehmen, dem Zahnarzt einen Besuch abstatten, sogar deine Eier mit diesem Hammer plattmachen, und trotzdem würdest du uns nicht vorsingen. Eher würdest du dir die Zunge abbeißen und mir vor die Füße spucken, habe ich recht?«

Maksat sagte zwar nichts, aber seine hängenden Schultern verrieten mir, dass Saltanat gewonnen hatte.

»Also, mein Vorschlag ist folgender. Du erzählst uns, was du weißt – alles, was du weißt –, und sie darf heute Abend wieder nach Hause. Und ist noch Jungfrau, wenn sie bei ihrer Hochzeit von irgendeinem Trottel mit mehr Eiern als Verstand heimgeführt wird. Andernfalls …« Sie schlug mit einer Faust auf die andere, die russische Geste für Ficken. »Und meine Leute haben natürlich Kameras und was sonst an Ausrüstung nötig ist, um einen ganz speziellen Film zu drehen, die Sorte, die im Internet sehr beliebt ist. Abgezwickte Nippel und so, du hast es ja selbst erwähnt. Ihre sind natürlich noch klein, sie ist ja noch ein halbes Kind, aber empfindlich sind sie trotzdem. Was würde dein Kartell wohl dazu sagen? Muss schwer sein, einem *pachan* verpflichtet zu sein, der seine eigene Familie nicht beschützen kann.«

Maksat Aidaralijew nickte.

Ich spürte, wie die aus meinem Magen hochsteigende Kotze in meiner Kehle brannte, als ich mir eine kreischende, bettelnde *dewotschka* vorstellte, deren Eltern festgehalten wurden und mit ansehen mussten, wie ihre Welt alles Anständigen und Unschuldigen beraubt wurde. Ich fragte mich, ob Saltanat ein menschliches Wesen war oder bloß eine Psychopathin. War sie ein *torpedo*, der auf Befehl tötete, hatte man nur etwas von ihr zu befürchten, wenn man auf ihrer Abschussliste stand, eine Einnahmequelle für sie war. Konnte überhaupt jemand vor ihr sicher sein, solange man sie nicht unbarmherzig ausschaltete?

Maksat blickte uns der Reihe nach an und ließ den Blick schließlich auf mir ruhen.

»Wie finden Sie das, Inspektor? Greifen Sie auch zu solchen Methoden? Sind Sie deshalb besser als ich? Nicht vielleicht sogar schlimmer?«

»Ich habe hier nicht mehr zu sagen als Sie«, antwortete ich, wohl wissend, dass es eine billige Antwort war; schwach, wie ich das in Saltanats Gegenwart immer zu sein schien. Ich stockte, hielt den Mund. Ich hätte anführen können, dass es der schnellste Weg war, den Fall zu lösen. Aber Schweigen kann zwei unterschiedliche Dinge oder beide zugleich bedeuten: Zustimmung und den Wunsch, zu überleben.

»Lassen Sie uns doch wieder nach oben gehen«, sagte Maksat und breitete die Arme aus. »Wenn ich rede, dann nicht in irgendeinem beschissenen Kohlenkeller. Wenn Sie mich erledigen wollen, behandeln Sie mich wie einen Mann.«

KAPITEL 35

Saltanat führte uns wieder ins Erdgeschoss hinauf, in ein Zimmer, das auf der Rückseite des Hauses lag und dessen Einrichtung aus drei Küchenstühlen bestand. Sie bedeutete uns, Platz zu nehmen; die Wachen blieben an der Tür stehen.

»Ich verlange nicht viel von Ihnen, *pachan*«, begann sie, und mir fiel auf, dass sie ihn wieder siezte und mit dem Ehrentitel ansprach. »Wir wollen diese ärgerliche Geschichte endgültig aus der Welt schaffen. Sie ist schlecht für mein Geschäft, und für Ihres sicher noch viel schlechter. Was für Sie dabei herausspringt? Sie werden in ein paar Jahren die Rechnung für die Hochzeit Ihrer Enkelin bezahlen können.«

Sie holte ihre Zigaretten heraus, reichte das Päckchen herum, zündete sich eine an. Ihr Lächeln war aufmunternd, ihr Blick vertrauenerweckend.

»Also. Wer? Und, noch wichtiger, warum?«

Maksat Aidaralijew zögerte. Er hatte sich sein ganzes Leben lang an das *worowskoe blago*, das Gesetz seiner Bruderschaft, gehalten, und über Angelegenheiten der Bruderschaft zu sprechen war ein schwerer Verstoß dagegen. Saltanat blieb still: Sie wusste, das war der Punkt, an dem er entweder einknickte und redete oder auf stur schaltete und sie zwang, zum Äußersten zu gehen.

»Warum, kann ich Ihnen nicht sagen«, begann er schließlich. »Und auch darüber, wer hinter dem Ganzen steckt, kann ich Ihnen nicht viel erzählen. Nein …« Er hob die Hand, als Saltanat die Stirn runzelte. »Ich werde Ihnen sagen, was ich weiß. Und dann lassen Sie mich gehen.«

Er steckte sich eine ihrer Zigaretten an, nahm einen tiefen Zug.

»Sie wissen, ich bin einer der zwanzig«, fuhr er fort. »Ich gehöre zur Bruderschaft. Das ist kein Geheimnis; jeder Polizist zwischen hier und Moskau weiß das. Ich gehöre dem inneren Kreis an, aber nicht dem Inneren Kreis. Und wenn ich einen Auftrag erhalte, dann sorge ich dafür, dass ihn einer meiner Jungs ausführt.«

»Wie ein Diener?« Saltanats Stimme hatte einen spöttischen Unterton.

Maksat runzelte die Stirn, beschloss aber, die Spitze zu ignorieren.

»Ich erteile dem Inneren Kreis Ratschläge, sie schätzen meine Erfahrung, handeln nach meinen Vorschlägen. Und wir verdienen alle gut dabei. Manchmal bestehen sie allerdings darauf, dass etwas ohne Wenn und Aber und ohne irgendwelche Erklärungen erledigt wird. So war es in diesem Fall.«

Saltanat hielt den Blick fest auf den alten Mann gerichtet und beugte sich vor. Vielleicht war ich zynisch, aber ich vermutete, dass wir gleich das größte Lügenmärchen Bischkeks aufgetischt bekämen.

»Sie haben den Befehl erhalten, Jekaterina Tynalijewa zu töten?«

»Niemand erteilt mir Befehle, irgendetwas zu tun«, fauchte der alte Mann. »Wir sind eine Bruderschaft, wir helfen einander, eine Hand wäscht die andere. Angenommen, mein Bruder in Taschkent oder Almaty möchte, dass ihm hier in Kirgisistan jemand einen Gefallen tut. Dann bittet er mich darum, respektvoll, und wenn ich kann, helfe ich ihm. Und wenn ich dann etwas – oder jemanden – in seinem Land erledigt haben will, na ja, dafür sind Brüder da.«

»Jedenfalls haben Sie Jekaterina umgebracht?«

Der *pachan* zuckte die Achseln.

»Ich wurde gebeten, ein totes Kind zu beschaffen, ein ungeborenes, einen Jungen. Ich habe nicht gefragt, warum.«

Sein geschäftsmäßiger Ton kotzte mich an. Er wusste, dass ich das Blutbad unter den Bäumen gesehen hatte, die Erniedrigung und Verstümmelung, den starren Blick, der zwischen den Bäumen nach Sternen suchte. Kurz überlegte ich, ob er es gewesen war, der mein Foto von Tschinara gestohlen hatte, und ich stellte mir vor, wie ich seinen Hühnerhals würgte, bis ihm die Augäpfel platzten und der Kopf schlapp von seinem gebrochenen Genick baumelte. Ich grub die Fingernägel in meine Handflächen und hielt mir vor Augen, dass die ergiebigsten Verhöre diejenigen sind, bei denen man nur den Mund halten muss, damit man die ganze Geschichte zu hören bekommt. Aber manchmal muss man den Mund aufmachen.

»Das Kind der Frau, die drüben bei Karakol ermordet wurde? Umida Boronowa? Neunzehn Jahre alt? Schwanger, allein, im Dunkeln, verängstigt? Sie wissen nicht einmal, wie sie hieß, stimmt's?«, sagte ich wütend. »Für Sie nur ein weiteres Stück Fleisch, den Wölfen, die Sie als Ihre Freunde bezeichnen, zum Fraß vorgeworfen. Aber in Wirklichkeit scheißen Sie sich fast in die Hosen aus Angst vor ihnen. Sind auch nur so ein mieser kleiner Schulhofschläger, der hinterher behauptet, dass es die großen Jungs waren, die dann weggelaufen sind.«

Saltanat warf mir einen warnenden Blick zu. Aber ich hatte es satt, so zu tun, als führten wir ein ganz normales Verhör. In diesem Moment wollte ich, dass er etwas tat, aufstand, etwas sagte, irgendetwas, was mir erlaubte, ihn mit bloßen Händen totzuprügeln.

Maksat starrte mich an.

»Ich habe Männer massakriert, die mir mit mehr Respekt begegnet sind, aber«, er deutete auf die zwei Wachen, »es ist leicht, tapfer zu sein, wenn jemand anders für einen abdrücken kann.«

»Und ich würde Ihnen eine Kugel in den Kopf jagen, wenn die Aussicht bestünde, dort irgendetwas Menschliches zu treffen und nicht bloß einen in Scheiße schwimmenden Klumpen Fleisch.«

»Darüber reden wir ein andermal, Inspektor«, sagte er ruhig, ohne jede Emotion. »Wenn die Verhältnisse etwas ausgeglichener sind.«

Ich spuckte aus, mit aller Verachtung, die ich ausdrücken konnte. Ich dachte an die vielen Toten, die er unter die Erde gebracht hatte, an die Qualen des Entzugs von Drogen, die er geschmuggelt hatte, an die jungen Frauen, die er für sich anschaffen und an Aids hatte sterben lassen, weil er ihnen den Gebrauch von Kondomen verboten hatte. Ich hielt mein Gesicht ganz dicht an seines und starrte ihm in die Augen.

»Stellen Sie sich Ihre Enkelin vor, wie sie halb totgefickt wird und nach ihrem Großvater schreit. Wie sie ihre Peiniger anfleht, nein, nicht, bitte nicht. Und das Messer, wenn sich das Mondlicht in seiner Klinge bricht, das kalte Metall, wie es sich in ihre Haut gräbt, sie schlitzt und schneidet. Denn genau das haben Sie einer Neunzehnjährigen angetan, die mit ihrem ersten Kind schwanger war.«

»Inspektor«, sagte Saltanat, »deine Entrüstung bringt uns nicht weiter. Ich will wissen, worum es bei der ganzen Sache geht.«

Der *pachan* zuckte mit den Achseln und ließ seine Zigarette auf den Boden fallen, um sie mit dem Fuß auszutreten.

»Ich sage Ihnen doch, ich habe nicht gefragt, und sie haben es mir nicht gesagt.«

Er lächelte, und ich hätte sein Gesicht am liebsten mit einem Hammer malträtiert.

»Geht es dabei um chinesische Medizin?«, fragte Saltanat. »Um Schmuggel? Um Beschaffung von Rohmaterial?« Ich wusste, sie dachte dabei an die Geschichten über die Vitamintabletten, die über den Tienschan ins Land kamen, die Pillen, die zu Pulver vermahlene menschliche Föten enthielten.

Maksat lachte.

»Glauben Sie, die Chinesen haben nicht genügend eigene tote Föten? Bei deren Ein-Kind-Politik? Die schaben genügend Betriebsunfälle aus, um tausend Apotheken beliefern zu können. Nein, das hat nur dazu gedient, Angst zu schüren. Die Usbeken fürchten die Kirgisen. Die Kirgisen fürchten die Uiguren. Die Uiguren fürchten die Chinesen. Ein ständiger Kreislauf aus Misstrauen und Hass.«

»Was ist dabei für Sie herausgesprungen?«, fragte Saltanat mit echtem Abscheu in der Stimme.

»Was für mich herausgesprungen ist? Bezahlt wurde ich dafür, das ist, was für mich dabei herausgesprungen ist«, sagte der Alte. »Aber fragen Sie mich nicht, was sich sonst jemand davon versprochen hat. Wenn Sie das wissen wollen, müssen Sie mit denen reden.«

»Sie haben die zwei Frauen also im Auftrag der Bruderschaft ermordet?«

Er nickte.

»Die anderen beiden – deren Tod habe ich nicht angeordnet, da hat jemand anders eine Säuberung veranstaltet.«

Ich überlegte kurz, wen er meinte. Dann fielen mir Schajyrkul und Gulbara ein, in ihren Wohnungen abgeschlachtet, noch halbe Kinder, die in ihrem Leben kaum mehr als Missbrauch erfahren, sich sehr wenig erhofft und noch weniger bekommen hatten. Schajyrkul, wie sie vor der Kulturny-Bar in der Kälte gebibbert hatte; mich überkam heftige Scham, dass ich ihr gedroht hatte. Und Gulbara, eine arme Seele, die eine Leiche fand, eine Handtasche stahl und dafür in Stücke gehackt wurde. Ich schloss die Augen und fragte mich, ob das jemals enden würde.

»Haben die beiden für Sie gearbeitet?«, fragte ich.

»An jeder Möse, die Sie in Bischkek kaufen können, verdiene ich ein paar Som«, antwortete er. »Das ist der Lauf der Welt. Männer zahlen Geld, um zu ficken, Frauen ficken, um Geld zu bekommen. Aber mit ihrem Tod habe ich nichts zu tun.«

Ich schob die zwei Prostituierten in meinen Hinterkopf, Fälle, die später aufgeklärt werden mussten.

»Umida haben Sie also umgebracht, um sie ... auszuweiden. Aber Jekaterina? Sie war nicht schwanger. Und Sie müssen gewusst haben, wer sie war, dass Sie ihretwegen eine Menge Ärger bekommen würden.«

»Sie war diejenige, um die es in dem Auftrag ausdrücklich ging«, erklärte er. »Die andere, das hätte jedes x-beliebige Mädchen in ihrem Zustand sein können.«

»Wie viel haben Sie an dem Auftrag verdient?«, fragte Saltanat.

»Zweihundertfünfzigtausend US-Dollar.«

Selbst für einen *pachan* wie ihn war das eine Menge Geld.

»Wenn es sonst nichts mehr gibt, können Sie mich zur Kulturny-Bar zurückbringen.«

Saltanat dachte eine Weile nach, dann nickte sie.

»Wenn da irgendetwas ist, was Sie uns nicht erzählt haben, und ich finde es heraus, dann werden wir uns noch mal unterhalten müssen. Und dann wird uns der Kopf Ihrer Enkelin zuhören.«

»Was wollen Sie eigentlich? Ich bin kein Sadist. Es macht mir keinen Spaß, jemanden umzubringen. Das war etwas rein Geschäftliches, verstehen Sie? Meine Leute hatten strikte Anweisungen: kurz und schmerzlos. Der Rest, die Metzelei und alles andere, da kann ich nur sagen: Tote spüren nichts. Mein Auftrag war, Angst und Schrecken zu verbreiten. Das habe ich getan. Nicht mehr und nicht weniger.«

Der *pachan* lächelte; er wusste, er hatte sich freigekauft.

Saltanat nickte den Wachen zu, und sie führten den alten Mann aus dem Zimmer. An der Tür blieb er stehen und drehte sich um.

»Sagen Sie, Inspektor, haben Sie es einer Frau mal gezeigt? So richtig, meine ich?«

Mein Abscheu musste mir anzusehen gewesen sein, aber er fuhr fort.

»Nicht vergewaltigt. Das ist nur was für Abschaum. Aber eine Frau richtig genommen, sie durchgevögelt, dass ihr Hören und Sehen vergangen ist, immer und immer wieder, auf alle erdenkliche Weise, bis man ihren Willen gebrochen hat, bis man nur noch mit den Fingern zu schnippen braucht, damit sie sich umdreht und das Gesicht ins Kissen drückt und einen einfach machen lässt. So, wie man einen Hund zähmt, oder ein Pferd. Man bricht ihr Innerstes, macht sie sich gefügig. Bis sie sich völlig unterwirft, weil es nichts mehr in ihr gibt, was einem nicht hörig ist.«

Er zog eine Augenbraue hoch.

»War es vielleicht so mit … wie hieß Ihre Frau noch gleich? Tschinara?«

»Nein.«

Meine Antwort war nüchtern, bewusst emotionslos, aber am liebsten hätte ich ihm das Hirn durch die Schädeldecke getreten. Ich wollte den Dreck, der zwischen seinen Ohren war, an die Wand spritzen sehen und dann auf seinem stinkenden Kadaver herumtrampeln, bis jeder Knochen unter dieser runzligen alten Haut gebrochen, jede Sehne gerissen war.

»Tja, wenn Sie es einer Frau mal so gezeigt hätten, wüssten Sie, wie sich Macht anfühlt. Wie der beste Orgasmus, den man überhaupt haben kann. Aber noch besser als Sex ist, übers Schicksal zu bestimmen, die kleinen Leute, alle unter Ihrer Kontrolle.«

Ich sagte nichts.

»Sie haben schon mal die Waffe auf einen anderen Menschen gerichtet, Inspektor, die Entscheidung getroffen, ob er sein Leben wert ist – abzudrücken oder nicht. Sie haben Menschen mit dem Zucken eines Muskels zur Hölle fahren lassen. Vielleicht bedeutet das für Sie Macht und verschafft Ihnen Befriedigung. Unterscheiden wir uns wirklich so sehr?«

Ich blieb still. Das Problem war, dass ich das Gefühl von Unantastbarkeit kenne, das einem eine Schusswaffe verleiht, das Wissen, dass man einen anderen Menschen dazu bringen kann, zu tun, was man will, bloß weil man derjenige ist, der über die Macht zu töten verfügt. Manche Ermittler geben in ihrer ganzen Dienstzeit keinen einzigen Schuss ab; andere, wie ich, schießen nur, wenn sie müssen. Aber es gibt auch den einen oder anderen, der nur auf eine falsche Bewegung wartet, damit er ziehen und abdrücken kann. Das sind die, von denen man nicht will, dass sie einem den Rücken decken.

»Je mehr Macht man besitzt, umso mehr tut man, um sie wiederzugewinnen, wenn man sie verloren hat, und umso mehr ist man dabei auf die Verbreitung von Angst und Schrecken angewiesen«, sagte Maksat.

Noch ein Wort, und ich würde ihn mit meinen eigenen Händen umbringen und auf die Konsequenzen scheißen.

»Ich hoffe, wir sehen uns nicht wieder, *dewotschka*«, sagte er zu Saltanat. »Um Ihretwillen.« Dann richtete er seinen Blick auf mich. Es war, als blickte ich in die schwerlidrigen Augen eines Krokodils: starr, hungrig und kalt.

»Und was Sie angeht, Inspektor: Darauf freue ich mich schon.«

Damit zupfte er sein Jackett zurecht, straffte die Schultern und ging zur Tür hinaus. Mit einem Grinsen, das besagte, dass er wieder einmal gewonnen hatte.

KAPITEL 36

Wir saßen schweigend da, bis die Haustür sich hinter Maksat Aidaralijew schloss. Die Stille hing über uns wie eine Axt, die jeden Augenblick herabsausen konnte.

»Dir ist hoffentlich klar, dass er nicht eher ruhen wird, bis er es dir heimgezahlt hat?«, sagte ich. »Und wenn er dich nicht findet, wird dich die Bruderschaft in Taschkent aufspüren.«

»Das glaube ich nicht«, antwortete Saltanat.

»Du bedrohst seine Familie und glaubst, er lässt dir das einfach durchgehen?«

»Natürlich nicht. Er ist niemand, der sich eine Drohung oder Beleidigung gefallen lässt. Hätte er gekonnt, hätte er mich auf der Stelle erledigt.«

»Und warum sollte er dir dann seine Leute nicht auf den Hals hetzen?«

Saltanat sah auf die Uhr.

»Weil er in ungefähr zwanzig Minuten mit dem Gesicht nach unten in einem Schneehaufen vor der Kulturny-Bar liegen wird. Zwei Einschusslöcher, eins im Hinterkopf, um zu zeigen, dass er hingerichtet wurde, eins im Mund, um zu zeigen, dass er geredet hat.«

Sie zog die Augenbraue hoch, und die Narbe bog sich wie ein Fragezeichen.

»Niemand hat gesehen, wie ich ihn hierhergebracht habe, niemand weiß, dass ich etwas mit seinem Verschwinden zu tun habe.« Sie deutete mit einem eleganten Finger auf mich. »Aber seine Leute werden sich daran erinnern, dass er heute Abend eine Besprechung hatte. Auf ausdrücklichen Wunsch eines Inspektors der Mordkommission Bischkek. Nach wem, glaubst du, werden sie da wohl suchen?«

Sie hatte recht; eine Kugel, ein Dolch oder ein simpler Verkehrsunfall waren nur eine Frage der Zeit. Aber eines wusste sie nicht: Es war mir völlig egal. Ich betrachtete das karge Zimmer, die abblätternde Tapete, die schäbigen Stühle, und ich konnte mir kein treffenderes Sinnbild für mein Leben vorstellen. An jenem Tag vor ein paar Monaten war nicht nur Tschinara gestorben, auch wenn ich immer noch herumlief. Die Last des Todes ist eine zu große Bürde. Offenbar war der Tod fünf weiterer Frauen nötig gewesen, um das zu begreifen.

Jekaterina, Umida, Schajyrkul, Gulbara, Marina; sie alle beobachteten mich aus dem Verborgenen, abwartend, sich fragend, ob ich sie rächen würde. Wir haben den Toten gegenüber eine Verpflichtung, eine Chance auf Erlösung, der Preis dafür, weiterzuleben. Sechs Kugeln in der Jarygin, eine, um jede von ihnen zu rächen, und die letzte für jemanden, den ich sehr gut kannte.

Saltanat überraschte mich, als sie ihre Hand auf meine legte, ihre Berührung schockierend warm in der Kälte des trostlosen Zimmers.

»Ich bin dir noch eine Erklärung schuldig, Inspektor«, sagte sie, und zum ersten Mal hörte ich eine Spur von Unsicherheit in ihrer Stimme.

»Dir ist doch klar, dass ich nicht sicher sein konnte, auf wessen Seite du stehst. Du weißt, jeder kann gedreht werden. Aus Rache, Angst, Geldgier. Und aus Liebe.«

»Die Welt ist korrupt«, stimmte ich ihr zu. »Warum sollte ich anders sein?«

»Um dich auf eine falsche Fährte locken zu können, falls du uns zu gefährlich geworden wärst, habe ich Wassili Tjulew beauftragt, herauszufinden, wie viel du weißt. Lubaschow sollte ein Auge auf euch haben. Ich hätte mich nicht auf so einen Idioten verlassen sollen. Er hat Tjulew und dich in einer scheinbar konspirativen Situation gesehen, vorschnelle Schlüsse daraus gezogen und einfach abgedrückt.«

Ein Rätsel weniger; ich hatte angenommen, dass ich von Jekaterinas Mörder in eine Falle gelockt worden war oder sogar von Lubaschow selbst auf Anweisung Tjulews. Trotzdem hatte ich deswegen kein besseres Gefühl, ihn erschossen zu haben.

»Das ist noch nicht alles«, fügte Saltanat hinzu. »Die Makarow-Patrone in deiner Wohnung; eine Warnung, die Finger von dem Fall zu lassen und uns nicht in die Quere zu kommen. Wir wussten nicht, wo du stehst, wie deine Anweisungen lauteten.«

Ich spürte, wie die Wut gleich einer Schneelawine über mich hereinbrach.

»Und das Foto meiner Frau?«

Das Gift in meiner Stimme ließ Saltanat zusammenzucken.

»Keine Angst. Sieh auf deinen Kühlschrank, wenn du nach Hause kommst. Es war die ganze Zeit in deiner Wohnung. Es tut mir leid, aber ich musste dir einen Warnschuss verpassen, zur Sicherheit.«

Ich holte mein Handy heraus, und sie hielt meine Hand fest.

»Wen willst du anrufen?«

Ich lächelte, doch sie konnte sehen, dass mein Lächeln nicht bis zu meinen Augen reichte.

»Schon vergessen? Ich bin Ermittler bei der Mordkommission. Falls ihn deine Männer nicht schon umgebracht haben, ist es meine Aufgabe, sie daran zu hindern. Mit dem Gesicht nach unten, sagst du? Ich möchte, dass er im Fall seines Todes mit dem Gesicht nach oben auf Jussupows Seziertisch liegt.«

»Er hat viele Menschen getötet, Inspektor, darunter auch einige von euch. Ist Bischkek ohne ihn nicht vielleicht ein besserer Ort?«

»Ich bin kein Henker, Saltanat. Ob er stirbt oder nicht, darüber habe ich nicht zu entscheiden.«

»Ich glaube kaum, dass das die zwei Frauen, die er abgeschlachtet hat, auch so sehen würden«, antwortete sie und zog ihre Hand zurück.

Wieder legte sich Stille über das Zimmer.

»Komm, lass uns von hier verschwinden.« Sie stand auf und ging zur Tür.

»Und wie? Im selben Auto, das Maksat Aidaralijew auf seinem Weg ins Leichenschauhaus genommen hat?«

Sie lachte.

»Was wäre das hier für eine konspirative Wohnung, wenn es nicht mehr als einen Fluchtweg gäbe? Wir fahren in deine Wohnung.«

An der Tür drehte sie sich um.

»Dann kannst du auch gleich nachsehen, ob das Foto deiner Frau noch da ist.«

KAPITEL 37

Aus einem baufälligen Schuppen hinter dem Haus holte Saltanat ein Ural-Motorrad, das aussah wie ein Relikt aus dem Großen Vaterländischen Krieg und vermutlich seit damals nicht mehr benutzt worden war. Vielleicht nicht das schnellste Fluchtfahrzeug, aber offenbar hatte die usbekische Staatssicherheit genauso wenig Geld wie ihr kirgisisches Gegenstück.

Sie reichte mir ein Paar Stulpenhandschuhe und eine Brille, und ich zog mir meine Uschanka über die Ohren. Bei dem Versuch, die Maschine per Kickstarter anzulassen, brach ich mir fast den Fuß, aber dann sprang die alte Ural doch an und ratterte auf der Fahrt nach Bischkek bockend und schlingernd über die maroden, von Schlaglöchern übersäten Straßen.

Endlich in meiner Wohnung angekommen, fühlte ich mich wie ein Eiszapfen im Innern eines Eisbergs. Ohne jedes Gefühl in den Fingerspitzen fummelte ich mit dem Schlüssel herum, bis sich Saltanat meiner erbarmte und die Tür aufschloss. Dank der zentralen Wärmeversorgung der Stadt schlug uns ein Schwall wohlig warmer Luft entgegen.

»Möchtest du was trinken?«, fragte ich, als ich zum Fenster ging, um nachzusehen, ob Kursan noch etwas von meinem Wodka übrig gelassen hatte. Saltanat steuerte direkt auf den Kühlschrank zu und hielt mir Tschinaras Foto entgegen. Ich stellte es an seinen Platz zurück, betrachtete Tschinaras windzerzaustes Haar, versuchte, mir den Moment in Erinnerung zu rufen.

Bei einem hinterbliebenen Ehemann zersplittern die Erinnerungen nach und nach in Bruchstücke, bis das Realste an seiner toten Frau die Bilder sind, die man im Regal stehen hat, der Duft ihres Parfüms, der sich in einer leeren Schublade verflüchtigt.

Ich griff nach der Makarow-Patrone und hielt sie zwischen Daumen und Zeigefinger hoch, damit Saltanat sie sehen konnte.

»Die starke Medizin, die du mir versprochen hast. Steht da immer noch mein Name drauf?«

Saltanat hatte den Anstand, ein beschämtes Gesicht zu machen. Sie schüttelte den Kopf, und für einen Moment ließ ihre Schönheit das Zimmer aufleuchten. Dann fing sie die Patrone, die ich ihr zuwarf, auf und wurde wieder zur eisigen Lady.

»Da rein«, sagte sie und schob mich in Richtung Badewanne. »Ein heißes Bad zum Auftauen, dann überlegen wir uns, wie es weitergeht.«

Das »Wir« stimmte mich zuversichtlich; es ließ mich hoffen, dass sie mich nicht so bald umbringen würde. Aber weil ich mich noch gut daran erinnerte, wie ungerührt sie Iljas Karriere beendet hatte, wartete ich, bis sie das Bad verließ, bevor ich meine Jarygin aus ihrem Versteck nahm und unter ein Handtuch neben der Badewanne schob.

Für alle Fälle.

Dampf wallte zur Decke hoch, als ich mich ganz langsam in die Wanne sinken ließ. Ich konnte kaum bis zur Tür sehen und hoffte, Saltanat würde es sich nicht anders überlegen.

Da lag ich nun, ließ die Hitze in meine Knochen sickern und dachte nach über das, was der *pachan* gesagt hatte.

»Mein Auftrag lautete, Angst und Schrecken zu verbreiten. Das habe ich getan.«

Ich fühlte mich restlos erschöpft und hatte nur noch den Wunsch, zu schlafen, traumlos und ohne dass einer der jüngsten Toten die Augen öffnete und mir zuwinkte.

Angst und Schrecken.

Der Schlüssel für alles. Aber ein Schlüssel, den zu drehen mir nicht gelang.

Deshalb überließ ich mich, wohlig und geborgen in der Umarmung des Wassers, dem Sog des Schlafs.

Ich war schon halb eingedöst, als die Badezimmertür aufging. Ich spürte eine Hand auf meiner Brust, und kurz dachte ich, es wäre Tschinara, die mir sagen wollte, es sei Zeit, zum Dienst zu gehen. Doch dann, als der Druck der Hand zunahm und eine zweite dazukam, merkte ich, wo ich war.

Ich versuchte mich aufzurichten, aber Saltanats Gewicht lastete auf mir. Außerstande, etwas anderes zu tun, als hilflos mit den Armen zu zappeln, geriet ich in Panik. Aber ich wurde festgehalten.

»Nicht doch«, murmelte Saltanat, und ich spürte, wie ihre Hände von meiner Brust über meinen Bauch glitten.

Ich versuchte, mich aufzusetzen, überall spritzte Wasser, und erst jetzt merkte ich, dass sie genauso nackt war wie ich.

Ihre Hände wanderten tiefer und umschlossen mich.

»Erzähl mir bloß nicht, dass dir das nicht schon in Osch vorgeschwebt hat«, sagte sie. »Dass du dir nicht gewünscht hast, dass ich das tue.«

Und dann beugte sie sich über mich und küsste mich, und ich war rettungslos verloren, so gewiss, als wäre ich in einem dunklen, verlassenen Wald ohne einen Weg oder Führer, dem ich folgen konnte.

Später, nachdem wir, ohne dass sie mich auch nur für einen Moment losgelassen hätte, zum Bett getaumelt und darauf niedergesunken waren, lagen wir schweigend da, Arme und Beine zwischen Laken ineinander verschlungen, und mich überkamen heftige Schuldgefühle. Es war das Bett, in dem ich zuletzt mit Tschinara geschlafen hatte, in der Nacht vor ihrer letzten Fahrt ins Krankenhaus. Ich hatte sie in den Armen gehalten, keiner von uns bereit, zuzugeben, dass es das Ende war. Dennoch war ich nur allzu bereit, ja begierig gewesen, mit Saltanat in ebendiesem Bett zu schlafen. Vielleicht war auch das etwas, was zum Überleben gehörte; in den Armen eines fremden Menschen, selbst eines Feindes, Wärme und Geborgenheit zu suchen.

Ich sah auf mein Handy. Wie erwartet winkte eine ganze Reihe verpasster Anrufe, bis auf einen alle vom Chef. Ich rechnete damit, dass er mir die Hölle heißmachte, herumbrüllte und wissen wollte, warum ich mich, verdammte Scheiße noch mal, weiterhin mit dem Tynalijewa-Fall aufhielt, obwohl der mit den Leichen von Tjulew und Lubaschow zur Zufriedenheit aller aufgeklärt war.

Zwecklos, ihm zu erklären, dass sie es nicht gewesen waren. Und falls ich argumentierte, dass die Bruderschaft ihre Ermordung in Auftrag gegeben hatte, würde er mir entgegenhalten, dass sie wohl zwei Tote dafür angeheuert hatten. Wenn ich ehrlich war, wusste ich selbst nicht, wie ich bei meinen Ermittlungen weiter vorankommen sollte.

Oder ob ich Saltanat nach dieser Nacht gern wiedersehen würde.

Na ja, wohl eher, ob sie mich wiedersehen wollte.

Ich befreite mich aus dem Laken und ihren Beinen und drehte mich von ihr weg. Der dumpfe Schmerz in meinem Rücken erinnerte mich daran, dass das letzte Mal schon eine Weile her war. Dann mündete alles in tiefen Schlaf neben dem Geborgenheit ausstrahlenden Frauenkörper neben mir.

Als ich aufwachte, war ich allein, und im anderen Zimmer lief leise das Radio. Dort fand ich Saltanat, die, ein Handtuch um die Brust geschlungen, die Rücken eines halben Dutzends zerlesener Bücher studierte.

»Hätte ich nie gedacht, dass du auf Lyrik stehst, Inspektor.«

»Tue ich auch nicht. Meine Frau. Sie ist … sie war Lehrerin. Physik. Sie hat immer gesagt, es gibt Gesetze, die die Wissenschaft nicht erklären kann, aber ein Gedicht schon.«

»Sie hatte einen guten Geschmack, deine Frau. Was Dichter angeht, meine ich. Blok, Pasternak, Achmatowa, Jessenin.«

Die Namen riefen Erinnerungen wach: Tschinara, wie sie im letzten Licht des Tages am Fenster saß und fast singend den einen oder anderen Vers rezitierte, Wörter, die, wie sie fand, dem Dunkel Licht und Bedeutung verliehen.

»Ich bin kein großer Leser. Das meiste habe ich nicht verstanden, obwohl sie es mir erklärt hat.«

Was ich nicht hinzufügte, war, dass Tschinara geglaubt hatte, dass Gedichte die Welt erklären, ja verändern konnten, während ich eher dachte, dass bloß Kugeln dazu in der Lage waren.

Saltanat blätterte in einem der Bücher, als suchte sie ein Zitat, etwas, das zu diesem Moment passte.

»Mein Mann hat auch viel gelesen. Er hat ebenfalls unterrichtet. Allerdings Literatur; er hat sogar ein paar Gedichte veröffentlicht.«

Ich fühlte mich unbehaglich. Eine dritte Person hatte unbemerkt das Zimmer betreten und wartete darauf, vorgestellt zu werden.

»Mach doch nicht gleich so ein Gesicht. Ich bin nicht mehr verheiratet. Vielleicht habe ich die falschen Dichter gelesen. Das Einzige, was seine neue Frau rezitiert, sind Kleidergrößen und Kontoauszüge.«

Um das Gespräch in sicherere, seichtere Gewässer zu lotsen, zeigte ich ihr mein Handy.

»Der Chef. Er will mich sprechen. Wahrscheinlich werde ich zur Verkehrspolizei versetzt.«

Ihr Lächeln hatte zur Folge, dass ich sie noch einmal haben wollte.

»Vielleicht möchte er ja auch, dass du den mysteriösen Tod einer Unterweltgröße aufklärst«, sagte sie.

»Ist ein Parlamentsmitglied ermordet worden?«, fragte ich.

Es ist ein offenes Geheimnis, dass die Hälfte unserer gewählten Volksvertreter vor allem damit beschäftigt ist, jeden mit mehr als zwei Som in der Tasche zu bestehlen, und manchmal nehmen das die Opfer persönlich.

»Was, wenn er dich damit beauftragt, Ermittlungen zu Maksats Tod anzustellen? Gewissen oder Schwanz?« Da sie an Ersteres nicht herankam, streckte sie die Hand aus, um Letzteren kurz zu drücken.

»Unterweltmorde sind bekanntlich schwer aufzuklären.« Ich wählte meine Worte mit Bedacht. »Und angesichts des Fehlens von Zeugen oder forensischem Beweismaterial dürfte es fast unmöglich sein, einen Schuldspruch zu bekommen. Durchaus möglich, dass jemand eine Bemerkung fallengelassen, eine Anweisung erteilt hat, aber ein Beweis ist das nicht. Und die Öffentlichkeit sieht es nicht gern, wenn wir unsere Zeit mit der Aufklärung von Morden verschwenden, dank derer ein paar Gangster aus dem Verkehr gezogen worden sind.«

»Dachte ich mir, dass du das so siehst.« Sie ließ sich in einen Stuhl sinken.

Ich zog meine Hose an und befestigte die Jarygin am Gürtel.

»Wenn du willst, kannst du gern hierbleiben. Aber zieh die Tür zu, wenn du gehst«, sagte ich und fügte hinzu: »Falls du gehen möchtest.«

»Wirke ich so häuslich? Erwartest du, in eine blitzblank geputzte Wohnung nach Hause zu kommen, das Essen fertig auf dem Tisch? Hatte ich alles schon mal, und gebracht hat es mir am Ende die Scheidungspapiere, nicht die Wohnung.«

Ich wartete ab, ob sie mir mehr erzählen würde, stattdessen schleuderte sie einen Schuh nach mir, unter dem ich mich hinwegduckte. Ich grinste noch, als ich die Wohnungstür hinter mir zuzog und die Treppe hinuntertrappelte.

Es war einer dieser seltenen atemberaubenden Morgen, die wir oft im tiefsten Winter haben, wenn der Himmel aussieht wie blank geputzt und frischgefallener Schnee die Berge im Norden und Süden der Stadt erglitzern lässt. Die Gipfel sahen zum Greifen nah aus, einsam und abweisend, die Herden der Bauern in Sicherheit vor den Wölfen, die auf der Suche nach Nahrung von der Hochebene herunterkommen. Das waren die Momente, in denen mir bewusst wurde, dass mein Land, trotz all seiner Mängel, eines der schönsten der Welt ist.

Zu dieser frühen Stunde waren die Straßen noch unberührt; keine Reifenspuren zernarbten den Schnee. Nichts könnte friedlicher aussehen. Aber in Kirgisistan gehen die meisten Wölfe auf zwei Beinen. Und ein Stück die Straße hinauf flatterten die um Jekaterina Tynalijewas Leiche gespannten Absperrungsbänder im Wind, der von Norden herabkam.

KAPITEL 38

In der Zentrale hatte sich während meiner Abwesenheit nicht viel getan. Wie immer stand vor dem Eingang ein verschlafener Uniformierter herum, an dessen Arm eine Kalaschnikow hing. In der anderen Hand hielt er, die Glut nach alter Soldaten- und Polizistenmanier von der Handfläche verdeckt, eine Papirossa. Als ich an ihm vorbeiging, sah er weg, und daraus schloss ich, dass sich in der Zentrale bereits herumgesprochen hatte, dass ich nicht mehr der erklärte Liebling des Chefs war.

Ich klopfte an die Tür des Chefs und wartete auf sein Bellen. Aber Ilja Sergejewitsch riss persönlich die Tür auf und deutete mit dem Daumen hinter sich. Ich betrat sein Büro und sah, dass er bereits einen Besucher hatte, einen erheblich bedeutenderen als mich.

»Guten Morgen, Herr Minister«, sagte ich unterwürfig, wohl wissend, dass er mich mit einem Kringel seines Stifts an den Arsch der Welt versetzen konnte.

Michail Tynalijew drehte sich um, sah mich an und fand schließlich mein Gesicht in seinem mentalen Karteikasten.

»Wie ich höre, sind Sie schwer beschäftigt, Inspektor.« Er deutete auf den Stuhl neben ihm. Ich war sicher, der Chef hätte mich lieber kerzengerade strammstehen lassen, um mir einen zwei Meter langen Stock in den Arsch schieben zu können, aber was ein Minister für Staatssicherheit will, bekommt er normalerweise auch. Also setzte ich mich unter einem »Wir sprechen uns noch«-Blick des Chefs.

Infolge des ministerlichen Besuchs war von der obligatorischen Flasche keine Spur zu sehen, aber ich bezweifelte nicht, dass irgendwo eine diskret versteckt war, was nicht hieß, dass ich irgendetwas anderes Flüssiges angeboten bekäme als Blut von einem Schlag in die Fresse.

Die beiden Männer starrten mich finster an; sie sahen aus, als hätten sie vor, aus großer Höhe auf mich herabzupinkeln.

»Der Chef meint, Sie sind nicht überzeugt, dass der Mord an meiner Tochter aufgeklärt ist.«

Ich konnte spüren, wie sich die Blicke des Chefs in mich bohrten, aber ich hatte beim besten Willen keine andere Wahl, als dem Minister zu antworten. Der Chef war zwar mächtig genug, mich an die Grenze zu versetzen, aber dann konnte ich jederzeit den Dienst quittieren und wieder einer der kleinen Leute werden. Tynalijew dagegen würde mich einfach in irgendeiner Zelle verschwinden lassen.

»Ich schätze die Meinung des Chefs sehr«, sagte ich mit an Dummheit grenzender Rücksicht, »aber wir haben es mit zu vielen Straftaten in zu weit voneinander entfernten Orten, darunter sogar Taschkent, zu tun, als dass sie ausschließlich auf das Konto von Tjulew und Lubaschow gehen könnten.«

Der Chef machte ein finsteres Gesicht, und ich tat mein Bestes, ihn zu besänftigen.

»Selbst wenn die Männer, die ich erschossen habe, für den Tod Ihrer Tochter verantwortlich sind, steht hinter diesen Straftaten wesentlich mehr. Für zwei mit Drogen vollgepumpte Schmalspur-*rasboiniki* auf der Suche nach einem Kick war das eindeutig eine Nummer zu groß.«

Der Minister wischte meine Worte mit einer knappen Handbewegung beiseite.

»Ich habe Ihnen gesagt, Sie sollen mir Jekaterinas Mörder bringen. Lebend. Stattdessen erschießen Sie zwei Männer, die vielleicht dafür verantwortlich sind, vielleicht auch nicht. Und jetzt erzählen Sie mir, dass sie eigentlich gar nicht in Frage kommen. Und selbst wenn sie die Mörder wären, hätten sie auf Anweisung gehandelt.«

Eigentlich hatte ich Wassili gar nicht umgebracht, aber das erwähnte ich lieber nicht. Tynalijew stand auf, und wieder spürte ich seine Autorität, seine Macht über jeden, der seinen Weg kreuzte.

»Aber Sie können immer noch nicht sagen, wer es getan hat?«

Ich fand, es war an der Zeit, den Chef zu besänftigen und etwas von dem herauszurücken, was ich wusste.

»Ich habe einen Informanten, jemanden aus der Führung der Bischkeker Bruderschaft. Seinen Aussagen zufolge erhielt irgendein Krimineller – wer genau, wollte er mir partout nicht verraten – den Auftrag, ein paar einfache Aufgaben zu erledigen. Das heißt natürlich, er erhielt den Befehl dazu, mit den entsprechenden Konsequenzen, falls er den Anweisungen des Inneren Kreises nicht nachgekommen wäre.«

Ich wandte mich Tynalijew zu.

»Ich bedaure zutiefst, Herr Minister, dass Ihre Tochter ins Schussfeld dieser Leute geraten ist. Warum, weiß ich noch nicht. Aber mein Informant hat gesagt, das Ziel seiner Auftraggeber sei gewesen, Angst und Schrecken zu verbreiten. Genau das waren seine Worte …«

Der Chef hob die Hand, um mich am Weitersprechen zu hindern.

»Dieser geheimnisvolle Informant; hat er auch einen Namen?«

»Chef, in der Zentrale gibt es mehr undichte Stellen als im Toktogul-Stausee. Ich würde nicht damit rechnen, dass dieser Mann am Ende des Tages noch am Leben ist, wenn ich mir seinen Namen auch nur auf einem Blatt Papier notiere. Es fehlt nie an Leuten, die bereitwillig die Hand aufhalten, um sich ein paar Bier kaufen zu können.«

Den Chef an die Bestechlichkeit seiner Mitarbeiter zu erinnern lenkte ihn nicht von der Frage ab.

»Kennen Sie Maksat Aidaralijew?«

»Vom Namen her, natürlich.« Ich wusste nur zu gut, wohin das führte.

»Mehr als namentlich?«, fragte der Minister.

»Als wir vor zwei Jahren diesen kleinen Bandenkrieg hatten, habe ich ihn ein paarmal vernommen. Natürlich konnten wir ihm nichts anhängen. Es ist lange her, dass er Blut und Hautfetzen unter den Fingernägeln hatte – wenn er noch welche hätte, natürlich.«

»Glauben Sie, Sie sollten ihn vielleicht verhören, sehen, ob er was herausrückt, vielleicht auch ein wenig nachhelfen?«

Wer aus Aidaralijew in seinem gegenwärtigen Zustand etwas herausbekam, wäre der Allergrößte überhaupt. Aber ich tat so, als dächte ich über meine Antwort nach.

»Chef, unsere Leute haben ihm zwei Stockwerke tiefer die Hände zermanscht und die Fingernägel herausgerissen, und er hat keinen Ton gesungen. Ich glaube nicht, dass er im Lauf der Jahre mürbe geworden ist.«

Der Chef tauschte einen Blick mit Tynalijew, die Sorte Blick, die etwas bestätigte, was sie schon vor meinem Eintreffen besprochen hatten.

»Sie haben recht, er wird Ihnen kaum sein Herz ausschütten. Höchstens sein Hirn, angesichts der zwei Kugeln in seinem Kopf.«

Ich gab mir große Mühe, bestürzt zu erscheinen, dann zuckte ich mit den Achseln und versuchte, mir nichts anmerken zu lassen.

»Er war ein Gangsterboss der alten Schule. Er hat sich viele Feinde gemacht. Vielleicht waren es sogar seine eigenen Leute, die auf den Thron und auf ein größeres Stück vom Kuchen erpicht waren. Wenn Sie damit leben können, dass die Ermittlungen zu den anderen Morden uns nicht weiterbringen, geben Sie mir dann seinen Fall?«

»Auf so eine Scheiße würde ich nicht mal einen Anfänger

ansetzen; reine Zeitverschwendung.« Der Chef starrte mich durchdringend an.

»Wollen Sie denn nicht wissen, wie er umgebracht wurde?«

»Haben Sie doch gerade selbst gesagt, Chef. Zwei in den Kopf. Eine Hinrichtung, schätze ich mal.«

»Wollen Sie nicht wissen, wo?«

Ich breitete die Hände aus.

»Wenn ich nicht für den Fall zuständig bin, warum sollte es mich interessieren, wo er entsorgt wurde?«

Die Augen des Chefs blitzten auf; ich hatte einen Bock geschossen.

»Wer sagt, dass er entsorgt wurde?«

»Die ganz dicken Fische werden auf Schritt und Tritt bewacht. Seine Aufpasser müssen ausgeschaltet worden sein, dann bringt ein *torpedo* ihn an einen einsamen Ort, legt ihn um und entsorgt ihn.«

Der Chef dachte kurz nach, dann nickte er, anscheinend zufrieden.

»Er wurde heute Morgen gegen fünf vor der Kulturny-Bar gefunden. Das Komische ist, vor wenigen Stunden ist ein anonymer Hinweis bei uns eingegangen. Einer von Aidaralijews Gorillas wurde vor diesem Dreckloch zusammengeschlagen. Und als ihn eine Streife ins Auto geladen hat, haben sie in der Nähe einen seiner Kollegen gefunden, mit gebrochenem Genick.«

Ich gab mir redlich Mühe, keine Miene zu verziehen.

»Aidaralijew wird also vor der Kulturny-Bar oder irgendwo anders umgebracht, was macht das für einen Unterschied? Sicher hat sein Nachfolger schon eine Konferenz einberufen, um sein Erbe aufzuteilen. Vielleicht leisten ihm noch ein paar Typen auf Jussupows Seziertisch Gesellschaft, aber danach legt sich die ganze Aufregung schnell wieder. So ist es doch immer.«

Ungeduldig wandte sich Tynalijew dem Chef zu und stieß mit einem Stummelfinger in seine Richtung.

»Dieser Mann glaubt, dass der Tod meiner Tochter weitere

Ermittlungen erfordert, aber Sie sagen, der Fall ist gelöst, richtig?«

Der Chef steckte in der Klemme, aber als erfahrener Kämpfer wusste er sich zu wehren.

»Die Polizei ist der wohlbegründeten Überzeugung, dass die zwei getöteten Männer beabsichtigt haben, unseren Inspektor hier zu töten, um seine Ermittlungen zu beenden. Die Wahrscheinlichkeit ist hoch, dass sie dafür bezahlt wurden, Ihre Tochter und andere Personen zu ermorden. Es gibt nichts, was auf etwas anderes schließen lässt.«

Der Chef legte seine Hand auf die Schulter des Ministers und setzte eine betrübte Miene auf.

»Sie sollten Ihre Frau trösten, Ihre Tochter betrauern, sie in all ihrer Schönheit in Erinnerung behalten. Nichts kann sie zurückbringen, aber Ihre Erinnerungen kann Ihnen niemand nehmen.«

Den gleichen schmerzstillenden Schwachsinn hatte er mir erzählt, als ich nach Tschinaras Begräbnis aus den Bergen zurückgekommen war, und genauso unaufrichtig hatte es sich damals angehört. Tynalijew nahm es ihm genauso wenig ab wie ich.

»Danke für Ihren Rat, Chef.« Er schlüpfte in seinen Mantel und wandte sich mir zu.

»Inspektor, würden Sie mich zu meinem Wagen begleiten?«

»Selbstverständlich«, sagte ich, erleichtert, mich der Gegenwart des Chefs entziehen zu können.

Wortlos gingen wir die düsteren Korridore entlang und die nüchterne Betontreppe hinunter. Als wir durch den Matsch im Hof auf seinen Dienstwagen zustapften, blieb der Minister plötzlich stehen.

»Vergessen Sie, was dieser fette Clown erzählt. Letztes Mal habe ich Ihnen gesagt, was Sie zu tun haben. Dabei bleibt es.«

Er dachte kurz über seine Worte nach, dann winkte er mich näher zu sich heran. Ich blickte zum Bürofenster des Chefs hinauf, aber nichts deutete darauf hin, dass wir beobachtet wurden.

»Tun Sie das für mich. Nicht im Dienst. Außer mir braucht niemand zu wissen, dass Sie der Sache weiter nachgehen. Verstanden?«

Ich nickte, hilflos in dem politischen Kreuzfeuer.

»Sie werden meine Unterstützung für Ihre Karriere sehr hilfreich finden, Inspektor«, fuhr er fort, und sein schmallippiges Lächeln unternahm nicht einmal einen Versuch, bis zu seinen Augen vorzudringen. »Und wenn Sie versagen, also, ich bin sicher, in Zusammenhang mit Aidaralijews bedauerlichem Ableben gibt es einiges mehr, als Sie uns erzählt haben. Und niemand steht über dem Gesetz. Jedenfalls nicht, solange ich darüber zu befinden habe.«

Seine Drohung hing noch in der Luft, als er in den Fond einstieg. Dann fuhr der Wagen los und spritzte schmutzigen, halb geschmolzenen Schnee und Dreck auf meine Stiefel.

KAPITEL 39

Zurück in meiner Wohnung, keine Spur von Saltanat, keine Nachricht, nichts, woraus hervorging, dass sie überhaupt da gewesen war, nur die zerwühlten Laken, ein feuchtes Handtuch auf dem Boden im Bad, ein paar Lyrikbände auf dem Tisch. Als ich das Badetuch aufhob, wurde mir bewusst, dass ich ihre Telefonnummer nicht besaß. Ich war nicht einmal sicher, ob ich sie haben wollte; hatte keine Ahnung, ob Saltanat ihr richtiger Name war. Und ich fragte mich, was Tschinara davon gehalten hätte. Am Abend vor unserer letzten Fahrt ins Krankenhaus hatte sie darüber gesprochen, dass ich mir jemand anders suchen solle, aber ich denke nicht, dass sie dabei jemanden wie Saltanat im Sinn gehabt hatte.

Ich schlug einen der Lyrikbände auf, Gedichte von Ossip Mandelstam, und las die Widmung, die ich ihr vor gefühlt einer Million Jahren hineingeschrieben hatte.

Für meine geliebte Tschinara, deren Liebe alles an Poesie ist,
was ich jemals brauchen werde. In Liebe. Akyl.

Ich blätterte durch die Seiten, als enthielten sie die Lösung für die Morde, für meine Verwirrtheit, für mein Leben. Aber die Wörter verschwammen mir vor den Augen und weigerten sich, ihr Wissen um die Welt preiszugeben. Ich nahm die Bücher und stellte sie ins Regal zurück, eine Art von Ordnung, deren Geheimnisse ich nicht entschlüsseln konnte.

»Angst und Schrecken, Angst und Schrecken.«

Die Worte des *pachan* gingen mir nicht mehr aus dem Kopf.

Sie setzten sich in mir fest, ein Zitat aus meiner Vergangenheit, ganz knapp außerhalb meiner Reichweite. Ich beschloss, an etwas anderes zu denken, und hoffte, mein Unterbewusstsein würde sich an das Problem heranschleichen und das Rätsel lösen, während ich ihm den Rücken zukehrte.

Das Handy klingelte, eine Nummer, die ich nicht kannte. Ich fragte mich, ob es Saltanat war, hoffte es vielleicht sogar und ging dran.

Die Stimme am anderen Ende war männlich, schroff, direkt. Ein Russe.

»Hier Barabanow.«

Der Oberst vom Luftwaffenstützpunkt. Mit welcher Scheiße kam mir der Kreml in seiner Weisheit jetzt wieder quer?

»Oberst? *Privjet.* Was kann ich für Sie tun?«

»Eine Formsache, Inspektor.«

Als ich nicht antwortete, fuhr er fort. Nüchtern und sachlich. Als ginge es um abhandengekommene Nachschublieferungen und nicht um den Mord an der Mutter seines ungeborenen Kindes.

»Der Vorfall, Schwester Gurtschenko betreffend, ist aufgeklärt. Der Schuldige wurde heute verhaftet, zurzeit wird nicht nach weiteren Verdächtigen gesucht.«

»Tatsächlich, Oberst? Glückwunsch. Wann kann ich Ihren Verdächtigen vernehmen?«

Der Oberst zögerte, und ich wusste, dass er mich gleich belügen würde.

»Zu meinem Bedauern muss ich Ihnen sagen, dass das nicht möglich ist. Auf dem Weg zur weiteren Vernehmung in Moskau gelang es dem Verdächtigen, einen seiner Bewacher zu entwaffnen. Er wurde bei dem Versuch, zu entkommen, erschossen.«

In mir stieg heftiger Ärger auf, aber meine Stimme blieb ruhig.

»Warum wurde Ihr ›Verdächtiger‹ nach Moskau gebracht? Wie Sie wissen, ermittle ich in einer Reihe brutaler Morde in ganz

Kirgisistan, Morde, denen mehrere charakteristische Merkmale gemeinsam sind. Ich kann mir nicht vorstellen, dass Ihnen der Minister für Staatssicherheit die Genehmigung erteilt hat, einen kirgisischen Staatsbürger auszuliefern, bevor ich ihn vernommen habe.«

Der Tonfall des Obersts blieb unverändert.

»Entschuldigen Sie, Inspektor, ich hätte mich vielleicht deutlicher ausdrücken sollen. Der Mann, den meine Militärpolizisten festgenommen haben, war ein auf dem Stützpunkt stationierter russischer Offizier. Unser *sampolit*, um genau zu sein.«

Wenn es etwas gibt, was ich über die russischen Streitkräfte weiß, dann ist es, dass die Politkommissare, die dafür ausgesucht werden, ihre Kameraden zu bespitzeln und dazu anzuhalten, angemessenen revolutionären Eifer zu entwickeln, zu den gefühllosesten Klötzen gehören, die man sich vorstellen kann. Ein *sampolit* wird mit etwa der gleichen Wahrscheinlichkeit einen Sexualmord begehen, wie Lenin aus seinem Glaskasten steigen und nackt über den Roten Platz laufen wird.

Diesmal machte ich mir nicht die Mühe, die Ungläubigkeit in meinem Ton zu verbergen.

»Eine Affekthandlung, nehme ich mal an, Oberst? Ein eifersüchtiger Liebhaber, dem bei dem Gedanken, dass seine Liebste mit dem Kind eines anderen schwanger ist, die Sicherung durchgebrannt ist? Oder vielleicht aus Wut, weil er zugunsten einer besseren Partie zurückgewiesen wurde?«

Barabanow ließ sich nicht provozieren.

»Sicher kommen Sie mit einem dieser Motive der Sache sehr nahe, Inspektor. Umso bedauerlicher, dass wir den wahren Grund für diese fürchterliche Tragödie nie erfahren werden.«

Ich wollte ihm weitere Fragen stellen, aber der hohe Pfeifton sagte mir, dass er aufgelegt hatte.

»Na, dann prost«, murmelte ich. Ich war mir ziemlich sicher, dass kaum ein Wort von dem, was ich gerade gehört hatte, auch nur annähernd der Wahrheit entsprach.

Ich setzte den Kessel für den Tschai auf, und während das Wasser heiß wurde, überlegte ich, welche Körnchen Wahrheit unter Barabanows Lügen gemischt sein könnten. Ob der »Verdächtige« Marina Gurtschenko wirklich umgebracht hatte, ließ sich jetzt nicht mehr feststellen. Falls er überhaupt existiert hatte. Ich rührte einen Löffel Pflaumenmarmelade in meinen Tee und rief mir ihren Anblick in Erinnerung, die gespreizten Arme und Beine, wie ein ausgeweidetes Reh in der Jagdzeit. Ein solches Gemetzel musste einiges an Kraft – und Zeit – erfordert haben, und die Politkommissare, mit denen ich bisher das Vergnügen gehabt hatte, waren ausnahmslos rattengesichtige Schwächlinge gewesen, deren randlose, das Licht spiegelnde Brillen vor allem dazu gedient hatten, die Hinterhältigkeit in ihren Augen zu verbergen.

Der Tee war heiß und süß, und ich war dankbar für den Energieschub, den er mir verschaffte. Ich warf einen Blick auf mein Handy, fragte mich, ob Saltanat anrufen würde. Aber mein Telefon weigerte sich hartnäckig, einen Ton von sich zu geben.

Ich beschloss, mir Marina Gurtschenko aus dem Kopf zu schlagen. War ihr Tod eine Privatangelegenheit gewesen oder Teil eines weitreichenden Komplotts? Ich wusste nur, dass es ein Mord war, den ich nie aufklären würde. Und sollte ich ihren Mörder trotzdem einmal fassen, dann wahrscheinlich wegen irgendeiner anderen Tat; womöglich würde ich nicht einmal merken, dass ich ihn geschnappt hatte. Der Kreml schließt seine Geheimnisse in Kellern weg, gegen die sich die Zentrale wie ein Luxussanatorium am Nordufer des Yssykköl-Sees ausmacht.

Ich trank meinen Tee und zog weiter meine Schlüsse. »Angst und Schrecken«, hatte die Anweisung der Bruderschaft gelautet. Das verstieß jedoch gegen alles, woran sie sich sonst hielten.

Beim *worowskoe blago*, ihren Richtlinien, geht es einzig und allein um Profitmaximierung – ohne dabei unnötige Aufmerksamkeit auf sich zu lenken. Man schaltet und waltet im Verborgenen, hält sich an den Schwachen schadlos und besticht die

Mächtigen. Soll eine Botschaft übermittelt werden, tut man das mit einer Makarow; aber man ermordet und verstümmelt keine Schwangeren.

Deshalb handelte es sich hier nicht um ein gewöhnliches Verbrechen. Es musste um sehr viel Geld gehen, wenn man den internationalen Heroinhandel, die widerrechtlichen Steuerrückzahlungen, die Schmiergelder, sogar die täglichen Schutzgeldzahlungen, mit denen sich die Bruderschaft finanzierte, aufs Spiel setzte.

Wo eine Hand die andere wäscht, wirft man das Handtuch nur weg, wenn enorme Gewinne locken.

Ein Klopfen riss mich aus meinen Gedanken.

Als ich die Tür öffnete, stand Saltanat davor, stirnrunzelnd, mit einem Gesichtsausdruck, den ich nicht deuten konnte. Ich trat auf den Flur hinaus und öffnete den Mund, aber bevor ich etwas sagen konnte, krachte eine Faust von der Größe eines kleinen Pferds gegen meine Schläfe.

Die Welt kam schlagartig zum Stillstand und explodierte in einem grellen Feuerwerk, das mich für alles andere blind machte, und ich stürzte in ein Dunkel, so tief und undurchdringlich wie Tschinaras Grab.

KAPITEL 40

Ich weiß nicht, wie lange ich bewusstlos war, aber als ich wieder zu mir kam, befand ich mich nicht mehr in meiner Wohnung. Zum zweiten Mal in weniger als vierundzwanzig Stunden war ich im Keller eines leerstehenden unbeheizten Gebäudes, nur waren meine Hände diesmal mit Handschellen an einen Tisch, mein Fußgelenk an eine Wand gekettet. Von Saltanat fehlte jede Spur, doch die drei bulligen Männer, die vor mir standen, machten ihre Abwesenheit wett.

Der Kerl, der offenbar Anführer der kleinen Gang war, beugte sich vor und kniff mich fest genug in die Wange, um mir zu zeigen, dass er wesentlich unangenehmer werden konnte, wenn er wollte.

»So, Süßer, schön, dass du wieder zu dir gekommen bist. Ich habe schon befürchtet, Asat könnte ein bisschen zu fest zugeschlagen haben, bevor du uns ein paar Fragen beantwortet hast. Und wo wären wir dann, Inspektor?«

Sein Grinsen brachte eine unebenmäßige Reihe Goldzähne zum Vorschein. Unter seiner Lederjacke konnte ich die Wölbung eines Schulterholsters sehen, und ich nahm nicht an, dass es für eine Wasserflasche gedacht war.

»Auf der Flucht wahrscheinlich.«

Alle drei lachten, als hätte ich den komischsten Witz aller Zeiten gerissen. Lederjacke tätschelte grob meine Wange.

»Glaubst du, deine Kollegen scheren sich einen Dreck um einen Schleimscheißer wie dich? Herr Saubermann persönlich?

Jede geschmierte Handfläche, die am Monatsende wegen eines selbstgerechten Bullen wie dir mit trockener Kehle und leeren Taschen dasteht? Jeder Streifenpolizist, der sich von einem der Mädchen hinter dem Panfilow-Park gern mal einen blasen lassen würde, aber umsonst nicht darf? Unter denen gibt es sicher einige, die sich gern damit schmücken werden, was mit deinem Fall zu tun zu haben; aber nicht als erfolgreiche Mordermittler, sondern weil sie es dir persönlich gezeigt haben.«

Er zielte mit dem gestreckten Zeigefinger auf meinen Kopf, bevor er mir zum Zeichen seiner Verachtung ins Gesicht spuckte. Ich ignorierte den zähen Schleim, der mein Gesicht hinunterlief, und kreiste die steifen Schultern, um sie ein bisschen zu lockern. Die Kette zerrte wie ein quengelndes Kind an meinem Bein.

»Das ist also euer großartiger Plan? Einen von der Mordkommission umlegen? Der Boss, der das Pech hat, mit Clowns wie euch zu arbeiten, wird sicher begeistert sein. Ihr habt keine Ahnung, dass ihr euch jede Menge Ärger einhandelt.«

»Ärger, von dem du nichts mehr mitkriegen wirst, sobald Syrgak mit dir fertig ist. Kein Mensch käme auf die Idee, dass er drei Jahre Medizin studiert hat, wenn man ihn so sieht, oder? Er weiß, wie man mit dem Skalpell umgeht. Aber du hast ja bereits ein paar Arbeitsproben von ihm gesehen. Ein echter Könner; du wirst stundenlang nicht mehr aus dem Jaulen herauskommen.«

Das Trio gab das typisch gehässige Gegackere von sich, mit dem drittklassige Ganoven die Knastschwuchteln einschüchtern, wenn sie hinter Gittern sind. Es fiel mir nicht schwer, mich unbeeindruckt zu zeigen.

»Ärger, von dem du nichts mehr mitkriegen wirst«, wiederholte er und stieß seine Kameraden an, die pflichtschuldig so reagierten, wie man es von ihnen erwartete.

»Bruderschaft? Wohl eher Trotteltruppe«, sagte ich mit einem Selbstbewusstsein, das ich nicht annähernd empfand.

»Dann weißt du also, wer wir sind?«

»Jedenfalls weiß ich, wer die Bosse eures Bosses sind«, antwortete ich, »und selbst die sind nicht wichtig genug, um zum Inneren Kreis zu gehören. Und überhaupt, euren Arbeitgeber, den könnt ihr ab sofort vergessen. Außer der fiese alte Fuchs erteilt seine Anweisungen neuerdings vom Seziertisch aus.«

Der Schlag schleuderte mich an die Wand, und meine Füße verhedderten sich in der Kette. Lederjacke rieb sich die Knöchel; ein Experte war er offensichtlich nicht, aber er schien fest entschlossen, ein wenig zu üben.

Er zog die Jacke aus, unter der er ein fleckiges, zerrissenes T-Shirt trug. Seine nackten Arme waren von Einstichspuren überzogen, von denen sich einige bereits schwarz und grün verfärbten. Er war vom Krokodil gebissen worden, und in der Luft hing süßlicher Wundbrandgeruch.

»Kein Wunder, dass der *pachan* im Leichenschauhaus liegt, wenn er nicht mal seine eigenen Leute davon abhalten kann, sich diesen Dreck zu spritzen.«

Daraufhin hagelte es schmerzhafte Schläge, aber offensichtlich hatte das *krokodil* viel von Lederjackes Kraft aufgezehrt. Um wieder zu Atem zu kommen, hörte er schon nach wenigen Minuten auf, und ich begutachtete den Schaden, den er angerichtet hatte. Nichts, was eine Woche in einem Yssykköl-Sanatorium mit dem entsprechenden Drumherum nicht hätte richten können.

»Nachdem ich jetzt weiß, was ihr nicht draufhabt, warum habt ihr mich hierhergebracht? Und wo ist Saltanat?«

»Die Schlampe? Sie ist oben, im Boudoir, und wartet darauf, dass Asat und Syrgak ihr zeigen, was ein richtiger Mann ist. Beantworte meine Fragen, und wenn du möchtest, kannst du hinterher haben, was noch von ihr übrig ist. Aber nach Asat«, er hielt die Hände dreißig Zentimeter auseinander, »weiß ich nicht, ob da noch viel übrig sein wird.«

»Ist mir doch egal, was ihr mit der Schlampe macht«, log ich. »Sie hat euch zu mir geführt, hat es also nicht anders verdient.«

»Wir haben sie uns auf der Straße vor deiner Wohnung geschnappt. Eigentlich wollten wir zu dir, aber dann dachten wir, ihr würdest du freiwillig öffnen. Ständig Türen eintreten wird auf die Dauer auch langweilig.«

Lederjacke deutete mit dem Daumen über seine Schulter.

»Lasst die Braut nicht warten, Jungs.«

Asat und Syrgak gingen aus dem Zimmer und ließen mich mit Lederjacke allein zurück.

»Du wirst ohne Verstärkung mit mir fertig?«

Er grinste.

»Gute Kette. Stabil. Dürfte kein Problem sein. Ich hab ein paar Fragen, und deine Antworten sind nicht unbedingt für jedermanns Ohren bestimmt.«

»Die beiden? Die kapieren doch nicht mal was, wenn du es ihnen aufmalst.«

Lederjacke dachte darüber nach, dann nickte er.

Anscheinend hockte das Trio nicht zusammen und diskutierte über die Romane von Tschingis Aitmatow, wenn es einmal nicht damit beschäftigt war, Babuschki unter massiver Einschüchterung um ihre Pension zu bringen. Lederjacke ging zu einem Wandschrank und blieb, die Hand an der Tür, davor stehen.

»Die letzten Zwischenfälle, erinnerst du dich noch?«

Er meinte die Unruhen, bei denen aus Wut über die Regierung weite Teile des Zentrums von Bischkek niedergebrannt und nebenher auch noch die Kaufhäuser geplündert worden waren. Wer sagt denn, dass Protest sich nicht auszahlt?

Ich nickte.

»Ich war bei Beta Stores, hab dort Verschiedenes mitgehen lassen. Dann hab ich das Ding hier gesehen und mir gedacht, es könnte sich später mal als nützlich erweisen. Wenn ich mit Leuten wie dir zu tun habe.«

Ich fragte mich, wohin das führen würde, und in meiner Magengegend machte sich ein schlechtes Gefühl breit.

»Aber wie es so schön heißt: Hast du Stutenmilch, machst du *kumys*.«

Er holte eine Flasche Speiseöl und ein metallenes Gerät mit einem Klappdeckel heraus. Er hob den Deckel, sodass eine gerillte Antihaftbeschichtung zu sehen war. Das mit einem Kabel versehene Gerät schloss er an einen tragbaren Generator neben der Tür an. Er zog am Starterseil, und der Motor begann träge brummend zu laufen.

»Nennt sich George-Foreman-Gesundheitsgrill, das Ding. Muss was Amerikanisches sein. Diese Platten hier«, er bewegte die Backen des Grills, als wäre es ein kleines Metallkrokodil, »sie sind leicht angeschrägt, damit das Fett besser abläuft. Aber sie werden schön heiß; man legt das Fleisch dazwischen, drückt sie aufeinander, und es ist im Nu gar.«

Er hielt die Hand über das Metall, um die Hitze zu prüfen, dann goss er etwas Öl auf die untere Platte. Es zischte und spritzte, als es auf das Metall traf.

»Soll gut für Steaks und so sein, hab ich aber noch nicht ausprobiert.«

Ich blickte auf die metallenen Oberflächen. Es waren Reste von etwas darauf, das aussah wie verkohltes Fleisch, und in den mittleren Rillen waren schwarze Flecken, wie von einer tropfenden Flüssigkeit. Mein Magen krampfte sich zusammen.

Lederjacke packte mich am Kinn und zwang mich, ihm in die Augen zu sehen. Ich konnte den *krokodil*-Schweiß an ihm riechen, schwärende Wunden. Er sah mich durchdringend an. Wahrscheinlich hoffte er, Angst in meinem Gesicht zu entdecken.

»Und jetzt verrate ich dir, was sich am besten damit braten lässt. Finger. Und hin und wieder auch ein Schwanz, wenn jemand unbedingt den Helden spielen will.«

Und damit zog er meine linke Hand zwischen die Metallplatten und klappte sie zusammen.

KAPITEL 41

Meine Hand war nur etwa zwanzig Sekunden lang zwischen den zwei heißen Platten eingeklemmt, aber das reichte, um den Schmerz meinen Arm hinaufschießen und als Schrei aus meiner Kehle platzen zu lassen. Verzweifelt zerrte ich an den Handschellen. Aber sie gaben nicht nach. Dann geriet der Schmerz außer Kontrolle, und ich roch das versengte Fleisch.

Lederjacke öffnete den Grill, befreite meine Hand und tauchte sie in einen Eimer Wasser. Der Schock war so gewaltig, dass ich erneut aufschrie. Mein Herz stand kurz davor, sich aus der Brust zu katapultieren.

»Das war schon mal nicht schlecht, oder? In einem Restaurant würdest du so was zurückgehen lassen, weil es zu stark durch ist.«

Ich nahm die Hand aus dem Eimer und betrachtete sie. In dunkelroten Verbrennungslinien, über den Knöcheln tiefer, zeichneten sich die Rillen des Grills ab. Die Haut begann bereits, Blasen zu werfen und sich zu einem wütenden Rot zu verfärben. Das weiche Fleisch meiner Handfläche sah roh aus, gehäutet, wie eine geschälte blutige Kartoffel. Ich versuchte, eine Faust zu machen, aber die Anstrengung ließ mir den Mageninhalt in den Mund steigen.

Sobald es mir gelungen war, wieder Atem in meine Lunge zu locken, saß ich vollkommen reglos da. Die Nähe meiner Hand zum Grill war zum absoluten Mittelpunkt des Universums geworden. Nichts anderes existierte mehr; nicht die Morde, nicht Saltanat, nicht Tschinara.

Lederjacke goss mehr Öl auf die untere Platte.

»Noch nicht heiß genug. Aber in ein paar Minuten können wir richtig loslegen.«

Ich tat mein Bestes, um etwas Mut, etwas Widerstandsgeist aufzubringen.

»Solltest du mir nicht erst die Fragen stellen? Mich nur foltern, wenn ich mich weigere, sie zu beantworten?«

Lederjacke grinste. Seine Goldzähne blitzten im Schein der nackten Glühbirne.

»Das nennst du Folter? Es ist ganz einfach so, dass alle gleich viel mitteilsamer werden, sobald sie einen kleinen Vorgeschmack bekommen haben. Warum also Zeit verschwenden?«

Mir wurde übel vom Gestank meiner Hand, und ich fürchtete, ohnmächtig zu werden.

»Ist mir vollkommen klar. Du kannst das Ding jetzt abschalten und deine Fragen stellen, *drug*«, sagte ich.

Lederjacke überlegte kurz, dann schob er den Grill zur Seite, hob den Deckel, damit ich das Öl auf der Platte brutzeln sehen konnte, und spuckte darauf. Sein Speichel spritzte und zischte und war in wenigen Sekunden verdampft. Ich musste an die *krokodil*-Leichen denken, die ich gesehen hatte, an das bis auf die blanken grauen Knochen weggefressene Fleisch, und ich wusste, was beim nächsten Mal mit meiner Hand geschehen würde. Hätte es George Foreman nur dabei belassen, andere Schwarze im Ring zu verprügeln, statt diesen dämlichen Gesundheitsgrill auf den Markt zu bringen.

»Den Grill lassen wir erst mal hier. Für den Fall, dass mir deine Antworten nicht gefallen.«

Er legte den Kopf auf die Seite und blickte an die Decke.

»Deine Freundin scheint eine von der wohlerzogenen Sorte zu sein. Spricht wohl nicht mit vollem Mund, wie?«

Ich antwortete nicht, aber die Stille von oben lag auf uns wie ein Leichentuch.

Ich musste daran denken, wie glatt sich ihr Rücken unter

meiner Hand angefühlt hatte, und fragte mich, ob meine Hand ihn jemals wieder spüren würde, überhaupt wieder etwas spüren würde. Ich fragte mich, wer meine Leiche finden und ob man mich neben Tschinara begraben würde, in der sauberen Luft der Bergeinsamkeit.

»Was willst du wissen?«, fragte ich.

»Zuerst, wer hat *wor w sakone* Aidaralijew umgebracht?«

Ich sah keinen Grund, zu lügen. Ich fühlte mich gegenüber Leuten, die in mein Land kamen und Henker spielten, zu nichts verpflichtet.

»Die usbekische Staatssicherheit. Zwei Männer. Ich kenne sie nicht, habe sie nie zuvor gesehen. Sie sind inzwischen wahrscheinlich auf dem Weg zurück nach Taschkent.«

Er nickte. Meine Antwort leuchtete ihm ein.

»Wer hat den Befehl erteilt? Die verdammte *pisda* oben?«

Ich antwortete nicht; ich war noch nicht an dem Punkt, dass ich irgendjemand oder irgendetwas zu verraten bereit war, um das heiße Metall von meiner Hand fernzuhalten. Aber ich stand kurz davor. Deshalb zuckte ich mit den Achseln.

»Sie wird sich jedenfalls wünschen, tot zu sein, wenn Asat und Syrgak mit ihr fertig sind.«

Er saugte an seinen Zähnen, als er über seine nächste Frage nachdachte. Ich konnte sehen, dass er so etwas noch nie gemacht hatte; wer mit Verhören Erfahrung hat, sagt so wenig wie möglich. Schweigen bringt den Verhörten am ehesten dazu, sich zu verraten.

»Was weißt du über die Morde?«

»Dein *pachan* hat sich damit gebrüstet, ›Angst und Schrecken‹ zu verbreiten; eine Anspielung auf eine Rede Lenins, die er vor der Oktoberrevolution gehalten hat. Darüber, wie die zaristische Regierung gestürzt werden kann. Und wie man an der Macht bleibt, wenn man sie erst einmal hat. Darum geht es hier doch, oder?«

Lederjacke rieb sich den Arm, und ich vermutete, die Zähne des Krokodils hatten gerade fester zugebissen.

»Weiter.«

»Das ist alles viel zu umfangreich, zu kompliziert. Eine Operation solcher Größenordnung hätte ein Team unmöglich allein durchziehen können. Morde in Osch, in Karakol, hier in Bischkek. Hinter der Grenze. Vielleicht sogar auf dem russischen Stützpunkt. Dahinter steht eine Menge Geld. Aber was noch wichtiger ist: auch sehr hochgesteckte Ziele.«

»Aha, und von wem?«, fragte Lederjacke, aber ich spürte die Unsicherheit in seiner Stimme.

»Das ist alles, was ich weiß. Eigentlich müsstest du besser informiert sein als ich; du bist derjenige, der dem *pachan* nahegestanden hat.«

»Nicht so nah, wie seine Zunge seinen Zähnen war.«

Jetzt wurde mir klar, warum wir hier waren, warum meine Hand bei jedem Herzschlag vor unbändigem Schmerz pochte. Es ging ihnen nicht darum, ihren geliebten Anführer zu rächen. Es ging ihnen nicht um eine obskure Richtlinie im Gesetz ihrer Bruderschaft, die Blut gegen Blut forderte.

Es ging einzig und allein um Geld.

»Er hat dir also nicht verraten, wo die Kohle ist?«, sagte ich. »Das ganze Geld, das jetzt in einem geheimen Versteck nur darauf wartet, dass jemand darüber stolpert und sich die Villen und die BMWs kauft, die eigentlich dir zustehen.«

Und fing an zu lachen und lachte sogar noch, als sein Schwinger meinen Kopf zurückschnellen ließ.

Allmählich zeichnete sich ein Motiv hinter allem ab.

»Dein *pachan* war ein Idiot«, sagte ich und betastete mit der Zunge einen wackligen Zahn. »Vor lauter Gier hat er nicht gemerkt, dass er seinen eigenen Sturz verkauft. Und nicht nur seinen, deinen auch. Die Gangs in Kirgisistan, sie alle arbeiten für den großen Macker, der sie gnadenlos zerschlagen wird.«

»Was redest du da für einen Scheiß?«, knurrte er. »Du hast sie ja nicht mehr alle.«

»Stell den Grill weg, und ich erzähle es dir. Ich erkläre es mit ganz einfachen Worten, damit es sogar ein *krokodil* wie du kapiert.«

»Lieber sollte ich dich Stück für Stück grillen. Dir die Finger auf einem Teller servieren und dich das Fleisch von den Knochen nagen lassen. Dann redest du.«

»Und wenn ich zusammenbreche, einen Herzinfarkt bekomme und sterbe, bevor ich dir erzählt habe, was du wissen willst? Was bringt dir das? Und wie werden deine Auftraggeber das finden? Diese ganzen Millionen, einfach futsch, bloß weil du auf den Geruch von gebratenem Fleisch stehst?«

Wahrscheinlich hätte Lederjacke am liebsten mein Gesicht auf den brutzelnden Grill gedrückt. Aber so dumm war er auch wieder nicht. Widerstrebend nahm er den Grill vom Tisch und ging zum Generator, um ihn auszustecken.

In diesem Moment packte ich mit meiner freien Hand den Eimer und warf ihn nach ihm.

Das Wasser traf gleichzeitig ihn, den Grill und den Generator und leitete den Strom durch ihn hindurch. Das Plastikgehäuse der Steckdose explodierte, er fiel hintenüber, und seine kurzgeschlossenen Finger verschmorten am Metall des Grills. Der stechende Geruch von Jod und siedendem Blut erfüllte das Zimmer.

Lederjacke begann, zu einem unhörbaren grotesken Rhythmus von einem Fuß auf den anderen zu springen, und aus seinem weit aufgerissenen Mund quoll ein tonloser Gesang. Das Futter seiner Jacke fing Feuer, das Leder begann schwelend zu kokeln. Dann loderte, wie eine Fackel, sein Haar auf, und kleine Flammen umzüngelten wie eine Krone seinen Kopf. Er hielt den Grill noch immer fest mit beiden Händen gepackt, und seine Hüften zuckten unkontrolliert vor und zurück, als würde er besinnungslos ficken.

Ein wildes Ächzen trieb alle Luft aus seinem Körper. Er fiel zu Boden und blieb nach einer letzten spastischen Zuckung reglos liegen.

Mit aller Kraft versuchte ich, die Kette um mein Bein von dem Ring in der Wand loszubekommen.

Ich schlang sie mir um meine freie Hand und stemmte mich mit den Füßen gegen die Wand. Die Schmerzen waren kaum auszuhalten, als sich die Kette in meine verbrannte Haut grub, aber sie gab nicht nach. Ich trat gegen den Metallring in der Wand, aber er war zu fest im Mauerwerk verankert.

In der Hoffnung, den Putz zum Bröckeln zu bringen, trat ich immer weiter gegen die Wand, und dann hörte ich ihn.

Einen Schrei aus den finstersten, schwärzesten Tiefen. Er kam von oben.

KAPITEL 42

Ein paar Sekunden lang krampfte sich alles in mir zusammen, und ich war wieder im Krankenhaus, neben Tschinara, die nach Morphium schrie, um den Biss der Tumore zu mildern, die sie auffraßen. Ich brüllte den Korridor hinunter, bereit, der unachtsamen Schwester, die für ein paar Züge von einer Papirossa nach draußen geschlüpft war, den Hals umzudrehen. Ich lag neben Tschinara und hielt sie in den Armen; ihre Fingernägel, spröde und dünn von den Medikamenten, splitterten und brachen, als sie sich in meinen Arm gruben.

Sie hatte immer und immer wieder geschrien, nichts anderes mehr wahrgenommen als das Feuer, das sie von innen heraus verzehrte; und die Laute, die aus ihrer Kehle kamen, hörten sich an, als wäre ein Wolf aus den Bergen herabgekommen, um auf der Suche nach Nahrung durch das Krankenhaus zu streifen …

Syrgak platzte zur Tür herein, blutüberströmt, mit offenem Mund, die weißen Stümpfe seiner eingeschlagenen Zähne aus einer grellroten Maske hervorspitzend.

»Boss, dieses Drecksstück, sie hat …«

Er sah den *wor* und blieb wie angewurzelt stehen; von seiner Lederjacke züngelten Flammen hoch, vom Grill stoben blaue Blitze auf seinen Körper.

Ich zog mit letzter Kraft an der Kette, spürte, wie der Putz endlich nachgab, verlor das Gleichgewicht, taumelte rückwärts gegen den Tisch. Ich schwang die Kette über meinem Kopf, und als sie genügend Schwung hatte, zielte ich und ließ sie los. Sie schnellte durch das Zimmer, und die spitzen Stifte, mit denen sie befestigt gewesen war, gruben sich in Syrgaks Gesicht.

Vor Überraschung stieß er ein schrilles Japsen aus, auf das wildes Geheul folgte, als er die Stifte, die sich tief in sein rechtes Auge und seine Wange gebohrt hatten, herauszuziehen versuchte. Er jammerte und jaulte, rief mit einem durchdringenden, kaum zu ertragenden Wimmern nach seiner Mutter.

Ich übergab mich vollkommen unkontrolliert, kotzte alles aus mir heraus. Ich musste daran denken, wie sich Tschinara nach jeder Behandlung übergeben hatte, wie ihr ganzer Körper von heftigen Zuckungen geschüttelt wurde und wie ich ihr die Schüssel an den Mund hielt und den fauligen Schweiß vom Gesicht wischte.

Syrgak hielt beide Hände an sein Gesicht und versuchte das Ausmaß des Schadens an Auge und Wange zu ertasten.

Eine meiner Hände war immer noch an den Tisch gekettet, aber mit der anderen zog ich die Fußkette vorsichtig so zu mir heran, dass sie nicht mit dem Wasser auf dem Fußboden in Berührung kam. Dann packte ich sie etwa einen Meter von ihrem Ende entfernt, um erneut nach Syrgak schlagen zu können, falls er mir den Garaus zu machen versuchte. Adrenalin schoss durch meine Adern; einer dieser zwei Wichser musste Schajyrkul, Jekaterina, Gulbara und was weiß ich, wen noch alles, umgebracht haben.

Aber wenn ich Syrgak tötete, verlor sich die Spur. Und es ging nicht nur darum, die toten Frauen zu rächen.

Ich packte die Kette fester und stellte mir vor, wie sich die schweren Eisenglieder um Syrgaks Gesicht schlangen, und ich merkte, dass ich auf den *suksin* eindreschen, ihm den letzten Fetzen Haut vom Körper peitschen wollte.

Aber erst nachdem er mir erzählt hatte, was ich wissen wollte.

Syrgaks Schrei war voll Schmerz und Wut, als ihm seine Finger verrieten, dass aus seiner Modelkarriere nichts mehr würde. Er starrte mich mit seinem verbliebenen Auge an. Wenn er keine Waffe hatte, war es ein Patt – zumindest so lange, bis einer von uns von seinen Schmerzen überwältigt wurde.

Ich dachte an Saltanat, die jetzt, tot, von den Händen dieser beiden abgeschlachtet, im Obergeschoss lag, und mir drängte sich der Gedanke auf, dass Rache vielleicht vollauf genügte. Dann fasste ich die Drahtzieher eben nicht.

In diesem Moment flog die Tür ein zweites Mal auf.

KAPITEL 43

»Ich dachte, du wärst tot«, stieß ich hervor, als Saltanat hereintaumelte.

»Da muss ich dich leider enttäuschen.« Ihre Stimme klang rau und brüchig. Sie sah fürchterlich aus, eine Wange und die Mundpartie waren blutverschmiert. Von ihrem Hemd waren nur noch Fetzen übrig, und ihr entzweigerissener BH hing in zwei Hälften von ihren Schultern. Auf der Stirn hatte sie einen Bluterguss, und die Knöchel ihrer linken Hand waren geschwollen und ausgerenkt. Außerdem war sie von der Hüfte abwärts nackt.

Da Syrgak mit blutüberströmtem Gesicht auf sie zuwankte und nach ihr schlug, blieb für den Austausch von Anekdoten keine Zeit. Sie duckte sich, wirbelte herum und trat ihm mit dem Fuß in den Unterleib. Als er vor Schmerzen vornüberkippte, packte sie ihn an der Schulter, rammte ihn mit dem Kopf einmal, und noch einmal, gegen die Wand und ließ den Ellbogen auf seinen Nacken niedersausen.

Syrgaks Wirbel knackten und splitterten wie im Mitternachtsfrost brechende Zweige, und als er zu Boden sank und sein Gesicht die Wand hinunterglitt, blieb eine leuchtend rote Spur darauf zurück, wie der erste Malversuch eines Kindes. Danach war das einzige Geräusch, das im Zimmer zu hören war, der Atem der zwei Menschen, die am Leben geblieben waren, und das Zischen von Fleisch auf dem Grill.

»Die Handschellenschlüssel sind in seiner Jackentasche. Aber Vorsicht, er hängt noch am Stromkreis.«

Saltanat packte einen Stuhl und warf ihn gegen den Generator, sodass sich die blanken Kabel von ihm lösten und der Stromkreis unterbrochen wurde. Sie durchsuchte erst die eine Tasche, wälzte Lederjackes Leiche dann ohne eine Spur von Abscheu auf die andere Seite und fand die Schlüssel. Halb nackt, blutüberströmt und geschunden, wirkte sie dennoch konzentrierter und professioneller als viele Uniformierte, mit denen ich zusammengearbeitet hatte.

Sobald sie mir Handschellen und Fußkette abgenommen hatte, unternahm ich einen zaghaften Versuch, sie zu umarmen. Um etwas Trost zu spenden, mir ebenso sehr wie ihr. Aber sie hob warnend die Hand, und ich ließ die Arme wieder sinken.

Saltanat schien zum ersten Mal bewusst zu werden, dass sie fast nackt war, und sie blickte sich nach etwas um, womit sie sich bedecken könnte. Von ihrem Gesicht tropften Rinnsale aus Blut, und ich sah, dass sie weinte.

»Ist Asat …?«

»Er kann uns nichts mehr tun.«

»Hast du ihn umgebracht?«

Saltanat wischte sich etwas Blut aus den Mundwinkeln und nickte.

»Haben sie dich …?«

»Ja.«

Ihre Stimme war neutral, ausdruckslos.

»Lass uns erst mal sehen, ob es hier irgendwo eine Decke oder so etwas Ähnliches für dich gibt.«

»Ich gehe nicht noch mal da rauf.«

Ich nickte. Das konnte ich verstehen.

»Ich sehe mal nach.«

Ich ging um die Leichen herum und streckte meine Hand aus, aber Saltanat starrte vollkommen abwesend zu Boden. Es spielt keine Rolle, wie oft man schon einen Menschen getötet hat; egal ob im Dienst oder nicht – die Toten lassen einen nicht mehr los, sie suchen einen immer wieder auf, in den langen Stunden vor Tagesanbruch genauso wie im hellsten Sonnenschein. Ihre Augen blicken einem aus den Spiegelungen in Schaufenstern, Windschutzscheiben, gekräuselten Wasseroberflächen entgegen. Sie leben mit einem wie alte Verwandte, die niemanden mehr haben, schleichen sich unbemerkt an einen heran und tippen einem auf die Schulter oder stellen murmelnd Fragen. Man kann nichts tun, außer sich vor Augen zu halten, dass entweder sie oder man selbst hätte dran glauben müssen, und einfach weiterzumachen, immer weiter.

Meine Hand schmerzte, als ich die Treppe ins Erdgeschoss und dann zu den Schlafzimmern im ersten Stock hinaufstieg. Sie war bereits auf das Doppelte ihrer normalen Größe angeschwollen, und die Brandspuren sahen aus wie eingeätzt. Muskeln und Sehnen hatten sich zusammengezogen und meine Finger zu einer hässlichen Klaue gekrümmt; mir war klar, dass meine Hand zu nichts mehr zu gebrauchen wäre, wenn sie nicht bald ärztlich versorgt würde. Ich überlegte, ob in meinem Arbeitsvertrag etwas über eine Dienstunfähigkeitsrente stand. Aber falls da oben jemand auf mich wartete, spielte das keine Rolle.

Ich folgte einer Spur aus Blutflecken zu einer offenen Tür. Dahinter waren die Kante eines Betts und ein Fuß zu sehen. Er bewegte sich nicht, und ich vermutete, dass das auch der dazugehörige Körper nicht täte. Ich spähte um den Türrahmen, aber anscheinend lauerte mir niemand auf. In der Ecke war ein Waschbecken; an einer Reihe Haken hingen mehrere Handtücher. Als ich nach ihnen griff, knirschte etwas unter meinen Sohlen, und ich sah die Scherben und Splitter eines blutbefleckten Wasserglases. Das war nicht alles, was dort lag.

Ich warf einen raschen Blick auf das, was einmal Asat gewesen war. Sein Hemd und seine Haare blutdurchtränkt. Ich war mir zuvor nicht sicher gewesen, wer den entsetzlichen Schrei ausgestoßen hatte, den ich gehört hatte, aber nun ahnte ich es.

Wieder unten im Keller, reichte ich Saltanat die Handtücher und wandte den Blick ab, als sie sich diese um die Taille knotete.

Sie sahen aus wie ein ziemlich schicker vielfarbiger Rock, zumindest aus einiger Entfernung.

»Handy?«

»Nein. Du?«

»Kaputt.«

»Und eine Waffe?«

Saltanat schüttelte den Kopf.

Wir waren also unbewaffnet, verletzt, hatten Schmerzen und waren nicht in der Lage, Hilfe anzufordern. Außerdem hatten wir gerade drei Mitglieder der brutalsten kriminellen Organisation diesseits des Kaukasus umgebracht und keine Ahnung, wo wir waren.

Ich wusste, wir mussten von hier fort und irgendwo Unterschlupf finden. Vielleicht war Lederjackes bester Freund bereits auf dem Weg hierher, um sich einen oder zwei Finger von dem guten Stoff reinzuziehen und bei dem Geschäft vielleicht auch noch einen meiner Finger zu braten. Ich durchsuchte Lederjackes Lederjacke und fand einen Autoschlüssel. Mit einem Ausdruck des Triumphs, den ich ganz und gar nicht empfand, wedelte ich damit in Richtung Saltanat und ging zum Ausgang.

»Warte«, sagte sie. »Vorher sollten wir noch das Haus durchsuchen.«

»Willst du unbedingt riskieren, dass ihre Freunde hier aufkreuzen?«

Sie sah mich unverwandt an; schwarze Augen, die in unergründliche Tiefen führten.

»Du bist doch bei der Mordkommission. Vielleicht stoßen wir auf den einen oder anderen Hinweis.«

Ich überlegte kurz, dann nickte ich.

»Fünf Minuten, aber dann verschwinden wir.«

Es dauerte keine fünf Minuten, das ganze Haus zu durchsuchen. Bis auf das Schlafzimmer und den Keller, in den keiner von uns zurückwollte, waren alle Zimmer leer. Unter dem Bett war eine schwarze Reisetasche, die fest umwickelte Päckchen mit einem rostfarbenen Pulver enthielt. *Krokodil*, vermutete ich, schätzungsweise zwanzigtausend Dollar wert, genug, um etliche Süchtige in Bischkek sehr schmerzhaft unter die Erde zu bringen. Außerdem enthielt sie einen circa vier Liter fassenden, mit chinesischen Zeichen beschrifteten Plastikcontainer mit Tausenden roten und gelben Kapseln. Ich brach eine davon auf, und ein graugrünes Pulver rieselte heraus. Ich schnüffelte daran, aber es roch nach nichts. Es war keine Droge, die ich kannte.

Ich zog den Reißverschluss der Tasche wieder zu und sah auf die Uhr; Zeit, zu verschwinden. Offenbar hatten wir das Glück auf unserer Seite, denn auf dem Tisch in der Diele lagen zwei Makarows. Wir vergewisserten uns, dass sie geladen waren, dann schlang ich mir die Reisetasche über die Schulter. Wenn sonst schon nichts, konnte ich sie als Verhandlungsmasse benutzen.

Ich drückte die Tür auf, und ein Strahl reines Sonnenlicht blitzte durch den Spalt. Als wir ins Freie traten, sah ich, dass wir nur ein paar Straßen von meiner Wohnung entfernt waren. Das Sonnenlicht war brutal, und meine Augen schmerzten aus Sympathie mit meiner Hand. Ein vorbeirumpelnder Bus erschreckte uns.

Saltanat deutete auf einen beigen viertürigen Audi. Ich drückte die Entriegelungstaste, und wir fuhren rasch die Ibraimowa-Straße hinunter. Fünf Minuten später parkte ich ein Stück hinter meinem Wohnblock, und wir machten uns zu Fuß auf den Weg zu meiner Wohnung. Eine Babuschka, die uns entgegenkam, glotzte auf Saltanats seltsamen Rock, bemerkte die Pistolen in unseren Händen und beschloss, dass sie das alles nichts anging.

Endlich in der Wohnung, schloss ich die Tür ab und klemmte zur Sicherheit noch einen Stuhl unter die Klinke. Saltanat ging ins Schlafzimmer, wo sie einen Stapel mit Handtüchern aus dem Schrank nahm und damit im Badezimmer verschwand. Während sie duschte, legte ich ein paar von Tschinaras Kleidern aufs Bett. Ich fragte mich, wann ich es endlich schaffen würde, sie wegzugeben. Gleichzeitig war ich froh, dass ich es noch nicht getan hatte.

Ich rief Jussupow im Leichenschauhaus an und sagte ihm, ich bräuchte die »Pille danach« sowie ein anti-retrovirales Mittel gegen HIV und das stärkste Antibiotikum, das er auftreiben konnte. Er versprach, alles zu besorgen, und fragte nicht, warum; ihn interessieren nur die Toten.

Ich verband meine Hand, so gut ich konnte, führte ein paar Telefongespräche, legte meine Pistole in Reichweite auf den Küchentisch und wartete. Es dauerte fast eine Stunde, bis Saltanat wieder auftauchte; sie in Tschinaras Kleidern zu sehen versetzte mir einen Stich ins Herz. Zum ersten Mal trug sie etwas anderes als ihre übliche Kluft aus schwarzem Top und Jeans, sah verletzlicher aus, irgendwie jünger. Ich musste mir in Erinnerung rufen, dass sie gerade zwei von Bischkeks brutalsten Kriminellen ausgeschaltet hatte.

»Wie fühlst du dich?«

Sie zuckte die Achseln, öffnete den Kühlschrank und verzog das Gesicht. Junggesellenvorräte: eine alte *lepjoschka*, ein paar nicht mehr ganz frische Tomaten und eine Flasche Wodka. Sie nahm einen Schluck aus der Flasche und behielt ihn prüfend im Mund, bevor sie ihn in die Spüle spuckte. Das wiederholte sie ein paarmal, dann verschloss sie die Flasche wieder.

Die Vergewaltigung hing zwischen uns wie ein Vorhang. Ich fühlte mich hilflos und wusste nicht, was ich sagen oder tun sollte. Ich hatte schon einige Sexualverbrechen mitbekommen, aber alle hatten mit einem Mord geendet. Ich wusste nicht, wie ich mit einem Opfer umgehen sollte, das noch atmete.

»Ich habe ein paar Medikamente organisiert«, sagte ich. »Wir können sie später abholen. Aber wenn du möchtest, kann ich sie auch jetzt gleich holen.«

Sie sagte nichts, blickte nur aus dem Fenster.

»Möchtest du jemanden anrufen? Damit er dich nach Taschkent zurückbringt?«

Immer noch nichts.

Als sie zu sprechen begann, tat sie es in neutralem, emotionslosem Ton, als beschriebe sie die Handlung eines langweiligen Films mit schlechten Schauspielern, in dem nicht viel passierte.

»Der Große hat mich festgehalten, der andere hat mir die Jeans runtergerissen.«

»Du brauchst es mir nicht zu erzählen …«, setzte ich an, aber sie hob die Hand, um mich zum Schweigen zu bringen, und sah weiter aus dem Fenster.

»Während er in mir drin war, hat er mir erzählt, wie sie Jekaterina umgebracht haben, wie sie sie einfach auf dem Tschüi-Prospekt entführt haben, als sie in ihr Auto steigen wollte. Vor einem Club, es sind Leute vorbeigegangen, aber niemand hat Anstalten gemacht, ihr zu helfen. Den Fötus hatten sie bereits, in einer Beta-Stores-Tüte, wie ein Stück Fleisch, das man eingekauft hat, um Schaschlik zu machen. Sie waren am Morgen aus Karakol gekommen, wo sie das Dorfmädchen umgebracht hatten. Ihr Boss hatte ihnen gesagt, wen sie sich schnappen sollten: die Tochter des Ministers. Sie war kein zufälliges Opfer, sie wurde ganz gezielt ausgesucht.

Er hat immer weitergerammelt, immer fester und immer schneller, und dabei hat er mir hechelnd ins Ohr geflüstert, wie er sie erstochen hat und dass sie mich, wenn sie es mir so oft besorgt hätten, bis sie keine Lust mehr hätten, genauso abschlachten würden wie Jekaterina.

Und sie haben mir erzählt, mit welcher Sorgfalt sie Jekaterinas Bauch aufgeschnitten haben, wie kompliziert es war, durch die Muskulatur zu kommen, wie ihr Blut auf sein Handgelenk geströmt ist, heiß und dampfend in der Nachtluft. Dass sie schreien wollte, als er ihr das Leben genommen und darauf gespuckt hat, aber nicht konnte, weil er ihr den Mund zuhielt.«

Saltanat machte eine Pause und sprach dann leise weiter: »Und plötzlich hatte ich das Gefühl, als könnte ich den kalten

Schnee auf der Rückseite von Jekaterinas Schenkel schmelzen spüren, an dem das Blut hinabfloss, als könnte ich spüren, wie ihre Hüften sich der Kälte entgegenschoben und um sie herum langsam alles dunkel wurde, wie die Sterne einer nach dem anderen erloschen, zuerst langsam, dann immer schneller.

Und dann war da wieder die ekelhaft säuselnde Stimme des Mannes über mir, der mir erzählte, wie sie sie schließlich aufklappt hatten und den Fötus in sie hineinstopften, wie man Müll in den Container wirft.

Das war der Moment, in dem er in mir gekommen ist.

Ich habe mich die ganze Zeit damit zu trösten versucht, dass er mich nicht geküsst und mir seine widerliche Zunge nicht in den Mund gesteckt hat.«

Ich sagte nichts, fluchte aber innerlich, dass die beiden nicht langsam und unter entsetzlichen Schmerzen gestorben waren. Meine Hand tat jetzt höllisch weh, und ich merkte, dass ich sie zur Faust geballt hatte.

»Er wälzte sich von mir«, sprach Saltanat mechanisch weiter, »und der Große nahm seinen Platz ein. Aber seiner wurde nicht steif, deshalb hielt er ihn mir an den Mund. Er zog mir die Kiefer auseinander und schob ihn mir hinein. Ich habe so fest zugebissen, wie ich konnte, und er hat fürchterlich geschrien und mir auf den Kopf geschlagen. Dann stürzte sich der andere auf mich, und ich schnappte mir das Glas vom Nachttisch. Er wollte ausweichen, aber das Glas zerbrach an seinem Kopf. Ich versuchte, ihm die Kehle aufzuschlitzen, traf ihn jedoch nicht, und er fiel vom Bett. Deshalb stieß ich mit dem Glas nach dem Großen und schlitzte ihm den Hals damit auf; plötzlich spritzte überall Blut, und er nahm die Hände von mir und hielt sie an seinen Hals. Er würgte und stöhnte, die Augen weit aufgerissen vor Panik, er war am Verbluten, und ich stieß ihn mit den Füßen von mir.

Der andere rappelte sich vom Boden hoch, aber ich stürzte mich mit dem Glas auf ihn, und er rannte zur Tür hinaus. Ich wusste nicht, wo du warst; ich wusste nicht, ob du noch lebst.

Deshalb ging ich zu dem Großen und stach ihm in die Augen, er brüllte wie ein Tier, und ich musste ihn zum Schweigen bringen, deshalb schnitt ich ihm mit der scharfen Kante des Glases die Kehle durch, und dann war er endlich still.«

Danach sagten wir beide lange nichts. Sie blickte weiter aus dem Fenster.

Wir beobachteten, wie der Himmel immer dunkler wurde und die vielen verschiedenen Blautöne sich in der Nacht verloren.

KAPITEL 44

Es war vollkommen dunkel, als wir aufbrachen. Wie Eis und Feuer pulsierte der Schmerz aus meiner Hand in den Unterarm hinauf. Ich musste schleunigst ins Krankenhaus, sonst würde die Infektion weiter meinen Arm hinaufrasen und schaffen, was Maksat Aidaralijews Männern nicht gelungen war. Ich war mir jedoch sicher, dass die Krankenhäuser unter Beobachtung standen und die Chancen, meinen Arm zu retten, gleich null wären, wenn der Rest von mir, starr an die Decke stierend, auf einem Seziertisch landete.

Vor meinem Wohnblock gab es keine Straßenbeleuchtung – in Bischkek grundsätzlich ein Luxus –, aber das hatte den Vorteil, dass wir schlecht zu sehen waren; zugleich erleichterte es die Dunkelheit einem Angreifer, sich unbemerkt an uns heranzuschleichen. Vermutlich war die Resttruppe des *pachan* längst in Auflösung begriffen, seit ich in der Zentrale angerufen hatte, um durchzugeben, wo sie die Leichen finden würden, und als Dreingabe die Theorie mitlieferte, dass die drei toten Bandenmitglieder Opfer einer fehlgeschlagenen feindlichen Übernahme waren. Ich hatte mich nicht zu erkennen gegeben, denn ich wusste nicht, wem ich trauen konnte, und was ich jetzt am allerwenigsten brauchte, war irgendein *kryscha*, der sich ein paar Som dazuverdienen wollte.

Es gab genügend Schnee, um uns den Weg zur Straße zu weisen, aber ich war trotzdem vorsichtig. Als wir die Büsche am Ende des Wegs erreichten, leuchteten zwei Autoscheinwerfer auf und machten längliche, im Schnee liegende Strichmännchen aus unseren Schatten.

Saltanat hatte bereits die Pistole im Anschlag, um sofort das Feuer eröffnen zu können, aber ich drückte ihren Arm nach unten. Hätte es eine Gang auf uns abgesehen gehabt, wären wir längst von Kugeln durchsiebt gewesen.

»Alles klar, nur keine Aufregung«, sagte ich, aber Saltanat behielt den Finger am Abzug.

Wir erreichten den SUV, durch dessen Windschutzscheibe uns Kursan angrinste. Er trieb uns winkend zur Eile an, dann schaltete er das Licht aus; falls uns jemand beobachtete, konnte er vorübergehend nichts mehr erkennen. Wir stiegen ein, und Kursan fuhr rasch in Richtung Tschüi-Prospekt los. Er machte die Scheinwerfer erst wieder an, als wir die erste Kreuzung erreichten. Er überholte einen *marschrutka*-Kleinbus und überfuhr eine rote Ampel, wofür er einen Schwall wüster Beschimpfungen erntete. Saltanat hielt durch das Rückfenster Ausschau, bis sie halbwegs sicher war, dass uns niemand folgte.

An der Metro-Bar bog Kursan scharf nach rechts ab und steuerte an der Universität vorbei in Richtung Frunse. Schließlich hielt er vor dem Grand Hotel an, einem Neubau, der jetzt schon aussah, als hätte er einmal bessere Zeiten gesehen. Wir waren nur wenige Blocks vom Weißen Haus entfernt, aber die Straßen waren wie ausgestorben.

»Ich habe zwei Zimmer für euch reserviert, im vierten Stock. Solange niemand weiß, wo ihr seid, kann euch auch niemand umbringen, oder?«

Kursan hielt Wache, während wir eincheckten: Barzahlung, nebeneinanderliegende Zimmer. Ich war sicher, dass Saltanat fürs Erste kein Bett und auch sonst nichts mit einem Mann würde teilen wollen.

Wir inspizierten die Zimmer eins nach dem anderen, dann kehrten wir ins Foyer zurück. In der Zwischenzeit hatte Kursan das Auto in einer Seitenstraße abgestellt, wo es von der Hauptstraße nicht zu sehen war, und erwartete uns an der Ecke im Dragon's Den, einem kleinen Restaurant mit Bar. Wir setzten uns zu ihm, und ich bestellte für mich Tschai, für Kursan Wodka und für Saltanat Kaffee.

Um die Straße im Auge behalten zu können, saßen wir, abseits von den anderen Gästen, an der Bar. In unserem letzten Sommer war ich mit Tschinara ab und zu hierhergekommen. Der europäische Besitzer hatte sich Mühe gegeben, das Lokal ansprechend zu gestalten: künstlerische Fotografien von kirgisischen Szenen an den rotgestrichenen Wänden, ein hölzerner Tresen und ein Wandregal mit einem stattlichen Flaschenarsenal. Tschinara hatte immer behauptet, dass die vegetarische Pelmeni-Suppe und die Manty-Klöße besser waren als irgendwo sonst in Bischkek. Und soweit ich das beurteilen konnte, hatte sie recht. Vor meinem geistigen Auge sah ich, wie sie an der Bar saß, Baltika-Bier trank, ihre Manty mit den Fingern in die Chilisoße tunkte und hin und wieder ihr Haar aus dem Gesicht nach hinten warf.

Ich fröstelte – nicht vor Kälte. Für mich ist Bischkek eine Geisterstadt.

»Und wie soll es jetzt weitergehen?«, fragte Kursan. »Siehst du langsam klarer, worum es bei dieser ganzen Scheiße geht?«

Ich erzählte ihm von den Männern, die wir in den letzten achtundvierzig Stunden entmannt, erstochen, erschossen oder per Stromschlag getötet hatten. Als ich ihm vom Tod des *pachan* erzählte, machte er große Augen. Er hatte zwar davon gehört, aber wie jeder andere angenommen, er sei Opfer eines Bandenkriegs geworden oder von seinen eigenen Leuten aus dem Weg geräumt worden.

»Ein Mann, eine Frau, eine Todesschwadron«, sagte er.

Ich nahm an, das sollte ein Kompliment sein.

»Ihr habt also den Mord an der Ministertochter und diesem armen Ding drüben in Karakol aufgeklärt«, fügte er hinzu und klatschte in die Hände, als sei die Sache damit erledigt.

»Aber nicht so, wie Tynalijew es sich gewünscht hat«, sagte ich. »Ihm war es ungeheuer wichtig, in dieser Sache selbst zu richten.«

»Was hättest du anderes machen sollen?« Er zuckte die Achseln. »Außerdem kann er immer noch auf ihre Gräber pissen.«

»Die Frage nach dem Wer haben wir vielleicht geklärt«, sagte ich. »Hinter dem Warum steht allerdings noch ein großes Fragezeichen.«

»Spielt das Warum noch eine Rolle, wenn du die, die's waren, erledigt hast?«, fragte Kursan.

»Zu viele unbeantwortete Fragen, die zurückkommen und an mir nagen könnten«, sagte ich.

Saltanat drückte ihre nur halb gerauchte Zigarette aus und griff nach meinem Päckchen. Bisher hatte sie kein Wort gesagt.

»Was meinst du?«, fragte ich.

»Du hast die kleinen Fische erledigt«, antwortete sie, ihre Stimme so ausdruckslos wie ihr Gesicht. »Und die dicken Fische sind zu dick, um ihnen etwas anhaben zu können. Selbst wenn du weißt, wer sie sind.«

»Schon möglich«, sagte ich. »Aber warum hatten sie es auf mich abgesehen, wenn Tjulew und Lubaschow nichts mit den Morden zu tun hatten? Und wer hat die Russin umgebracht? Und Schajyrkul und Gulbara? Und die Frau in Osch, diejenigen, derentwegen du überhaupt in die Sache hineingezogen worden bist?«

Saltanat sagte nichts. Sie nahm einen Schluck von ihrem Kaffee, beide Hände wie trostsuchend um die Tasse gelegt.

»Was ist in der großen Tasche, Bruder?«, fragte Kursan.

Um mich zu vergewissern, dass wir nicht belauscht wurden, blickte ich mich um.

»Wahrscheinlich *krokodil* im Wert von ungefähr einer Million Som.«

Kursan machte ein nachdenkliches Gesicht.

»Das hat niemand nur zum Wochenendvergnügen gekocht«,

fügte ich hinzu. »Deshalb muss es Schmuggelware sein. Entweder rein ins Land oder raus, ins Ausland.«

»Über den russischen Stützpunkt?«

Ich nickte.

»Du stellst es hier günstig her und schaffst es mit einer Militärmaschine nach Russland«, sagte Saltanat. »Wer sollte das Flugzeug schon anhalten und durchsuchen?«

»Diese SpezNas-Frau, Marina Gurtschenko, glaubst du, sie war in die Sache verwickelt?«, fragte Kursan.

»Irgendwie bestimmt. Vielleicht war sie der Kurier, aber höchstwahrscheinlich ist sie den Schmugglern auf die Schliche gekommen und wollte die ganze Sache auffliegen lassen. Das ist ihr zum Verhängnis geworden. Sie war schließlich Krankenschwester. Von so jemand erwartet man nicht unbedingt, dass er Leute mit Drogen versorgt.«

Kursan sagte nichts, sondern rieb nur Daumen und Zeigefinger aneinander. Mit Geld lässt sich fast alles kaufen.

»Aber sie war schwanger«, führte Saltanat an.

»Für mich stellt es sich mehr und mehr so dar, dass das Ganze nur ein Ablenkungsmanöver war, um uns auf eine falsche Fährte zu locken; wir sollten glauben, dass eine Gang von Serienkillern das Land unsicher macht, irgendein Kult. Die Schmuggler hören von den Morden, ein Nachahmungstäter beseitigt die Frau, die sie auffliegen lassen könnte, und zeigt mit dem Finger auf andere. Die Verstümmelungen, die toten Babys; dabei denkt doch keiner an einen Schmugglerring?«

Saltanat schien nicht überzeugt.

»Wir wissen von sechs Routen, auf denen Heroin aus Osch rausgeschmuggelt wird«, sagte sie. »Warum nicht einfach im Verborgenen seinen Geschäften nachgehen, immer schön den Kopf einziehen, den Gewinn einstreichen und sich ein schönes Leben machen?«

Ich nahm einen weiteren Schluck von meinem Tschai und nickte zustimmend.

»Du hast vollkommen recht. Es geht um Schmuggel, aber nicht nur um Schmuggel. Hinter alldem steckt noch etwas anderes, etwas Größeres. Aber keine Ahnung, was.«

Ich leerte mein Glas, stellte es ab und sah über die menschenleere Straße. In den letzten Minuten hatte es zu schneien begonnen, und die Straßen wurden von einem strahlenden Weiß überzogen, ganz im Gegensatz zu den Gedanken in meinem Kopf.

KAPITEL 45

Wir saßen schon fast eine Stunde im Dragon's Den, als ein klappriger BMW vor dem Eingang hielt und Kenesch Jussupow ausstieg. Er blickte sich um, als hätte er außerhalb des Leichenschauhauses Probleme mit der Orientierung. Dann kam er herein, trat sich den Schnee von den Schuhen und setzte sich zu uns. Er nickte der Bedienung zu, und sie brachte ihm hundert Milliliter. Nicht zum ersten Mal fragte ich mich, wie Jussupows Leben aussah, wenn er nicht mit seinen Skalpellen und Knochensägen zugange war.

Er zog eine kleine Papiertüte aus seiner Manteltasche und schob sie Saltanat über den Tisch zu. Mein Blick signalisierte ihm, dass das nicht der Zeitpunkt für einen seiner Witze war. Saltanat sah in die Tüte, nahm eine der Packungen heraus, reichte sie mir und verschwand mit dem Rest auf die Toilette.

Jussupow deutete mit dem Daumen auf ihren sich entfernenden Rücken.

»Das mit der Pille danach verstehe ich, aber das andere Zeug?«

Ich beugte mich vor und nahm ihm die Brille ab. Er blinzelte verunsichert wie ein Maulwurf, der von plötzlichem Sonnenlicht geblendet wird.

»Gestern Nacht haben sich zwei ziemlich üble Kerle über sie hergemacht. Der eine hat sie gefickt und ihr dabei erzählt, wie er Jekaterina Tynalijewa ausgeweidet hat; der andere hat ein *minet* probiert. Sie hat beide umgebracht. Sehr brutal. So etwas bekommst du nicht mal auf deinem Seziertisch zu sehen. Falls du wirklich mehr darüber wissen willst, Chefpathologe Jussupow, kann ich sie bitten, es dir in aller Ausführlichkeit zu schildern.«

Der Ton, in dem ich das sagte, ließ keinen Zweifel daran, dass er auf meine permanente Abschussliste käme, wenn er es täte. Und, noch schlimmer, auch auf die von Saltanat. Ich drückte alle Tabletten des Antibiotikums aus ihrer Blisterpackung und spülte sie mit lauwarmem Tschai hinunter.

»Wie lange arbeiten wir schon zusammen, Inspektor? Du bittest mich um was, ich besorge es dir, keine weiteren Erklärungen, Fall erledigt, *da*?«

Mit einer gewissen Würde setzte er seine Brille wieder auf. Ich senkte zur Bestätigung den Kopf, fragte mich, wieweit ich ihm glauben konnte, und bekam ein schlechtes Gewissen. Ein Mann, der die Geheimnisse der Toten erforscht, verdient alles Vertrauen, das wir aufbringen können.

Ich vergewisserte mich, dass niemand in der Bar mich beobachtete, und schüttete eine Handvoll der Kapseln, die ich in der Reisetasche gefunden hatte, auf den Tisch.

»Kannst du mir das analysieren, Kenesch? Höchste Priorität.«

Er nahm eine Kapsel, drückte sie mit dem Daumennagel auf und untersuchte ihren Inhalt.

»Irgendeine Idee, wofür das Zeug gut sein soll?«

»Nein. Aber auf dem Behälter war ein chinesisches Etikett.«

»Das du nicht lesen konntest.«

»Richtig.«

»Das du mir aber kopiert hast, damit ich es dir übersetzen lasse.«

»Du bist nicht nur ein forensisches Genie, sondern kannst auch noch Gedanken lesen.«

Kenesch nickte.

»Die Frau, die du mir gebracht hast. Tynalijewa. Ihr Vater

hat sie letzte Woche begraben lassen. Die gesamte Regierungsnomenklatura war da, zum Zeichen ihres Respekts. Wahrscheinlich fragen sie sich, ob als Nächstes ihre Familien dran sind. Bodyguards, Sicherheitsvorkehrungen, elektrische Zäune und was sonst noch alles dazugehört.«

»Angst und Schrecken verbreiten«, sagte ich, mehr zu mir selbst als zu irgendjemandem sonst.

Saltanat kam zurück und hatte meinen letzten Spruch gehört.

»Scheint jedenfalls zu funktionieren«, bemerkte sie und bedeutete der Bedienung, einen weiteren Kaffee zu bringen.

Ich sah Kursan an.

»Was wünschen sich Schmuggler mehr als alles andere?«

»Außer ehrlichen Abnehmern, meinst du?«

Kursan dachte eine Weile über die Probleme seiner Branche nach.

»Von Drogen lasse ich die Finger; da ist zu viel Geld im Spiel, und deshalb steigen in dieses Geschäft Leute ein, die zu gierig sind und schon in der ersten Nacht den dicken Reibach machen wollen. Sie hetzen dem Rest von uns die Polizei auf den Hals und bringen sich gegenseitig um oder werden umgebracht.«

Er deutete mit dem Finger auf mich.

»Dann sind da noch die Gierigen auf deiner Seite; sich ein bisschen die Kehle befeuchten will jeder, aber manche Leute wollen gleich die ganze Flasche aussaufen. Und dann werden die Knarren rausgeholt.«

Kursan setzte sich zurück, stürzte sein Glas hinunter und beobachtete, wie ich meinen Tee trank.

»Was wir wollen? Unsere Ruhe wollen wir haben, so einfach ist das: Eine Hand wäscht die andere, jeder passt auf den anderen auf, kein Ärger und zufriedene Kunden.«

Ich nickte zustimmend; mehr oder weniger hatte ich mir das selbst schon gedacht.

»Angst und Schrecken ist also nicht gut fürs Geschäft?«

»Schießwütige Grenzer? Jede Menge Leute, die den Hals nicht vollkriegen können? Kunden, die sicherheitshalber erst mal abtauchen, bis sich die Lage wieder beruhigt hat? Glaubst du, so macht man Geschäfte?«

Saltanat bedachte den alten Schmuggler mit einem fast an Zuneigung grenzenden Blick.

»Dann geht es hier also nicht um Schmuggel?«

Ich schüttelte den Kopf; langsam begann sich ein Motiv hinter dem Ganzen abzuzeichnen.

»Genauso wenig, wie es um eine Serie von Sexualmorden oder einen kannibalistischen Kult geht. Die Morde, die Drogen, das ist alles Teil von etwas Größerem. Wir verwechseln Begleiterscheinungen mit der Hauptsache, wir glauben, dass es um mehr als nur eine Sache geht und dass die einzelnen Vorfälle nichts miteinander zu tun haben.«

Jussupow trank seinen Wodka aus und stand auf. Für jemand, der einen Großteil seines Arbeitstages damit zubrachte, die zermanschten Überreste betrunkener Autofahrer zu tranchieren, schien er erstaunlich wenig Bedenken zu haben, wieder in sein Auto zu steigen. Tag für Tag bis zu den Ellbogen im Tod zu wühlen bringt vielleicht einen gewissen Fatalismus mit sich.

»Sehr interessant, diese Spekulationen, Inspektor. Aber Antworten geben nur harte Fakten. Wenn ich was über die Kapseln herausfinde, rufe ich dich an. Und du solltest dringend etwas wegen deiner Hand unternehmen.«

Er schüttelte Kursan die Hand, nickte Saltanat zu.

Ich sah seinem BMW hinterher, wie er in einem Vorhang aus Schnee verschwand. Es schien nichts mehr zu sagen zu geben.

KAPITEL 46

Kursan brachte Saltanat ins Hotel zurück, dann fuhr er zu sich nach Hause, wo immer das war. Ich trank schwarzen Kaffee, betrachtete den zur Decke kräuselnden Rauch meiner Zigarette, nutzte die Zeit, um zu sortieren, was ich wusste und was ich annehmen konnte.

Fakt: Die Bruderschaft lässt die Tochter des Ministers für Staatssicherheit von Maksat Aidaralijews Leuten ermorden.

Fakt: Dieselben Leute bringen auch eine schwangere Frau in Karakol um und stopfen ihren Fötus in Jekaterina Tynalijewas aufgeschlitzten Bauch.

Haben dieselben Leute auch die zwei Straßenmädchen Schajyrkul und Gulbara umgebracht?

Auf dieselbe Weise werden in Usbekistan Frauen verstümmelt und umgebracht; vom usbekischen Ableger der Bruderschaft?

Höchst unwahrscheinlich, dass die russische Krankenschwester auf das Konto der Bruderschaft geht; dafür sind in russischen Militäreinrichtungen die Sicherheitsvorkehrungen zu streng. Ihr Mörder muss von den vorangegangenen Morden gewusst haben, aber die Tat muss andere Hintergründe gehabt haben, auch wenn das Opfer schwanger war.

An dieser Stelle würde ich für den Rest der Nacht erst einmal Schluss machen. Vielleicht sah im nicht so klaren Licht eines Bischkeker Wintermorgens alles besser aus. Falls es jemals zu schneien aufhörte.

Ich dachte wieder an meine Besuche mit Tschinara im Dragon's Den und sah aus dem Fenster auf die winzigen weißen Gebilde, die durch die Kälte und die Dunkelheit herabschwebten. Fallender Schnee, im Licht nächtlicher Straßenlaternen, macht mich immer traurig. Es ist diese Unendlichkeit, Tausende von Millionen Flocken, alle verschieden und nicht voneinander zu trennen, gefangen von den Kräften der Luft, des Winds und der Schwerkraft, vom Himmel herabgezerrt und zur Erde fallend. Vermutlich bedeutet es irgendetwas, auch wenn ich nicht sagen kann, was.

Ich legte fünfhundert Som auf den Tisch und ging in die Kälte hinaus. Draußen bereute ich sofort, dass ich meine Uschanka nicht eingesteckt hatte. Auf halbem Weg über die Straße hörte ich den ersten Schuss. Der in der Luft schwebende Schnee verschluckte den Knall, sodass ich nicht sagen konnte, aus welcher Richtung er kam. Ich riss die Jarygin aus dem Holster und ging auf ein Knie nieder, obwohl mir sehr deutlich bewusst war, dass ich, ganz in Schwarz gekleidet, ein hervorragendes Ziel vor all dem Weiß abgab. Ein zweiter Schuss – soweit ich feststellen konnte, nicht in meiner Nähe. Ich hörte das Klirren eines Fensters, zerbrochenes Glas, das auf Beton fiel. Ich sprang auf und rannte auf das Hotel zu. Ein weiterer Schuss; rechts von mir stob pulvriger Schnee in die Höhe. Ich duckte mich, täuschte einen Sprint nach links vor, rannte dann im Zickzack auf den Hoteleingang zu. Da ich kein Ziel sehen konnte, hatte es keinen Sinn, zu schießen. Trotzdem gab ich ein paar Schüsse in die Luft ab und hoffte, den Schützen lange genug abzulenken, um in Deckung gehen zu können.

Ich stieß mit der Schulter die Hoteltür auf und rannte durch das Foyer. In der Hoffnung, das billige Sperrholz würde Querschläger abhalten, hatte sich der Portier hinter dem Rezeptionsschalter verschanzt. Die Lifttür neben der Treppe stand weit offen, aber ich war nicht so blöd, mich in eine bewegliche Kiste mit nur einem Ausgang zu sperren, die ihre Ankunft schon von weitem ankündigte. Ich nahm die Treppe, immer zwei Stufen auf einmal, spähte auf jedem Stockwerk erst um die Ecke, nutzte den Aufzugschacht als Deckung. Mein Herz boxte gegen meine Brust, das Adrenalin in meinem Blut ließ meine Hände zittern.

Auf dem Treppenabsatz unter dem vierten Stock wartete ich dreißig Sekunden lang und lauschte.

Nichts.

Die Wände in Hotels wie diesem halten höchstens einer 22er stand. Wenn die Gäste auch nur über einen Funken Verstand verfügten, hatten sie sich in ihren Bädern in die Wanne gelegt.

Ich drückte mich gegen die Wand, um kein leichtes Ziel abzugeben. Die Tür zu meinem Zimmer stand offen, aber es war niemand zu sehen. Ich blickte mich rasch darin um, doch das Zimmer war leer; es roch nach Kordit und angesengtem Bettzeug. Im Kissen waren zwei saubere Einschusslöcher, genau da, wo mein Kopf gewesen wäre, wenn ich schlafend unter der Decke gelegen hätte. Ein Blick unters Bett – die Reisetasche mit dem *krokodil* war weg.

Saltanats Tür war zu, aber ich dachte an den dritten Schuss und das zerbrechende Glas und stürmte in ihr Zimmer. Die dünne Matratze lag auf dem Boden, durch das kaputte Fenster trieb Schnee herein. Es war eines dieser Fenster, die sich nur ein Stück weit öffnen lassen; vermutlich war die Scheibe eingeschlagen worden, um auf mich schießen zu können. Sonst war nichts Auffälliges zu erkennen.

Außer dass Saltanat weg war.

Im Foyer zog ich den verängstigten Portier aus seinem Versteck. Er sah die Jarygin in meiner Hand und fing an zu heulen und mir von seiner verwitweten Mutter zu erzählen. Um ein paar brauchbare Antworten von ihm zu bekommen, steckte ich die Pistole weg und zeigte ihm meinen Ausweis.

Nein, er hatte niemand ins Foyer kommen sehen, nein, nach uns hatte niemand mehr eingecheckt, alles, was er wusste, war, dass er oben Schüsse gehört hatte. Ja, er hatte bei der Polizei angerufen, alles gemeldet; sie wollten einen Streifenwagen schicken. Und ob er jetzt bitte nach Hause gehen dürfe?

Ich sagte ihm, er solle auf jeden Fall die Stellung halten, dann ging ich nach draußen, zu dem rot und blau blinkenden Licht, das gerade eingetroffen war.

»Ein Krankenwagen ist nicht nötig.« Ich hielt meinen Ausweis hoch. »Am Tatort ist niemand. Zu melden gibt es nur ein zerbrochenes Fenster.«

Von den zwei Kugeln, die meinen Schädel hätten durchlöchern sollen, sagte ich nichts; ich musste mich schnellstens auf die Suche nach Saltanat machen. Irgendwie kam mir der Uniformierte, der aus dem Auto stieg, bekannt vor, dann fiel der Groschen. Der Grünschnabel, der Jekaterinas Leiche gefunden hatte. Er wirkte nicht selbstsicherer als damals.

»Inspektor«, murmelte er, »es wurden Schüsse gemeldet, wir müssen …«

»Fehlzündungen«, unterbrach ich ihn. »Wahrscheinlich ein Paar, das darüber gestritten hat, wohin sie essen gehen sollen. Dabei ist ein Fenster zu Bruch gegangen. Alles nur halb so wild.«

Der Uniformierte sah ratloser aus denn je, aber er nahm eine der Zigaretten, die ich ihm anbot. Wir rauchten, und ich klopfte ihm auf die Schulter.

»Trotzdem, nicht übel, wie schnell Sie hier angerückt sind. Irgendwann werden Sie meinen Posten übernehmen.«

Wie erwartet beruhigte ihn die Schmeichelei, aber schlau wurde er aus dem Ganzen immer noch nicht.

»Danke, Inspektor, aber wie kommt es, dass auch Sie hier sind?«

Ich tat mein Bestes, ein bisschen verlegen, aber insgeheim auch stolz zu erscheinen.

»Ich habe eine Freundin«, sagte ich und zeichnete dazu mit den Händen eine Silhouette in die Luft, die sogar die Mädchen in den Stripclubs im Tschüi flachbrüstig erscheinen ließ. »Und diese Freundin hat einen Mann. Einen Mann, der vielleicht nicht verstehen kann, dass sich alte Freunde hin und wieder treffen wollen, um Neuigkeiten auszutauschen und in Erinnerungen zu schwelgen. Aber Sie haben doch sicher Verständnis für meine Situation.«

Um sicherzugehen, dass die Botschaft auch ankam, zwinkerte ich ihm verschwörerisch zu.

Er grinste verständnisvoll und wollte bereits zum Streifenwagen zurückgehen, als ihm noch etwas einfiel.

»Inspektor, der Chef hat an alle Kollegen im Dienst eine Nachricht rausgehen lassen. Wenn wir Sie sehen, sollen wir Ihnen sagen, dass Sie sich persönlich in der Zentrale melden sollen. Tag oder Nacht.«

»Kein Problem«, sagte ich, obwohl mir die Nachricht einiges Kopfzerbrechen bereitete. »Trotzdem wäre ich Ihnen dankbar, wenn Sie niemandem erzählen, dass Sie mich heute Abend gesehen haben. Ich würde mich gern noch ein bisschen länger mit meiner Freundin unterhalten, wenn Sie verstehen? Wir haben einiges nachzuholen.«

Er zog die imaginäre Silhouette mit seinen Händen nach.

»Jetzt verstehen wir uns, Kollege. Im Namen der Freundschaft muss man einem Mann vieles verzeihen, *da*?«

Der Uniformierte tippte an seinen Mützenschirm. Dann fiel ihm noch etwas ein.

»Übrigens, fast hätten wir nicht auf den Einsatzbefehl reagiert.«

Das wunderte mich; wenn es in einem Touristenhotel Ärger gibt, ist die Polizei immer schnell zur Stelle, und sei es nur, um gleich vor Ort Strafgelder für »Unregelmäßigkeiten in Zusammenhang mit Dokumenten und Visa« zu kassieren.

»Wie das?«

»Auf unserem Weg hierher ist uns ein anderer Streifenwagen entgegengekommen. Da haben wir uns natürlich gefragt, ob die schon vor uns zu dem Einsatz gerufen worden sind. Aber wir wollten sichergehen.«

»Sehr vernünftig«, sagte ich. »Wenn Sie so weitermachen, springt sicher eine Belobigung für Sie raus.«

Ein breites Grinsen ging über sein Gesicht, und ich bekam fast ein schlechtes Gewissen, ihn so anzuschwindeln. Sobald der Streifenwagen die Frunse hinunter verschwunden und die Luft rein war, ging ich auf die Rückseite des Hotels, auf der unsere Zimmer lagen, und suchte im Schnee nach Fußabdrücken, Reifenspuren, Hinweisen auf einen Kampf. Ich entdeckte nichts, was darauf hindeutete, dass Saltanat von Außerirdischen entführt worden war. Ich fand überhaupt nichts.

Meine Hand schmerzte in der Kälte, und ich fürchtete, die Verbrennungen könnten sich entzünden. Zurück im Dragon's Den, kippte ich etwas Wodka über meine Hand, um sie zu desinfizieren. In den nächsten zwei Stunden kaute ich immer wieder die gleichen Fakten durch und überlegte, was das Ganze bedeutete, wo Saltanat war und wie es möglich war, dass man uns so schnell aufgespürt hatte.

Und dann machte es plötzlich klick.

KAPITEL 47

Zwei Uhr nachts. Die einzig verbliebene Bedienung bedachte mich mit dem missmutigen Blick für die letzte Stunde. Ich klatschte zwei Tausend-Som-Scheine auf den Tisch. Ihr halbherziges Angebot, herauszugeben, winkte ich beiseite. Schlagartig wurde das Licht in der Bar dunkler; sie wollte nicht riskieren, dass ein durstiger Gast auf einen Absacker hereinkam.

Es hatte aufgehört zu schneien. Der Himmel war ein filigranes Gewebe aus Sternen, die jetzt der Stille und der Klarheit ausgesetzt waren, die auf einen Schneesturm folgen. Ich sah auf mein Handy; ein Dutzend Nachrichten, alle vom Chef. Was sie enthielten, wusste ich bereits: eine lange Litanei meiner vielfältigen Sünden und Verfehlungen, an deren Ende mir Vergebung in Aussicht gestellt wurde, solange ich den Fall rasch abschloss.

Ich musste an die Worte des jungen Streifenpolizisten denken: *Tag oder Nacht*. Um diese Uhrzeit würde der Chef mit pelziger Zunge und dickem Kopf dem Morgen entgegenschnarchen. Deshalb war jetzt der ideale Zeitpunkt, mich in der Zentrale zu melden. Ohne tatsächlich vor ihm erscheinen zu müssen, konnte ich zeigen, dass ich seine Anweisungen befolgte.

Ein Taxi kam mit beleuchtetem Dachschild die Tureschbekow-Straße herauf. Eine üble Klapperkiste, bei der jedes Karosserieteil von einem anderen Fahrzeug stammte, vielleicht sogar aus einem anderen Jahrzehnt. Aber es war bitterkalt, und mir war nicht danach, zu Fuß zu gehen. Ich winkte es an den Straßenrand, zeigte dem Fahrer meine Dienstmarke und bat ihn, zu warten, damit ich den Portier nach Hause schicken und ihm einschärfen konnte, den Mund zu halten. Als ich wieder nach draußen kam, war das Taxi zu meinem Erstaunen noch da; alle drei funktionierenden Fenster waren hochgekurbelt, und der Fahrer pustete eine krebserzeugende Wolke in die Nachtluft.

Auf der Fahrt den Tschüi-Prospekt hinunter, kurz vor dem Weißen Haus – wo einige der größten Verbrecher des Landes immer neue Möglichkeiten ersinnen, dem Volk das Geld aus der Tasche zu ziehen –, ließ ich den Fahrer anhalten und bat ihn wiederum, zu warten.

Die breite Prachtstraße war verlassen, als ich auf das Denkmal für die Menschen zuging, die hier bei unserer letzten Revolution massakriert worden waren, einfach niederkartätscht, als sie gegen den Präsidenten demonstrierten. Damals galten sie als antisoziale Kräfte der Gesetzlosigkeit. Jetzt sind sie Märtyrer im Namen von Freiheit und Demokratie. Es ist ein ständiges Auf und Ab; wer weiß, wer das letzte Wort schreiben wird?

Ich stellte mich an eine windgeschützte Stelle, sah an den am Eisengitter des Weißen Hauses angebrachten Marmorplatten mit den Namen der Toten vorbei zum Denkmal hinauf. Ein riesiges Mauerstück, in zwei Hälften gespalten, eine weiß, eine schwarz, mit drei Männern dazwischen, die sich gegen die schwarze Hälfte stemmen, um sie umzustürzen. Es ist ein bisschen altmodisch – drei Stachanow'sche Helden der Arbeit bei der Überwindung finsterer Unterdrückung –, aber es berührt mich jedes Mal von neuem. Vielleicht ist es die schlichte Zweiteilung der Welt in eine gute und eine dunkle Hälfte, der Glaube, dass die Macht in den Händen des Volkes liegt und dass es sich zusammentun kann, um Gier und Tyrannei, Angst und Schrecken zu überwinden. Es ist ein Glaube, den ich gern teilen würde: dass die Verhältnisse verbessert und die Menschen wieder ganzgemacht werden, dass sie nicht nur endlos in Scheiße, Blut und Tod herumtappen wie ich.

Die Köpfe der Bronzefiguren trugen eine Hermelin-Uschanka

aus Schnee, und die Straßenbeleuchtung tauchte den weißen Mauerblock in ein kaum erkennbares gespenstisches Grau, das im Dunkel der Nacht schwebte. Das war eine zutreffendere Wiedergabe der Welt, in der ich lebte, weder schwarz noch weiß. Ich stellte mir Tschinaras Grab vor, bis zum Frühlingstauwetter unter einer Decke aus Schnee und Eis, und ich fragte mich, wie tief ich schlafen würde, wenn meine Zeit kam.

Ich steckte mir eine Zigarette an, rauchte sie bis auf den letzten Zentimeter herunter, löschte sie im Schnee und steckte die Kippe in meine Tasche. Es erschien mir respektlos, einen Ort zu verunreinigen, an dem Träume zunichtegeworden und die Rinnsteine von Blut übergelaufen waren.

Ich ging noch einmal sämtliche Beweise durch und versuchte, ein allen gemeinsames Grundschema zu entdecken, Motive mit Taten zu verknüpfen. Vielleicht hätte ich mir aus dem Dragon's Den eine Flasche Wodka mitnehmen sollen.

Muster, Formen, Grabinschriften und Gründe.

Alle fielen sie an ihren Platz, schön der Reihe nach, wie 5-Som-Münzen in eine schmutzige Bettlerhand.

Schließlich rief ich Jussupow an. Der flauschige und hinterhältige Schnee flirrte und flimmerte im Mondschein.

KAPITEL 48

Der Taxifahrer hupte – er wollte ins Bett –, und ich stieg wieder ein. Wir fuhren zur Zentrale weiter. Es herrschte kaum Verkehr, und unsere glatten Reifen schlitterten auf dem festgefahrenen Schnee. Der Taxifahrer hielt vor dem Tor; er wusste, wieder nach draußen zu kommen konnte wesentlich schwieriger werden als nach drinnen. Ich steckte ihm ein paar Scheine zu und stieg aus. Der Diensthabende am Eingang nickte, als ich an ihm vorbeiging, und beobachtete, wie ich mich eintrug, eine kurze Nachricht kritzelte und mich auf den Weg zum Büro des Chefs machte. Eigentlich hatte ich ihm den Zettel unter der Tür durchschieben wollen, aber als ich mich seinem Büro näherte, sah ich, dass Licht brannte.

Ich fluchte leise; nachdem ich mich unten eingetragen hatte, konnte ich nicht einfach umkehren und auf Zehenspitzen nach draußen schleichen. Ich machte mich auf einen Orkan von Beschimpfungen gefasst und malträtierte meine Knöchel an der Tür. Der Chef wirkte hochzufrieden mit sich; die zwei randvoll gefüllten Gläser auf seinem Schreibtisch deuteten darauf hin, dass er etwas zu feiern hatte.

»Inspektor!«, begrüßte er mich. »Endlich ist Schluss mit dieser ganzen Scheiße.«

Er deutete auf das Glas, das mir am nächsten stand, und griff zur Aufmunterung nach seinem.

»Der Drahtzieher hinter Gittern, und den Minister haben wir auch vom Hals. Darauf sollten wir uns einen genehmigen, *da*?«

Ich wartete, bis der Chef sein Glas zur Hälfte geleert hatte, bevor ich nach meinem griff und es demonstrativ an meine Lippen hob.

»Da wissen Sie anscheinend mehr als ich. Was gibt es Neues?« Ich hielt fragend meine Zigaretten hoch.

Statt einer Antwort schob er mir einen überquellenden Aschenbecher zu. Papirossy-Kippen, stellte ich fest, nicht die Marke des Chefs.

»Ein Triumph des Gemeinsinns«, verkündete er und schenkte sein Glas wieder voll. »Ein verantwortungsbewusster Bürger hat uns den Aufenthaltsort unseres Hauptverdächtigen genannt. Ich habe persönlich ein Team damit beauftragt, die Festnahme vorzunehmen. Bis zum Morgen rechne ich mit einem umfassenden Geständnis.«

»Eine fachkundige Vernehmung unter den feinfühligen Händen von Urmat Sarijew, nehme ich an?«

Der Chef wirkte ob meines Tons leicht pikiert.

»Kollege Sarijew ist einer unserer erfahrensten Verhörspezialisten.«

»Dann wäre ich gern bei dieser feinfühligen Vernehmung dabei, wenn ich darf«, erwiderte ich.

Der Chef grinste und wedelte mit der halbleeren Flasche in meine Richtung.

»Ich will ganz offen sein, Inspektor. Sie haben sich bei diesem Fall nicht gerade mit Ruhm bekleckert. Da kann ich mich in meinem Schreiben an den Minister schwerlich lobend über Sie äußern.«

Er hob die Hand, um einen Protest meinerseits, der ohnehin nicht erfolgte, schon im Vorfeld abzuwürgen.

»Nichts läge mir ferner, als Sarijews Bemühungen im Dienst der Gerechtigkeit schmälern zu wollen. Niemand versteht es besser als er, einem Vernommenen die Vorzüge eines Geständnisses zu erklären. Außerdem könnte Ihre Beteiligung in einem Prozess gegen Umarowa als Interessenkonflikt angesehen werden. Immerhin sind Sie mit ihr ins Bett gegangen.«

Umarowa.

Jetzt wusste ich nicht nur, wer die peinlichen Fragen gestellt bekäme, sondern auch Saltanats Familiennamen.

»Es dürfte für alle Beteiligten, und ganz besonders für Ihre Karriere, das Beste sein, wenn Sie sich möglichst im Hintergrund halten, Inspektor. Nicht dass Ihre Bemühungen nicht zur Kenntnis genommen und anerkannt würden, aber weshalb in der Öffentlichkeit unnötig Zweifel und Skepsis wecken?«

»Chef, ich weiß, dass Saltanat Umarowa der usbekischen Staatssicherheit angehört. Was soll sie mit den Morden zu tun haben? Es sind auch jede Menge usbekische Frauen gestorben. Und Sie wollen doch nicht etwa behaupten, dass sie sie umgebracht hat?«

»Natürlich nicht«, pflichtete mir der Chef bei. »Aber eine derart umfangreiche und komplexe Operation wie diese, dafür ist ein führender Kopf, ein Drahtzieher nötig, jemand, der im Hintergrund die Fäden zieht.«

»Aber ihr Motiv?«, fragte ich hartnäckig. »Warum sollte sie das alles getan haben?«

»Land. Gebietsansprüche.«

Ich sah ihn an, ohne etwas zu sagen.

»Die Sache ist doch ganz einfach. Umarowa ist sowohl eine loyale usbekische Bürgerin als auch eine hochrangige Agentin der usbekischen Staatssicherheit. Sie genießt Diplomatenstatus, kann ganz nach Belieben kommen und gehen.«

Ich nickte.

»Die Usbeken betrachten Osch seit jeher als ihre Stadt; die Tatsache, dass es in der Republik Kirgisistan liegt, ist für sie vollkommen nebensächlich. Sie wollen es. Schon seit der Zeit, als es die Amerikaner in den dreißiger Jahren den Kirgisen zugesprochen haben. Deshalb versuchen sie jetzt, auf diesem Weg ans Ziel zu kommen, mit Angst und Schrecken. Wenn sie genügend Unruhe stiften, so ihr Kalkül, wird es in Osch zu Ausschreitungen der Kirgisen gegen die Usbeken kommen, die Usbeken schlagen zurück, und die usbekische Armee kommt über die Grenze, um ›ihre usbekischen Brüder zu schützen‹. Und wenn sie erst einmal in der Stadt sind, rücken sie so schnell nicht wieder ab. Die Russen legen beiden Seiten nahe, ›Ruhe zu bewahren‹, und schon haben wir eine Pattsituation, bei der wir Kirgisen in den Arsch gefickt werden.«

»Eine interessante Theorie«, sagte ich und holte eine weitere Zigarette heraus.

»Und eine, die Sie vom ersten Augenblick an hätten sehen können, wenn Sie die Welt nicht nur mit Ihrem kleinen Auge da unten betrachtet hätten«, er deutete auf meinen Unterleib, »und auf diese Nutte reingefallen wären.«

Er merkte, dass ich das nicht witzig fand, und versuchte es andersherum.

»Sehen Sie, es ist erst ein paar Monate her, dass Ihre Frau gestorben ist. Niemand hat erwartet, dass das spurlos an Ihnen vorübergeht, nicht bei dem tiefen Schmerz, der Ihnen den Blick trübt. Ihnen läuft ein hübsches Mädchen über den Weg, die Lebensgeister regen sich wieder, der Frühling folgt auf den Winter. Die natürlichste Sache der Welt. Aber nicht unbedingt von Vorteil, wenn man bei der Mordkommission ist.«

»Dann ist sie also die Drahtzieherin, die graue Eminenz im Hintergrund?«

Der Chef zwinkerte und schüttelte den Kopf.

»Natürlich nicht, das sind wichtigere Leute. Leute, denen wir nicht einmal etwas anhaben könnten, wenn wir sie mit einem abgetrennten Kopf in der einen Hand und einer blutigen Machete in der anderen erwischen würden. Leute, über die man in der Zeitung liest, die regelmäßig im Fernsehen zu sehen sind. Aber wir beißen nur ab, was wir kauen können, und wir kauen nur, was wir schlucken können. Und in diesem Fall ist das Ihre Frau Umarowa.«

Er öffnete den Mund, bleckte die Zähne und ließ sie zusammenschnappen.

»Fall erledigt.« Er grinste und leerte sein Glas.

Dann verschwand das Grinsen aus seinem Gesicht, und ich sah die Macht dahinter; er war ein Mann, der daran gewöhnt war, dass seine Befehle befolgt wurden.

»Und Sie halten brav den Mund, Inspektor. Ich hoffe, da sind wir uns einig. Und weil wir gerade dabei sind – Ihre Notizen zu dem Fall, geben Sie sie mir, alle.« Das Lächeln kehrte zurück. »Nur damit das klar ist.«

»Ich habe noch ein paar Fragen.«

»Ich lasse Ihnen die Mitschrift des Geständnisses zukommen.«

»Nur die Höhepunkte, nehme ich an?«

Das Grinsen wurde breiter.

»Sie kennen uns zu gut.«

Ich setzte mich zurück, tippte mit meiner unangezündeten Zigarette auf den Schreibtisch, um losen Tabak festzuklopfen.

»Diese zwei Vollidioten im Fatboys, Tjulew und Lubaschow, der fehlgeschlagene Anschlag. Was ist damit?«

»Umarowa wollte Sie aus dem Weg geräumt haben; sie wusste, dass Sie unser bester Mann sind. Ein aufsehenerregender Mord an der Tochter des Ministers, da war klar, dass wir Sie darauf ansetzen würden. Und früher waren Sie durchaus clever genug, um eine ernste Gefahr für ihre Pläne darzustellen. Tjulew sollte Sie ablenken, damit Ihnen Lubaschow die Haare von innen kämmen konnte.«

Ich nickte.

»Und Gasparian? Der armenische Landesmeister im Kunstspringen auf Beton?«

»Reiner Zufall. Er ist nicht der Einzige, der in Bischkek eine Nutte gevögelt hat.«

»Warum dann der Köpfer?«

Der Chef schenkte sich noch mehr Wodka ein und zog angesichts meines immer noch unangetasteten Glases eine Augenbraue hoch.

»Haben Sie ein Enthaltsamkeitsgelübde abgelegt, oder was? Sie sollten feiern, statt sich Gedanken um einen miesen kleinen Pisser zu machen, der bei einem Fluchtversuch ums Leben gekommen ist.«

Ich nickte zustimmend, hob das Glas an meinen Mund, trank aber nicht.

»Sie haben recht, Chef, passt alles ins Bild. Osch destabilisieren, es im Namen internationalen Rechts besetzen und sich den fruchtbarsten Teil unseres Lands unter den Nagel reißen.«

Ich roch das scharfe metallische Aroma des Wodkas: Rasputin, das siebzigprozentige Zeug, das wie Benzin schmeckte, dem man ein brennendes Streichholz hinterhergeschmissen hatte.

»Und die tote Russin, Chef? Wie passt sie in den usbekischen Masterplan?«

Das Gesicht vom Wodka gerötet, ein kaum merkliches Lallen und Zögern in der Stimme, runzelte der Chef angestrengt die Stirn, während er seine Gedanken zu ordnen versuchte.

»Ich glaube, ihr Freund, dieser Barabanow, hat sie umgebracht und es wie eine Nachahmungstat aussehen lassen, damit wir ihn nicht zu genau unter die Lupe nehmen. Was wir ohnehin nicht gekonnt hätten. Das russische Militär – die sind ihr eigenes Gesetz. Sie wissen ja, Barabanow hat zu Hause in Ufa eine Frau und zwei Kinder. Ein süßer kleiner Halbbruder für Boris und Anastasia käme in der Familiendatscha nicht so gut an.«

»Hört sich so an, als hätten Sie alle offenen Fragen geklärt. Jetzt brauchen Sie nur noch das Geständnis.«

In bescheidener Zurückweisung meines Lobs hob der Chef die Hand.

»Selbstverständlich werden wir, was die Öffentlichkeit angeht, an unserer bisherigen Version festhalten. Kein Grund, die öffentliche Meinung anzuheizen, oder? Die Usbeken werden wir allerdings wissen lassen, dass wir im Bilde sind. Und falls es Probleme geben sollte, haben wir zum Beweis immer noch Ihre Freundin.«

Ich stand auf und reckte mich. Ich war müde, und die Lockungen des Wodkas ließen mir keine Ruhe, wie ein schmerzender Zahn.

»Reicht es, wenn ich Ihnen meine Notizen erst am Morgen bringe?«

Im Gefühl des sicheren Sieges war der Chef großzügig.

»Aber ja, hauen Sie sich erst mal aufs Ohr, nehmen Sie sich ein paar Tage frei.«

Ich knackte mit den Knöcheln, ein Geräusch wie ferne Schüsse aus einer schallgedämpften Waffe.

»Dieser verantwortungsbewusste Bürger, der Ihnen den Tipp gegeben hat?«

»Ja?«

Ich deutete mit dem Daumen auf die Privattoilette des Chefs.

»Warum bitten wir nicht meinen alten Freund Kursan Alymbajew, uns Gesellschaft zu leisten. Dann erkläre ich Ihnen, warum alles, was Sie mir gerade erzählt haben, kompletter Unsinn ist.«

KAPITEL 49

Die Toilettentür ging auf, und ein finster dreinblickender Kursan kam heraus.

Ich deutete auf den Aschenbecher.

»Zahlt er dir nicht genug, um die Papirossy aufzugeben? Verrat muss neuerdings billig zu haben sein. Ich konnte sie schon draußen auf dem Gang riechen. Ihr hättet also auch gleich ein Schild aufhängen können.«

Kursan zuckte mit den Achseln und setzte sich. Ich sah ihn wortlos an. Wo war der wagemutige, lockere Schmuggler auf einmal geblieben? Der Onkel meiner toten Frau, der Mann, der auf unserer Hochzeit getanzt, bis zum Morgengrauen Wodkaflaschen mit uns geleert hatte, bei dem man sich immer darauf verlassen konnte, dass er einem mit Essen und Tee aushalf, wenn Not am Mann war?

Die Gewissheit, dass ich richtiglag, machte seinen ungeheuren Verrat nicht leichter zu ertragen. Alles, was ich als heilig betrachtet hatte, die Familie, die als etwas Verlässliches und Intaktes außerhalb der Nebelschwaden der Täuschung lag, in denen ich mich bewegte, das alles war in die Brüche gegangen, als Kursan durch die Tür kam.

»Ich habe immer gesagt, meine Nichte hat einen cleveren Mann geheiratet, Akyl«, sagte er und zündete sich eine seiner unvermeidlichen Papirossy an. »Vielleicht zu clever.«

»Du hast das Hotel besorgt; niemand wusste, dass wir im Grand waren, deshalb konntest nur du die Entführung arrangiert haben. Was ich nicht wusste, war, auf wessen Seite du stehst, an wen du uns verraten hast. Aber dann hat mir der junge *ment* von einem Streifenwagen erzählt, der ihm vom Tatort entgegengekommen ist. Das hat mich auf die Idee gebracht, dass ihr Saltanat hierhergefahren habt …«

»Wie gesagt, Inspektor«, unterbrach mich der Chef. »Ein aufmerksamer Bürger, der seiner Pflicht nachgekommen ist.«

»Plötzlich auf der Seite der Engel, Kursan?«, setzte ich nach. »Dann hast du sicher auch die Tasche mit den Drogen im Wert von einer Million Som den zuständigen Behörden übergeben?«

Für einen Moment schien Kursan verunsichert, doch der Chef kam ihm zu Hilfe.

»Inspektor, wir haben alles unter Kontrolle, alles fest im Griff. Deshalb schlage ich vor, Sie gehen jetzt nach Hause.«

»Im Log steht aber nichts von Saltanat Umarowa oder den Drogen«, sagte ich auf gut Glück. »Außer einem Auffahrunfall heute Abend draußen in Tyngusch ist dort nichts eingetragen.«

Der Chef breitete in einer besänftigenden Geste die Arme aus.

»So etwas kostet Zeit. Es ist doch sicher wichtiger, die Gefangene zu vernehmen, als mit dem Notieren von Details wertvolle Zeit zu verlieren?«

»Und wesentlich bequemer, besonders wenn das Verhör am oberen Ende einer gewissen Treppe beginnt und am unteren unterschrieben wird.«

Der Chef machte ein finsteres Gesicht und schenkte sich nach.

»Ich kann verstehen, dass Sie das alles sehr mitgenommen hat, aber treiben Sie es nicht zu weit.«

Ich machte keinen allzu eingeschüchterten Eindruck, und das gefiel ihm offenbar nicht. Schließlich steckte ich mir meine Zigarette an und ließ ihren Rauch zur Decke hochsteigen und sich dem blauen Dunst dort anschließen. Ich reichte das Päckchen nicht herum.

»Das Problem bei diesem Fall war von Anfang an das Motiv. Jede Menge scheinbar zusammenhängender Vorfälle, die aber doch zu unterschiedlich waren, um etwas miteinander zu tun zu haben. Außer jemand sehr weit oben hat im Hintergrund die Fäden gezogen.«

Der Chef starrte mich unverwandt an. Um nur ja niemandem in die Augen sehen zu müssen, betrachtete Kursan seine Hände.

»Der *pachan* hat mir das Motiv verraten. ›Angst und Schrecken‹, hat er gesagt.«

»Weiter«, knurrte der Chef.

Er schenkte sich nach, aber ich schüttelte den Kopf, und er stellte die Flasche zurück.

»Um eine Operation dieser Größenordnung durchzuziehen, ist sehr viel Geld nötig. Summen, wie sie nur einer Regierung zur Verfügung stehen. Oder den Leuten hinter einer Regierung.«

Der Chef nahm einen Schluck von seinem Glas.

»Sage ich doch die ganze Zeit, Inspektor. Die Usbeken.«

Ich starrte genauso unverwandt zurück.

»Nein. Nicht die Usbeken.«

Die Stille im Raum stank nach erwartungsvoll fiebernden Männern, die sich innerlich bereit machten, ihre Knarren zu ziehen und Ruhe in Aufruhr zu verwandeln.

Die Stimme des Chefs war betont ruhig und gemessen, als er fragte.

»Wer dann?«

»Welche Familie hatte in diesem Land bis zur letzten Revolution alles unter ihrer Kontrolle? Welche Familie hat die Staatskasse, die Auslandshilfereserven und den letzten Som geplündert, dessen sie habhaft werden konnte, und sich dann mit ihrer Beute in einem Privatjet abgesetzt? Um sodann ihre Handlanger im Militär vor dem Weißen Haus Zivilisten niedermähen zu lassen, während sie selbst in zwölftausend Meter Höhe bei Champagner gefeiert hat?«

Ich merkte, dass meine Stimme lauter und immer ärgerlicher geworden war. Der Chef schüttelte den Kopf; er konnte meine Dummheit nicht fassen.

»Und wer, bitte, sollte sich jetzt noch für ihre Rückkehr an die Macht starkmachen? Sie ist von hier bis Karakol zutiefst verhasst. Diese Theorie ist vollkommen hirnrissig.«

Ich nickte zustimmend, dann legte ich meine Karten auf den Tisch.

»Hirnrissig ist sie nur dann, wenn irgendjemand in der gegenwärtigen Situation davon ausgeht, dass er mit der Unterstützung des Volkes rechnen kann. Aber dank der Millionen, die besagte Familie außer Landes geschafft hat, hatte sie mehr als genug, um sich mit der Bruderschaft zusammenzutun: Hier, ihr bekommt ein paar Millionen Dollar, und dafür verbreitet ihr Angst und Schrecken; ihr macht den Menschen in diesem Land klar, dass sie einen starken Führer brauchen, und wenn ich wieder im Weißen Haus bin, können wir über weitere Geschäfte reden.«

Aus dem Blick, den mir der Chef jetzt zuwarf, sprach etwas wie widerwillige Bewunderung.

»Eine hochinteressante Theorie, Inspektor. Eine, die direkt zu Ihrer Frau auf den Friedhof führt, falls Sie ihr folgen.«

Ich nickte.

»Natürlich reichen Angst und Schrecken allein nicht aus. Man muss sehr gezielt vorgehen, jede neue Wende zu seinem eigenen Vorteil nutzen. Unruhe stiften, sie niederschlagen, allen zeigen, dass man der starke Mann ist, den das Land braucht.«

Da mir niemand widersprach, fuhr ich fort.

»Tjulew und Lubaschow, die Schießerei im Fatboys? Zuerst dachte ich, Saltanat hätte mich in eine Falle gelockt. Dann dachte ich, die beiden hätten etwas mit den Morden zu tun gehabt und ich sollte daran gehindert werden, der Sache weiter nachzugehen. Aber in Wirklichkeit war Tjulew ein *schopolis*, der jedem in den Arsch gekrochen ist, solange dabei Geld für ihn heraussprang. Er steckte zu tief in einer Sache, die eine Nummer zu groß für ihn war, und er wollte mir Informationen verkaufen. Deshalb wurde Lubaschow beauftragt, ihn zum Schweigen zu bringen. Der Anschlag galt nicht mir, sondern Tjulew. Er wurde in ewigen Schlaf versetzt, und ich habe Lubaschow schlafen gelegt.«

Ich zählte die Namen an meinen Fingern ab und fuhr fort.

»Gasparian? Das ist einfach. Eine Operation dieser Größenordnung durchzuführen ist nicht billig. Man braucht jemanden, der Gelder verschieben kann. Mundpropaganda ist gut und schön, wenn man Geld von einem Land ins andere schaffen möchte, selbst Zehntausende von Dollar. Aber hier ist von Millionenbeträgen die Rede, und Gasparian wusste, wie man so etwas anpackt. In den VAE haben sie ihn genau deswegen rausgeworfen. Ich kann mir gut vorstellen, dass er dabei ein bisschen zu kreativ zu seinen Gunsten Buch geführt hat. Das hat die Bruderschaft spitzgekriegt, und deshalb wurden Sie damit beauftragt, seinen Todessprung zu organisieren, sobald man keine Verwendung mehr für ihn hatte.«

Der Chef sah mich an, seine Miene war unergründlich.

»Weiter.«

»Die zwei Nutten, also, das liegt auf der Hand. Sie haben mit Gasparian geschlafen, und was plaudert ein Mann nicht alles aus, um eine Frau zu beeindrucken? Die Morde waren nichts weiter als eine elementare Vorsichtsmaßnahme, um sicherzugehen, dass die beiden kein Bettgeflüster weitertratschen. Und wenn man das Ganze so hindrehen kann, dass es aussieht wie zwei weitere Gräueltaten eines Irren, der den Hals nicht vollkriegen kann, umso besser.«

»Der Deal mit dem *pachan*, dem Mann der Bruderschaft hier vor Ort? Es war von Anfang an geplant, ihn endgültig zum Schweigen zu bringen, sobald er ihnen nicht mehr nützlich sein konnte. Und dass die usbekische Staatssicherheit ihnen die Arbeit abgenommen hat – sicherer kann man es nicht haben.«

Ich musste daran denken, wie Saltanat ihrem Bodyguard neben

Gulbaras kopfloser Leiche einen Kopfschuss verpasst hatte, und blinzelte, um das Bild zu löschen. Kurz roch ich das Kordit und schmeckte das Blut.

»Um sich über Saltanats einzelne Schritte auf dem Laufenden halten zu können, war es natürlich von großem Vorteil, in der usbekischen Staatssicherheit einen Überläufer zu haben. Bis Ilja sich verraten hat. Wir wussten, dass er geredet hat, aber nicht, mit wem.«

Ich vollführte eine Handbewegung, als würde ich mit einer unsichtbaren Schachfigur einen Zug machen.

»Sämtliche Figuren standen auf dem Brett, aber nur einer der Spieler konnte alle sehen.«

Der Chef ließ das auf sich wirken und nickte bedächtig.

»Ich kann nicht behaupten, dass ich die Sache auch so sehe, aber an Ihren Argumenten ist was dran.«

Ich hob die Hand.

»Das ist noch nicht alles. Die tote Russin? Die SpezNas? Was wäre besser dazu angetan, die Russen gegen sich aufzubringen, als eine Angehörige ihrer Eliteeinheit zu ermorden? Ganz abgesehen davon, dass dabei Stolz und Rachegelüste ins Spiel kommen, wittern sie auch noch eine Gelegenheit, ihren Einfluss in der Region zu stärken und den US-Stützpunkt in Manas schließen zu lassen – und prompt rollen am Monatsende ihre Panzer über den Tschüi-Prospekt. Selbstverständlich ist eine russische Militärmaschine das ideale Transportmittel, um die ganzen Russen-Junkies mit *krokodil* zu beliefern. Aber das hat Barabanow herausgefunden, und daraufhin hat man seine Freundin abschlachten lassen. Wurde er bestochen? War er an der Sache beteiligt? Höchstwahrscheinlich werde ich das nie herausfinden. Aber das spielt keine Rolle; ihr Tod hat ins Konzept gepasst.«

Ich zählte einen nach dem anderen an meinen Fingern ab. Ich brauchte mehr Finger. Wenn die Verbrennungen meinen Nerven weiter so zusetzten wie ein an einem Knochen nagender Hund, brauchte ich vielleicht auch eine neue Hand.

»Zusätzlich trug der gefälschte Dienstausweis zur allgemeinen Verwirrung bei; der sollte mir unterstellen, ebenfalls in die Sache verwickelt zu sein. Würde ich der Aufdeckung des Falls zu nahe kommen, konnte man den Verdacht auf mich lenken.«

»Und der Mord, der alles ins Rollen gebracht hat? Die Tochter des Ministers? Um ein totes Bauernmädchen schert sich kein Mensch, aber kaum trifft es jemanden aus einer der angesehensten Familien des Landes, fängt die gesamte Nomenklatura an, sich Sorgen zu machen, welches ihrer Kinder als Nächstes an der Reihe sein könnte. Die Regierung in Aufruhr? Jede Menge Angst und noch mehr Schrecken.«

Das ließ ich kurz wirken, bevor ich fortfuhr.

»Die Morde ausführen zu lassen war nicht weiter schwer. Die Gefängnisse sind voll von hirnlosen Kriminellen, und jeder, der Zugang zu den Akten hat, kann einem sagen, wer die Vergewaltiger und Mörder sind, wer ein gewisses chirurgisches Geschick für das Zerstückeln der Opfer mitbringt. Oder noch einfacher, man rekrutiert jemand aus der *krokodil*-Szene oder einfach ein paar Hirnamputierte, denen es nichts ausmacht, jemand anderem Schmerzen zuzufügen und ein kleines Schlachtfest zu veranstalten.«

Um das nette Andenken zu zeigen, das mir Lederjacke zur Erinnerung an ihn verpasst hatte, hielt ich die Hand hoch. In der Luft breitete sich ein unangenehmer Geruch aus.

Der Chef schob seinen Stuhl zurück, aber ich hob die Hand, und er blieb sitzen.

»Inspektor, wie das Verschwörungstheorien so an sich haben, hat Ihre Beweisführung einen gewaltigen Haken, aber wahrscheinlich haben Sie solche Scheuklappen auf, dass Sie ihn nicht gesehen haben.«

Er beugte sich vor und deutete mit dem Zeigefinger in Richtung Wodkaflasche.

»Nehmen wir einfach mal, rein hypothetisch, an, Ihre Theorie stimmt. Die Leute, die Ihrer Meinung nach hinter alldem stecken, sind im Ausland und machen sich dort ein schönes Leben. Und hier? Morde, Schießereien, Chaos, nicht nur in Bischkek, sondern im ganzen Land, sogar hinter der Grenze. Wie sollen die das vom Ausland aus alles steuern und koordinieren?«

Er setzte sich mit einem zufriedenen Lächeln zurück und schenkte sich einen Kurzen ein, stürzte ihn hinunter und goss sich sofort nach.

»Da gebe ich Ihnen recht, Chef, und ich bin mir dieses Hakens bewusst. Dafür bräuchte man jemand vor Ort, jemand, der den Verkehr regelt, Telefongespräche führt, alles im Auge behält, die entsprechenden Schachzüge macht.«

Ich gestikulierte wie ein Schachspieler beim Schlagen der gegnerischen Dame.

»Und so jemanden gab es. Sie.«

KAPITEL 50

Der Chef sah mich an. Meine Anschuldigung hatte ihn nicht in Wut oder Panik versetzt. Auch Kursan wirkte nicht sonderlich besorgt.

Der Chef trommelte mit den Fingern auf dem Schreibtisch und dachte über alles nach, was ich gerade gesagt hatte. Als er zu sprechen begann, war sein Tonfall ruhig und sachlich, so als ob er einem kleinen Kind etwas erklärte.

»Alles sehr clever, Inspektor, aber rein hypothetisch, auf Indizien basierend. Sie haben nichts, um mir irgendetwas von alldem anzuhängen. Und ohne Beweise wird es für Sie nicht einmal mehr zum Dienst an der Grenze reichen. Oder auch nur zum Atmen.«

Ich verlagerte mein Gewicht stärker auf eine Hüfte, schob meine Hand näher an die Jarygin.

»In diesem Stadium muss ich nicht mehr viel beweisen, Chef. Ich muss nur mit dem Finger deuten.«

Ich zeigte mit dem Daumen auf Kursan, der unseren Wortwechsel verfolgte.

»Es werden Fragen über Ihre Beziehung zu einem berüchtigten Schmuggler gestellt werden.«

Der Chef beugte sich vor, zog eine Augenbraue hoch.

»Ein berüchtigter Schmuggler, der außerdem Ihr angeheirateter Onkel ist, *da*?«

Ich fragte mich, wie Tschinara es gefunden hätte, dass ich ihren Onkel verriet, und fuhr fort.

»Da sind die verschwundenen Drogen, von denen nichts in den Akten steht.«

Der Chef zucke die Achseln.

»Ein Versehen. Problemlos zu korrigieren.«

»Eine Prüfung Ihrer Finanzen, Kontoauszüge, Schließfächer.«

Der Chef lächelte aufrichtig amüsiert.

»Sie meinen, ich habe mich bestechen lassen? Wenn wir jeden einsperren wollten, der mal nebenbei was eingesteckt hat, wäre Bischkek eine Geisterstadt.«

Er ließ sich in seinen Schreibtischsessel zurücksinken.

»Ich bin nicht wie Sie, Inspektor. Ich bin Pragmatiker, kein ›Gerechtigkeit um jeden Preis‹-Sektierer. Sie sind ein hervorragender Ermittler, vielleicht unser bester. Aber etwas so Großes aufklären? Genauso gut können Sie versuchen, den Pik Lenin mit den Fingernägeln abzutragen. Damit machen Sie sich nur die Finger kaputt, und der Berg ist immer noch da.«

Er sah aus dem Fenster, auf die Stadt hinaus. Ich beobachtete sein Spiegelbild, das auf der Glasscheibe tanzte.

»Wir sind ein Nomadenvolk; es liegt uns im Blut. Selbst wenn wir Häuser, Autos, Jobs haben, sind wir nicht bereit, uns einengen zu lassen, gegen unsere Natur zu leben. Auch in fast hundert Jahren haben es die Russen nicht geschafft, uns das auszutreiben. Es ist mehr als nur Stolz oder Sturheit, es ist, was wir sind.«

»Die Datscha, der Mercedes, die Villa, das also ist Ihre Vorstellung vom Nomadendasein?«

»Erzählen Sie mir doch nichts. Sie wissen, wie einfach es ist, das alles aufzugeben. Sich auf die Hochebene zurückzuziehen und von dort oben auf die Welt hinabzublicken.«

Ich konnte mir ein Lächeln nicht verkneifen.

»Nur tun Sie es nicht. Der Benz steht immer noch auf dem reservierten Parkplatz im Hof, an Ihrem Haus in der bewachten Wohnanlage hängt immer noch kein ZU VERKAUFEN-Schild.«

Der Chef rieb sich das Gesicht, ein erschöpfter Mann, der die Probleme der Welt auf seinen Schultern trug.

»Inspektor, ich liebe mein Land. Aber wie gesagt, wir sind Nomaden, Individuen, Stämme, kein Volk. Wir brauchen einen starken Mann an der Spitze. Jemand, der nicht lange fackelt. Einen modernen Manas, wenn Sie so wollen: alles für sein Volk, keine Gnade für seine Feinde.«

»Sie stürzen das Land also ins Chaos, damit Sie und der starke Mann sich ans Steuer setzen können?«

Der Chef sagte nichts, sondern blickte nur in das Dunkel hinaus.

»Wirklich clever, die Drecksarbeit die Bruderschaft machen zu lassen. Alle glauben, dass es wieder einmal nur darum geht: Geld zu machen, wo immer sich eine Gelegenheit bietet. Kein Mensch käme auf die Idee, das Ganze könnte politische Hintergründe haben.«

Ich fasste in meine Tasche und holte eine Handvoll der Kapseln heraus.

»Und wie werden Sie die Bruderschaft bezahlen, die Bosse und Unterbosse, die *torpedos* und die *wory*-Gorillas, wenn sie alle mit aufgesperrten Schnäbeln ankommen und betteln: ›Füttere mich, füttere mich‹? Nur dass sie keine Küken sind, sondern Haie, die gnadenlos zubeißen.«

Ich streute die Kapseln über den Schreibtisch.

»Wissen Sie, was das für Pillen sind? Eben hat Jussupow angerufen, er hat das Dreckszeug analysiert. Ein potenzsteigerndes Mittel aus China, steht auf der Verpackung. Angeblich enthält jede Kapsel getrocknetes, zu Pulver vermahlenes Gewebe menschlicher Föten. Sie lassen zu, dass die Bruderschaft das kirgisische Volk zu Kannibalen macht und sich dabei eine goldene Nase verdient.«

Ich fegte die Kapseln vom Schreibtisch auf den Teppich und zertrat sie.

»Bloß ist alles, was sie enthalten, Backpulver, Ziegelmehl und Salz. Ein gigantischer Schwindel – und ein Ablenkungsmanöver, um Ihre wahren Absichten zu verschleiern.«

Der Chef zog achselzuckend eine Augenbraue hoch.

»Und dann ist da noch das *krokodil* und das Heroin und der ganze andere Dreck, mit dem sich Geld machen lässt. Die Nutten, die Casino-Anteile, lauter schmutziges Geld.«

Ich wandte mich Kursan zu.

»Und du hast mir immer erzählt, auf so was würdest du dich nicht einlassen. Ich habe ein Auge zugedrückt, weil ich dachte, du hättest noch einen Funken Anstand.«

Kursan sah mich finster an, dann begann er zu sprechen.

»Du weißt nicht, wie es vor der Unabhängigkeit war. Als wir noch nach Moskaus Pfeife getanzt haben; als wir am Straßenrand halten mussten, um einen russischen Funktionär in seinem dicken schwarzen Wolga auf dem Weg zum See vorbeizulassen; als wir für jedes Körnchen Reis dankbar sein mussten, das vom Tisch fiel.«

Ich zuckte mit den Achseln.

»Das ist lange her, Kursan.«

»Nicht für mich. Nicht für Leute, die gelitten haben, die nie gewusst haben, woher sie ihre nächste Schale Plow bekommen. Ich habe gelernt, dass an erster Stelle immer das Überleben kommt, lange vor der Partei, der Familie und allem anderen. Und wenn ich dafür an genau die Leute, die dieses Land siebzig Jahre lang ausgesaugt haben, *krokodil* verkaufen muss, bitte, warum nicht?«

Kursan machte eine Pause, zupfte einen Tabakkrümel von seiner Zunge.

»Akyl, du warst mit meiner Nichte verheiratet. Ich mag dich. Aber das heißt nicht, dass ich mir von dir ins Geschäft pfuschen lasse. Klar, du tust mir hin und wieder einen Gefallen, ein unfairer Vorteil gegenüber der Konkurrenz. Aber jeder Vorteil ist unfair, *towarischtsch*, deshalb heißt er ja auch Vorteil. Hast du wirklich von mir erwartet, dass ich ihn mir nicht zunutze mache? Die Leute haben gern mit mir Geschäfte gemacht, sie dachten, ich hätte Protektion von ganz oben, egal was wir ins Land geschafft haben. Du kannst mich meinetwegen verachten, aber du weißt, dass ich recht habe. Jeder scheffelt Geld, jeder lächelt.«

»Nicht jeder«, sagte ich. »Ich nicht. Und wenn Tschinara noch am Leben wäre, würde auch sie nicht lächeln.«

»Hast du mal einen von Würmern und Maden blankgefressenen Schädel gesehen? Ist das nicht auch ein Lächeln, über den Tod, den größten Witz überhaupt? Und das ist das Lächeln, das jetzt auf ihrem Gesicht ist.«

Kursan grinste breit.

Es wurde Zeit für ein paar kreative Lügen. Ich wandte mich wieder dem Chef zu.

»Maksat Aydaralijew? Der Bischkeker *pachan*? Tut mir leid, Ihnen sagen zu müssen, dass er Ihre Loyalität und Ihre ›Wir müssen alle zusammenhalten‹-Einstellung nicht geteilt hat. Zumindest nicht, was Sie angeht. Über die Bruderschaft hätte er bestimmt kein Wort herausgerückt, aber als die Rede auf Sie kam, wollte er gar nicht mehr aufhören zu singen.«

Das ließ den Chef aufhorchen. Er beugte sich vor und spuckte in den vollen Aschenbecher.

»Eines muss man dem alten Scheißkerl lassen«, fuhr ich fort. »Er war eine verdammt harte Nuss. Nicht kleinzukriegen. Deshalb haben wir ihm damit gedroht, uns seine geliebte Ajana vorzuknöpfen, seine kleine Enkelin. Nicht nur einmal, nein, immer und immer wieder. Die Schere, die brennenden Zigaretten, das ganze Programm. Vergeltung für die Sünden der Großväter und so. Er hat nicht nur gesungen. Ich dachte, ich bin im Bolschoi in Moskau.«

Ich fasste in meine Jackentasche und holte eine Kassette heraus.

»Sämtliche Treffen, die Orte, an denen sie stattgefunden haben, die Anweisungen, die Sie erteilt haben, das Geld, das Sie gezahlt haben. Er wusste übrigens auch von Ihrem Nebengeschäft mit Gasparian, von dem Auslandskonto, von allem. ›Soll er nur schön alles aufbauen‹, hat er gesagt. ›Wir holen uns alles zurück, wenn wir so weit sind. Dann kann er zwischen Gold und Blei wählen.‹«

Ich konnte mir ein hämisches Grinsen nicht verkneifen.

»Haben Sie allen Ernstes geglaubt, er würde sich für immer Befehle von Ihnen erteilen lassen?«

Der Chef streckte die Hand nach der Kassette aus, aber ich schob sie aus seiner Reichweite.

»Keine Sorge, Chef, sie ist bei mir in sicheren Händen. Dieser ganze hochtrabende Scheiß über Nomaden, die einen starken Führer brauchen? Sie sind auch nur ein mieser Dieb, und ein dummer noch dazu.«

Der Chef hielt in gespielter Kapitulation die Hände hoch.

»Ich bin nicht dumm, Inspektor, und Sie sind es, glaube ich, auch nicht. Trotz Ihrer Prinzipien. Das ist kein Wettbewerb, wer den längsten *jelda* hat. Sagen Sie, was Sie wollen, und wir kommen bestimmt zu einer Einigung.«

Ich schüttelte den Kopf.

»Mir geht es nicht um einen Deal. Ich will, dass mit alldem endlich Schluss ist.«

Der Chef lächelte.

»Glauben Sie etwa, ich setze mich hier hin, mit einer Pulle und einer Makarow, und tue das einzig Anständige? Beim Reinigen der eigenen Waffe ums Leben gekommen? So naiv können Sie doch nicht wirklich sein.«

Wieder füllte er sein Glas, aber diesmal nahm er nur einen kleinen Schluck. Jetzt ging es ums Geschäft.

»Das ist kein *kok boru*-Wettkampf. Wenn sich alle Reiter die kopflose Ziege zu schnappen versuchen, bekommt keiner ein Stück, das zu haben sich lohnt. Ich bekomme nicht, was ich will, und Sie auch nicht.«

»Was ich will, habe ich Ihnen bereits gesagt.«

Der Chef sah mich über den Rand seines Glases an.

»Das glaube ich nicht, Inspektor. Ich habe etwas, was Sie vielleicht gegen die Kassette tauschen wollen.«

Mir schwante, was er sagen würde, aber ich schwieg. Der Chef lachte leise, tippte auf seinen Schreibtisch.

»Sie denken, sie ist unten im Keller, wo Sarijew ihr erklärt, wie sie alles dafür getan hat, zwischen unseren Ländern Zwietracht zu stiften.«

Ich versuchte, mir nichts anmerken zu lassen, und wartete ab.

»Also, Frau Umarowa ist zurzeit in einem unserer sicheren Verstecke. Für sie selbst vielleicht nicht ganz so sicher.«

Er machte eine wirkungsvolle Pause.

»Im Gegenteil, es würde mich sogar sehr wundern, wenn sie dort unversehrt wieder herauskäme. Oder auch nur lebendig.«

Er zündete eine Zigarette an, betrachtete das glühende Ende, drückte es auf ein Blatt Papier auf seinem Schreibtisch. Beide beobachteten wir, wie die kleine braune Stelle zu kokeln und sich schwarz zu verfärben begann, bevor er etwas Wodka daraufschüttete, um sie zu löschen.

»Sagen Sie, Inspektor, glauben Sie immer noch, dass wir nichts zu tauschen haben? Oder möchten Sie Ihre Freundin lieber neben Ihrer Frau begraben?«

KAPITEL 51

Seine Drohung hing im Raum wie eine graue Wolke. Aber wenn es etwas gibt, worin wir Kirgisen gut sind, dann darin, nichts über unsere Gefühle zu verraten. Meine Hände zitterten nicht, als ich mir eine neue Zigarette anzündete und das leere Päckchen auf den Boden warf.

»Das Band«, sagte der Chef. »Es ist doch hoffentlich das einzige?«

Ich nickte.

»Ein simples Geschäft also? Ihr Beweis oder das Mädchen. Was jetzt?«

»Ich will Gewissheit, dass sie noch lebt«, sagte ich. »Nicht dass ich Ihnen nicht traue, aber ich traue Ihnen nicht.«

Der Chef tat sein Bestes, beleidigt auszusehen.

»Wir müssen uns aber gegenseitig vertrauen, *da*? Sonst sitzen wir in sechs Monaten noch hier.«

»Es gibt zwei Dinge, die ich vorher wissen möchte.«

»Wenn ich Ihnen entgegenkommen kann, Inspektor.« Der Chef nahm einen kleinen Schluck von seinem Glas. Ich merkte, dass er die Wörter nicht mehr vernuschelte, ein guter Pokerspieler.

»Wer hatte die Idee, Jekaterina Tynalijewa umzubringen?«, fragte ich.

»Es ist so, wie Sie vermutet haben. Wen interessiert schon ein totes Bauernmädchen? Aber die Tochter des Ministers für Staatssicherheit, das ist natürlich eine andere Schüssel Plow.

Man zeigt, wie angreifbar er ist, und die Botschaft ist eindeutig: Vor uns ist niemand sicher, egal wer.«

Er setzte sich zurück und kniff die Augen zusammen.

»Ja, es war meine Entscheidung. Sie haben sie sich in der Nähe ihrer Wohnung geschnappt. Zu selbständig, das Mädchen, das war ihr Problem; hätte sie in Papis bewachter Wohnanlage gewohnt, hätte uns das die Sache deutlich erschwert.«

»Und die Verstümmelungen? Der Fötus der anderen Frau?«

Zum ersten Mal seit meinem Eintreffen huschte ein Ausdruck unverstellten Ärgers über das Gesicht des Chefs.

»Inspektor, egal was Sie von mir halten, ein Barbar bin ich nicht. Meine Anweisungen lauteten, Angst und Schrecken zu verbreiten. Mit einem diskreten Messerstich geht das natürlich nicht. Die verstümmelten Babys? Diese spezielle Note geht auf das Konto unseres Freundes hier.«

Ich hatte Kursan fast vergessen, aber jetzt sah ich ihn an, ohne meinen Abscheu zu verbergen.

»Ich habe diese Potenzpillen angeboten bekommen, hatte aber keine Ahnung, ob die Dinger wirken.« Er ließ mich keine Sekunde aus den Augen. »Jedenfalls lässt sich eine Menge Geld damit verdienen. Werden die Leute glauben, dass sie aus Menschenfleisch sind? Nur wenn wir ihnen die entsprechende Geschichte mitliefern. Wir verkaufen den Kirgisen, was angeblich usbekische Babys sind, und Ötkür macht es umgekehrt genauso. ›Sind die auch echt?‹ – ›Hast du denn die Zeitungsmeldungen nicht gelesen?‹ – Und schon beginnt das Geld zu fließen.«

»Und das *krokodil*?«, fragte ich.

Kursan verzog das Gesicht.

»Kein schöner Tod. Aber andererseits, welcher ist das schon? Diese Süchtigen sind sowieso alle Selbstmörder, ich helfe da nur ein bisschen nach.«

Ich musste daran denken, wie Tschinara gestorben war, bewusstlos, ihr Körper von Tumoren und vom Skalpell des Chirurgen verwüstet. Ich stellte mir den Haufen gefrorener Erde auf ihrem Grab vor. Ich erinnerte mich an das verängstigte Schaf, Sekunden bevor das Blut aus seiner Kehle spritzte. Mehr, als ich mir jemals etwas gewünscht hatte, wollte ich sehen, wie mich Kursan vor Schmerzen schreiend anflehte, seinem Leiden ein Ende zu bereiten.

Aber ich würde mich weigern.

»Meine Frau hätte sich zu Tode geschämt, in eine Familie geboren worden zu sein, der du angehörst«, sagte ich, so ruhig ich konnte. »Hätte sie von alldem gewusst, sie hätte sich auf der Stelle sterilisieren lassen, um nichts von deinen Genen weiterzugeben.«

»Sie ist tot; ich lebe. Nur das zählt. Alles andere sind Skrupel, die sich nur die Reichen leisten können. Wenn du wählen könntest, wer von euch unter die Erde kommt, sie oder du, wie würdest du dich entscheiden?«

»Das ist eine billige Philosophie, Kursan. Und schlimmer noch, sie ist zur Hälfte richtig. Klar, Tschinara ist tot. Nichts kann sie zurückholen, und ich habe nichts als eine Sammlung von Erinnerungen und unscharfe Fotos. Aber du sagst, du lebst. Tust du das wirklich?«

Wie eine Leuchtrakete in einer mondlosen Nacht flammte plötzliches Begreifen in seinen Augen auf. Er war bereits dabei, seine Pistole aus der Tasche zu fummeln, als die ersten zwei Schüsse aus meiner Jarygin in seine Schulter und seinen Bauch schlugen. Die großkalibrigen Geschosse schleuderten ihn nach hinten, Blut spritzte in hohem Bogen an die Decke, die Pistole plumpste auf den Boden. Sein gequältes Ächzen war wie das Blöken des Schafs, dem ein Messer die Kehle durchtrennte.

Kursan versuchte sich hochzustemmen, aber sein Arm war zu schwer verletzt, um sein Gewicht zu tragen. Er sackte fluchend auf den Boden und versuchte, nach seiner Pistole zu greifen. Ich machte drei Schritte auf ihn zu, wartete, bis seine Finger den Griff beinahe erreicht hatten, und trat ihm dann fest auf die Hand. Ich wollte hören, wie seine Knochen zu Pulver zermalmt wurden. Der Geruch verriet mir, dass ich seinen Bauch durchlöchert und er sich vollgepinkelt hatte.

Ich sah zum Chef und bewegte zur Warnung den Finger am Abzug. Aber er saß wie in Schockstarre da, unfähig, irgendetwas zu tun. Das ist, was zu viele Jahre am Schreibtisch aus einem machen.

Kursan spuckte nach mir, aber die Speichelklumpen fielen, bevor sie mich erreichten. Ich nahm den Fuß von seiner Hand und beobachtete, wie er nach der Pistole tastete. Ich erinnerte mich, wie fest er mir die Hand gedrückt hatte, um mir zu gratulieren, als Tschinara ihm von unserer Verlobung erzählt hatte, wie er bei meiner Hochzeit einen Trinkspruch auf uns ausgebracht, am Grab meine Schulter gedrückt hatte.

Und als seine Finger die Pistole berührten, drückte ich den Lauf meiner Jarygin an seine Stirn und pustete sein Leben in den Teppich.

KAPITEL 52

Der Chef hatte sich erstaunlich schnell wieder gefangen.

»Sie werden keinen Ärger kriegen«, versicherte er mir. »Ein berüchtigter Krimineller versucht, zwei Polizisten zu töten, und bezahlt dank Ihrer Wachsamkeit und Reaktionsschnelligkeit den Preis dafür.«

Ich blickte auf den Toten hinab, sah die Spuren von meinem letzten Schuss auf meiner Hand, meinem Ärmel und der Hemdbrust, lauwarm und klebrig auf meiner bloßen Haut.

»Ermittlungen sind nicht nötig«, fuhr der Chef fort. »Nicht mit mir als Zeuge. Solange es bei unserer Abmachung bleibt. Notwehr oder brutaler Mord, es liegt ganz bei Ihnen.«

Ich nickte, als das Adrenalin abebbte und die Übelkeit einsetzte. Alles um mich herum begann sich zu drehen, und ich fragte mich, ob ich bewusstlos würde.

»Und die Drogen?«

»Durch zwei zu teilen ist besser als durch drei, finden Sie nicht auch? Sie können sie auch ganz haben, wenn Sie wollen. Und in Zukunft mehr davon. Ein Wiederholungsgeschäft.«

Ich versuchte, das Schlimmste von Kursans Blut, Hirn und Knochensplittern von meiner Hand zu wischen, gab aber schnell auf.

»Anders als sterben also«, sagte ich.

Ich legte die Jarygin auf den Schreibtisch. Der Chef streckte, sehr langsam, die Hand danach aus und drehte den Lauf mit einem Finger so herum, dass er nicht mehr auf sein Herz zeigte.

Bevor meine Beine noch auf die Idee kamen, mir den Dienst zu versagen, stützte ich mich am Schreibtisch ab und setzte mich.

»Selbst wenn Ihr Plan funktioniert und die alte Machtclique zurückkehrt: Die Bruderschaft hat Sie doch fest in der Hand.«

Das schien den Chef zu amüsieren.

»Nicht mit einem starken Mann an der Spitze; mit ihm können wir die Bruderschaft endgültig zerschlagen.«

Das Pfeifen in meinen Ohren hatte noch nicht nachgelassen, als ich den Kopf schüttelte. Der Gestank von Kursans Hirn und Eingeweiden erfüllte das Zimmer.

»Die wissen zu viel über Sie, und sobald das Krokodil zu beißen beginnt, verlieren Sie die Kontrolle über das Land. Dann wird das hier keine Nation mehr sein, nur noch ein Ort, der ausgeraubt und vergewaltigt und um alles gebracht wird, was er hat. Und wenn es ganz schlimm läuft, kommen vielleicht sogar die Russen zurück. Dann werden Sie und Ihre Bosse als Erste an die Wand gestellt. Oder vielleicht kommen auch die Chinesen über den Tienschan, und Sie knien plötzlich in einem Fußballstadion in Ürümqi und bekommen den kalten Stahl einer Pistole in den Nacken gedrückt.«

»Sie sehen viel zu schwarz, Inspektor«, sagte der Chef. »Ich kann Sie mit einer sehr zuverlässigen und diskreten Firma in Nahost in Verbindung bringen. Da wird alles gründlicher gewaschen als bei Ihrer Mutter. Heute in fünf Jahren: Sonnenschein, Penthouse, Jacht, so viele Mädchen, wie Sie vögeln können, und keine sechs Monate langen Winter mehr. Was wollen Sie mehr?«

»Vergessen Sie dabei nicht etwas?«, fragte ich. »Saltanat?«

»Sie wollen nur ein Mädchen vögeln, umso besser. Was gibt es Schöneres als wahre Liebe? Geben Sie mir die Kassette, und ich gebe Ihnen die Adresse.«

Ich schüttelte den Kopf und steckte die Kassette wieder in meine Tasche.

»Rufen Sie Sarijew an und pfeifen Sie ihn zurück. Für eine tote Frau rücke ich es nicht heraus.«

Er nahm das Handy vom Schreibtisch und wählte eine Nummer. Dann telefonierte er ein paar Minuten mit Sarijew, befahl ihm, das Verhör zu unterbrechen, und drückte darauf die Trenntaste.

»Ihr fehlt nichts, höchstens ein paar blaue Flecken, aber nichts, was sich nicht mit ein paar Millionen Dollar richten ließe.«

Er streckte die Hand nach der Kassette aus, und ich gab sie ihm.

»Die Adresse?«

»Alles schön der Reihe nach, wir sind Partner, und das heißt, wir müssen einander vertrauen, *da*?«

Er nahm die unbeschriftete Kassette aus ihrer Hülle, brach das Plastikgehäuse auf. Das Band ringelte sich in den Aschenbecher, und er zündete es an. Das glänzende braune Tape wand und kringelte sich und schmolz. Plastikgestank überdeckte den Blutgeruch.

»Wahrheit? Lügen? Ein Geständnis? Sie sehen ja, wo das alles endet, Inspektor.« Er stocherte in den verkohlten Resten. »Rauch in der Luft, nicht mit Händen zu greifen, nicht zurückzuverfolgen.«

Er setzte sich zurück, griff nach der Flasche, sah, dass sie leer war, und lächelte.

»Ich hätte gern einen Toast auf unsere neue Freundschaft ausgebracht. Vielleicht heute Abend, wenn dieses Stück Scheiße da vom Boden gewischt und weggebracht worden ist.«

Ich nickte.

»Sie haben eine interessante Wahl getroffen, Inspektor«, fuhr er fort. »Zwischen dem Land, das Sie lieben, und dem Mädchen, das Sie lieben. Das Geld hat bei Ihrer Entscheidung gar keine Rolle gespielt, glaube ich. Vielleicht sind Sie doch ein Romantiker.«

»Vielleicht«, sagte ich. »Aber bei der Mordkommission geht es nicht nur darum, Morde aufzuklären. Es geht auch darum, sie in Zukunft zu verhindern. Sie haben Jekaterina Tynalijewa zu einem Stück Fleisch aus dem Schlachthof gemacht. Ich wollte nicht, dass auch Saltanat auf Jussupows Seziertisch landet.«

»Ich habe getan, was nötig war. Vielleicht werden Sie das eines Tages einsehen.«

Ich holte mein Handy heraus und legte es neben die Jarygin auf den Tisch.

»Ich glaube nicht, dass ich mal reich werde, Chef«, sagte ich, »und Sie auch nicht.«

Das war der Moment, in dem drei bewaffnete Männer hereinkamen, gefolgt vom Minister für Staatssicherheit, Michail Tynalijew.

KAPITEL 53

»Schon erstaunlich, was man alles zu hören bekommt, wenn jemand eins dieser Dinger angeschaltet lässt.« Ich tippte auf mein Handy. »Und man weiß nie, wer mithört.«

Das Gesicht des Chefs war so grau wie der anbrechende Tag draußen.

»Herr Minister, hier handelt es sich offensichtlich um ein Missverständnis, ein Komplott, eine Verschwörung. Darf ich Ihnen das Ganze erklären?«

Tynalijew sagte nichts, sondern sah nur teilnahmslos zu, wie die drei Bodyguards den Chef an den Armen hochzogen.

»Alles, was Sie gehört haben, das waren nur Spekulationen. Der Inspektor, er hat erst vor wenigen Wochen seine Frau verloren, das hat ihn ziemlich mitgenommen. Ich habe ihm geraten, ein bisschen Urlaub zu machen, um sich wieder zu berappeln und endlich diese ganzen Wahnvorstellungen loszuwerden. Fragen Sie ihn selbst.«

Seine Stimme wurde immer höher, als er um den Schreibtisch herum zur Tür geschleppt wurde. Aus seinem Mundwinkel troff Speichel.

»Es gibt keine Beweise, um diese Behauptungen zu stützen, Herr Minister, vielleicht war es dumm von mir, den Inspektor einfach schalten und walten zu lassen, aber das ist auch schon alles, nichts, weswegen ich bei einem Prozess verurteilt würde.«

Wir alle blickten auf das Band, das im Aschenbecher immer noch vor sich hin kokelte.

»Sie hätten Ihre Freude gehabt, das zu hören«, sagte ich. »Das heißt, natürlich nur, wenn Sie traditionelle kirgisische Volksmusik mögen. Vom Bischkek Manas Ensemble. Sehr gut, habe ich mir sagen lassen, von Leuten, die sich mit so etwas auskennen.«

Der Chef schloss kurz die Augen. Er versuchte, sich loszureißen, aber nur halbherzig, als hätte er sich bereits damit abgefunden, was ihn jetzt erwartete.

»Alles nur Indizien«, stieß er hervor. »Kein Gericht wird mich verurteilen.«

Als Tynalijew zu sprechen begann, war seine Stimme ruhig, gemessen, endgültig.

»Glauben Sie wirklich, es wird zu einem Prozess kommen?«

Er griff in seine Tasche und zog ein Foto heraus. Ein Mädchen, noch keine zwanzig, im Sommer aufgenommen, vor einer Datscha im Gras liegend, das Gesicht zum Himmel gewandt, um die Sonne zu genießen und das Glück, jung und lebendig zu sein.

Jekaterina.

Tynalijew nickte den Bodyguards zu, und sie schleppten den Chef aus seinem Büro. Seine Schuhe schleiften über den Holzboden und hinterließen leichte Kratzer darauf. Ich hörte sie den Flur entlanggehen und die Treppe hinab zu einem schmerzhaften, langen und einsamen Tod auf einem schneeweißen Platz oder in einem schalldichten Keller.

Der Minister war schon im Begriff, ihnen zu folgen, drehte sich aber noch einmal um und streckte nach kurzem Zögern die Hand aus.

Ich stand da, die Arme fest an den Seiten, und blickte ihm in die Augen.

Er runzelte die Stirn, bevor so etwas wie Begreifen über seine Züge huschte. Selbst wenn das die einzige Gerechtigkeit war, die den Männern, die für die Ermordung seiner Tochter verantwortlich waren, widerfahren würde: Ich blieb Ermittler der Mordkommission.

Schließlich nickte er und verließ das Zimmer, ohne sich ein weiteres Mal umzublicken.

Ich saß auf dem Beifahrersitz eines der wenigen annehmbaren Autos der Zentrale, am Steuer ein enthusiastischer *ment*, der rote Ampeln, Fußgänger und auch sonst jeden ignorierte, der dumm genug war, um diese Uhrzeit nicht im Bett zu sein.

Tynalijews Team hatte den Anruf des Chefs geortet, und wir fuhren an den riesigen Trinkwasseraufbereitungsanlagen vorbei in den Osten der Stadt. Ich hatte keinen Grund zu der Annahme, dass Sarijew seinen Anweisungen zuwiderhandeln würde, aber ich drückte meinen Fuß trotzdem so fest auf den Wagenboden, als führe ich selbst.

Wir hielten vor einer Villa am Stadtrand, über deren Abgeschiedenheit eine hohe Mauer wachte. Die Lage war hervorragend, keine Nachbarn, die von gelegentlichen Schmerzensschreien oder Schüssen gestört werden könnten. Meine verbrannte Hand plagte mich unter dem provisorischen Verband. Ich checkte das Magazin der Jarygin und öffnete die Autotür. Das Lämpchen der Innenbeleuchtung hatte ich bereits herausgedreht. Sarijew rechnete mit dem Chef und einer dicken Prämie, aber ich hatte schon zu oft erlebt, wozu übermäßige Selbstgewissheit führen kann, um mich auf seine Willfährigkeit zu verlassen.

Der Uniformierte wollte etwas sagen, aber ich legte den Finger an die Lippen und ging zum Tor. Ein typisches billiges Blechding – grün gespritzt, mit Goldverzierungen –, das vom kirgisischen Winter gezeichnet und bereits von Rostspuren überzogen war.

Ich zog am linken Torflügel, und zu meiner Überraschung ließ er sich fast einen Meter weit öffnen, bevor er von einer Schneewehe gestoppt wurde. Ich mag keine Überraschungen, am allerwenigsten dann, wenn mich jemand mit einer Waffe in der Hand erwarten könnte. Deshalb blieb ich eine Weile reglos stehen, um zu lauschen. Falls jemand im Haus war, hoffte ich, er würde annehmen, der Wind hätte das Tor aufgeweht.

Der Vorplatz schien verlassen, also zwängte ich mich durch den Spalt und stieg langsam die Eingangstreppe hinauf. Die Tür stand offen. Ich betrat die Diele und sah mich um.

An einer Wand hatte jemand eine avantgardistische Malerei anbringen lassen, eine scheinbar willkürliche Farbexplosion. Nur dass es keine Farbe war. Und der Tote, der am Fuß der Treppe lag, war auch keine Statue.

Dass es sich um Sarijew handelte, war nur anhand der Uniform zu erkennen. Sein Kopf sah aus wie eine Wassermelone, die man eine Treppe hinuntergeworfen hatte. Das Auge, das noch zu erkennen war, baumelte wie ein besoffener Nebengedanke an seiner Wange. Das andere musste unter dem Matsch aus Knochensplittern und aufgeplatzter Haut auf der anderen Seite seines Kopfes gelandet sein.

Sein Unterkiefer, ausgerenkt und dann zertrümmert, befand sich fast unter seinem Ohr. Abgebrochene Zahnstümpfe standen wie aus einem Glas gepurzelte gelbe Maiskörner glänzend in die Höhe. Beide Hände wiesen eine Vielzahl von Frakturen auf, und sein linkes Bein stand in einem Winkel von seinem Körper ab, der allen Gesetzen der Geometrie spottete. Ich brauchte keinen Arzt, um sagen zu können, dass Sarijew nie wieder einen Häftling schikanieren würde.

Eine Durchsuchung des Hauses bestätigte, was ich bereits wusste; Saltanat war nicht mehr da. Vielleicht waren ihre Leute ihr gefolgt und hatte den richtigen Moment abgepasst. Vielleicht hatte sie Sarijew auch allein getötet. Schwer zu sagen, im Moment auch nicht so wichtig.

Ich spürte, dass sich hinter mir etwas bewegte, wirbelte herum und schrammte höchstens eine Zehntelsekunde daran vorbei, zur Erhöhung der polizeilichen Todesrate dieses Abends beizutragen. Mein junger Fahrer war leichenblass; ob nun wegen des Bluts und Gehirns, mit dem alles vollgespritzt war, oder wegen der Erkenntnis, dass beinahe sein eigenes der Szene ein frisches Impasto hinzugefügt hätte, sei dahingestellt.

Ich steckte die Jarygin weg und trug ihm auf, den Vorfall zu melden. Draußen, weit weg von der Leiche, zündete ich mir eine Zigarette an, beobachtete, wie der Rauch meinem Mund entwich. Ich hoffte, mir würde ein Grund einfallen, den Dienst zu quittieren, aber mir fiel keiner ein. Was ist schon ein Tod mehr?

Ich sagte dem Uniformierten, dass ich den Wagen in die Zentrale zurückbringen würde, und zwängte mich auf den Fahrersitz. Nach einigem Motzen und Brummen sprang der Motor an, und ich fuhr zum Tschüi zurück. Ich ließ mir Zeit, atmete tief durch, fragte mich, ob die ganze Sache damit endgültig erledigt war.

Ich dachte an den Chef, inzwischen wahrscheinlich nackt, von Schnitten, Verbrennungen und Stichen übersät, und daran, wie Tynalijew ihn mit einem Ausdruck höflichen Interesses beobachtete. Niemand würde ihn mit dem Gesicht nach unten in einer Schneewehe finden, noch würde er im Frühling den Naryn hinuntertreiben. Und nach vierzig Tagen gäbe es keine *toi*, keine Zusammenkunft von Freunden und Verwandten, um zu weinen und seiner zu gedenken.

Nur ein Schaf, das zum wartenden Messer geschleppt wird, der letzte Laut, den es hört, sein eigenes hilfloses Blöken.

KAPITEL 54

Es war ungefähr eine Stunde nach Tagesanbruch, als ich die Zentrale verließ, meine Kehle rau von zu vielen Zigaretten, zu vielen Erklärungen.

Über der Stadt hing drohend immer noch Schnee in der Luft, aber ein dünner Flecken Blau über den Bergen barg das Versprechen, dass der Winter doch zu Ende gehen könnte.

Ich ging zu Fuß zu meiner Wohnung zurück und hinterließ frische Spuren im über Nacht gefallenen Schnee. Er knirschte unter meinen Sohlen, das Echo in einem Kellerraum gebrochener Finger.

Als ich bei meinem Wohnblock ankam, zog der Tag herauf, mit neuen Hoffnungen und ebenso vielen neuen Enttäuschungen.

Ich blieb stehen und blickte mich um. Nur wenige hundert Meter die Straße hinauf war Jekaterina Tynalijewa brutal ermordet worden; außer den im Wind flatternden Fetzen des Absperrungsbandes gab es dort inzwischen nichts mehr, was an sie erinnerte.

Ich dachte an Tschinara in den Momenten vor ihrem Tod, an ihren rasselnden Atem, an ihre ausgemergelte Hand, die sich in das Laken krallte, das bald ihr Leichentuch werden sollte.

Und ich erinnerte mich an die Tränen, die in meinen Augen brannten, als ich ihr das Hochzeitskissen ihrer Großmutter aufs Gesicht drückte, um sie von einem schweren Todeskampf fortzubringen, an einen Ort, frei von ihrem Schmerz und meinem Kummer. Ihre Hände hoben sich wie aufgeschreckte Tauben, ließen sich auf den meinen nieder, fügten ihnen hinzu, was sie noch an Kraft besaß. Ich starrte auf die dünnen blauen Adern unter dem Pergament ihrer Finger, versuchte, sie mit purer Willenskraft dazu zu bringen, zu erschlaffen und stillzuhalten. Und als der letzte Atemzug aus ihr entwichen war, hob ich das Kissen von ihrem Gesicht, wischte ein paar Flecken Speichel von seinem Spitzenbesatz und legte es behutsam neben ihren Kopf.

Das Ende einer Ehe, eines Lebens – oder genauer, zweier Leben.

Vielleicht sind Bruchstücke alles, was von uns bleibt, Bruchstücke und die Erinnerungen derer, die wir geliebt haben und die umgekehrt uns geliebt haben.

Ich fragte mich, ob Saltanat in meiner Wohnung auf mich warten würde oder ob sie das Land bereits verlassen hatte, ob ich inzwischen nur noch eine Erinnerung für sie war oder nicht einmal das.

Ich kann nicht sagen, ob wir ein Leben für uns selbst schaffen können, ob Begehren Bestand haben und zu etwas anderem heranwachsen kann.

Wie viel Zeit konnten wir miteinander haben? Wer weiß?

Ich schloss die Tür auf und trat in das Dunkel.

DANKSAGUNG

Personen und Handlung dieses Buchs sind frei erfunden, und jegliche Fehler gehen zu meinen Lasten: Was den Tatsachen entspricht, sind die Freundlichkeit und Großzügigkeit der Menschen Kirgisistans und die Schönheit ihres Landes.

Ich bin vielen Menschen zu Dank verpflichtet.

In China: Zhou Min 周敏

In Katar: Charlotte und Richard Forbes-Robertson, Natalie und Tim Styles.

In der Kirgisischen Republik: Elmira Kalmakowa und Mike Atsoparthis, Akyl Callaghan, Kaírat Jumabajew, Aisat Jumabajewa.

In Großbritannien: Stefanie Bierwerth und ihrem Team, Morag Brennan und Steve Harrison, Helen Brindley und Chris Callaghan, Richard Callaghan, Carol Hannay und Marcus Wilson-Smith, Trevor Hoyle, Tanja Howarth, Shân Morley Jones, Simon Peters, Thomas Stofer. Und meinen verstorbenen Eltern, Vera und John Callaghan.

In den USA: Jay Butterman, Andrew Cannon, Nathaniel Marunas, Peter Spiegelman.

In den Vereinigten Arabischen Emiraten: Valentina und Lyndon Ashmore, Scott Feasey, Brad Henderson, Roger Payling, Liesl Maughan und Ryan Reed, Craig Yeoman.

Der erste Satz stammt von Mark Billingham.